Lorraine Fouchet

Avant de se consacrer à l'écriture, Lorraine Fouchet a été urgentiste. Elle est l'auteur de vingt-deux romans et d'une lettre ouverte à son père, *J'ai rendez-vous avec toi*. Ses derniers succès, *Entre ciel et Lou* (prix Breizh, prix Ouest et prix Système U), *Tout ce que tu vas vivre* et *Face à la mer immense* ont paru aux Éditions Héloïse d'Ormesson.

Lorraine Fouchet vie entre les Yvelines et l'île de Groix.

COULEUR CHAMPAGNE

LORRAINE FOUCHET

COULEUR CHAMPAGNE

roman

Robert Laffont

MIXTE
Papier issu de
sources responsables
FSC® C003309

L'éditeur de cet ouvrage s'engage dans une démarche
de certification FSC® qui contribue à la préservation
des forêts pour les générations futures.

Pour en savoir plus :
www.editis.com/engagement-rse/

ISBN 978-2-266-32731-2
Dépôt légal : juillet 2022

à la mémoire d'Eugène Mercier et de sa petite-fille
ma grand-mère Antoinette Vautrin née Salmon-Mercier,
qui reposent près des vignes bordées de roses
à Épernay et à Ay,
à mon père qui a 63 ans pour toujours
mais en aurait eu 100 cette année

à vous qui aimez le champagne

pour Simone Gaggero Gatti

Avant-propos

Ma grand-mère avait le cœur cabossé parce que son plus jeune fils était mort à vingt ans en avril 1944 dans un maquis du Jura, mais elle souriait en jouant avec moi aux dés et aux cartes, et pendant que je léchais la cuillère du gâteau, au lieu de me lire des histoires pour enfants, elle me racontait la vie de son propre grand-père…

Eugène Mercier, né en 1838 à Épernay, rêvait de mettre le champagne à la portée de tous. il est parti de rien et il a bâti un empire. C'était mon arrière-arrière-grand-père maternel. Nous sommes aujourd'hui deux cents descendants directs sur sept générations.

Tout ce que j'écris dans ce livre sur son mystérieux père fantôme, sa mère qui l'a élevé seule, son entreprise, ses caves, le château de Pékin, sa « cathédrale de champagne », ses aventures en Hongrie, au Luxembourg et à Vienne, les Expositions universelles de 1889 et de 1900, sa montgolfière, les frères Lumière, ses deux fils et ses quatre filles, est absolument vrai. Eugène a révolutionné le monde du champagne.

Le reste est une fiction, je suis romancière, pas hagiographe ni biographe. J'ai imaginé le journal intime d'Eugène, j'ai inventé ses amis Paul et Antonin, le champagne Hordon, Olga, Pierre, Cornélius le petit-fils d'Eugène, Mary la petite-fille américaine de Paul, les crimes du passé et leurs conséquences.

Je connaissais le fondateur humaniste par ma grand-mère, ma famille et les bouteilles de rosé, de brut ou de demi-sec. En me plongeant dans ses archives privées et publiques, j'ai éprouvé une tendresse infinie pour ce petit garçon du XIXe siècle. Enfant naturel né hors du sérail des grands négociants aux marques prestigieuses réservées à l'élite, il a réussi le pari insensé de fonder sa propre maison à partir de rien et de démocratiser le champagne. Il voulait que le « vin des rois » devienne un vin de fête et que tout le monde puisse y goûter, il y est parvenu.

Regardez sa photo. Enlevez-lui sa moustache, son nœud papillon, son costume d'homme d'affaires et une bonne quarantaine d'années, rajoutez-lui des cheveux, plongez vos yeux dans les siens, voilà Eugène. Un homme sans père, c'est une vigne sans tuteur. Il y a de la douceur et de la force dans son regard gris, une déchirure, une tendresse, une intensité, une volonté. La prochaine fois que vous boirez une coupe ou une flûte, souvenez-vous de son nom, ce sera un peu grâce à lui.

Chacun de nous monte à l'assaut de sa propre existence comme les bulles montent vers la surface, chacun de nous porte en soi la fête, l'ivresse du lendemain, les blessures du passé, les rires de l'amour, l'abandon des étreintes. Le champagne a, comme la musique, quelque chose d'impalpable, il ménage un accès direct à l'âme, il suspend le temps l'espace d'une gorgée ou d'une mesure.

Quand mon propre père est mort l'été de mes dix-sept ans, j'ai cru que Dieu avait éteint la lumière.

J'ai perdu mon père, Eugène voulait gagner le sien, nous nous rejoignons à travers les siècles.

En écrivant ce roman, j'ai vécu avec Eugène au quotidien et j'ai réentendu la voix rauque et bouleversante de mon amie Alberte dont nous avons dispersé les cendres dans la mer de Corse au printemps dernier. J'aurais aimé être l'amie d'Eugène. J'ai été celle d'Alberte. Ce qu'ils ont été ne s'effacera pas, leur empreinte demeure et n'en finit pas de pétiller.

Je lève mon verre à leur mémoire et à votre santé. Champagne !

Eugène Mercier dans sa maison de Pékin.

Eugène, février 1851

FICHE DE RECENSEMENT 122 M 60
Ville d'Épernay, France, 7 386 habitants
Pour le 2, rue des Archers, ménage 3, individus 12 et 13, Français d'origine, catholiques romains :
Jeanne Marguerite Mercier, ouvrière en robes, mère, 35 ans
Eugène Édouard, fils, 13 ans, enfant naturel

6 février

C'est, dans la lumière crayeuse de Champagne, le dernier jour d'école d'Eugène Mercier. Il est très proche de sa mère qui l'élève seule. Un inconnu, son mystérieux père sans doute, a payé sa scolarité chez les Frères d'Épernay jusqu'à ce jour. Ses maîtres ont été bons pour lui, il a de la peine de les quitter mais il est en âge de travailler.

Ses meilleurs amis s'appellent Paul Hordon et Antonin Lucas. Ils sont voisins de banc à l'école et inséparables, ils ont grandi ensemble, se sont épaulés, chamaillés, protégés. Paul a un jour de moins qu'Eugène, Antonin six mois de plus. Paul a un frère aîné, Pierre, plus âgé d'un an, qui ne lui ressemble ni au moral ni au physique, et subit comme lui le joug d'un père injuste et violent qu'Eugène a surnommé l'Ogre. Lui qui regrettait de ne pas avoir de père, il le regrette moins depuis qu'il a vu l'Ogre battre ses fils. Fernand Hordon est un gros négociant brutal et fortuné, maître du champagne éponyme. Le père d'Antonin, Thomas Lucas, est compagnon tailleur de pierres. La mère d'Eugène, Jeanne Mercier, coud souvent des nuits entières pour livrer son ouvrage à temps. Les chemins des trois amis se séparent aujourd'hui, ils vont devenir des hommes. Paul continuera ses études au collège de Reims avec Pierre. Antonin finira son apprentissage chez son père. Eugène est embauché chez Philippe Bourlon, un propriétaire viticulteur qui possède quinze hectares de vigne à Cramant et que l'on dit bon patron. Il commence demain. Il est à la fois impatient et inquiet.

La mère de Paul, la ravissante et triste madame Hordon, courbe l'échine devant son mari et se tait quand il la malmène ou qu'il bat leurs fils. Celle d'Antonin, la ronde et joviale mère Lucas, est bourrue mais aimante. Celle d'Eugène, la jeune et jolie Jeanne Mercier, ne le frappe jamais, elle se contente de le regarder d'un air de reproche s'il rentre tard, s'il oublie une commission ou s'il est dans la lune, ce qui lui arrive régulièrement, et il se jure de ne plus la décevoir, son regard est pire qu'une pluie de taloches, il lui transperce l'âme. Elle l'a baptisé Eugène Édouard, ses deux prénoms signifient « bien né » en grec et « gardien du trésor » en anglais, un assemblage qui lui semble de bon augure.

Le grand-père d'Eugène, Ponce-François Mercier, est cultivateur à Reims. Eugène ne l'a jamais vu, il ne sait même pas à quoi il ressemble. Jeanne a eu une petite fille avant lui, Sophie, née à Reims, déclarée enfant naturelle puis mise en nourrice à Taissy où elle est morte à quatre mois. Lorsque Eugène s'est annoncé, également hors mariage, Jeanne a quitté sa famille pour s'installer vingt-six kilomètres plus loin, à Épernay où il est né, le 1er avril 1838, ce qui fait de lui un Sparnacien. Il a été déclaré enfant naturel par la sage-femme, madame Goblet, puis baptisé. Il paraît que son grand-père Ponce-François a personnellement déclaré tous ses petits-enfants à la mairie. Ses petits-enfants légitimes, pas Eugène. Son grand-père aurait préféré qu'il n'existe pas. Son père fantôme aussi, sans doute.

Quand Eugène arrive à l'école pour ce dernier matin, Paul lui sourit. Antonin est en retard comme souvent. Pierre s'approche, suivi de sa cour de fils de notables futurs héritiers des marques de champagne prestigieuses. Il grimace, ce qui déforme la tache de vin qu'il a depuis sa naissance sur la joue gauche.

— Alors, Mercier, ton fameux père que personne n'a jamais vu parce qu'il a honte de toi ne veut plus gaspiller son argent ? Il a compris que tu ne vaux rien ?

Le sang d'Eugène se fige dans ses veines. Il s'avance, poings serrés, mais Paul l'arrête.

— Ne tombe pas dans son piège, il fait exprès de te provoquer.

Pierre, revenant à la charge comme un taon de cheval, lance avec mépris :

— Il a sûrement une famille dont il est fier, des fils honorables, une épouse respectable, pas comme ta mère qui est une…

Eugène fonce tête baissée sans lui laisser le temps de finir sa phrase. Ils roulent ensemble dans la poussière. Eugène réussit à lui pocher l'œil. Pierre lui balance son poing dans l'estomac. Eugène se plie en deux. Pierre le frappe au visage. Eugène tombe…

… et il se réveille à l'infirmerie.

Frère Rémi est penché sur lui, fâché et inquiet.

— Tu as eu une conduite irréprochable pendant toute ta scolarité et tu te bats le dernier jour, Mercier ? Tu devrais avoir honte !

Eugène s'assied péniblement, il a mal partout, la lèvre inférieure fendue, la joue droite gonflée, une coupure sur le front, l'estomac en déroute. Il brûle de savoir enfin.

— Frère Rémi, est-il vrai que mon père a payé pour moi ? Pourquoi est-ce que je ne porte pas son nom ?

Le frère hausse un sourcil et répond d'une voix douce :

— Il t'a offert une éducation pour que tu deviennes quelqu'un de bien.

— Vous croyez qu'il a honte de moi comme mon grand-père de Reims ?

— C'est à toi de prouver que tu vaux la peine qu'on t'aime, mon garçon. Pourquoi t'es-tu battu ?

— Pour défendre la réputation de ma mère.

— Alors tu as eu raison, mais Notre-Seigneur nous enseigne à employer les mots plutôt que les coups.

Eugène sourit, il est mal en point mais Pierre aussi, donc l'honneur est sauf.

Paul l'attend, ils rentrent ensemble. Il soupire :

— Je n'ai pas envie d'aller au collège de Reims avec Pierre et ses amis. Vous allez terriblement me manquer, Antonin et toi.

Eugène proteste, de bonne foi :

— Rien ne changera, nous nous verrons tous les trois en dehors de l'école.

— Ce ne sera plus pareil.

Eugène tente de le rassurer. Il promet :

— Nous resterons amis tant qu'il y aura des bulles dans le champagne.

Avant de se séparer, ils passent voir pourquoi Antonin n'était pas avec eux pour ce dernier jour d'école. Leur ami boite bas depuis sa naissance, Pierre ne perd pas une occasion de se moquer de lui, sa tache de naissance ne l'empêche pas de railler les défauts physiques des autres. Antonin est lent à comprendre mais rapide à aimer. Son père élève des pigeons voyageurs, alors il occupe ses heures de classe à bayer aux corneilles et à dessiner des colombes. Il habite une maison aux murs faits de carreaux de terre, aux limites de la ville. Eugène et Paul frappent à la porte. Lorsque la mère d'Antonin leur ouvre, sa tristesse et sa souffrance sont si contagieuses qu'ils en sont transis jusqu'aux os. Ils ont du mal à reconnaître sa voix, le poids de sa peine écrase les mots.

— Il n'y a plus d'Antonin, mes pauvres garçons. Il était resté fragile depuis son choléra. Hier soir il n'a pas touché à sa soupe, il n'est même pas allé voir ses chers pigeons. Quand je suis allée le réveiller ce matin, il était déjà glacé. Je n'ai rien entendu, il est parti tout seul !

Elle ne se pardonne pas d'avoir dormi paisiblement. Eugène et Paul bredouillent des mots inintelligibles et reculent en se confondant en excuses. Antonin ne froncera plus les sourcils avec cette incompréhension naïve et magnifique qui les enchantait. Il ne rythmera plus leurs jeux de son pas bancal. Il ne rira plus pour des bêtises. Il ne dessinera plus d'oiseaux.

Les deux garçons n'osent pas se regarder, ils se sentent fautifs d'être si vivants et vaillants. Ils s'en retournent chez eux, la tête basse et le cœur chamboulé.

— Tu crois que c'est comment, de mourir ? souffle Paul.

Eugène y a souvent pensé à cause de sa sœur Sophie qu'il n'a pas connue.

— Peut-être comme devenir une bulle de champagne et s'envoler ?

Hier, après l'école, Antonin lui a demandé : « Eugène, tu crois qu'il y a une limite qui sépare le paradis du reste du ciel où les oiseaux volent librement ? »

Lorsque Eugène pousse la porte du 2, rue des Archers, sa mère s'affole en voyant ses vêtements déchirés, son visage meurtri, ses yeux rougis et gonflés par les larmes.

— Mon Dieu, regarde-toi, tu vas faire un bel effet en te présentant chez Bourlon demain ! Que s'est-il passé ?

— Je me suis battu avec Pierre Hordon.

Sa mère pince les lèvres comme elle le fait pour retenir ses épingles quand elle coud ; il a toujours peur qu'elle les avale.

— Paul est un bon garçon mais tu ferais mieux d'éviter son frère.

— Je ne cherche pas les ennuis, c'est lui qui m'a provoqué.

Jeanne fronce les sourcils en ramenant sur ses épaules minces son grand châle tricoté puis demande d'une voix changée :

— Que t'a-t-il dit ?

Eugène respire à fond et lâche le plus grave :

— Antonin est mort cette nuit.

Sa mère écarquille les yeux, elle porte les mains à sa bouche en murmurant « Mon Dieu, quel malheur », puis elle a ce geste d'une douceur folle, elle resserre son châle autour du cou de son fils pour le protéger de tout mal à venir, comme si ce maigre carré de laine lui était une cuirasse. Ensuite elle soigne ses blessures, ils soupent sans appétit, Eugène va se coucher. Cramant n'est pas tout près, il lui faudra marcher longtemps demain matin.

Sa lèvre enflée le gêne, son estomac est douloureux, il tremble de colère à cause des insultes de Pierre, et son cœur explose de chagrin pour Antonin.

Cette nuit, en rêve, il se retrouve sur une colline un peu à l'écart d'Épernay. Il surplombe la Marne, il voit les bateaux au loin, son regard embrasse les vignes. Il aperçoit une forme allongée sur la terre, environnée de grands corbeaux noirs. Il se précipite, effrayé à l'idée de voir Antonin pâle et froid, et cependant aiguillonné par l'impérieuse nécessité de le protéger des rapaces qui risquent de le déchiqueter. Mais ce n'est pas Antonin qui gît là, c'est Paul, disloqué, désarticulé, sans vie. Eugène hurle comme un possédé. Sa mère, réveillée en sursaut, lui apporte du lait sucré, puis elle lui bassine les tempes avec douceur. Il met longtemps à se rendormir.

Il prend la route de Cramant tôt le lendemain matin, seul, il songe à Antonin à jamais immobile, à Paul qui part à Reims en voiture à cheval avec Pierre. Il salue son nouveau patron Philippe Bourlon, sa femme Francine, leur petite Marguerite qui a cinq ans. Il travaille sans relâche tout le jour.

En rentrant chez lui le soir, il lui arrive une chose fort singulière. Dans la région, on vend des tissus, des peaux et de la laine, le commerce du champagne est récent. Les vignerons boivent leur vin rouge « tranquille » comme vin de table et exportent leur vin effervescent comme un produit de luxe réservé aux élites. Dans toutes les cours européennes, et jusqu'aux Amériques, on connaît les noms des prestigieuses maisons créées à la fin du XVIIIe siècle : Ruinart, Moët, Clicquot, Roederer, Heidsieck. Et des plus récentes apparues au début du XIXe, Henriot, Perrier-Jouët, Bollinger, Pommery, Krug, alors que Moët est devenu Moët & Chandon, et Clicquot, Veuve Clicquot-Ponsardin. Tout le monde, dans la région, connaît le champagne Hordon. Nul ne connaît le nom d'Eugène Mercier, et pour cause : il n'est personne, même pas le fils de son père. Son maître chez les Frères le décrit comme « un enfant bien intelligent, doux, réfléchi et laborieux ». Il a les pieds sur terre. Pourtant, à force de penser à Antonin, il est tellement dans la lune en traversant la rue des Fusiliers qu'il ne voit pas arriver une carriole, tirée par un cheval, recouverte d'une bâche sur laquelle on lit le nom d'une marque de champagne célèbre.

Le cheval, effrayé par un chiot roux et blanc qui a déboulé dans ses pieds, fait un écart. Son chargement est lourd, Eugène n'est qu'un frêle adolescent, les hautes roues risquent de le broyer, briser ses os et déchirer sa chair. Les chirurgiens ne font pas de miracles, que deviendra-t-il s'il est estropié et incapable de travailler ?

Il avance encore d'un pas, une femme crie, le cheval hennit, le petit chien glapit et se fait piétiner par les sabots du cheval, la cloche de l'église sonne. La carriole passe à un millimètre de son corps. Il frôle la mort, vraiment, à cet instant il manque rejoindre Antonin. Et, dans la seconde interminable où tout se joue, dans la seconde où sa fragile carcasse oscille entre l'avant et l'arrière, entre la catastrophe et le salut, au lieu du nom fameux inscrit sur la carriole, il croit voir, en grandes lettres, ces deux mots ahurissants et fabuleux : « Champagne Mercier ». Et il retombe lourdement en arrière, loin des roues écrasantes, crotté, boueux, grotesque, ébahi, sauvé.

La carriole s'éloigne dans un bruit d'enfer, personne n'a rien remarqué rue des Fusiliers où chacun vaque à ses affaires, sauf la femme qui a hurlé et qui se précipite vers lui. Elle a l'âge de sa mère, des cheveux noirs ramassés en chignon sous le bagnolet blanc qui est la coiffe des vigneronnes, des yeux clairs, une blouse jadis blanche, une jupe ample sous un long tablier. Au lieu de l'aider à se relever, elle l'apostrophe :

— Miséricorde, tu as failli périr, petit imbécile !

Puis elle ramasse le chiot ensanglanté et brisé, l'enveloppe dans son tablier d'un geste très doux.

Eugène se remet sur ses pieds, le visage livide, les genoux tremblants, le cœur qui cogne. Le pauvre chien roux et blanc est mort. Les passants cheminent dans la rue indifférente, un coup de vent fait voler la casquette d'un homme et la jupe d'une jeune fille, la femme aux yeux clairs part sans se retourner en serrant son triste ballot.

La nuit descend sur Épernay où on voit bien le soir depuis qu'on a installé l'éclairage public au gaz il y a cinq ans. Eugène marche au hasard. Il croise une troupe de garçons en maraude. Perdu dans ses pensées, il met un pied dans le ruisseau et s'éclabousse des pieds à la tête. Le rire mauvais de Pierre monte du groupe, il s'avance sous la lumière, la tache de vin cisèle ses traits et rend son visage beau mais son expression méchante gâche tout. Eugène, trempé, serre les poings au fond de ses poches, et les défie crânement : « Riez, riez… un jour viendra où ce ne seront plus des eaux boueuses et puantes qui couleront à travers Épernay, mais des fleuves de champagne ! »

Il n'ose pas raconter sa vision à sa mère. Il reste éveillé une partie de la nuit, les yeux grands ouverts sur l'obscurité. Il se sent étrangement plus fort, comme protégé et propulsé par ce projet fou, impossible pour un garçon de son âge et de sa condition : plus tard, il créera sa propre maison de champagne. Un jour, si ce songe est prémonitoire, tous boiront son vin, les parents de Paul et ceux d'Antonin, son grand-père de Reims qui refuse de le connaître, frère Rémi, même son mystérieux père fantôme. La carriole ne l'a ni fauché ni disloqué. Il se jure que dans dix ans un autre attelage passera au même endroit chargé de bouteilles qui porteront son nom. Il prouvera qu'il vaut la peine qu'on l'aime.

Ils enterrent Antonin deux jours plus tard. La terre est si gelée que les fossoyeurs peinent. Son père lâche une colombe au moment où on ensevelit leur ami, l'oiseau dessine de grands cercles au-dessus d'eux avant de tracer vers le nord. Sa mère étreint sa petite sœur en sanglotant. Frère Rémi bénit le cercueil. Eugène et Paul se tiennent côte à côte, tout raides, l'âme glacée. C'est une sinistre plaisanterie, leur Antonin ne peut pas être allongé dans cette boîte plus close qu'une cage d'oiseau. Sa mère répète inlassablement : « Je lui ai mis ses habits du dimanche, il est beau comme un prince. » Antonin détestait ses habits du dimanche, Eugène aussi. L'idée que leur ami va passer l'éternité ainsi accoutré, dans des souliers qui le blessent, lui est intolérable. Il lève la tête pour tenter d'apercevoir la limite entre le paradis et le reste du ciel dont Antonin lui a parlé, mais le ciel de Champagne est trop gris.

« La vie n'est qu'un sursis », affirme frère Rémi. Eugène n'est pas d'accord. Les hommes sont comme le raisin, ils croissent, ils mûrissent, ils pourrissent. Antonin n'avait pas encore mûri, il n'était pas prêt pour la vendange. Eugène sent que son ami l'accompagnera partout désormais. Il sera sarment, vrille, feuille, rameau, gourmand et grappe. Il dormira en hiver, donnera bourgeons et fleurs au printemps, deviendra raisin au début de l'été, se gorgera de soleil, sera récolté en automne. La vie est un éternel recommencement, Antonin ne mourra jamais, les enfants ne disparaissent pas, c'est inconcevable, ce serait trop insupportable, trop terrible. On n'y survivrait pas.

Eugène, vendanges 1854

Trois années ont passé. Eugène et Paul ont seize ans révolus, Antonin en a treize pour toujours. Eugène part chaque matin à Cramant où Philippe Bourlon, que tous appellent « monsieur Philippe », est aimable pourvu que l'on ne rechigne pas à la tâche. Sa femme Francine se montre bienveillante, leur petite Marguerite est charmante et espiègle pour ses huit ans. Les vendanges viennent de se terminer, Eugène s'est réveillé à 4 heures chaque matin pendant deux semaines, il a bu la goutte de marc comme tout le monde, mangé le morceau de pain, puis il a porté le raisin, écouté les chansons, évité les bagarres qui éclataient entre les hommes venus de Lorraine, d'Argonne, d'Allemagne, d'Espagne ou de Pologne. Le soir, il s'est régalé de potée des vendanges dont on servait deux grandes louches aux hommes et une seule aux femmes et aux enfants avant d'y casser du pain, d'ajouter les légumes, la viande, et de finir par le maroilles des Crayères.

L'Ogre passe régulièrement ses nerfs sur Paul et sur Pierre. Eugène se sent d'autant plus impuissant que Paul avait raison, tout a changé, ils ne se voient presque plus. Ils n'ont que le dimanche de libre et ils doivent ce jour à leurs mères. À l'église les enfants des familles nobles et des riches négociants ont des bancs à leurs noms aux premiers rangs. Paul s'assied parmi eux avec sa mère et son frère, l'Ogre n'a pas de temps à perdre avec Dieu. Eugène se tient à l'arrière avec Jeanne au milieu du peuple anonyme.

Ce dimanche, à la sortie de la messe, Paul a du mal à bouger le bras droit tant son tyrannique père l'a serré fort avec ses énormes poignes. Paul a une tare majeure à ses yeux, il aime la vigne, il préférerait être viticulteur plutôt que négociant, il a voulu argumenter, expliquer son attrait pour la terre. L'Ogre, en colère, l'a secoué d'importance en le fixant d'un œil aussi froid que les stalactites de glace qui pendent aux toits l'hiver lorsqu'il gèle à pierre fendre. Quand on s'appelle Hordon, on commerce et on roule son concurrent, on ne courbe pas le dos, on ne taille pas, on ne vendange pas, on ne se salit les mains qu'au figuré. Pierre, lui, rêve de devenir le prochain maître du champagne Hordon, il piaffe en attendant son tour, il a de l'ambition. À côté de son frère, Paul fait figure de vilain petit canard, il est le fils inutile et décevant, le doux, le faible, le trop gentil.

Ils croisent Thomas Lucas sur le parvis, le tailleur de pierres a vieilli de vingt ans, c'en est une pitié. Sa femme, la mère d'Antonin, est devenue transparente, son regard les traverse, elle est présente sans être là, ses yeux sont tournés vers l'intérieur, elle avance à petits pas furtifs, elle glisse, elle s'éloigne déjà.

Antonin est mort. Paul est malheureux. Comment venir à son secours ? Eugène supplie frère Rémi de l'aider, en vain. Il faut pourtant bien que quelqu'un mette un terme à cette situation. Alors Eugène se rend à l'église et il adresse directement sa requête à qui de droit. Le temps se chamaille, l'orage approche.

Le lendemain, Paul débarque à Cramant, le visage empourpré. Dieu a exaucé les prières silencieuses d'Eugène. À force d'étouffer de rage et de méchanceté, l'Ogre a été puni. On l'a retrouvé dans son bureau ce matin, la fenêtre ouverte, le crâne défoncé, devant son coffre béant vidé de son argent et de ses documents. Il a été frappé à mort par une bouteille de son propre champagne, un comble. L'arme du crime gisait près de lui, maculée de son sang et de sa cervelle. En cette époque de vendanges, les journaliers étrangers à la région sont nombreux à louer leurs bras. La fenêtre ouverte et la lumière allumée ont dû tenter l'un d'eux. L'argent a disparu et l'Ogre est trépassé.

Le soir, Eugène participe à la veillée funèbre traditionnelle. Les Hordon ont pignon sur rue à Épernay, un défilé ininterrompu de voisins et de notables entre dans leur hôtel particulier. La gouvernante Angèle et la cuisinière ont préparé assez de victuailles pour nourrir une armée. Le vin déborde des verres. On se répand en compliments sur le défunt, pourtant personne n'est dupe : il n'avait pas d'amis, son épouse est soulagée de sa disparition, ses enfants ne seront plus maltraités. Dans le vestibule au dallage noir et blanc, un portrait en pied de l'Ogre accueille ceux qui l'évitaient ou le redoutaient hier et ne le pleurent pas aujourd'hui. Le tableau voisine avec un portrait de sa femme, jeune, ravissante et déjà triste, et un autre de leurs deux fils enfants.

Depuis l'épidémie de choléra, le cimetière d'Épernay a été agrandi, les morts ne sont plus à l'étroit. Le géant terrassé est porté en terre. Paul paraît étriqué dans son costume noir. Eugène assiste aux funérailles, Bourlon lui a exceptionnellement accordé sa journée. Les négociants sont venus à cheval, en diligence, en fiacre, ou même en train. Louis Napoléon Bonaparte a inauguré le chemin de fer de Paris à Strasbourg quatre ans plus tôt, et la ligne d'Épernay à Reims est ouverte depuis trois mois ; on a dû dévier la Marne, ce qui a formé l'île Belon. Les voyageurs ont le choix entre trois classes, il n'y a pas de plafond dans les wagons de troisième et, l'hiver, il pleut ou il neige, mais ce jour d'octobre 1854 un clair soleil fait miroiter les eaux du fleuve.

En sortant du cimetière, Eugène et Paul passent saluer Antonin. Là où il est, leur ami ne boite plus, il a pris une longueur d'avance sur eux malgré sa patte folle, il gambade, il vole, il sait ce qu'il y a par-delà la mort. Lui qui ne comprenait jamais les explications du maître est désormais plus savant qu'eux. Thomas, son père, a gravé avec amour un pigeon aux ailes écartées sur la tombe grise. Les compagnons du devoir signent leurs œuvres avec des traits et des points parce qu'ils sont payés à la tâche, Thomas, lui, signe d'un oiseau. Alors Eugène et Paul veulent eux aussi laisser une trace de leur passage. Ils ramassent des cailloux blancs dans l'allée du cimetière. Paul dispose les siens sur la tombe de façon à former un T surmontant une grappe. Eugène dispose les siens de façon à former une coupe de champagne d'où s'échappent des bulles. L'oiseau, le raisin du viticulteur, la coupe du négociant en champagne. Le rêve passé d'Antonin et les rêves d'avenir de Paul et d'Eugène se détachent, fragiles et blancs, sur le gris de la pierre.

Les deux amis restent un long moment silencieux, assis sur le muret du cimetière comme sur le bord de leur existence. Le champagne Hordon sera géré par un tuteur jusqu'à la majorité des deux frères, puis Pierre et Paul en hériteront à parts égales.

— Travailler avec mon frère ne sera pas une sinécure, soupire Paul. Si tu n'étais pas là, si ma mère n'avait pas besoin de soutien, je partirais tenter ma chance ailleurs. Je n'ai que faire d'un hôtel particulier, il me suffit d'avoir un toit sur ma tête, une terre à travailler, de savoir que le raisin mûrit et que ceux qui me sont chers sont en paix. Et toi, mon ami, où aimerais-tu vivre ?

Eugène ferme les yeux pour se concentrer et il voit clairement la maison de ses rêves. Deux tourelles pointues, une véranda, une pelouse, une bâtisse spacieuse pour abriter une famille nombreuse et unie, de vastes caves pour entreposer ses futures bouteilles. Paul rêve de liberté et de voyages, Eugène de racines et de stabilité. Des carrioles, des fiacres et des chevaux passent dans la rue. L'Ogre est vaincu, sa disparition les projette en avant. Eugène prend son courage à deux mains et, pour la première fois, il raconte sa vision et avoue son projet secret. Paul l'écoute attentivement. Il ne se moque pas de lui. Il sourit tristement.

— Si tu t'étais appelé Hordon au lieu de Mercier, tu serais devenu négociant comme mon père, et moi j'aurais pu librement travailler la terre.

— Je ne veux ressembler ni à ton père ni aux autres, s'écrie Eugène avec feu. Ils vendent leur champagne, très cher, à une élite. Je ne trouve pas cela juste. Le mien sera accessible à toutes les bourses, aux employés de bureau, aux ouvriers, aux tailleurs de pierres, aux mères célibataires et aux fils naturels. Le champagne Mercier ne rejettera personne.

Paul ouvre de grands yeux :

— Le champagne est un luxe réservé aux plus fortunés, cela a toujours été ainsi. C'est le vin des rois, Eugène.

— Non, c'est le roi des vins et chacun se sentira roi en buvant le mien !

— C'est de l'utopie.

Eugène secoue la tête avec gravité.

— Non, Paul. C'est l'avenir.

Ils rentrent à l'hôtel Hordon. Paul se dirige vers les caves, il semble calme et serein. Eugène le suit. Et brusquement, sans que rien le laisse prévoir, Paul devient fou, renverse les paniers d'osier « six cases » remplis de bouteilles prêtes à être transportées d'un étage à l'autre des caves superposées. Bientôt, le champagne ruisselle sous leurs pieds, la paille des paniers et le verre brisé jonchent le sol. Eugène tente de le retenir mais son ami est plus fort que lui. Deux ouvriers arrivés à la rescousse le ceinturent prestement, le jeune caviste Matthieu et un apprenti imberbe. Le caviste le maintient d'une poigne ferme en lui répétant : « Ça va aller, mon gars, ça va aller. » Il croit que Paul est fou de tristesse. Eugène sait bien que non. Paul ne pleure pas son père, il le déteste seulement de ne pas l'avoir aimé. Ils finissent par le lâcher. Paul est échevelé, en nage, souillé de vin, pantelant, on dirait un cheval terrifié. Dans les villages champenois, on donne aux habitants des surnoms d'animaux, par exemple les ours de Cramant, ou les bernaous d'Épernay – un bernaou est une sorte de hanneton. Eugène souffle à Paul : « Ton père ne te méritait pas, le petit bernaou a vaincu l'Ogre. »

La rage de Paul se mue alors en hoquets de rire. Matthieu le regarde avec suspicion tandis que l'apprenti recule, sidéré. Eugène explique que les nerfs de son ami lâchent sous le poids du chagrin. Les yeux de Paul brillent à nouveau. L'Ogre n'est plus qu'un cadavre raidi mais lui respire, il peut manger le pain chaud sorti du fournil, voir le raisin mûrir, il s'endormira cette nuit sans peur du lendemain et choisira son avenir. Une incontestable victoire.

Le soir, un souper réunit une dizaine de membres de la famille en deuil. Paul a insisté pour qu'Eugène y assiste. Sa mère s'est tuée à la tâche afin qu'il ne manque de rien, mais il est habitué à l'unique soupe du soir sur la table de la cuisine. C'est la première fois qu'il dîne sur une nappe, qu'il manie des couverts en argent monogrammés, qu'il boit dans un verre de cristal, qu'il goûte ces plats nouveaux. Pierre s'agite sur sa chaise et ne tient pas en place. Au dessert, il se lève, très rouge, un vilain tic déforme son œil du côté de la tache de vin.

— J'ai à vous parler !

Tous s'attendent à ce qu'il remercie ceux qui se sont déplacés, à ce qu'il tienne son nouveau rôle de chef de famille. Mais il se tourne vers son frère.

— Comment oses-tu boire et manger à cette table ?

La question vibre dans l'air tel un coup de tonnerre. Paul tressaille, stupéfait.

— Vous croyez tous que père a succombé sous les coups d'un rôdeur qui en voulait au contenu de son coffre ? continue Pierre. Je vous affirme qu'il n'en est rien. La lune était pleine, je n'arrivais pas à dormir. J'ai entendu mon frère se quereller avec lui au milieu de la nuit. J'ai perçu un choc sourd, un bruit de chute. J'ai entrouvert la porte de ma chambre. Et là, j'ai vu, de mes yeux, Paul sortir en courant du bureau, je le jure sur Dieu. Quelques heures plus tard, on a retrouvé notre père le crâne fracassé.

Un silence de mort suit ces paroles. Un cousin barbu prend la parole :

— C'est une bien grave accusation que tu portes là. Qu'as-tu à y répondre, Paul ?

Paul, effaré, incrédule, balbutie :

— Je ne comprends pas... Je ne me suis pas levé de toute la nuit, je le jure ! Ce n'était pas moi, Pierre, comment peux-tu me croire une seconde capable d'accomplir un tel acte ?

— Je t'ai vu comme je vous vois tous. Tu serrais des papiers contre toi, le contenu du coffre, peut-être ? Je demande à ce que l'on fouille ta chambre sur-le-champ.

Le cousin barbu s'avance.

— Indiquez-moi cette chambre, nous en aurons le cœur net.

Angèle, la gouvernante, lui fait signe de la suivre. Ils quittent la pièce sous les regards ébahis des personnes présentes. Madame Hordon se tourne vers son fils aîné.

— Mon cher enfant, la douleur t'égare, ton frère est incapable d'une telle bassesse.

— C'est l'amour qui vous égare, mère. Je m'en veux tellement, j'aurais dû me précipiter dans le bureau, j'aurais peut-être encore pu sauver père. Je ne pouvais pas imaginer qu'il était en danger, lui si fort, si vigoureux. Lorsque notre servante a hurlé le matin, j'ai tout compris. Pourtant je ne voulais pas accorder crédit à ce que mes yeux affirmaient, alors j'en ai parlé à Matthieu.

Pierre ouvre la porte donnant sur le vestibule :

— Tu peux venir ?

Le jeune caviste entre, en blouse et sabots, tournant sa casquette entre ses doigts, mal à l'aise.

— Matthieu, répète devant tout le monde ce que tu m'as raconté.

Eugène échange un regard affolé avec Paul.

— La nuit où monsieur Hordon est trépassé, les rideaux de son bureau étaient ouverts, la lumière était allumée, il était avec monsieur Paul, bredouille Matthieu d'un air gêné.

— Quoi ? s'écrie Paul, épouvanté. C'est faux !

— Tais-toi, gronde Pierre. Continue, Matthieu.

— Il n'y avait pas de doute possible, poursuit le caviste. Ils se disputaient. Il devait être trois heures du matin.

— Vous voyez ! triomphe Pierre. J'ai vu Paul quitter le bureau peu après, échevelé, les yeux hors de la tête, l'air halluciné. Matthieu, décris-nous mon frère cet après-midi.

Eugène déglutit avec difficulté. Paul se tasse sous le poids de ces accusations qu'il ne comprend pas et il a de plus en plus l'air coupable.

— Aujourd'hui monsieur Paul est descendu aux caves avec son ami Eugène, raconte Matthieu. Il est subitement devenu enragé, il a renversé des paniers de bouteilles, on aurait cru une bête prise de folie. Je l'ai maintenu avec l'apprenti, j'ai pensé qu'il avait une attaque de nerfs, il pantelait. C'est peut-être ce qui s'est produit dans le bureau ? Monsieur Paul n'a sûrement pas voulu blesser son père, il est malade, il faut le soigner. Il a tellement rué dans mes bras que j'en ai l'épaule douloureuse. Quand nous l'avons lâché, il a éclaté d'un rire dément. Eugène ne me contredira pas.

Tous les regards se dirigent vers Eugène qui frémit.

— Tu as vraiment assisté à cette scène, Eugène ? demande madame Hordon.

Eugène ouvre la bouche, brusquement conscient de l'importance cruciale de chaque mot qu'il va prononcer :

— Non, madame… enfin, oui, mais ce n'était pas… Paul s'est un peu énervé dans les caves parce qu'il était bouleversé par la mort de son père.

— Un peu énervé ? l'interrompt Pierre. Il a cassé douze bouteilles. Il était perturbé parce qu'il a tué notre père dans une crise de délire semblable à celle qu'il a eue dans les caves devant Matthieu.

Paul recule d'un pas et cherche du secours autour de lui, il ressemble à un renard acculé par une meute de chiens. La porte s'ouvre. Le cousin barbu fait irruption dans le salon, tout faraud, suivi par Angèle qui a changé de visage. Il brandit dans sa main droite une liasse de billets.

— Je les ai trouvés sous le matelas de Paul. Ils sont la preuve de son forfait. Qu'est-ce qui t'a pris, mon garçon ?

Les regards convergent vers Paul qui se ratatine.

— Je n'ai jamais vu cet argent, je dormais, murmure-t-il d'une voix suppliante.

— Il y avait cent fois plus dans le coffre, qu'as-tu fait du reste, petit malheureux ? lance Pierre, haineux.

— Mon cher enfant, je ne peux pas croire…, murmure madame Hordon, les larmes aux yeux.

Pierre lui coupe la parole, le regard flamboyant :

— En voilà assez, mère, la mémoire de père ne sera pas en repos tant que son assassin demeurera sous son toit. Il pourrait recommencer, vous surprendre dans votre sommeil. Regardez-le, on lui donnerait le bon Dieu sans confession. Je l'ai vu, Matthieu l'a reconnu, même son ami Eugène a témoigné contre lui.

— Non, absolument pas ! proteste Eugène.

Personne ne l'écoute, tous parlent en même temps. Angèle navrée regarde Paul trembler de peur et d'incompréhension.

— Je n'ai rien fait, je le jure, se défend-il maladroitement.

— Je vais chercher le médecin et les gendarmes, déclare Pierre en se levant.

— Je te l'interdis ! s'exclame sa mère.

Madame Hordon se dresse avec force et vigueur. Elle prononce sa sentence d'une voix raffermie :

— Je suis chez moi. Je ne souillerai pas la mémoire de mon époux en gardant dans ma demeure un fils qui serait à l'origine de sa mort tragique. Mais il n'est question ni de l'interner ni de le jeter en prison, je m'y refuse absolument. Vous m'entendez, tous ? Rien de ce qui s'est passé ce soir ne sortira d'ici. Nul ne doit savoir. J'ai perdu mon mari, je ne veux pas perdre aussi mon fils. Nous sommes tous apparentés, sauf Eugène, et je sais qu'il se taira.

La situation galvanise cette femme d'ordinaire soumise et muette, il émane d'elle une autorité qui en impose.

— Si Paul est malade, on le soignera, ailleurs, loin d'ici. Sinon la honte en retomberait sur notre famille, donc sur vous tous. On craindrait une hérédité mauvaise. Porter l'affaire sur la place publique ne ressuscitera pas mon époux, entachera notre nom et rejaillira sur chacun de nous.

L'argument fait mouche Être le parent d'un criminel est mauvais pour le négoce et sera considéré comme une tare. Madame Hordon poursuit d'un ton sans réplique :

— Vous connaissez tous Raymond, le cousin de mon mari qui a émigré il y a dix ans en Amérique où il possède des vignes et produit du vin ? Il se sent seul là-bas et son épouse ne peut enfanter. Ma décision est irrévocable : Paul, mon fils, je te bannis de Champagne. Tu quitteras Épernay demain pour t'embarquer au Havre sur le premier bateau en partance.

Le visage de Paul devient crayeux.

— J'ai besoin de Pierre à mes côtés Quelqu'un peut-il accompagner Paul en diligence jusqu'au bateau et veiller à ce qu'il y monte ? questionne Katell Hordon à la ronde.

Le cousin barbu, pénétré de son importance, se propose. Pierre voit sa proie lui échapper mais ne peut s'opposer au verdict de sa mère. Tout le monde s'accorde à trouver le jugement équitable. Eugène et Paul échangent un regard douloureux. Paul est chassé de sa maison, de sa famille, de son pays comme un chien galeux.

— Il est innocent, madame, implore Eugène.

— Tais-toi, mon garçon, l'interrompt le cousin barbu. Rentre chez tes parents, tu n'as plus rien à faire ici.

— C'est ça, rentre chez toi, sale bâtard, siffle Pierre entre ses dents.

Eugène se raidit mais Paul secoue la tête. Son ami ne peut plus rien pour lui. Le cœur lourd, il traverse le vestibule au dallage noir et blanc qui leur tenait lieu de marelle autrefois.

Aucun des deux garçons ne dort de la nuit.

Paul, enfermé dans sa chambre, voit les heures passer en remuant mille pensées dans sa tête. Doit-il tenter de s'échapper de la diligence ? sauter du bateau ? Que fera-t-il ensuite, sans ressources, livré à lui-même, recherché par les gendarmes ? Pourquoi sa mère bien-aimée ne l'a-t-elle pas défendu ? Comment son propre frère peut-il l'accuser ? Et Matthieu, pourquoi ce faux témoignage ? Qui a fourré l'argent sous son matelas pour l'incriminer ? Il a perdu en l'espace d'une soirée tout ce qui constitue sa vie : sa famille, sa maison, son meilleur ami, sa ville, son pays, et la confiance de ceux qu'il aime. Sa mère et Angèle le connaissent-elles si mal qu'elles le prennent pour un meurtrier ? Eugène est le seul à avoir tenté de le sauver. L'univers de Paul vole en éclats. Des sanglots secs le secouent. Il vit un épouvantable cauchemar. Il essaie de réfléchir, malgré la migraine terrible qui lui martèle le crâne. Au bout d'un moment, il croit deviner ce qui s'est passé. Un vagabond a agressé leur père. Pierre, réveillé par le bruit, a trouvé l'Ogre mort devant son coffre ouvert. Le tueur, trop pressé, a laissé derrière lui une liasse de billets. Pierre a saisi l'occasion de devenir seul maître du champagne Hordon en éliminant son jeune frère dont il a toujours été jaloux. Il a payé le silence de Matthieu, ou bien il l'a menacé, le chantage est son arme préférée, il en usait à l'école des Frères pour manipuler les autres élèves. Pierre est le digne fils de leur père…

Paul est piégé, coincé, terrassé. Le petit bernaou est vaincu.

Eugène ne trouve pas le sommeil non plus. Il se reproche de ne pas avoir réussi à trouver les mots pour innocenter son ami. Matthieu a évidemment menti à la demande de Pierre. Mais pourquoi madame Hordon exile-t-elle le fils dont elle est le plus proche ? Que sait-elle que les autres ignorent pour l'avoir jugé si vite, sans même lui laisser le temps de se défendre ? Croit-elle réellement à sa culpabilité ? Et Angèle qui l'a vu naître, qui l'a élevé ? Eugène est certain de l'honnêteté de son ami et cette injustice le révolte. Il aurait dû l'aider, il a échoué. Les familles des gros négociants n'écoutent pas les petits bâtards. Paul va partir pour toujours.

Le cœur chamboulé, la bouche sèche, le corps tremblant, les deux survivants du trio inséparable se retrouvent au départ de la première diligence. Angèle a préparé la malle de Paul, y empilant des effets personnels, ses chères partitions de piano, des livres, des souvenirs, une bible. Madame Hordon se tient à l'écart, le visage défait, les yeux rougis par les larmes. Pierre cache mal sa satisfaction. Le cousin barbu prend son rôle au sérieux et tient Paul par l'épaule comme si le garçon risquait de s'enfuir. On charge sa malle sur le toit de la diligence. Eugène s'approche de son meilleur ami et l'enlace dans une accolade maladroite. Ils sont désormais à égalité : sans père, sans argent, sans protection.

— Je voulais voyager et être libre, je le serai donc sans l'avoir décidé, souffle Paul à son oreille. Tu vas terriblement me manquer. Tu pourrais me rejoindre ? Avoir ou pas un père n'a aucune importance en Amérique, seule la valeur des hommes compte.

Eugène secoue la tête, il n'aura jamais les moyens d'entreprendre un tel voyage. Et puis il ne peut pas abandonner sa mère, elle a quitté Reims et sa famille pour pouvoir le garder, elle n'a que lui au monde, il n'a qu'elle.

Paul insiste dans un murmure :

— Tu créerais ta propre affaire, nous deviendrions associés, imagine ? Ici les grandes maisons ne te laisseront jamais faire, tu t'épuiseras en vains combats. Tu sais ce qui est le plus dur ? Ma mère me croit soit meurtrier, soit fou. Angèle est certaine de mon innocence, elle me l'a dit. Tu en es persuadé toi aussi, n'est-ce pas ?

— J'en suis convaincu, mon ami.

— Nous n'allons pas nous revoir avant longtemps. Je t'écrirai.

— La diligence va partir, clame le cocher.

Paul, sentant son courage l'abandonner, étreint Eugène. Puis il se jette dans les bras de sa mère qui le serre contre elle et murmure :

— Mon enfant, tu seras dans mes pensées à chaque heure du jour.

— Allons, il est temps, insiste le cocher.

Le cousin barbu sépare de force la mère du fils et oblige Paul à grimper dans la diligence.

— Tu te rappelles : nous resterons amis tant qu'il y aura des bulles dans le champagne ! crie Eugène à Paul.

Le cocher fouette ses chevaux, la diligence s'éloigne sur la route. Madame Hordon chancelle, refuse la main de Pierre qui veut la retenir, s'appuie lourdement sur Eugène.

Mary, New York, novembre 1937

Je m'appelle Mary Robinson, j'ai sept ans aujourd'hui, je suis fille unique. Mon père, Joe Robinson, est rarement à la maison, je l'admire et en même temps il m'impressionne. C'est un aéronaute, il pilote des ballons et des montgolfières. Il est beaucoup plus âgé que les pères de mes amies de classe, il est né au siècle dernier, en 1870, en Californie. Il rentre d'Europe aujourd'hui, son bateau accoste au port cet après-midi. Je ne l'ai pas vu depuis deux longs mois. Ce matin, maman m'a emmenée à la parade de Thanksgiving sur Times Square voir flotter le Pinocchio gonflé à l'hélium, son nez était aussi gros que son corps. Ce soir nous fêterons mon anniversaire et, demain, papa me fera monter pour la première fois dans la nacelle de son ballon. J'ai une robe neuve, un ruban en velours bleu dans les cheveux, les mains moites, et je suis déjà terrifiée. Si j'ai le mal de l'air et que je vomis, j'en mourrai de honte. Je serre dans ma main la lettre que maman a déposée sur mon oreiller avant mon réveil. Dessus, papa a écrit « Lady Mary, ceci est un bon pour ton baptême de l'air demain » et il a dessiné dessous une coupe de champagne d'où s'échappent des bulles. Il ne sait pas, heureusement, à quel point j'ai peur de ne pas être à la hauteur.

Le président Roosevelt dit que l'Amérique va mieux, le pont du Golden Gate a été inauguré cet été, les grèves à la General Motors sont finies. Mais c'est une terrible année pour papa. En mai, le dirigeable allemand Hindenburg a explosé avant de s'écraser sur un aéroport du New Jersey, trente-six personnes sont mortes et maintenant les gens paniquent à l'idée de voler en ballon. Début juillet, papa a perdu sa meilleure amie Amelia Earhardt au-dessus de l'océan Pacifique, elle était partie faire le tour du monde, son bel avion Electra argent et orange n'est jamais arrivé sur l'île Howland où elle devait se ravitailler en essence. Ses amis la surnommaient Lady Lindy parce qu'elle ressemblait à Charles Lindbergh. Papa me surnomme affectueusement Lady Mary. C'est un pilote et un expert internationalement reconnu, il a été appelé en Europe pour faire une conférence après le drame du dirigeable, il ne voulait pas y aller mais il y a été obligé. La conférence a eu lieu en France, le pays de ces frères Montgolfier qui voulaient capturer les nuages pour les enfermer dans une enveloppe et y suspendre un panier. Papa m'a promis de rentrer pour mon anniversaire. Il sera là d'une minute à l'autre. Wing, notre cocker, l'attend derrière la porte.

Papa devrait être rentré depuis plusieurs heures. Maman s'énerve, puis s'inquiète, puis va aux nouvelles. Elle revient, le visage tout gris. Le paquebot a accosté au port à l'heure prévue. Mais papa n'était pas dedans. Il a disparu, comme Amelia et son avion. Il ne s'est pas présenté à l'embarquement au Havre, il n'a pas occupé sa cabine, il s'est volatilisé, évanoui dans la nature. La dernière fois que maman a eu de ses nouvelles, il se trouvait à Paris, il était l'invité d'honneur d'un meeting aérien à Reims mais il renâclait à l'idée d'y aller, il avait envie de rentrer chez nous.

Je continue à l'attendre, droite sur ma chaise, jusque tard dans la nuit. J'ai mal au ventre. J'ai une grosse boule dans la gorge. Ma robe est froissée, je n'ai même pas faim. La cuisine est remplie de plats amoureusement préparés, les sept bougies sont déjà piquées sur mon gâteau. Maman ne dîne pas. Des tas de gens arrivent à la maison. Je me fais toute petite dans mon coin avec Wing. Je me dis que peut-être papa n'est pas revenu parce qu'il sait à quel point ce baptême de l'air demain me terrifie.

Maman a de grands cernes sous les yeux, elle a oublié que j'existe. Vers minuit elle m'ordonne d'aller au lit mais il n'est pas question que j'obéisse, j'ai l'impression que papa a besoin de moi, le sentiment étrange que si je m'endors il va lui arriver malheur, que c'est mon devoir de veiller jusqu'à son retour, que je suis responsable de ce qui risque d'advenir, que c'est la faute de ma peur imbécile s'il n'est pas là, avec nous, pour fêter mes sept ans.

Je regarde le ciel étoilé par la fenêtre, j'écarquille les yeux le plus que je peux, je lutte de toutes mes forces contre le sommeil, je me mords les lèvres pour m'empêcher de sombrer, je sens le goût ferreux du sang sur ma langue, je refuse de dormir, je serre les poings, mes yeux papillotent, mes paupières s'alourdissent, mes mains se décrispent et je…

… m'endors comme une masse.

Je rêve de rejoindre mon père, où qu'il soit, pour le défendre contre les monstres des abysses, lui crier que je ne crains pas de voler avec lui, que je serai courageuse. Je ne sais pas encore que c'est la fin de l'enfance et de l'insouciance.

Le lendemain me fait l'effet d'un cauchemar, des voisins et des amis continuent de défiler à la maison. Personne ne me parle. Je ne fais pas de bruit. J'attends. Je jette mon gâteau d'anniversaire. J'avale une vague tartine qui me donne mal au cœur. Wing laisse sa pâtée.

Je suis élève à l'école française du bout de notre rue, maman m'oblige à y retourner l'après-midi. Quand mes amies me demandent comment s'est passé mon baptême de l'air en ballon ce matin, je leur décris mon vol avec un grand luxe de détails. Je raconte quel effet ça fait, j'explique que je n'ai même pas été malade, je dépeins le paysage vu d'en haut, j'ai de l'imagination, je réponds que je n'avais aucune appréhension, de quoi aurais-je eu peur ? Mais le soir, maman appelle mon institutrice pour la prévenir.

Le matin suivant, à la reprise des cours, on m'oblige à avouer devant toute l'école que j'ai menti. Debout sur l'estrade, le feu aux joues, les yeux secs, le cœur en vrac, je m'exécute tandis que mon estomac fait des loopings.

Puis, juste avant de me précipiter dans les toilettes pour vomir mon petit déjeuner, je me tourne vers mes camarades de classe et je leur lance :

— Riez, riez… un jour papa va revenir, et nous volerons ensemble !

Journal d'Eugène

Octobre 1854

Paul est parti hier en Amérique. Antonin dort au cimetière. Il faut bien que je parle à quelqu'un, même si je fais tout seul les demandes et les réponses, sinon les mots m'étoufferont. Je n'ai jamais éprouvé le besoin de tenir un journal intime avant d'avoir perdu mes deux meilleurs amis. Antonin parlait peu mais il savait nous écouter Paul et moi, nous avancions tous les trois de front, crânement, avec audace. Notre trio était invincible. Plus que deux, Paul et moi avons ensuite été vulnérables. Tout seul, je ne donne pas cher de ma peau.

J'ai toujours aimé les lettres de l'alphabet, elles sont comme les notes de musique des partitions de Paul, comme les grains du raisin, comme les bulles du champagne. Je me sens tellement perdu et malheureux. Je n'ai plus que toi, mon nouvel ami Le Journal. Dans les lettres de mon nom, MERCIER, il y a ÉCRIRE.

30 novembre

Je n'ai pas encore de nouvelles de Paul. J'ignore son adresse, j'attends son premier courrier pour lui répondre. Les mannequins d'osier dans lesquels on transporte le raisin et les clayettes pour le trier sont remisés jusqu'aux prochaines vendanges. Les journaliers étrangers sont rentrés dans leurs pays, le meurtrier de l'Ogre était peut-être parmi eux. Au retour de Cramant ce soir, je suis allé m'asseoir sur le muret du cimetière, j'ai repensé à notre conversation, la rage m'a soudain saisi et j'ai donné de si forts coups de talons dans le muret que des pierres ont roulé à terre.

26 décembre

Cette année, pour la première fois, je n'ai pas fêté Noël en tête à tête avec ma mère. Nous avons été invités à Cramant chez monsieur Philippe. Nous avons revêtu nos habits du dimanche, la messe de minuit à l'église du village a été pleine de recueillement, le souper généreux, la grosse bûche de Noël s'est consumée lentement et nous avons eu soin d'entretenir le feu. J'aurais aimé avoir une sœur comme Marguerite. Je pense souvent à Sophie, ma sœur aînée disparue. Ma mère ne me parle jamais d'elle, pas plus que de mon père. Quand je l'interroge à son propos, elle secoue la tête et me répond avec douceur : « Tu sais bien que je ne peux rien te dire. » J'insiste parfois : « Au moins, donne-moi son nom ! Est-ce qu'il me connaît ? Est-ce que je le croise tous les jours sans savoir que c'est lui ? » Elle agite la main comme on chasse une mouche, elle joue l'indifférente mais ses yeux brillent de larmes et je m'en veux de la torturer ainsi, alors je me tais.

J'ai reçu une orange en cadeau à Cramant, d'une rondeur magnifique, aussi brillante que la Marne lorsqu'elle reflète le soleil. J'ai offert à la petite Marguerite une pièce de bois en forme de bouteille que j'ai sculptée exprès au couteau, j'ai écrit « champagne » dans son corps et « Marguerite » dans son goulot. Elle a battu des mains, ravie.

Mon second cadeau a été la première lettre de Paul qui m'est enfin parvenue après avoir navigué puis cahoté sur les routes. Son oncle Raymond l'a accueilli avec bonté. Les premiers temps ont été difficiles, il avait le mal du pays, il ne comprenait pas la langue, il a attendu de se sentir assez fort pour m'écrire. Il a envoyé une lettre à sa mère dès son arrivée, lui répétant qu'il n'était pas coupable, mais elle ne lui a pas répondu. Angèle ne sait ni lire ni écrire, il me charge de la rassurer sur son compte. Il s'étonne des responsabilités que lui confie son oncle, alors que l'Ogre le traitait en enfant récalcitrant. Il raconte que le soir, quand il se sent trop triste, il étudie sur le piano de sa tante le *Petit Livre d'Anna Magdalena*, de Bach, et se console avec la musique. L'Ogre jugeait que c'était une occupation de femme, Paul peut désormais s'y consacrer.

Je l'ai entendu l'an dernier jouer des extraits du *Livre d'orgue* du Rémois Nicolas de Grigny sur l'orgue de la chapelle des Frères, j'ai dû me retenir pour ne pas pleurer, sa musique me ravageait l'âme, réveillait mes peurs enfouies et mes sanglots réprimés, elle était déchirante, implacable et merveilleuse, à la fois la voix d'Antonin, l'absence de mon père, les nuits blanches de ma mère, et nos vies si fragiles. J'étais stupéfait que les mains de mon ami puissent générer autant de tristesse mêlée d'autant de beauté. Je ne lui en ai pas parlé, par pudeur. Je n'ose toujours pas le lui écrire.

Paul me décrit la propriété de son oncle. Il revient sur notre conversation à califourchon sur le muret du cimetière, me dit que son sort n'est pas si tragique. Il a un toit sur la tête, une terre à travailler, le raisin de son oncle mûrit. Sa mère lui manque, il souffre de la facilité avec laquelle elle s'est débarrassée de lui et il est encore sidéré des accusations de Pierre. Il termine sa lettre en dessinant le même T, surmontant une grappe, qu'il avait tracé à l'aide de petits cailloux blancs sur la tombe d'Antonin.

Je lui ai décrit mon Noël à Cramant, je lui ai parlé de toi, mon complice de papier, j'ai promis de donner de ses nouvelles à Angèle et de me renseigner pour savoir si sa mère a reçu sa lettre. J'ai répété que je n'ai jamais douté de lui. J'ai terminé en dessinant ma coupe de champagne d'où s'échappent des bulles.

6 février 1855

« S'il tonne en février, point de vin au cellier », disent les vignerons. Je me suis rendu seul au cimetière pour l'anniversaire de la mort d'Antonin. Sa mère m'y avait précédé et avait déposé sur sa tombe un bouquet de fleurs d'hiver. Nos cailloux avaient été balayés par la pluie et le vent, je les ai replacés avec soin. La grappe de Paul et ma coupe se sont à nouveau détachées, blanc sur gris. Puis je suis reparti à Cramant, lourd du manque de mes amis perdus.

1er avril

« Avril froid procure vin et pain, pluies d'avril remplissent caves et barils. » J'ai dix-sept ans aujourd'hui. Je n'ai toujours rien confié à ma mère de ma vision,

Paul seul est au courant. Il aura le même âge que moi demain. Nous serons bientôt des hommes. Je trouve les femmes profondément jolies, d'une beauté miraculeuse. Paul préfère les blondes mais il rougit devant elles, alors que Pierre est très à l'aise, sa tache de vin les hypnotise, il en profite pour les rudoyer. Je préfère les brunes mais je ne trouve plus mes mots lorsqu'une jeune fille me trouble. Je n'ai dans mon entourage aucun homme pour me conseiller en cette matière. Et je ne peux tout de même pas aborder ce sujet avec ma mère.

Notre Empereur s'est marié il y a deux ans avec Eugénie de Montijo. J'ai le même prénom que l'Impératrice. Moi aussi, un jour, je me marierai avec une femme superbe que j'aimerai comme un fou. Paul reviendra des Amériques ou je l'y rejoindrai, nous travaillerons côte à côte en associés et en amis, nos femmes s'entendront, nos enfants joueront ensemble.

« À toi de prouver que tu vaux la peine qu'on t'aime », m'a dit frère Rémi. Je vais relever son défi. Paul voulait voir le monde, le destin a exaucé son désir de terrible manière. Moi qui ai grandi sous le poids de ma différence, j'aspire à me couler dans le moule pour mieux faire ensuite éclater le carcan. Parviendrons-nous à savoir qui a tué l'Ogre ? Et connaîtrai-je un jour mon père ?

Mary, Washington, avril 1970

Papa n'est jamais revenu de France. A-t-il refait sa vie ailleurs avec une autre famille ? A-t-il eu un accident à bord d'un ballon où nous ignorons qu'il est monté ? S'est-il abîmé dans l'océan comme son amie Amelia ? L'a-t-il rejointe quelque part ? C'était une torture de ne pas savoir. J'ai cru pendant des années que c'était ma faute, pendant vingt ans j'ai espéré son retour. Notre chien Wing a patienté dix ans puis il a jeté l'éponge. On n'a jamais enlevé le nom de papa sur la médaille de son collier, on l'a enterré avec sous le cerisier du jardin.

Maman a eu du mal à s'en sortir moralement et financièrement. Comme nous tirions le diable par la queue, j'ai attendu d'avoir vingt-cinq ans et des économies pour me payer des leçons de pilotage. J'en ai pris une dizaine. Chaque fois que je volais c'était comme si j'avais rendez-vous avec papa. Je regardais à droite et à gauche du cockpit, m'attendant à le voir agiter la main depuis la nacelle de son ballon en me faisant signe de le suivre jusqu'aux confins du monde connu, tels deux cavaliers galopant botte à botte. Mais le ciel restait vide.

Papa était né en 1870, il aurait cent ans aujourd'hui, il est forcément mort. J'ai trente-neuf ans même si on ne me les donne pas. Je n'ai ni mari, ni enfants, ni ancrage. Je ne me sens pas orpheline mais abandonnée, ce qui change la donne. Du coup j'ai du mal à faire confiance aux hommes. On se brûle les ailes à les attendre. Il vaut mieux les avoir pour amis ou pour amants de passage. Aujourd'hui c'est le *Flower Power*, l'amour libre, l'ère du *Peace and Love*, nous sommes affranchis et heureux ou du moins nous sommes censés l'être. J'ai de longs cheveux blonds, des taches de rousseur, des yeux noisette, je suis grande et mince, je m'habille soit en hippie, jupe indienne et tunique à la teinture artisanale, soit en pantalon et chemise blanche de pilote. Je suis merveilleusement libre et terriblement seule.

Papa était beaucoup plus âgé que maman. Elle s'est remariée avec un ingénieur de chez Ford, rassurant et ponctuel, qui rentrait tous les soirs à six heures tapantes. Elle est morte d'une leucémie l'année où j'ai quitté la maison, elle ne voulait pas peser sur moi, elle ne m'a pas prévenue qu'elle était malade. J'ai rempli deux cartons de papiers et de souvenirs que je trierai un jour. Un carton pour papa, un carton pour maman, comme les cuillerées de soupe qu'on force les enfants à avaler. Je ne fête plus jamais mon anniversaire ni Thanksgiving.

Je travaille dans un aéroclub où je cumule les fonctions. Je suis secrétaire, je m'occupe de la paperasse, des demandes de brevets, des calculs de cotisation et de la comptabilité des heures de vol. Je tiens aussi la buvette à midi et je cuisine pour le déjeuner. Le club appartient à Alexander, un gros fumeur maigre comme un coucou qui a débarqué en Normandie en juin 1944.

Il le dirige avec sa fille Alberte dont la mère est morte à la naissance. Charly, le compagnon d'Alberte, ressemble à James Dean, il est pilote d'hélicoptère et vient de rentrer du Viêtnam, décoré comme un arbre de Noël, seul survivant de son unité. Ils sont mes meilleurs amis et ma famille d'adoption. Cabossés par la vie, nous nous épaulons tous les trois pour cheminer de concert.

Alexander, blessé à Omaha Beach, a été secouru par une Normande prénommée Alberte, il a donné son nom à sa fille. Alberte chante le soir quand il ne reste plus que les habitués autour du bar, ceux qui sont trop déchirés ou trop malmenés par le destin pour dormir en paix. Son timbre rauque et fêlé flanquerait la chair de poule à un rhinocéros. Son répertoire est vaste, Elvis Presley, Joan Baez, Janis Joplin, Bob Dylan ou les Beatles qui viennent juste de se séparer. Puis elle entonne trois chansons en hommage à la Française qui a sauvé son père : « Opium », « La Boudeuse », et « Dis, quand reviendras-tu ? ».

Je hais la France depuis que papa y a disparu, mais ces trois chansons sont à pleurer de beauté alors j'oublie leur origine. Parce que, à certains moments, il n'y a plus rien à faire d'autre que rire, pleurer, aimer et boire. Lorsque Alberte chante, l'univers devient d'une intensité et d'une tendresse absolues. Charly lève sa énième bière et l'observe de son œil bleu à travers son verre qui l'empoisonne autant que le napalm. Leur chien Uncle Sam gémit. Les pilotes présents se taisent, même les machos, même les trouillards, même les bavards. On voudrait que ça ne cesse jamais. On l'écoute jusqu'à ce que le soleil se lève derrière la montagne et souligne d'argent les ailes des avions éparpillés sur le tarmac tels des jouets grandeur nature, jusqu'à ce que les premiers élèves et leurs instructeurs se garent sur le parking adjacent, rasés de frais, souriants, et commandent cafés et pancakes.

Alors seulement, Alberte, Charly et Alexander vont se coucher, entraînant avec eux la cohorte de leurs disparus, sa mère à elle, leurs camarades des deux guerres. Et ma journée de travail commence.

Je salue les arrivants, j'apporte les petits déjeuners, j'enregistre les réservations, j'encaisse l'argent, je réconforte, je rassure, je materne, j'épaule, je calme, j'organise. Je m'abrutis de café pour tenir le choc. Je choisis le menu et je prépare le plat du jour. Parfois je m'endors dans le bureau assise sur ma chaise et un membre du club me réveille en sursaut en frappant à la porte.

Quand j'ai servi le déjeuner, Alexander, Alberte et Charly se réveillent et prennent le relais jusqu'au soir. J'émerge des bras de Morphée en fin de journée, je prends une douche brûlante. On écoute de la musique sur le juke-box Wurlitzer, Charly gratte sa guitare, on refait le monde. On attend qu'Alberte se remette à chanter.

Ils m'ont proposé de prendre des leçons de pilotage gratuites, j'ai refusé. Le ciel ne m'intéresse plus depuis que mon père l'a déserté. Je préfère le plancher des vaches et des plats du jour. Certains deviennent médecins et sauvent des vies, moi je me crève le cœur à cuisiner pour des aspirants pilotes qui croisent peut-être papa par-delà les nuages. Je n'ai jamais volé en montgolfière mais j'ai gardé le « Lady Mary, ceci est un bon… » du 25 novembre 1937 avec le petit dessin. Chaque fois que je change de portefeuille je le glisse dans le nouveau.

Voilà ma vie, elle me suffit, elle est supportable. L'aéroclub a donné des couleurs à mon existence, avant je vivais en noir et blanc. Je n'attends rien ni personne, Alexander, Alberte et Charly me servent de famille de substitution, l'alcool me calme, les chansons d'Alberte me bouleversent, mon travail me nourrit, les compliments sur ma cuisine me gratifient. Mes amants d'un soir, trop fous ou trop protégés ou trop vieux pour le Viêtnam, soulagés d'échapper à l'enfer, sont si désireux de croquer la vie que c'en devient contagieux le temps de nos étreintes. Lorsque je fais l'amour je n'ai pas peur de voler, je ne risque pas de me crasher, il est question de plaisir, de complicité, de jeu, de sexe joyeux et satisfaisant, nulle souffrance, nulle dépendance, vive les années 1970.

Jusqu'à cette nuit d'avril où un inconnu me téléphone d'Europe, plus exactement de France, ce pays que je déteste. Avec le décalage horaire, c'est le matin pour lui. Alberte frappe à ma porte, le téléphone l'a réveillée en sursaut. Elle me tend un café et me conseille de le boire parce qu'on va me rappeler dans dix minutes.

— Prépare-toi à un choc, Mary.

Mon cœur rate un battement.

— Il veut te parler à propos de ton père.

Mon cœur se lâche en une salve de battements anarchiques. Je ne le fais pas exprès, mes lèvres sourient toutes seules, je l'ai toujours su, papa ne pouvait pas me faire ça, nous allons rattraper le temps perdu, voler enfin ensemble, nous redécouvrir. Non, c'est impossible, il aurait cent ans. Il est mort depuis longtemps. Je suis en train de rêver, je dors à poings fermés, personne ne m'appelle de la vieille Europe, à midi je servirai aux pilotes des hamburgers à l'italienne avec de la mozzarella, du romarin et des tomates confites, et si c'est une nuit propice au désespoir et à la musique, Alberte chantera.

— Avale ce café, asperge-toi la figure d'eau froide et viens, insiste Alberte en me secouant l'épaule.

Elle a l'air réelle. Je me pince le dos de la main. Aïe, ça fait mal.

— Qu'est-ce qu'il a dit d'autre ? dis-je en buvant et en me brûlant la langue.

— Rien.

Douze minutes plus tard, je bondis sur le téléphone.

— *Miss Mary Robinson ? You are the daughter of mister Joseph Robinson ? I'm calling from France about your father*, dit un jeune homme à la voix flûtée qui roule bizarrement les *r*.

— Je parle français. Je vous écoute ?

— Nous avons retrouvé votre père.

Mon estomac se tord, un étau m'enserre les tempes, mes oreilles se mettent à bourdonner. Un espoir imbécile me submerge. J'ai tellement envie d'entendre papa que j'en perds le souffle. Même s'il est gâteux et qu'il ne se souvient plus de moi. Après tout, la doyenne de l'humanité est une Espagnole de cent neuf ans.

— Il est avec vous ? Je peux lui parler ?

La question déstabilise mon jeune interlocuteur qui poursuit d'un ton gêné :

— Je suis le capitaine de gendarmerie Raffaele Pérona. Nous avons retrouvé ses restes, mademoiselle.

Ma main se crispe sur le combiné. Forcément.

— Il vient de mourir ?

— Nous pensons que son décès remonte à avant la Seconde Guerre mondiale.

À l'époque où il a disparu ? C'est pour cela qu'il n'est jamais revenu ? Une toux incoercible me secoue, ma cage thoracique se rebelle contre cette nouvelle à la fois positive et terrible. Positive, parce qu'il ne nous a pas abandonnées pour rejoindre Amelia ni parce que j'avais peur de voler avec lui. Terrible, parce que mon dernier espoir disparaît, je ne le reverrai plus, nous ne volerons jamais ensemble, je suis définitivement clouée au sol.

— Vous l'avez retrouvé où ?

— Dans un caveau.

— Au cimetière ?

— Pas un caveau funéraire, un caveau pour les bouteilles, dans les caves Mercier, avenue de Champagne, à Épernay, dans la Marne.

— On a perdu sa trace entre Paris et Reims, dis-je d'une voix éteinte.

Après sa disparition je me suis passionnée pour cette ville, j'étais incollable sur les rois sacrés dans sa cathédrale, le premier combat aérien a eu lieu là en 1914 quand un Aviatik allemand a été abattu par un Voisin III français, j'ai appris des tas d'anecdotes sur les ballons à gaz ou à air chaud, les dirigeables, les avions et Reims, afin de les raconter à papa quand il reviendrait.

— Nous vous attendons pour récupérer le corps et signer les documents nécessaires à son rapatriement, mademoiselle.

Tout va trop vite pour moi.

— Il a eu une crise cardiaque ? un accident ? Que s'est-il passé ?

— Nous l'ignorons encore.

— Comment savez-vous que c'est lui ?

— Il y avait une pince à cravate sur laquelle était gravé son nom entre les côtes du squelette.

Je secoue la tête pour chasser la vision que ces paroles évoquent. Je hais ce Français à la voix de gamin qui assimile mon père à un tas d'ossements. Papa portait toujours cette *tie bar* personnalisée, il disait qu'elle lui portait chance, c'était un cadeau de maman.

Je prépare mon sac de voyage avec l'impression d'avoir fumé un joint. J'en consomme moins que les autres, je n'aime pas perdre le contrôle. Quel temps fait-il en France au mois d'avril ? J'attrape les premiers vêtements qui me tombent sous la main. J'empoche mon passeport. Je me répète en boucle « papa est mort ». Une cave, c'est froid, noir, humide, sinistre. À mourir pour mourir, je choisis le soleil, une plage, la mer, la chaleur. Papa aurait préféré mourir en plein ciel.

J'ai trente-neuf ans mais j'ai sept ans ce soir et j'attends, assise droite sur ma chaise, le retour de mon père pour fêter Thanksgiving. J'ai un bandeau de velours bleu dans les cheveux, une robe neuve. Si je ne m'étais pas endormie cette nuit-là, si je n'avais pas paniqué avant ce baptême de l'air, j'aurais peut-être pu le sauver. Pourquoi est-il descendu dans ces caves ? Ma mémoire zoome sur un seau à champagne dont nous nous servions autrefois à la maison. Un seau avec la lettre M sur chaque poignée et *Champagne Mercier* gravé sur ses flancs. Il me plaisait à cause de l'initiale M comme Mary.

Je ne me recouche pas, j'ai besoin d'un whisky. Charly s'est levé, il me tend un baby, l'alcool me brûle le gosier, l'espace d'une seconde je me sens mieux. Puis la réalité m'écrase à nouveau.

— Au moins, au bout de trente ans, il n'y a plus de corps à reconnaître, marmonne-t-il pour me rassurer.

Je sais qu'il revoit chaque nuit dans ses cauchemars les corps déchiquetés ou brûlés de ses camarades.

— Ce gendarme m'a parlé de le rapatrier. C'est surréaliste. Je dois l'enterrer où, près de maman ? Elle sera bigame au cimetière, ça ne fera pas un peu bizarre ? dis-je en éclatant d'un rire nerveux et rageur.

— Tu n'as plus de famille du côté de ton père ?

— Non, il était fils unique, il m'a eue tard, ses parents sont décédés avant ma naissance. Son père Macon Robinson était un avocat célèbre, sa mère s'appelait Marian, c'est tout ce que je sais. Il n'y a plus que moi.

Alberte ouvre un atlas. Nous cherchons l'Europe puis la France. Nous situons Paris, nous traçons une ligne qui part vers l'est, nous repérons Reims puis Épernay. Je me dresse brusquement.

— Quand j'ai récupéré les souvenirs de papa que maman avait conservés, il y avait des vieilles cartes postales, je les ai à peine regardées.

Nous montons au grenier où j'ai rangé les cartons. Je n'ai pas la patience de dénouer les nœuds, je coupe les ficelles. Les photos rangées sur le dessus me serrent le cœur. Je retrouve le jeu de vieilles cartes noir et blanc représentant Épernay et la maison de champagne Mercier, il n'y a rien d'écrit au dos. J'ouvre une pochette noire qui sent le moisi et porte les initiales P. H.

— Ses initiales étaient J. R., cette pochette n'était pas à lui, dis-je.

J'en sors une timbale en argent cabossée avec l'initiale P. et une date gravée en anglaises, 2 avril 1838. Et une liasse de papiers. Il y a de tout, des documents sur les ballons, des articles sur la catastrophe de l'Hindenburg et sur la disparition d'Amelia Earhardt, des photos de papa découpées dans des journaux, un livret défraîchi « guide de l'Exposition 1900 offert aux visiteurs du pavillon du champagne Mercier » avec en couverture la reproduction d'un ballon captif. Le voilà le lien avec Mercier, papa était sûrement en affaires avec eux pour son métier. Mais qui était ce P. H. ?

Je feuillette le guide. Une lettre au papier jauni est glissée entre ses pages. La feuille est si fine que je crains qu'elle ne se désagrège. Je commence à la lire. Mes yeux s'écarquillent. Ma gorge se serre. C'est, écrite à Épernay, et datée du 3 juillet 1904, la dernière lettre d'un homme sur le point de mourir.

À mon filleul Joseph

J'ai connu la douleur de survivre à mes amis Antonin et Paul, cela m'a endurci. J'ai survécu à ma mère chérie. Je survis depuis six mois à ma tendre Marguerite pourtant plus jeune que moi. Elle a porté nos six enfants avec courage et bonheur, cela l'a fragilisée sans doute.

Nos enfants vont bien. J'ai accompli ma tâche et j'ai bien vécu, je peux m'envoler enfin au-dessus des vignes. Je t'écris aujourd'hui pour la dernière fois, mon bien-aimé filleul. Les médecins ne m'ont guère laissé d'espoir, la maladie a progressé, mon temps est venu. Tu boiras à ma mémoire, mon cher enfant.

J'ai voulu te joindre d'urgence, on m'apprend que tu navigues vers l'Europe, j'ai fort peur que tu n'arrives trop tard. J'ai d'importantes révélations à te faire, pour innocenter ton père, laver sa mémoire et récupérer ton héritage. Il n'a pas tué l'Ogre mais je sais désormais qui l'a fait. Tu sais que je tiens mon Journal depuis 1854, tout y est scrupuleusement consigné. Je n'ai pas assez confiance dans l'acheminement du courrier pour tout t'expliquer par lettre. J'ai dissimulé ce Journal dans une sculpture de la galerie de Pékin dans Épernay. Thomas, le père d'Antonin, était tailleur de pierres, il a fabriqué une cachette secrète sur ma demande. Il suffit d'appuyer sur la rainure du haut et un mécanisme ingénieux fait coulisser la paroi. Tu en disposeras à ta guise. Si tu ne viens pas le chercher, je te demande de transmettre ma lettre à tes descendants.

Mon état se dégrade de jour en jour. Je suis allé faire mes adieux à ta grand-mère. Elle est, vu son grand âge, au-delà des mensonges, nous avons enfin parlé vrai, j'ai beau avoir soixante-six ans, je suis resté pour elle l'ami de son fils, l'enfant en galoches avec du rêve plein les yeux. Je sais maintenant qui était l'assassin. Cela m'a stupéfié ! Ta grand-mère a été dure envers toi, pour ton bien, et elle en a souffert infiniment. Elle m'a demandé de te dire qu'elle t'a aimé assez pour supporter ta haine ou, pire, ton indifférence. Qu'elle t'a aimé tellement qu'elle a voulu ton bonheur, quitte à se déchirer le cœur. En sortant de chez elle, je suis descendu pour la dernière fois dans les caves. Je me suis souvenu de chaque ouvrier, chaque coup de pioche, chaque éboulement, chaque crainte, chaque victoire. De loin, les pupitres des remueurs, hérissés de bouteilles, ressemblaient à des animaux mythologiques tapis dans l'ombre.

Mon tendre et fier filleul, dans son ultime lettre, ton père m'a écrit : « La porte est en dedans. » Pour moi, cette phrase signifie que tout est possible à condition d'avoir en soi assez de force pour creuser la terre, faire pétiller le vin, faire voler les ballons, construire une cathédrale de champagne, bâtir un empire. Elle a été la porte close sur les mots qu'Émile et Henri n'ont pas prononcés mais ont exprimés. La porte claquée au nez de la société qui jugeait ma mère et me traitait de bâtard. La porte entrebâillée sur le secret de l'identité de mon père que ma mère a emporté dans sa tombe. La porte de la Bible « car étroite est la porte, resserré est le chemin qui mène à la vie, et il y en a peu qui la trouvent ». La porte qui pivote et révèle la cachette de mon complice de papier.

J'ai pleine confiance en mes chers enfants mais ce secret n'est pas le leur, il t'appartient, à toi de juger si tu désires te venger ou oublier le passé. Tu as toutes les cartes en main. Tu sais où j'ai dissimulé mon Journal. Ma main tremble, j'ai du mal à écrire. Je m'endormirai bientôt en paix. Je ne verrai pas les prochaines vendanges.

Moi aussi, comme Antonin et Paul, je vais devenir une bulle et m'envoler, planer au-dessus des vignes, les admirer comme toi depuis la nacelle de ton ballon, puis monter encore plus haut, dépasser la limite d'Antonin qui sépare le paradis du reste du ciel où les oiseaux volent librement. Retrouver Marguerite, ma mère, mes amis. Étreindre enfin mon père, peut-être.

La porte est en dedans. Je vais la pousser doucement. Il y aura de la lumière de l'autre côté. Paul jouera du piano. Marguerite me tendra les bras. Ils ont déjà dû mettre du vin de Champagne au frais en prévision de mon arrivée. J'aurai fort soif en arrivant. Je t'aime infiniment, Joseph.

Ton cher parrain.

Sous les trois derniers mots, je découvre avec stupeur le dessin d'une coupe de champagne d'où s'échappent des bulles, le même que celui qui figure sur le « Lady Mary, ceci est un bon… » que je garde comme un talisman dans mon portefeuille.

Je repose la lettre, abasourdie. J'ai l'impression que cet inconnu décédé au début du siècle vient de rendre l'âme devant moi. Il écrit que mon père est son filleul et le désigne par son prénom, Joseph, au lieu de son surnom, Joe. Il cite des personnes qui me sont inconnues : Antonin, Paul, Marguerite, Thomas, Émile, Henri. Il parle de la grand-mère de papa en précisant qu'elle a été dure envers lui, elle se trouvait donc en France à l'époque ? Il mentionne un secret qui aurait permis à papa d'innocenter son père, de laver sa mémoire et de récupérer son héritage. Qui est cet Ogre qu'on a accusé mon grand-père Macon Robinson d'avoir tué ? Pourquoi papa ne m'en a-t-il jamais parlé ? Est-ce que maman était au courant ? Pourquoi ne m'a-t-elle rien dit ?

J'essaie de remettre mes idées en place. Je traduis la lettre pour Alberte et Charly.

— Ton père ne t'a jamais parlé de la France ?

— Non.

— Ton grand-père a eu des problèmes avec la justice ?

— Pas que je sache.

Les avocats défendent les gens, ils ne commettent pas de crime, ils sont du bon côté du banc des accusés, maître Macon Robinson était un homme intègre et respecté.

— Il faut que tu récupères ce Journal, dit Alberte.

C'est la clef de l'énigme, en effet. Je relis la lettre pour la troisième fois. Il est dissimulé *dans une sculpture de la galerie de Pékin dans Épernay*. Une galerie d'art chinois ? *Thomas, le père d'Antonin, a fabriqué une cachette secrète sur ma demande.* On se croirait dans un roman. *Si tu ne viens pas le chercher, je te demande de transmettre ma lettre à tes descendants.* Je suis l'unique descendante de papa.

— Tu comprendras sans doute sur place, me rassure mon amie.

— Et s'il y a plusieurs sculptures ? dis-je, inquiète.

— C'est une petite galerie, pas le musée du Louvre.

D'accord. Je vais examiner les sculptures de cette petite galerie française, récupérer ce vieux Journal et le lire pour démêler cet imbroglio.

— Dépêche-toi de revenir ou bien on donnera ton job à une meilleure cuisinière, me lance Charly avec une bourrade amicale dans le dos.

Les pupitres des remueurs, hérissés de bouteilles, ressemblaient à des animaux mythologiques tapis dans l'ombre, dit la lettre. J'ignore ce qu'est un remueur. De l'autre côté des vitres de l'aéroclub, nos avions endormis sur le tarmac ressemblent eux aussi à des animaux mythologiques blottis dans le noir. Papa décolle dans ma mémoire et disparaît au loin. Certains soirs rouge sang de mon enfance, j'étais persuadée qu'il nous avait plaquées pour épouser une Parisienne sexy et avoir des enfants qui mangeaient des baguettes de pain, du camembert, et prononçaient son nom comme mon professeur de français, *Robainsson*, pas *Robinessonne* à l'américaine. Ces soirs-là, j'étais persuadée que je ne méritais pas qu'on m'aime.

Quand j'étais petite, j'avais demandé à papa quel était le plus beau jour de sa vie. Il m'avait répondu qu'il y en avait deux, celui de ma naissance, et celui où son instructeur lui avait ordonné de voler seul. Aujourd'hui est le pire jour de mon existence, je volerai désormais seule. Je haïssais déjà ce pays où mon père a disparu, et par extension l'Europe entière. Maintenant je déteste aussi la Champagne, les flûtes, les coupes, les caves, les bulles, tout ce qui se rapporte à la détestable boisson pétillante qui m'a privée de lui à jamais.

Journal d'Eugène

Vendanges 1855

Le raisin a été cueilli, on l'a chargé dans les mannequins d'osier et porté jusqu'aux charrettes que les chevaux ont tirées jusqu'au pressoir. On a déchargé les paniers et pesé le raisin, puis on l'a pressuré. On a transporté les moûts et fêté joyeusement, ainsi qu'il se doit, la fin de la vendange.

Paul m'a écrit qu'il ne s'est pas fait d'ami. Moi non plus je ne l'ai pas remplacé, je me confie seulement ici. Et quand je lui écris. J'aime aller au relais de poste déposer ma lettre pour la malle-poste et imaginer le long voyage de mes mots jusqu'aux Amériques. Lorsque je croise Matthieu il détourne le regard, il sait que je sais qu'il a menti. Ce jeune homme vigoureux a visiblement peur. Qu'a pu lui raconter Pierre Hordon pour l'obliger à se parjurer ? Et si c'était lui, Matthieu, le véritable assassin ?

15 décembre

« Si la pomme passe la poire, vends ton vin ou fais-le boire, mais si la poire passe la pomme, garde ton vin bonhomme », dit-on à cette période de l'année. Hier j'ai accompagné monsieur Philippe à Paris à son dépôt du 20, boulevard Poissonnière où quatre propriétaires de petites maisons de champagne vendent leur vin avec lui. L'automate qui frappe la vitre de leur devanture à longueur de journée pour attirer l'attention des chalands m'a fasciné, je n'en avais jamais vu de pareil. J'ai trouvé infiniment ingénieux de captiver le passant grâce à cet objet qui n'a rien de commun avec le vin. La petite Marguerite adore cet automate, j'ai imité ses mouvements saccadés pour l'amuser. Elle est pétrie de grâce et de gaieté. Les jours sombres où Antonin me manque trop, les jours lourds où je songe que Paul ne reviendra jamais, le rire de Marguerite m'arrache aux noirs abysses et m'attire du côté du soleil.

6 février 1856

Cette année il y avait deux bouquets et deux prénoms sur la tombe d'Antonin, sa sœur a attrapé une mauvaise fièvre, elle lui tient à présent compagnie. Les fillettes sont aussi vulnérables que le raisin. La petite Marguerite est vaillante, j'empêcherai tout mal de l'atteindre.

J'ai disposé mes cailloux blancs et ceux de Paul, c'est devenu un rite. Un mort récent et fortuné gisait sous une avalanche de fleurs, j'en ai chapardé pour notre ami. J'ai croisé Thomas à la sortie, il m'a salué en retirant sa casquette comme si j'étais un homme.

Certains soirs il me semble que j'ai quitté l'école des Frères hier, d'autres j'ai le sentiment que cela remonte à un siècle.

L'oncle barbu de Paul gère la maison Hordon en homme intelligent et loyal alors que Pierre, acoquiné avec de mauvais bougres, n'a qu'une idée en tête, flouer ses futurs concurrents. Il a été à bonne école avec l'Ogre.

Ma mère me tiendrait pour un illuminé si elle savait que je rêve de diriger ma propre maison de champagne. Heureusement que j'ai ce Journal, comme un ami de papier auquel confier mes orages intérieurs. Nous venons de déménager rue Saint-Thibault, il a suffi de deux trajets en carriole pour transporter nos possessions. Ma mère ne travaille plus comme couturière, elle tient à présent une petite épicerie là où nous demeurons, elle est un peu moins lasse, elle ne passera plus de nuits blanches courbée sur son ouvrage, elle n'aura plus ces inquiétants cernes mauves sous les yeux. Je peux l'aider maintenant. Je suis presque un homme !

1er avril

J'ai dix-huit ans aujourd'hui. Avant de rentrer à la maison je suis allé m'asseoir sur le muret du cimetière, mes coups de talon rageurs ont descellé de nouvelles pierres. Le soleil descendait lentement. J'ai commencé à frissonner. Il s'est mis à pleuvoir. Je me suis recroquevillé sur moi-même, ratatiné sous la capote qui me protégeait de la pluie. La nuit tombait. Je savais que ma mère allait s'inquiéter, qu'il était l'heure de souper, qu'elle avait préparé un plat que j'aimais, pourtant je ne bougeais pas. Je suis resté comme ça une heure peut-être, avant de me résigner enfin à rentrer, frigorifié.

Je suis passé devant l'hôtel Hordon. Les lumières du salon étaient déjà éteintes. La maison entière était plongée dans le noir. Angèle et madame Hordon songeront-elles à l'anniversaire de Paul, demain ?

Ma mère, préoccupée, me guettait à la fenêtre. Elle a eu des mots très vifs pour fustiger mon retard, elle avait craint pour moi, cru que j'étais tombé dans quelque fossé, qu'un chariot m'avait renversé, que j'avais fait une mauvaise rencontre. Par ma faute, une ride nouvelle zébrait son beau front.

Je suis navré de lui avoir fait de la peine, pourtant je ne le regrette pas. Je ne m'explique pas ce qui se passe en moi certains jours, ce mélange d'espoir et de rage. Je lui en veux de ne pas me révéler le nom de mon père. Je m'en veux de lui en vouloir. Nous sommes si soudés l'un à l'autre. Elle a besoin de quelqu'un pour la protéger. Que deviendra-t-elle si je me marie un jour ? Pourquoi sommes-nous tellement différents des autres, des Hordon, des Lucas, des Bourlon ? Je mesure l'immensité de son sacrifice pour moi et j'ai parfois envie de ne plus exister, de disparaître comme mon père, de la laisser libre de refaire sa vie sans me traîner comme un boulet. Et puis je rentre quand même.

Gaspard, un collègue de chez Bourlon, m'a raconté que son père, le jour de ses dix-huit ans, l'a emmené chez une dame qui fait commerce de ses charmes pour « lui apprendre à être un homme ». Il a passé la soirée dans les bras d'une voluptueuse et consentante inconnue, je passe la mienne sous le regard tendre et soucieux de ma mère. Je voudrais la consoler de la mort de ma sœur, de l'absence de mon père, de la dureté du sien. Elle est ce que j'ai de plus précieux en dépit de son silence buté. Je l'aime tant que je suis capable de l'inquiéter exprès, que je ne trouve pas de mots assez forts, que mon âme tremble de ces mots qui ne parviennent pas à franchir mes lèvres. Je ne sais exprimer mes émotions ni en paroles ni en faisant naître sous mes doigts des musiques bouleversantes comme Paul. Je suis renfermé, muet, ignorant. J'ai grandi blotti contre elle avec mon rêve secret chevillé au corps.

Pour l'occasion, elle m'a fait la surprise royale d'un pot-au-feu de lapin dont nous mangeons en silence la soupe et les légumes, nous réservant le lapin froid pour demain. C'est un bel anniversaire.

14 avril

J'ai croisé Pierre dans Épernay. Il cheminait en compagnie de petits messieurs chapeautés paradant en costume sombre avec gilet, cravate et chemise au col étincelant de blancheur. Je marchais avec Gaspard, nos longs tabliers blancs protégeaient nos sarraus de gros drap et nos pantalons, lui était coiffé d'une casquette, j'allais tête nue.

Nos regards se sont heurtés, Pierre m'a toisé d'un air si méprisant que j'ai physiquement ressenti le choc et vibré sous l'impact. Je l'ai revu le jour où il a accusé Paul devant sa famille, mon sang n'a fait qu'un tour, je suis revenu sur mes pas et je me suis approché, menaçant. Nous nous sommes mesurés du regard comme deux coqs en colère. Je ne pouvais le traiter de menteur devant ses amis sans qu'ils demandent de quoi il retournait. J'étais tenu par la promesse faite à madame Hordon de ne rien révéler hors du cercle de famille. J'ai serré les poings au fond de mes poches, craché par terre, et j'ai continué ma route en riant trop fort d'une plaisanterie pas drôle lancée par Gaspard.

Marguerite, qui me connaît bien à force, a perçu à quel point j'étais bouleversé. Je sais qu'elle garderait le secret mais j'ai juré de me taire. J'ai échoué à disculper Paul, je continue à m'en vouloir. L'amitié s'impose au cœur et à la carcasse, vous fait aller de l'avant. Je n'ai pas encore l'expérience de l'amour, je l'imagine comme l'amitié avec en plus l'exultation et la complicité des peaux et des corps. Il y a des peines d'amour et des chagrins d'amitié. Antonin et Paul m'ont fait en partant un chagrin infini. J'ai perdu mes deux amis mais gagné une petite sœur de dix ans. Marguerite m'a apprivoisé par petites touches, comme Antonin apprivoisait ses pigeons.

FICHE DE RECENSEMENT 122 M 97, **1856**
Ville d'Épernay, France, 9 182 habitants
Pour le 25, rue Saint-Thibault, individus 148 et 149 :
Jeanne Marguerite Mercier, épicière, mère, 40 ans
Eugène Édouard, fils, 18 ans

10 mai

« Vin de mai vaut piquette de chai. » Le temps file quand on s'absorbe dans le travail, quand il n'y a plus rien d'autre à l'horizon que le désir de parvenir à son objectif. Mes jambes étant plus longues, je couvre plus rapidement la distance d'Épernay à Cramant matin et soir, je mange plus, je dors moins. Tel le chat guettant la souris, je suis prêt à bondir sur le bonheur qui passe mais l'horizon est vide. J'adore les cosses fraîches qu'on trouve dans les vignes en cette saison, je m'en régale au petit déjeuner, décortiquées et trempées dans du sel, c'est à cause d'elles qu'on appelle les vignerons des cossiers. Entre les ceps de vigne plantés en foule au petit bonheur la chance il y a aussi des oignons, de l'ail, du chou blanc et du chou navet, légumes et fruits poussent en entente cordiale.

Dimanche 4 juin

Je me suis retrouvé nez à nez avec Pierre à la sortie de la messe. À ma grande surprise il m'a tendu la main. Je me suis raidi, je ne l'ai pas prise. Il ne s'est pas démonté et a ricané :

— Tu ne comprends toujours pas où est ton intérêt, Eugène ? Mon frère ne te servira plus à rien. J'aurais pu améliorer ta position. Tu viens de rater la chance de ta vie.

— Tu veux m'acheter comme tu as acheté Matthieu ? Il est devenu aussi vert que le raisin.

5 octobre

Nos vendanges et celles de Paul sont décalées, l'ensoleillement diffère, la terre n'est pas la même. Il continue à écrire à sa mère qui ne lui répond pas, il en éprouve une tristesse infinie. J'ai demandé à Angèle pourquoi madame Hordon refusait ce réconfort à son fils. L'explication est simple, elle ne reçoit pas ses lettres, Pierre les intercepte. J'ai insisté, une lettre de sa mère soulagerait la peine de Paul. Angèle a secoué la tête : « Il faut qu'il refasse sa vie là-bas et qu'il nous oublie. » Je n'ai pas eu le courage de transmettre le message à mon ami. Je lui ai menti en l'assurant que sa mère me chargeait de lui envoyer toutes ses pensées.

26 décembre

Nous sommes de nouveau allés à la messe de minuit à Cramant puis nous y avons soupé. Des voisins de monsieur Philippe s'étaient joints à nous avec leurs deux enfants, Constance une gracieuse jeune fille, et Jean un garçonnet de l'âge de la petite Marguerite. J'ai cru bien agir en changeant de place pour m'asseoir près de Constance et laisser Marguerite près de Jean mais elle m'a fustigé du regard toute la soirée. Si je ne comprends pas les petites filles, comment ferai-je avec les femmes ?

Ma mère, à force de s'épuiser au travail, a les cheveux striés de blanc.

6 février 1857

J'ai reçu une nouvelle lettre de Paul, son moral est au plus bas. Il termine par cette phrase qui m'a touché en plein cœur : « Ton père ne t'a pas rejeté, Eugène, puisque il n'a pas eu la chance de te connaître. Ma mère me repousse alors qu'elle me connaît et c'est insupportable. »

Je me sens si impuissant à le consoler. En revenant de Cramant, je suis passé par le cimetière. Le ciel était vide, les oiseaux de jour déjà posés, ceux de nuit dormaient encore. J'ai balayé avec rage nos cailloux, éparpillé ma coupe et la grappe de raisin de Paul dans toutes les directions. Antonin ne m'en voudra pas, les morts s'amusent de nos témoignages dérisoires. Je suis reparti. le dos voûté et l'âme sombre, bouillant et dégoûté.

20 février

Pierre a repris officiellement la direction des affaires de son père. La grogne monte déjà au sein des caves Hordon, ce qui était couru d'avance.

La petite Marguerite s'échine à me dérider et j'oublie parfois tout en sa présence, elle fait partie de ces personnes qui ont la grâce infuse et la joie au cœur. J'existe par et pour mon travail, il est ce qui me tient d'aplomb.

1er avril

J'ai dix-neuf ans aujourd'hui, Paul les aura demain. J'ai pris une page blanche, dessiné ma coupe d'où s'échappent les bulles rituelles, et écrit en dessous « Je bois au future *American sparkling wine* Paul Hordon ». Nos lettres se sont croisées au milieu de l'océan. Le même jour, j'ai reçu un courrier de Paul sur lequel il avait dessiné sa grappe de raisin fétiche et écrit en dessous « Je bois au futur champagne Eugène Mercier ». Aujourd'hui nos rêves semblaient aussi réels que la Marne en contre-bas.

Je l'ai raconté à Marguerite, elle n'a pu s'empêcher de vérifier :

— Nous sommes amis nous aussi, n'est-ce pas ? Il y a de la place pour plusieurs dans ton cœur ?

Je l'ai rassurée, nous sommes liés l'un à l'autre aussi sûrement que par les vrilles des rameaux de la vigne. Elle est aussi un peu jalouse de mon Journal, dont elle est pourtant la seule à connaître l'existence. Les petites filles sont exclusives.

2 mai

Madame Hordon n'est plus que l'ombre d'elle-même, la mort de son bourreau l'a anéantie et Pierre la claquemure en leur hôtel. J'ai voulu traverser la rue pour la saluer, elle m'a tourné ostensiblement le dos.

3 juin

Après mon apprentissage chez monsieur Philippe où je me suis initié à la viticulture et à d'autres aspects de la profession, tonnellerie, embouteillage, conservation, conditionnement, la logique voudrait que je reste à Cramant et que je gravisse les échelons petit à petit. Mais si je veux devenir celui que je rêve d'être, je dois compléter mon éducation et avoir plusieurs cordes à mon arc. Je me suis donc fait violence et j'ai postulé pour travailler chez un notaire d'Épernay qui cherche un commis aux écritures. Ma mère ne m'en a pas dissuadé bien qu'elle s'inquiète pour moi. J'espère que monsieur Philippe ne le prendra pas mal et que Marguerite comprendra mes raisons. J'attends la réponse du notaire. Je ne suis pas toujours certain de valoir la peine qu'on m'aime. Je devrai travailler dix fois plus que les autres pour atteindre mon but. Je quitte la stabilité pour l'inconnu, je me sens écartelé et ingrat, pourtant mon choix est irrévocable.

11 juin

Le notaire m'a engagé. Je suis allé l'annoncer à monsieur Philippe qui a été déçu mais a compris mes raisons. Sa mâchoire s'est crispée, sa voix s'est durcie, cependant il ne m'a rien reproché. En apprenant mon départ la petite Marguerite est devenue cramoisie et elle s'est enfuie en claquant la porte. Je l'ai vainement cherchée en l'appelant, le cœur lourd. Je suis si reconnaissant aux Bourlon de leur bonté à mon égard, mon père m'a refusé son nom, la famille de ma mère nous a rejetés, eux m'ont accueilli à bras ouverts. Je ne quitterai pas Cramant l'âme légère, néanmoins il le faut. J'ai écrit à Marguerite pour l'assurer de mon affection.

12 juin

J'ai essayé de m'expliquer, Marguerite a refusé de m'entendre. Je n'aime pas ce malentendu entre nous, j'ai mal dormi cette nuit.

13 juin

Marguerite, le visage fermé, a écouté mon plaidoyer. Je ne l'abandonne pas, mon départ ne remet nullement en cause ce qui nous lie. Je ne lui ai jamais vu une expression aussi tourmentée.

— Je te croyais heureux ici avec nous, Eugène ?

— C'est pour cela que je ne peux pas me permettre de m'arrêter maintenant. Tu as donc si peu confiance en moi ?

Elle est restée silencieuse. Elle semblait si fragile et si triste que j'ai failli la prendre dans mes bras mais je m'en suis bien gardé, elle n'est pas ma sœur de sang. Mes bras sont restés ballants le long de mes flancs. Je me suis senti égoïste et traître. J'ai tout gâché.

15 juin

Je travaillerai encore une semaine à Cramant puis ce sera fini. Marguerite m'évite désormais. C'est enfantin mais elle n'est qu'une enfant et je l'ai déçue.

21 juin

Le soir de mon dernier jour, monsieur Philippe et sa femme Francine m'ont souhaité bonne chance. La petite Marguerite ne s'est pas montrée. Je suis rentré chez moi à pas lents. Mon rêve n'a pas de prix mais son coût est exorbitant.

Mary, avril 1970

Alexander me dépose à l'aéroport.

— Je suis préoccupé de te voir partir seule en France, Mary, bougonne-t-il en toussant à cause de la cigarette.

— Je me sens chez moi dans le ciel, lui dis-je avec sincérité.

Blottie près du hublot, je me concentre pour mieux sentir l'avion, j'écoute les moteurs, je reproduis les gestes appris jadis, je m'imagine que je pilote. Mes gesticulations ne passent pas inaperçues. L'hôtesse de l'air, inquiète, se penche vers moi :

— Vous avez besoin de quelque chose ?

Oui, d'un père aimant qui m'a peut-être abandonnée pour une vie plus piquante et d'une épaule amie sur laquelle poser ma tête.

Mon voisin, un homme d'affaires dragueur et bavard, finit par capituler et me laisse tranquille. Je feuillette *Jonathan Livingston Seagull*, un livre récent qu'Alberte a glissé dans mon sac. Son auteur, un pilote, raconte l'histoire d'un goéland que l'amour du vol pousse dans une quête d'absolu. Je chante « Fly Me to the Moon » dans le chaos de ma tête pour m'empêcher de hurler. Je regarde par le hublot. Mon père ne me sourit pas depuis sa nacelle. Le ciel est éperdument vide.

Je me souviens de lui six mois avant sa disparition, pâle et bouleversé par la tragédie de l'Hindenburg, le plus grand aéronef du monde. Le 6 mai 1937, un incendie s'était déclaré à la poupe du zeppelin sur la piste d'atterrissage de Lakehurst et la structure gonflée à l'hydrogène s'était enflammée. L'accident aurait pu être évité si les ingénieurs allemands avaient choisi l'hélium, gaz ininflammable que préconisait papa, mais c'était plus cher et ils avaient opté pour l'hydrogène. La catastrophe avait fait trente-six victimes et jeté le doute sur toute l'aérostation. Les journaux ne parlaient que du drame, un journaliste présent l'avait commenté sur une radio de Chicago et NBC l'avait rediffusé.

Puis les années ont passé. Il y a trois ans, en 1967, trois astronautes sont morts dans l'incendie du module de commande *Apollo 1* pendant un exercice au sol. L'an dernier, le 21 juillet 1969, Neil Armstrong, commandant de la mission Apollo 11, a marché sur la lune. Dans deux jours, *Apollo 13* s'envolera du centre spatial Kennedy en Floride pour atterrir dans le cratère de Fra Mauro et ramasser des roches lunaires. C'est une mission de routine qui a peu de retentissement public. Nous avions prévu de regarder le décollage à la télévision avec les membres de l'aéroclub, Charly a créé un nouveau cocktail Apollo 13, j'ai acheté des petits drapeaux à planter sur les hamburgers. Ils le regarderont sans moi.

Journal d'Eugène

Épernay, juillet 1857

J'ai vu l'Impératrice Eugénie à deux pas, elle s'est arrêtée dix minutes à la gare en revenant de Plombières, elle était aussi belle que je l'avais entendu dire.

Je suis employé de bureau chez le notaire, j'ai soin d'être serviable mais jamais servile. J'ai assisté en silence aux signatures des contrats et des actes, j'ai ouvert mes yeux et mes oreilles, j'ai découvert les coulisses d'un monde dont je ne soupçonnais pas l'existence. L'étude est la pierre d'angle de toutes les tractations, rien ne se fait hors nos murs. À vivre ainsi au milieu des viticulteurs et des négociants, après avoir travaillé chez monsieur Philippe, je comprends mieux les attentes et les difficultés de chacun. Moi qui ne connaissais autrefois que l'école des Frères et les robes que ma mère cousait jusqu'au bout de la nuit, je connais désormais le chemin de la grappe à la coupe, du rêve de Paul au mien. Les erreurs des uns, les réussites des autres, me serviront d'enseignements. J'ai entendu des négociants critiquer la façon dont Pierre gère l'affaire familiale, je n'ai guère été étonné. Je suis allé à Cramant dimanche dernier mais Marguerite n'était pas là. Je l'ai attendue en vain.

3 août

Frère Rémi est mort, j'en ai éprouvé une peine profonde. D'abord Antonin, puis lui. Sans compter le départ de Paul à l'autre bout du monde, et la réaction de Marguerite qui ne me pardonne pas ma défection. Est-ce que grandir implique cela, la séparation ? Si j'avais eu un père je lui aurais posé la question. Connais-tu la réponse, cher Journal ?

Je me suis rendu à sa messe d'enterrement chez les Frères. Les salles de classe et la chapelle qui nous semblaient jadis si vastes ont rapetissé tandis que nous grandissions. De jeunes enfants insouciants galopaient dans la cour alors qu'on amenait le cercueil et que le travail de la vigne se poursuivait, inlassable. Un élève s'est assis devant l'orgue, il a joué le *Lacrimosa* du *Requiem* de Mozart. Les notes montaient vers les cieux, les visages d'habitude imperturbables des Frères étaient chavirés d'émotion. La musique parlait d'adieu et non d'au revoir, elle était la justification du passage de frère Rémi sur cette terre, la preuve de l'existence d'une présence bienveillante que nous les humains nommons Dieu, l'explication des saisons, l'ivresse du champagne.

4 août

Marguerite a appris la mort de frère Rémi. Elle a accompagné sa mère à Épernay sous prétexte de me restituer un outil qui ne m'appartient pas. Je l'ai remerciée en lui montrant que je n'étais pas dupe. Elle m'a soufflé :

— Nous sommes vivants, Eugène, ne nous disputons pas, j'ai eu tort.

— Tout est ma faute au contraire.

Le monde était de nouveau à sa place.

10 août

Pierre est venu signer un acte dans l'étude où je travaille. Il a tressailli en me voyant remplir mon office de commis, puis il a fait mine de ne pas me reconnaître. Le contraire m'eût embarrassé. J'ai entendu ce qu'on disait de lui après son départ, j'espère qu'on ne tiendra jamais de tels propos sur Paul ni sur moi. Une femme rousse plus âgée était pendue à son bras. Elle est d'une beauté exotique troublante et magnifique. Il l'appelle Olga. Je n'ai jamais vu de femme comme elle, avec un rire de gorge aussi saisissant. J'étais si troublé que je suis resté pétrifié, mon dossier à la main, le notaire m'a rappelé à l'ordre. Elle m'a dévisagé et elle m'a souri si gentiment que je suis devenu cramoisi.

Vendanges

Paul m'écrit qu'il est à présent plus grand que l'Ogre. Nous portons tous deux la moustache pour nous vieillir. Je suis beaucoup plus petit que lui, je mesure un mètre soixante et un, mais mes épaules sont plus larges. Est-ce que je ressemble à mon père ?

J'ai demandé à Marguerite pourquoi elle n'avait pas une amie d'enfance ou un journal intime.

— Je t'ai toi, m'a-t-elle répondu.

6 février 1858

Je suis passé ce matin au cimetière où Antonin ne vieillit pas. Thomas m'a dit que la colombophilie, prisée chez nos voisins belges, arrivait chez nous.

Les lettres de Paul et les miennes se croisent parfois, quand l'un a un problème l'autre en prend connaissance alors que la solution est déjà trouvée. Il s'est initié avec succès à l'art de la vigne et il épaule pleinement son oncle. Le métier des affaires n'a en théorie plus de secrets pour moi, il me reste à mettre ce beau savoir en pratique.

13 mars

On a guillotiné aujourd'hui à Paris l'Italien Felice Orsini qui avait lancé trois bombes contre notre Empereur en janvier. Je me sens aussi fou que lui, mon rêve est si insensé que je n'ose même pas en parler à ma mère.

1er avril

Paul m'écrit qu'il est très épris d'une jeune fille qui s'appelle Victoria. Je m'intéresserai aux femmes quand j'aurai atteint mon but, je me l'interdis tant que je n'ai rien à leur offrir. Il m'a demandé une photographie de moi pour lui montrer à quoi je ressemble. Je n'ai guère le temps de me faire tirer le portrait. Je me suis regardé dans le miroir. J'ai les yeux gris, un nez fort, un menton rond, un teint coloré, des sourcils bruns, un front découvert, une grande bouche, un visage large, des taches de rousseur, une moustache noire. Paul veut savoir si je suis heureux. Je lui ai répondu que je me sens parfois très seul.

La Champagne vendait il y a dix ans 7,5 millions de bouteilles par an en France et à l'étranger, cette année elle a atteint les 9,5 millions. Les grandes maisons prestigieuses sont des entreprises familiales, traditionnelles, conservatrices, discrètes, qui vendent leur vin effervescent comme produit de luxe, très cher, à une élite restreinte. Mon projet, l'exact opposé, les ferait mourir de rire. J'ai vingt ans aujourd'hui, cher Journal, c'est maintenant ou jamais. Je vais exposer mon dessein secret à ma mère ce soir…

J'attends le bon moment. Elle a préparé les pommes de terre au lard de mon enfance, celles des jours de fête. Je la regarde les couper en quartiers avant de les jeter dans une cocotte, mouillées de bouillon, avec des gros carrés de lard fumé. La cuisine sent le paradis. Nous sommes là tous les deux, à l'abri, complices, tranquilles. Elle se moque tendrement de ma gourmandise. Les pommes de terre cuisent jusqu'à devenir dorées. Je me lance.

— J'ai un aveu à te faire. Je caresse un rêve…

Elle sourit, croyant sans doute que je vais lui parler d'une jeune fille.

— Je veux que le vin des rois devienne le vin des fêtes !

Son sourire disparaît.

— Tout le monde doit avoir droit au champagne, ça ne doit plus être un privilège. Je veux créer ma propre maison. J'ai le sens du commerce, tu me l'as souvent dit, n'est-ce pas ?

— Créer une maison de champagne, Eugène ? Mais avec quel argent ?

— J'ai des économies, je me débrouillerai. Je ne suis pas fou, je t'assure, j'ai mûrement réfléchi !

Je m'échauffe, les yeux étincelants, la voix vibrante. Et elle, en face de moi, sourit par contagion, heureuse de voir son fils unique s'enthousiasmer.

— Je te prouverai que j'en suis capable, maman.

— Tu sembles si sûr de toi, Eugène. Nous n'appartenons pas au monde des négociants, ce ne sont pas des gens comme nous. Ils t'écraseront.

— Je me relèverai. La pauvreté a du bon : je ne risque pas de dilapider ma fortune puisque je n'en possède aucune !

— Nous ne sommes pas pauvres, mais modestes. Tu as toujours mangé à ta faim.

— Grâce à toi, parce que tu t'épuises à la tâche ! Je veux que tu travailles moins dur, que tu manges de la viande plus souvent, et que chacun puisse fêter les grandes occasions au champagne.

— Tu me fais peur, Eugène.

— Je préférerais te faire rêver. Crois en moi, je t'en prie…

Elle me dévisage un long moment. Elle soulève le couvercle de la cocotte, pique une pomme de terre pour évaluer sa cuisson, en remplit une pleine assiette, la pousse vers moi.

— J'ai foi en toi. Je vais te le prouver.

Elle se dirige vers l'endroit où elle cache son bas de laine, en sort son épargne personnelle, tout ce qu'elle a mis de côté à force de privations.

— Je te confie mes économies, tu en feras bon usage. J'en reste bouche bée.

— Et si je me trompe ?

— Tu as mûrement réfléchi. Tu n'es pas fou. J'ai confiance. Bon anniversaire, mon fils.

Peut-on imaginer plus beau cadeau, cher Journal ? Je suis conscient du fait que nous n'irons pas loin avec seulement mon argent et le sien. Je repense à mon enfance, à notre trio indomptable. L'union fait la force, je l'ai vérifié avec Antonin et Paul. C'est peut-être la solution, partager à plusieurs les frais de vendanges, de matériel et de commercialisation du champagne ? M'associer avec plusieurs petits négociants pour diminuer le coût et augmenter le profit ? On n'a jamais vu ça dans la région. Fort bien, j'ouvrirai la voie !

Je suis né différent. Je ne veux plus travailler pour les autres. Je n'ai pas assez d'argent pour m'installer à mon compte. Il me faut des partenaires. Je ne possède que nos économies, mais je suis riche d'idées, d'énergie et d'audace.

2 avril

Paul a vingt ans le jour où je tente ma chance auprès de ceux que je connais : les propriétaires récoltants Dufaut, Soyez, Lesecq et Berton qui vendent leur vin au 20, boulevard Poissonnière à Paris avec Philippe Bourlon. Je rassemble mon courage et je vais les trouver les uns après les autres, armé de ma jeunesse et de ma seule conviction, en commençant par Dufaut.

Le 23 juin 1791, quand Louis XVI et Marie-Antoinette avaient été arrêtés à Varennes et ramenés de force à Paris, leur escorte avait fait halte à Épernay où le patron de l'hôtel de Rohan leur avait, dit-on, offert du vin de Champagne Dufaut. Un an plus tard, quand Jacques Cazotte avait été arrêté par le

Comité de surveillance et ramené à Paris pour comparaître devant le Tribunal révolutionnaire il leur avait, paraît-il, lancé : « Laissez-moi au moins emporter une bouteille, le Dufaut m'a fait perdre la tête bien avant vos juges ! »

Moi je ne perds pas la tête, je la garde froide, j'énumère mes arguments avec feu, je fixe chacun au fond des yeux avec détermination, je joue mon va-tout. À nous cinq, nous serons cinq fois plus efficaces en dépensant cinq fois moins. Je leur propose de s'associer à moi pour fonder une « Union des propriétaires » sous la raison sociale « Société E. Mercier & Cie » afin qu'aucun des quatre ne se sente lésé par rapport aux trois autres.

Lesecq aussi a une belle histoire. Lors de l'invasion des Cosaques en 1815, un de leurs colonels, le comte Redensky, avait fait descendre ses cavaliers dans les caves, ils avaient bu jusqu'à plus soif et emporté ce qui restait. Comme Lesecq protestait, le comte avait répliqué : « Ne vous plaignez pas, si je le trouve bon je deviendrai votre meilleur client. » En 1817, après la guerre, Lesecq lui avait expédié six caisses de vin de Champagne : « Pour le cas, vraisemblable, où vous auriez fini les autres, colonel. » Redensky lui avait répondu : « D'abord je ne suis plus colonel mais général, ensuite je ne vous ai rien commandé. » Lesecq avait riposté : « D'abord je ne vous ai rien facturé, ensuite les six caisses étaient pour le colonel, j'en envoie six autres pour le général. » Le Cosaque, amusé, lui avait passé une grosse commande et l'avait introduit à la cour de Russie.

Berton n'est pas en reste. Le 25 février 1830, avant de se rendre au Théâtre-Français pour assister à la première d'*Hernani* de Victor Hugo vêtu de son gilet rouge, Théophile Gautier, Fonteney et d'autres poètes romantiques s'étaient réunis chez le peintre Léopold Corant, parent de Berton, et avaient fait sauter une douzaine de bouchons de champagne. « Nous n'aurons plus rien pour célébrer la victoire », avait regretté Fonteney en ouvrant la douzième bouteille. Corant l'avait rassuré, il gardait en réserve une deuxième caisse. « Avant, bien. Après, bon. Mais ne boirons-nous rien pendant ? N'as-tu pas une troisième caisse pour les entractes ? »

Je leur laisse à tous les quatre vingt-quatre heures pour réfléchir. J'attends leur réponse. Vont-ils se gausser de moi, s'offusquer de mes prétentions, me rabattre le caquet, me jeter à la porte ? Je suis jeune mais je pars avec un lourd handicap, pas de père, pas de biens, pas de caves, je n'ai que ma fougue et ma petite expérience. J'ai fait de mon mieux, les dés sont jetés. Je suis sorti du rang, j'ai avancé d'un pas. Je saurai, demain, s'ils décident de me suivre.

Mary, France, 11 avril 1970

J'atterris à l'aéroport d'Orly, je prends un taxi pour la gare de l'Est, je monte dans le premier train pour Épernay. La vieille dame assise en face de moi dans le wagon est plongée dans le magazine *Jours de France*, je lui demande de me réveiller un peu avant que nous arrivions.

Je descends sur le quai de la gare, encore à moitié endormie. J'aimais mon père comme le soleil et la lune, il est mort depuis plus de trente ans et je porte son deuil aujourd'hui pour la première fois. Façon de parler parce que je n'ai emporté aucun vêtement noir, je n'y ai même pas songé. J'ai un tailleur-pantalon à pattes d'éléphant avec des motifs psychédéliques ronds et carrés dans les bleus, pas vraiment la tenue adéquate. Un homme s'avance.

— Mademoiselle Robinson ?

Il prononce *Robainsson* évidemment. J'acquiesce.

— Je suis le brigadier Aimé Couperet. Le capitaine Pérona m'a envoyé vous chercher. Je vous présente mes condoléances.

Je me rends compte que je vais devoir annoncer la mort de papa dans la rubrique nécrologique des journaux américains. Ce serait drôle si ce n'était pas déchirant. « Avril 1970, Mary Robinson a la douleur de vous annoncer la mort de Joe Robinson en 1937. »

Ce brigadier s'appelle Couperet comme celui de leur guillotine ? Ses condoléances me désarçonnent. Il a un visage banal, un costume mal coupé, des dents qui se chevauchent, des yeux d'un étonnant vert électrique.

— Comment savez-vous que c'est moi, j'ai l'air si typiquement américaine ?

S'il me répond que je ressemble au squelette, je hurle. Il crispe les lèvres dans ce que je suppose être une ébauche de sourire.

— Votre sac de voyage a des étiquettes de la Pan Am. Votre français est parfait.

— Le lycée français était au bout de notre rue.

— Vous n'avez jamais été en contact avec la famille de votre père ?

— Il n'en avait aucune.

Couperet me considère avec surprise.

— Vous voulez dire qu'il avait coupé les ponts avec eux ?

— Non, je veux dire qu'il était seul au monde.

Couperet fronce les sourcils.

— Le frère de votre grand-père a eu un fils. Et ce fils a eu une fille.

— Macon Robinson n'avait pas de frère, j'en suis persuadée.

— Mais Paul Hordon en avait un. J'ouvre de grands yeux.

— Paul qui ?

Une petite lampe rouge s'allume dans ma tête, la lettre du parrain de papa faisait allusion à un Paul.

— Mon grand-père s'appelait Macon Robinson, dis-je d'une voix ferme malgré ma fatigue.

— Il s'appelait Paul Hordon et il était champenois, rétorque le brigadier.

— C'est ridicule. Macon Robinson était avocat et originaire de Californie où mon père est né. Vous voyez bien que je m'appelle Robinson, pas Hordon.

— Votre père s'appelait Joseph Hordon au départ.

— Hein ?

Il se trompe forcément.

— L'avocat Macon Robinson était son beau-père, pas son père. Il ne vous l'a jamais dit ?

— Quoi ?

Je tombe des nues. C'est impossible.

— Vous êtes toute pâle. Quand avez-vous mangé pour la dernière fois ?

— Je n'ai pas faim.

— Venez boire un bon café sucré, ça va vous faire du bien.

Couperet, plein de prévenances, m'entraîne au buffet de la gare et me commande un café français si fort qu'il m'ébranle la carcasse. Un voyageur accoudé au comptoir près de nous lit le journal *L'Union*.

— Nous avons fait des recherches après avoir trouvé ce squelette et avant de vous contacter, mademoiselle Robinson, reprend le brigadier en massacrant encore la prononciation de mon nom. Paul Hordon, né à Épernay le 2 avril 1938, a émigré en Amérique en 1854. Il s'y est marié au printemps 1869. Son fils Joseph Hordon, votre père, est né en janvier 1870.

— Les parents de papa s'appelaient Macon et Marian, dis-je avec assurance.

Couperet secoue la tête, obstiné.

— Ils s'appelaient Paul et Marian. On nous a fait parvenir un double de son acte de naissance, je vous le montrerai. Joseph Hordon était le fils de Paul Hordon et de Marian Hordon née Barnes. Quand Paul est décédé, Marian Hordon s'est remariée avec maître Macon Robinson qui a par la suite officiellement adopté son beau-fils. Joseph Hordon est donc devenu Joseph Robinson. Vous êtes d'origine champenoise, mademoiselle. Nous sommes peut-être cousins éloignés.

Le sol se dérobe sous mes pieds. J'ai des ancêtres français, moi ? Première nouvelle.

— Ma 2 CV est là, dit le brigadier. C'est mon auto personnelle, la Renault de la gendarmerie est au garage. Je suis désolé, je ne m'attendais pas à avoir une passagère.

Il m'invite à m'asseoir devant à côté de lui. Ses sièges sont remplis de poils qui agrippent aussitôt chaque motif psychédélique de ma veste.

— Vous avez un chien ?

— Je n'aime que les chats. J'en ai quatorze.

Je le regarde. Il ne plaisante pas.

— Pourquoi quatorze ?

— Parce que le chiffre treize porte malheur.

— Comment avez-vous dit que vous vous appelez ?

— Aimé Couperet, vous allez vous y habituer, moi aussi j'ai eu du mal et puis je m'y suis fait.

— J'ai besoin d'un moment pour digérer tout ce que vous m'avez appris, dis-je.

— Je vais faire un détour. Le capitaine vous attend mais je lui expliquerai.

La petite voiture longe des vignes au bord desquelles un jardinier poète a planté de jolis rosiers.

— Est-ce que votre père avait une maîtresse en France ? demande brusquement Couperet.

— Mes parents se disputaient parfois comme tous les couples mais ils s'aimaient, dis-je, choquée.

Ils s'aimaient, cher Aimé, ne vous en déplaise. Le brigadier enchaîne aussitôt sans me laisser le temps de respirer :

— Il avait des difficultés financières ? Il voyageait beaucoup en tant que pilote et expert, il a pu être impliqué dans un trafic, drogue, diamants, blanchiment d'argent, ou même alcool pendant la prohibition avant 1933 ?

Je proteste en me grattant le cou :

— Bien sûr que non !

— Je ne suis pas votre ennemi, précise Couperet. Je cherche à comprendre ce qui s'est passé. Je vais à la pêche aux indices… un peu comme ces rosiers !

Il désigne les fleurs d'un geste ample du bras.

— Ces rosiers ?

— Ils sont les sentinelles des vignes, les viticulteurs les plantent au pied des rangs parce qu'ils sont les premiers à attraper des maladies comme le mildiou et l'oïdium. S'ils vont bien, ça prouve que la vigne est en bonne santé. Je cherche à découvrir ce qui est arrivé à votre père. Quelque part dans le passé, il y a un rosier malade qui me conduira à la vérité. Vous me suivez ?

Je hoche la tête. Les Français n'ont pas de jardinier poète, ces fleurs délicates sont des donneuses d'organes, elles vont mourir les premières. J'ai envie de boire un whisky avec Charly au bar de l'aéroclub en écoutant chanter Alberte.

— Votre capitaine m'attend à la gendarmerie ?

— Non, dans les caves où nous avons trouvé votre père.

— Et vous voulez m'y conduire maintenant ?

— Oui, pourquoi, ça vous pose un problème ?

— Vous avez toujours vos parents, brigadier ?

— J'ai encore mon père, hélas.

— Pardon ?

— Je vous le donne avec plaisir, je paierais même très cher pour m'en débarrasser, vous le voulez ?

Je hausse les épaules, ses histoires de famille ne m'intéressent pas et j'ai laissé mon sens de l'humour en Amérique.

— J'adorais le mien, brigadier. Pour moi c'est comme s'il était parti hier. Je ne l'ai pas vu vieillir, il a disparu de la surface de la terre pendant plus de trente ans et vous me le rendez mort aujourd'hui, ça fait un choc, d'accord ? Alors, oui, je suis terrifiée à l'idée de descendre dans cette cave.

Je grince des dents si fort que j'en ai mal aux mâchoires. Pour me calmer j'appelle à mon secours la lune bleue. Une nuit de la fin de l'été 1937 où je n'arrivais pas à dormir, peu avant le départ de papa pour la France, je lui avais demandé à quoi ressemblait le ciel depuis la nacelle de sa montgolfière. Il m'avait répondu avec sérieux que ça dépendait de l'heure puis il s'était mis au piano et il avait joué pour moi deux morceaux à la mode. « Stormy Weather » de Harold Arlen et Ted Koehler évoquait pour lui le lever de soleil en ballon et faisait fuir l'orage, « Blue Moon » de Richard Rodgers et Lorenz Hart lui rappelait ses vols au coucher du soleil. Il m'avait ensuite joué les *Danses slaves* d'Antonin Dvorak, opus 72 numéro 2, en m'affirmant que c'était une musique radicale contre les monstres des ténèbres, une *dumka* qui me permettrait de n'être jamais seule, un morceau écrit pour être joué à quatre mains. Étonnée, je lui avais demandé à qui étaient les deux mains absentes. Il n'avait pas répondu.

— Vous aimez la musique ? demande Couperet comme s'il venait de lire dans mes pensées.

Il tourne le bouton de la radio. Un homme chante avec conviction « l'Amérique, l'Amérique, je veux l'avoir, et je l'aurai ».

— Joe Dassin, c'est de circonstance, dit le brigadier satisfait en exécutant un demi-tour formellement interdit. Nous pouvons aller aux caves, maintenant ?

Journal d'Eugène

3 avril 1858

Je me présente en tremblant intérieurement chez Dufaut, Soyez, Lesecq et Berton pour connaître leur réponse à mon offre. Je feins un calme olympien mais je n'en mène pas large.

Il faut croire que mon rêve m'a donné une force de persuasion extraordinaire. Ils acceptent de me suivre ! Dufaut qui existe depuis 1764, Soyez depuis 1780, Lesecq depuis 1794, Berton depuis 1811 ! Moi qui n'existe que depuis le 1er avril 1838, je vais les rassembler sous ma bannière, ils me font confiance, je les ai convaincus qu'ensemble nous serons plus forts. J'aurais tant aimé pouvoir annoncer ça à Antonin et à frère Rémi…

En revenant apprendre la bonne nouvelle à ma mère, je suis repassé par la rue des Fusiliers où le petit chien roux et blanc avait été écrasé et où le cheval avait failli me briser les os. J'ai serré dans ma main les documents qui portaient mon nom, le cœur gonflé de joie. Le champagne Mercier n'existe pas encore mais la société E. Mercier & Cie est désormais une réalité, même si je suis encore loin de la carriole de ma vision.

La petite Marguerite a partagé ma joie en sœur. J'ai écrit à Paul que j'ai réussi le tour de force de regrouper sous mon nom quatre maisons respectables. À mon plaisir s'ajoute, moins qu'une vengeance, plus qu'une revanche, la formidable gratification de rendre hommage au nom de ma mère. J'ai grandi en serrant les dents et en me répétant que je n'avais pas besoin d'un père. La société que je viens de créer en est la preuve, elle ne porte pas son nom à lui mais notre nom à nous. Et ce nom deviendra une marque, cher Journal. Les autres élèves des Frères avaient un père, pas moi. Les autres négociants ont des hôtels particuliers, des maisons, des caves, une infrastructure, des clients, de la fortune, pas moi. Les autres marchent ou courent. Je me hâte lentement vers mon but.

18 mai

Je sors de chez le notaire. J'ai loué un local à Épernay, à l'angle de la rue de la Côte-Legris et de la rue Saint-Laurent, dans les bâtiments du relais de poste grâce auquel je reçois des nouvelles de Paul. Notre siège social sera là et nous garderons le 20, boulevard Poissonnière comme dépôt parisien. J'ai signé l'acte d'une main assurée tandis qu'un petit commis rougissant et boutonneux s'empressait autour de nous. Il n'y a pas si longtemps, j'étais à sa place. Ma signature nerveuse et pleine d'enthousiasme est montée vers la droite, le E de mon prénom s'est élancé dans une large boucle, le M du nom de ma mère est parti en volutes, j'ai souligné l'ensemble par un trait audacieux qui grimpe à l'assaut du ciel.

22 mai

Paul m'écrit qu'Abraham Lincoln fait campagne pour les sénatoriales en déclarant que l'esclavage est un mal en soi. Il s'est mis au service de sa cause. Son oncle Raymond, membre de la franc-maçonnerie américaine, lui a parlé des valeurs véhiculées par Franklin, Jefferson, Washington et Lafayette. Paul s'enflamme à l'idée d'appartenir un jour à un de leurs ateliers. Je sais qu'il en existe aussi en Champagne, que les grands négociants de Reims et d'Épernay s'y réunissent régulièrement, mais je suis trop jeune et trop étranger à leur cercle pour qu'ils viennent me chercher.

Moi aussi j'ai envie de changer le monde, ici, à ma modeste mesure. Je veux vendre le meilleur vin pour en vendre plus, et en vendre plus pour le vendre moins cher. Je ne serai pas le seul. Jean-Antoine Menier, un fabricant de poudres pharmaceutiques, a inventé la tablette de chocolat puis passé la main à son fils Émile qui les a distribuées partout. Aristide Boucicaut, un commis chapelier, a ouvert le premier grand magasin de Paris, le Bon Marché. Alfred Chauchard, un commis, a créé les Grands Magasins du Louvre. Pierre Parissot, un mercier, a imaginé la chaîne de magasins de confection À la Belle Jardinière. Xavier Ruel a ouvert le Bazar de l'Hôtel de Ville. Ils ont vu large, ils ont vu grand. Je vais marcher sur leurs traces.

26 décembre

Les voisins des Bourlon ont à nouveau fêté Noël avec nous au sortir de la messe de minuit. Constance, qui devient de plus en plus jolie, m'a traité avec une extrême gentillesse. La petite Marguerite riait des plaisanteries stupides de ce jeune sot de Jean et j'avoue que cela m'a un peu gâché la soirée.

29 décembre

Je suis né en 1838, j'appartiens donc à la classe 1858. Le numéro qui m'est échu dans le tirage au sort est le 89. Le conseil de révision m'a jugé propre au service mais le comité de conscription m'a exonéré du service militaire parce que j'ai une légère affection du cœur. Le certificat que je reçois mentionne mon prénom, mon nom, ma date de naissance et dans la colonne « fils de et de » il est écrit « enfant naturel reconnu de Jeanne Mercier ».

Je ne m'y attendais pas et je le prends de plein fouet. Une bouffée de rage m'envahit, je serre les poings et le chagrin m'étreint le cœur. Je suis autant le fils de mon père et de ma mère que tous mes contemporains de la classe 1858, même si je porte le nom de Jeanne ! Je lui ressemble et j'en suis heureux. Elle a été obligée de me reconnaître officiellement, alors qu'il suffit de nous voir côte à côte pour deviner notre lien. Cette expression détestable, « enfant naturel », me poursuivra donc jusqu'au bout ? Je ne me console pas de l'absence de mon père et même si j'y ai survécu, cette carence brûlante me colle à la peau. J'ai mal au père qui me fait tant défaut.

— Que dit ton certificat ? demande ma mère, s'étonnant de mon silence.

— Que je suis exonéré du service militaire et que tu dois me cuisiner une énorme omelette aux champignons, dis-je en le repliant.

Elle ne comprend pas la cause de mon trouble mais n'insiste pas, elle ouvre le garde-manger pour compter les œufs qui restent. Nous nous protégeons mutuellement depuis que je suis en âge de comprendre à quel point je lui ai compliqué, et peut-être gâché, la vie.

Le document spécifie « taille des 12 hommes du n° 84 à 95 : entre 1,59 m et 1,68 m ». Je suis donc dans la moyenne. Mon père est-il grand ou petit ? A-t-il accompli son service ? À quelle classe appartient-il ? Je glisse mon certificat au fond d'un tiroir, il me brûle les doigts.

31 décembre

Paul va demander la main de Victoria cette nuit, à la première seconde de l'an nouveau. Mes pensées vont vers lui, je leur souhaite tout le bonheur du monde.

6 février 1859

Il gelait ce matin au cimetière devant la tombe d'Antonin où Thomas le tailleur de pierres était fidèle au poste. Il m'a demandé des nouvelles de Paul mais mon ami ne m'a pas écrit depuis les fêtes, sa lettre s'est perdue sans doute. Je n'ai pu demander au pauvre Thomas des nouvelles de personne, il est désormais seul, sa femme a rejoint son fils et sa fille, je l'ai appris trop tard pour me rendre à la mise en terre. Il avait apporté des pigeons voyageurs dans une cage. Sa voix est devenue sourde, éraillée, il ne parle plus, il roucoule.

Il faisait si bon ce soir près de la cheminée chez nous devant le revigorant plat de lentilles du pays au lard, noires et fermes sous la dent, triées avec amour par ma mère.

— J'ai une surprise pour toi, maman !

Je lui ai bandé les yeux avec son châle. Puis j'ai disposé sur la table une nappe que les Bourlon lui avaient offerte à Noël. Nos couverts n'étaient pas d'argent monogrammé, nos verres pas de cristal, quelle importance ?

— Tu peux regarder !

Elle a obéi, battu des cils. Et découvert, trônant au centre de la table, la première bouteille dont l'étiquette porte notre nom : Champagne E. Mercier & Cie. Elle était si émue qu'elle en est restée sans voix. J'ai débouché la bouteille avec respect. Les bulles pétillaient joyeusement, le vin était juste et parfait, à la température idéale de la cave, dix degrés. Nous avons trinqué les yeux dans les yeux, savourant en silence.

— À ton avis, combien y a-t-il de bulles dans une coupe ? lui ai-je demandé, pensif.

— Autant que de rêves dans ta tête, mon fils. Mais il y en a moins que je ne t'aime.

Quelle admirable réponse, parbleu, et quel instant inoubliable.

J'ai écrit à Paul pour lui décrire ce moment de grâce. Cher Journal, je me souviendrai jusqu'au jour de ma mort de la saveur précise et subtile de cette première gorgée. Plus intense que nos chagrins antérieurs, elle avait le goût du bonheur.

7 février

Je suis allé à Cramant offrir la seconde bouteille portant notre nom à la petite Marguerite, je lui dois bien cela. J'étais enfant l'employé de son père, je suis devenu négociant, nous sommes désormais égaux. J'aurais aimé avoir un père comme lui. Une complicité fraternelle et inconditionnelle me lie à sa fille. Je me ferais tuer pour elle. Dans les lettres de MARGUERITE, il y a AMIE.

10 février

La lettre de Paul ne s'était pas perdue, il n'avait plus le cœur à m'écrire. Ses fiançailles avec Victoria ont été rompues. Paul était apprécié par sa future belle-famille, on parlait déjà mariage. Son presque beau-père a envoyé un intermédiaire à Épernay pour prendre des renseignements. L'homme, surpris que Paul n'ait pas hérité de la moitié des biens de l'Ogre, est allé trouver Pierre qui a raconté à mots couverts pourquoi son frère avait été banni. La suite parle d'elle-même. L'union avec Victoria est désormais impensable, mon ami a été sommé de ne plus l'approcher. Son oncle Raymond a déployé des trésors de diplomatie, en vain. Tout est fini.

« Mon frère a réussi à me briser. Je n'aimerai plus jamais, c'est trop douloureux », conclut Paul, désespéré.

J'étais trop jeune pour l'aider quand ils l'ont chassé. Les journaliers étrangers à la région étaient nombreux à l'époque, français, espagnols, polonais, allemands, le mystère de la mort de l'Ogre demeure entier.

Je suis allé trouver Pierre Hordon, il restait peut-être une chance d'arranger les choses.

— Les fiançailles de Paul sont rompues par ta faute, cela te fait plaisir ?

— J'ai jugé qu'il était de mon devoir de dire la vérité à la famille de cette jeune fille, a-t-il prétendu avec un sourire moqueur.

— Ça ne te suffit pas d'avoir envoyé ton frère à l'autre bout du monde ? Il n'est pas coupable, tu le sais ! Tu as obtenu ce que tu voulais, tu es le seul maître du champagne Hordon. Pourquoi continuer à l'enfoncer ?

Olga, son amie rousse aux seins opulents, attirée par nos éclats de voix, nous a rejoints.

— Que se passe-t-il, Pierre ? a-t-elle questionné, surprise, en me dévisageant avec attention.

— Rien, c'est juste un ami de mon malheureux frère qui est venu plaider sa cause, a minimisé Pierre.

J'ai espéré que la présence de la troublante Olga le rendrait, sinon généreux, du moins magnanime.

— Reviens sur tes paroles, écris aux parents de la fiancée de Paul que c'est un malentendu. Il a souffert, il mérite d'être en paix. Madame, intercédez en sa faveur, je vous en prie !

Elle allait le faire mais il l'a coupée dans son élan.

— Nous sommes en pleine conversation, a-t-il dit en la congédiant du geste.

Elle a frémi puis obéi à contrecœur.

— Tu ne changeras jamais, ai-je lancé avec colère.

— Toi non plus. Comment va ta ridicule petite société ? Tu cours à ta perte en voulant imiter les grands, mon pauvre ami.

— Je ne suis pas ton ami et je ne le serai jamais, tu ignores ce que ce mot signifie, tu ressembles à ton père et ce n'est pas un compliment ! ai-je craché, conscient d'insulter un mort.

— Sors de mon bureau, Eugène, a beuglé Pierre, pâle de fureur.

Je suis parti, impuissant à venir au secours de Paul et bien décidé à le venger aussitôt que j'en aurais l'occasion. Mais comment ?

1er avril

Une cuvée millésimée se décide quelques mois après une vendange, uniquement si elle est de très belle qualité ; et dans ce cas on y met exclusivement des raisins de l'année. La vendange 1858 a été excellente. La société E. Mercier & Cie commence donc par un millésime, cela lui portera chance.

J'ai vingt et un ans aujourd'hui mais trop d'ouvrage pour les fêter. La petite Marguerite est venue à Épernay exprès, elle paraît plus que son âge, un caviste s'est retourné sur son passage, je l'ai foudroyé du regard. Nous avons marché le long de la Marne en devisant. Elle m'a reproché de ne pas être revenu à Cramant depuis longtemps, m'a parlé de ses parents, du nouveau morceau qu'elle travaille au piano, de mon ancien collègue Gaspard qui vient de se fiancer. Sa visite m'a fait plaisir, elle me manquait. Je lui ai appris qu'il y aura un millésime Mercier 1858, elle a souri, heureuse pour moi.

Je travaille avec mon ancien camarade de classe Huart, François Dehu et le jeune Anatole Prompsy, nous n'avons pas besoin d'être nombreux, la qualité prime sur la quantité. Ils ont plaisanté à mon retour, prétendu qu'il suffit d'une jupe pour me détourner de mon ouvrage. Je les ai détrompés, Marguerite est pour moi comme une délicieuse et espiègle petite sœur.

Ma mère a fêté mon anniversaire avec un coq au vin rouge auquel j'ai fait honneur en lui contant ma journée et en lui répétant les amicales railleries de mes camarades. Le fantôme enfantin de Sophie a plané entre nous, léger et déchirant. J'espérais qu'elle me parlerait de mon mystérieux père, qu'elle avait attendu mes vingt et un ans pour me révéler son secret. Elle ne m'a rien dit.

Je suis allé me coucher, repu, déçu et reconnaissant. Et j'ai rêvé du rire de gorge, des seins et de la bouche pulpeuse d'Olga.

2 avril

Paul m'écrit qu'il a été intégré dans une loge de francs-maçons, il n'a pas le droit de m'en parler, il me précise juste que rien de ce qui s'y déroule n'est contraire à la morale. Cet engagement est venu à point pour lui redonner courage. Il ne me parle plus de Victoria. Il termine sa lettre en m'écrivant : « Nous avons grandi comme deux frères, Eugène, si tu étais initié, nous le deviendrions vraiment. »

Pierre Hordon, qui a détruit le bonheur de Paul et de Victoria, ne sort plus sans Olga. Elle est slave, veuve, toujours flanquée de sa fille Natacha, une enfant rachitique au regard fuyant qui a hérité de sa chevelure de feu. On raconte qu'il a fait sa connaissance à Saint-Pétersbourg en allant livrer du champagne Hordon à un proche du tsar, qu'elle est d'excellente famille, que son mari a été tué à la guerre de Crimée, que sa détresse l'a ému. Comme si Pierre était capable d'éprouver un pareil sentiment…

La société E. Mercier & Cie existe. Pour autant, j'ai bien du mal à vendre les bouteilles à mon étiquette.

On ne me connaît pas, je n'ai ni vendeurs, ni représentants, ni réseau. Mon champagne a le mérite d'exister, mais ça ne suffit pas.

Je croise Pierre et Olga en sortant de chez un client que j'ai démarché en vain. La cloche de l'église sonne midi plein, douze coups joyeux. Il se moque ouvertement de moi. Galvanisé par la présence de la belle Olga, je lui lance avec assurance :

— Un jour, il y aura du champagne Mercier sur toutes les tables du monde, alors que plus personne ne connaîtra le champagne Hordon !

Mary, Épernay, 11 avril 1970

La 2 CV de Couperet tourne à la hauteur du 75, avenue de Champagne et se gare entre un bâtiment cossu datant du siècle dernier et un édifice plus récent.

— L'entrée des caves est dans le pavillon Mercier, m'explique le brigadier.

Je commande à mes jambes de ne pas ralentir et je pénètre à sa suite dans un hall où une hôtesse en tailleur rouge nous accueille devant le portrait géant d'un homme moustachu.

Couperet exhibe une carte tricolore.

— Vos collègues sont en bas, le renseigne l'hôtesse.

Mes genoux ploient. Mon cou me démange, ce doit être le stress.

— Et si un inconnu avait volé la pince à cravate de mon père avant de venir mourir là ? dis-je.

— Le squelette présentait des fractures caractéristiques, nous avons vérifié. Votre père s'est cassé une fois le poignet gauche, une autre fois la cheville droite, c'était dangereux la montgolfière à l'époque. Tout correspond, nous avons de la chance.

De la chance ?

Je vais me laver les mains pour repousser le moment fatidique. Je me regarde dans le miroir des toilettes, je déboutonne ma veste. Et je m'aperçois que mon cou et mon décolleté sont couverts de plaques rouges. Je cherche à quoi je les dois. Le plateau-repas ou les sièges de l'avion ? La banquette du train ? Le café du buffet de la gare ? Ou, plus simple : les quatorze chats du brigadier ? Je suis allergique à leurs poils, si je ne les touche pas je me contente d'éternuer, mais la 2 CV en était remplie. Je reboutonne ma veste, pas question que ce Français me prenne pour une Américaine hystérique.

Les caves sont à trente mètres sous terre, nous y descendons en même temps qu'un groupe de touristes. En avion ou à l'aéroclub je suis dans mon élément, sous la surface du sol je deviens claustrophobe, j'étouffe.

— Elles ne sont pas trop exiguës ? On respire bien ?

Couperet sourit.

— Épernay est la capitale du champagne, son sous-sol est quadrillé par un réseau qui double la surface de la ville, nous avons centre trente kilomètres de rues et cent dix kilomètres de caves. On a stocké tant de bouteilles sous l'avenue de Champagne que c'est l'artère la plus riche du monde. Les caves Mercier font dix-huit kilomètres de long, vous y serez à l'aise.

Je me prépare à être confrontée aux animaux mythologiques de la lettre du parrain de papa et à ce qui reste de Joe.

Journal d'Eugène

Épernay, 4 mai 1859

Les grandes maisons de champagne me dédaignent. Qui suis-je pour oser tenter d'entrer ainsi dans la course ? Un rêveur insensé, un absurde petit vermisseau, même pas un gêneur. Ils ne m'ont pas cru dangereux, ils sont persuadés que ma marque inconnue sombrera dans les oubliettes de l'histoire. J'ai persisté, je me suis buté, j'ai vendu quelques paniers de bouteilles qui portent mon nom à des particuliers, c'est encourageant mais insuffisant. Je ne me suis pas démoralisé pour autant, j'ai serré les dents et j'ai encaissé. La société E. Mercier & Cie est une réalité, je n'ai que vingt et un ans et la vie devant moi. Tout de même, je n'avais pas imaginé qu'il serait si difficile de m'imposer.

2 novembre

J'ai du mal à écouler mes bouteilles. Je sors de chez maître Boban où j'ai acheté avec ma mère à Guillaume Bazile, potier en terre, une petite maison située 3, rue du Paulmier, constituée d'une pièce avec puits et d'un petit cabinet noir au rez-de-chaussée, de deux pièces à l'étage, et d'un grenier au-dessus. Nous avons chacun payé mille francs comptant sur nos économies. Chaque franc versé valait son pesant de fatigue, mais la satisfaction effaçait les rides de ma mère et parsemait son regard d'étincelles joyeuses. Ce bien, modeste, nous appartient.

26 décembre

Les Bourlon nous ont de nouveau reçus avec leurs voisins après la messe. Le jeune Jean n'a à mon avis qu'un petit pois dans la tête. Constance m'a montré qu'elle appréciait ma compagnie, ce qui m'a mis mal à l'aise, je la trouve charmante mais elle ne m'intéresse pas et je n'ai rien à lui dire.

Paul, très engagé dans les milieux humanistes et maçonniques américains, m'a affirmé qu'on ne l'y reprendra plus à tomber amoureux, que désormais il se consacre à la viticulture et au progrès social. Il m'a demandé des nouvelles de Marguerite, je lui ai parlé des bonnes appréciations de ses maîtres à l'école.

« Elle grandit plus vite que tu ne penses, mon ami, ce n'est plus une petite écolière », m'a-t-il répondu.

Ma mère a cessé son commerce d'épicerie. Je croyais qu'elle allait se reposer. Mais un matin je l'ai vue arriver dans mon bureau et se plonger dans nos comptes. Elle m'épaule dorénavant comme si elle n'avait fait que ça toute sa vie.

Paris, 6 février 1860

Pour la première fois à la date anniversaire de la mort d'Antonin, je me suis trouvé loin d'Épernay. Mes affaires me retenant dans la capitale, je suis allé en pensant à lui au cimetière du Père-Lachaise, l'ancienne demeure du confesseur de Louis XIV. Les Frères nous ont enseigné le paradis et l'enfer, je gage qu'au paradis on boit du rosé demi-sec, sucré, celui que les Russes et les Allemands apprécient alors que les Américains et les Anglais le préfèrent extra-dry. Et je parie qu'en enfer le vin n'étanche pas la soif et fait grincer des dents.

Épernay, 9 février

Marguerite, me sachant absent, s'est rendue à ma place sur la tombe d'Antonin. Je lui avais parlé de ma coupe et de la grappe de Paul mais elle n'a pas osé nous imiter, elle s'est contentée d'écrire ses initiales M. B. en cailloux blancs sur la pierre. Je suis passé au cimetière le soir de mon retour et j'ai deviné qu'elle était l'auteur de cette délicate attention. La poussière de calcaire en suspension dans l'air donnait à la nuit champenoise cette étonnante clarté argentée qu'on appelle ici la rambleur.

1er avril

J'ai vingt-deux ans aujourd'hui. Le vin effervescent est de plus en plus apprécié, la concurrence est rude. À la fin du XVIIIe siècle il n'existait qu'une douzaine de maisons de champagne, à ma naissance on en dénombrait une centaine, aujourd'hui on en compte trois cents. Je persiste. J'y arriverai.

20 avril

J'ai croisé Pierre sur le trottoir de la rue de l'Arquebuse. Chacun a attendu que l'autre s'écarte. Olga a agité son ombrelle pour forcer le passage. Je me suis poussé par galanterie.

— Les hommes sont des enfants, a-t-elle soupiré en s'éloignant avec Natacha accrochée à ses jupes.

Les femmes ont souvent raison. Marguerite n'a que quatorze ans mais elle me supplante par son discernement et sa force tranquille. Elle n'a rien à prouver, elle avance dans l'existence avec la certitude profondément ancrée que le bonheur est possible. Je ne la détrompe pas.

2 juillet

Je rêve souvent de Paul, d'Antonin et d'un homme aux traits imprécis que je sais être mon père. Lorsque je m'éveille, leur absence à tous les trois me déchire. Mon père n'a ni visage ni voix, forcément. Antonin et Paul ont l'aspect qu'ils avaient la dernière fois que je les ai vus, mais leurs voix s'estompent déjà dans les brumes du passé, je cherche en vain leurs inflexions et leurs modulations.

Ma mère, en veine de confidences, m'a appris au hasard d'une conversation une nouvelle qui m'a décontenancé et intrigué.

— Une couturière entre dans l'intimité de ses clientes. J'ai confectionné autrefois une robe pour madame Hordon, et lors d'un essayage elle m'a raconté que dans sa Bretagne natale elle avait jadis aimé un homme qu'on lui avait interdit d'épouser. Personne n'est au courant en Champagne. Surtout garde-le pour toi, ne va pas cancaner. L'amour rend aussi malheureux qu'heureux, mon fils.

J'ai tout de suite deviné que ce secret était dangereux. Et si c'était cet ancien amoureux qui avait tué l'Ogre ? Cela disculperait Paul. J'ai beau être débordé de travail, j'ai décidé de prendre dès que possible la diligence pour le pays de Lorient où le frère de madame Hordon habite, je le tiens d'Angèle. Marguerite voulait m'accompagner, je l'en ai dissuadée, son père ne donnerait pas son accord à cette expédition.

— Si tu étais ma fille, je refuserais aussi ! lui ai-je dit.

— Je ne suis pas ta fille, a-t-elle rétorqué en me défiant.

11 juillet

Quand j'ai atteint le pays de Lorient, une mauvaise surprise m'attendait. Le frère de madame Hordon, capitaine au long cours, était parti pour la campagne de pêche d'été. Je m'étais déplacé pour rien. Je me suis présenté à sa femme Soizic, elle n'avait pas revu sa belle-sœur depuis la naissance de Paul, Fernand Hordon l'avait forcée à couper les ponts avec les siens. Je lui ai expliqué la raison de ma venue, je lui ai raconté la mort de l'Ogre et le bannissement de mon ami, je l'ai assurée de son innocence. Elle m'a invité à entrer. Elle m'a offert du cidre et du far breton.

— Est-ce que l'ancien amoureux de votre belle-sœur vit encore ici ? Puis-je le rencontrer ?

Elle a secoué la tête, une étrange lueur dans le regard.

— Hélas, mon pauvre monsieur…

Elle s'est mise à parler comme quelqu'un qui attendait cette libération depuis des années. Avant de devenir madame Hordon, sa belle-sœur Katell avait aimé un homme qui n'avait aucun bien. Guillaume venait de l'île de Groix, une terre de huit kilomètres sur quatre plantée dans l'océan au large de Lorient. Il avait comme tous les hommes de son île le teint bronzé, des yeux d'océan, la taille grande et bien prise, une voix forte et sonore pour se faire entendre par-dessus le vent et les vagues. Il était marin pêcheur, intrépide, vigoureux et courageux. Katell était tombée amoureuse de lui à la Saint-Jean d'été, un 24 juin, le jour de la bénédiction des Coureaux, le bras de mer qui sépare l'île du continent.

— C'était un jour heureux, m'a conté Soizic. On avait allumé des feux sur la lande et revêtu nos habits de fête. À l'issue des vêpres, deux processions étaient parties, l'une de Notre-Dame de Larmor sur le continent, l'autre de l'église du bourg de Groix, pour se rejoindre à mi-chemin des Coureaux au milieu de l'eau. Les bateaux avançaient au son des cantiques. Le clergé occupait la barque d'honneur. Le recteur avait entonné *Je vous salue Étoile de la mer* puis béni les flots. Ensuite on avait dansé et festoyé avant le départ des hommes pour la campagne de pêche d'été. Katell et Guillaume s'étaient tout de suite aimés et il l'avait demandée en mariage à son père. Katell était d'une beauté fracassante, saisissante, son père espérait un gendre fortuné, il avait refusé et l'avait envoyée en Champagne où il avait de la famille. On a découvert trop tard qu'elle était dans un état intéressant. Son père l'a mariée à la hâte sans prévenir Fernand Hordon. L'époux a bu plus que de raison le soir de ses noces, Katell s'est coupé le doigt pour saigner sur le drap puis elle a prétendu qu'il l'avait déflorée. Il l'a crue. Guillaume l'aimait de toute son âme. Quand il a débarqué de son thonier en octobre et qu'il a appris qu'elle ne serait jamais à lui, il est parti au large un jour de tempête seul dans sa barque.

— Mais alors… l'enfant qu'elle attendait ?

— Vous n'avez pas encore compris ? C'était Pierre. Guillaume était brave et bon. Si son fils est aussi mauvais que vous le dites, c'est qu'il a été gâté par Fernand Hordon qui a exercé sur lui la plus mauvaise influence.

J'ai réfléchi à ce que cette découverte impliquait. Pierre Hordon, qui me traitait de bâtard à l'école avec une joie mauvaise, n'était pas le fils de son père. Il n'avait aucun droit sur ses biens. Paul était le seul héritier. Cela changeait considérablement la donne.

— Je vous remercie, ai-je dit à Soizic.

Elle m'a fixé au fond des yeux.

— Je suis groisillonne moi aussi. Guillaume était mon cousin. La mer a drossé son corps sur les rochers après deux semaines, il a eu sa messe d'enterrement dite par notre recteur, nous l'avons enseveli au cimetière. Chez nous, lorsqu'un homme jeune meurt célibataire en âge viril, il a droit à son repas de noces posthume, c'est la tradition. Nous avons tous bu et mangé pour honorer sa mémoire. Nos légendes celtiques racontent que la déesse Épona, la pêcheuse d'âmes, accroche à son hameçon les âmes des élus pour les conduire vers la porte du ciel jusqu'à l'île de l'éternelle jeunesse. Guillaume a mis le cap là-bas, j'en suis bien certaine.

Il y avait quelque chose de poignant à imaginer ces fiers insulaires préparant le repas de noces, cuisinant, mangeant et buvant pour les épousailles d'un homme qui s'était livré à l'océan pour cesser de souffrir d'amour.

Soizic s'est levée, elle a marché vers le vaisselier, ouvert un tiroir, fourragé dedans.

— Ah, le voilà !

Elle a sorti un vieux missel à la tranche dorée, en a retiré plusieurs images pieuses au dos desquelles figurait un portrait au crayon avec l'inscription *Souvenez-vous dans vos prières*. J'ai écarquillé les yeux.

Mary, Épernay, 11 avril 1970

Je débouche avec Aimé Couperet dans les profondeurs de la terre en me grattant furieusement le cou. Un petit train composé de wagons tirés par une locomotive attend les touristes mais nous ne le prenons pas, mon gendarme *Frenchy* m'entraîne de l'autre côté. Nous tournons à angle droit pour pénétrer dans un tunnel qui s'enfonce à perte de vue. Nous longeons en silence d'hallucinants murs de bouteilles parfaitement alignées les unes sur les autres, l'écho de nos pas résonne bizarrement. Les parois latérales du tunnel sont décorées de grandes sculptures taillées dans la craie blanche, l'éclairage orange rajoute encore à l'étrangeté du lieu, ça sent les champignons et l'humidité. Aimé Couperet oblique dans un premier tunnel, tourne dans un second, ils portent des numéros mais il a l'air d'hésiter, si nous nous perdons on retrouvera peut-être nos squelettes dans trente ans ?

Je bute sur une aspérité du sol, je me rattrape. J'aperçois au loin une silhouette sombre et floue, une onde glacée m'envahit, je ne crois pas aux revenants, c'est la fatigue sûrement, ou cette atmosphère oppressante, ça ne peut pas être…

— Mademoiselle Robinson, voici le capitaine Raffaele Pérona, annonce Couperet.

Je serre la main froide du nouveau venu qui, vu de près, ne ressemble pas du tout à Joe. Le capitaine qui avait une voix d'adolescent au téléphone a une taille de basketteur, des jambes interminables, un nez cassé de boxeur et à peu près mon âge. Il inspecte ma tenue avec étonnement. J'entre à sa suite dans un caveau chichement éclairé au fond tapissé de bouteilles et de cauchemardesques dentelles en toiles d'araignées. J'ai la phobie de ces bestioles et elles le sentent, dès qu'elles m'aperçoivent elles tricotent de leurs horribles pattes velues et foncent sur moi. Alberte serait stupéfaite de me voir approcher ces monstres.

Mes yeux mettent un moment à s'habituer à la pénombre. Je distingue des inscriptions gravées sur les murs, des croix de Lorraine, des cœurs, des étoiles de David, des initiales. Couperet suit mon regard.

— Les maisons Mercier et Moët & Chandon ont mis leurs caves à la disposition de la population pendant les bombardements des deux guerres mondiales, c'étaient les deux plus importants refuges du coin, explique-t-il.

Je pense à Alexander, arraché à son Oregon natal pour débarquer d'une barge sur une plage normande sous la mitraille ennemie.

— Nous avons ouvert une enquête, mademoiselle Robinson, dit l'immense Pérona en roulant les *r* et en prononçant correctement mon nom. J'ai le regret de vous annoncer que votre père n'est pas décédé de mort naturelle. Il s'agit d'un crime.

Tout mon sang se glace et je tombe en chute libre. Un crime ? Papa a été assassiné ? Mon cerveau enfiévré échafaude aussitôt des hypothèses folles. J'ai une imagination débordante. Mes yeux débordent aussi, je vois flou à travers mes larmes.

— C'est ce que vous avez conclu après l'avoir examiné ?

Je nage en plein cauchemar.

— En effet.

— Vous voulez dire que ce n'est pas un accident ? Pourquoi aurait-on voulu lui faire du mal ?

— J'espérais que vous m'aideriez à le comprendre. Vous n'en avez aucune idée ?

Le capitaine et le brigadier sont les monstres mythiques tapis dans l'obscurité. Ils ne doivent pas deviner à quel point je suis effrayée.

— Pourquoi parlez-vous de crime ?

— Il avait le cou brisé. Il ne s'est pas enveloppé lui-même dans une bâche avant de creuser un trou dans le sol crayeux pour s'y enfouir sous un mur de bouteilles empilées au fond d'un caveau où personne ne va jamais. Désolé pour ces précisions, mademoiselle.

J'encaisse. Je me raidis pour ne pas m'écrouler.

— Je vous remercie de votre franchise, dis-je en le haïssant.

— Vous êtes restée en contact avec ses amis après sa disparition ? intervient Couperet, prenant le relais.

— J'avais sept ans. Il en avait soixante-sept, ma mère était beaucoup plus jeune. Nous avons quitté New York puis elle s'est remariée. Elle est morte d'une leucémie.

— C'est dommage, nous aurions pu l'interroger.

— C'est dommage en effet, elle a osé mourir sans votre permission, dis-je avec humeur.

Couperet fronce les sourcils mais Pérona apprécie.

— Je vous préfère en battante, dit-il avec satisfaction.

Il allume une lampe de poche dont il promène le faisceau par terre et me désigne une silhouette grossièrement tracée à la craie de couleur.

— Votre père reposait exactement ici. Toutes ces bouteilles que vous voyez étaient empilées sur lui. On n'y avait pas touché depuis 1937. Certains caveaux ont été murés pendant la Seconde Guerre mondiale pour que les occupants, qui pillaient les caves, ignorent l'importance des stocks. On en a récemment rouvert plusieurs, un morceau de bâche dépassait du sol, un caviste a creusé pour l'extraire. Et il est tombé sur des os humains.

Je frémis. Vaut-il mieux mourir dans une chambre d'hôpital entouré d'inconnus, ou dans une cave entouré de bouteilles ? Papa aurait préféré disparaître en ballon comme Pilâtre de Rozier ou dans un cockpit comme Mermoz, Guynemer, Saint-Exupéry ou son amie Amelia.

— Pourquoi l'a-t-on tué ? insiste Pérona en m'éblouissant avec sa lampe.

— Comment voulez-vous que je le sache ?

Je n'ai qu'une envie, fuir, remonter à la surface, jaillir à l'air libre.

— Nous avons effectué des recherches. Il a débarqué au Havre en provenance de New York en octobre 1937, il a fait une conférence applaudie à Paris. Il était invité à un meeting aérien à Reims. En recoupant plusieurs témoignages nous avons acquis la conviction qu'il a participé à un banquet avenue de Champagne, puis il s'est volatilisé. Votre mère le croyait embarqué sur un paquebot qui a atteint New York le 25 novembre.

— Pour Thanksgiving et mon anniversaire, oui.

C'est devenu depuis un jour à risque et à sanglots enfouis. Je ne reconnais pas ma voix. Je happe l'air par saccades. L'atmosphère m'oppresse.

— Je ne me sens pas très bien. Je vais faire quelques pas.

Je dois être vraiment pâle parce que Couperet acquiesce. Pérona reste impassible. Je sors du caveau exigu. Je fais le vide dans ma tête. Je ferme les yeux. J'inspire sur trois temps, j'expire sur six temps. Je rouvre les yeux. Les caves à l'odeur entêtante ressemblent à un décor de film sous l'éclairage orange. Mes pas y résonnent étrangement. Plus loin dans le tunnel, le couloir se rétrécit. La moitié droite est occupée par une succession de panneaux de bois troués hérissés de bouteilles plantées à l'envers, les fameux monstres de la lettre. Une nouvelle série de dessins décore les murs, de Gaulle de profil avec son képi, Churchill avec son cigare, un zouave, des prénoms de femmes. Sont-elles aussi descendues dans ces caves ? Ou est-ce que ce sont des hommes cachés là qui les ont écrits ? Je les imagine, réfugiés dans l'obscurité suffocante, laminés par une guerre meurtrière, déchirés à l'idée de ne plus jamais revoir leurs mères, leurs femmes ou leurs enfants. Des hommes terrés, courageux, effrayés, ayant vu leurs camarades tomber. Des hommes qui avaient à la lumière du jour connu l'ivresse du vin et de l'amour. J'imagine mon père prisonnier sous ces tonnes de terre et ces milliers de bouteilles, lui qui sillonnait librement le ciel. Un dessin terriblement familier fait brusquement battre mon cœur à cent à l'heure. Je vérifie que les deux gendarmes n'approchent pas. Je me penche.

Un mouvement sur ma droite m'alerte, un chariot file vers moi dans le tunnel. Je recule pour lui laisser le champ libre, j'accroche ma manche à une bouteille qui dépasse, et dans le geste maladroit que je fais pour me libérer, trois bouteilles basculent. Je tends les mains gauchement pour les rattraper, j'en saisis une mais les deux autres m'échappent et se brisent sur le sol. Le champagne jaillit, un éclat de verre m'entaille l'index, le sang coule, je contemple le désastre, navrée. J'ai cassé de précieuses bouteilles qui valent peut-être une fortune, mon père a été tué ici, les gendarmes se méfient de moi, mon cou me démange, je suis d'origine française et je n'en ai jamais rien su, la chair de mon père a quitté ses os, tout se désunit, je ne sais plus où j'en suis.

— Qu'est-ce que vous fabriquez accrochée à ce pupitre, vous vous prenez pour une bouteille ?

Le conducteur du chariot a le visage noyé dans l'ombre.

— Cette partie des caves est interdite au public. Vous vous êtes perdue ?

Confuse, je m'avance dans la lumière. Le sang de ma main tache la manche de ma veste. Pérona et Couperet nous rejoignent au pas de course.

— Qu'est-ce qui se passe ? demande le capitaine.

— Cette dame s'est battue avec un pupitre, elle a été vaincue mais l'honneur est sauf, dit l'inconnu.

— Qu'est-ce que vous fichiez ? grogne Pérona.

— Je suis désolée pour la casse, je paierai.

Sans prévenir, l'émotion, la fatigue, le décalage horaire et le stress me submergent et ont raison de moi. Les deux gendarmes deviennent flous et lointains. La lumière orange du plafond faiblit, disparaît.

— Merde, retenez-la ! Elle tourne de l'œil, elle va…

Et tout devient noir.

Pupitres, avec Mercier.

Journal d'Eugène

13 juillet 1860

J'ai réfléchi dans la diligence brinquebalante qui me ramenait du pays de Lorient. Pierre n'est pas un Hordon, si je m'attendais à ça ! Paul aurait dû être le seul héritier de l'Ogre. Il n'est nullement dans mes intentions d'exposer le passé de sa mère en place publique. Je demande seulement justice. Je suis certain que Paul accepterait de tout partager avec son frère si Pierre le disculpait. Paul choisira-t-il de revenir s'il est innocenté ? Je n'en suis même pas sûr. Il s'est investi dans sa vie américaine, il a tourné la page. Pourtant il pourrait retrouver l'amour de sa mère qui lui fait tant défaut, confondre ce menteur de Matthieu, prouver aux parents de Victoria qu'on leur a menti, l'épouser comme il le souhaitait… Je ne peux pas faire comme si je ne savais rien.

Hôtel Hordon, 16 juillet

Olga m'a ouvert la porte et laissé entrer dans le vestibule au dallage noir et blanc où j'ai détourné les yeux pour ne pas croiser le triste regard peint de Paul. Pierre est parti à Paris par le chemin de fer. Olga m'a dévisagé avec attention comme la dernière fois, puis conduit au salon où se tenait madame Hordon. Nous sommes restés en tête à tête. Je me suis assis, je lui ai précisé que je rentrais de Lorient. Elle a frémi.

— J'y suis allé pour disculper Paul.

— Ne réveille pas le passé, je t'en supplie, Eugène, mon mari est mort, rien ne le ressuscitera, a-t-elle dit sur un ton pressant.

Une idée absurde m'a effleuré pour la première fois. Se pouvait-il qu'elle ait elle-même tué son mari pour l'empêcher de malmener ses fils ? Et qu'elle laisse accuser son fils à tort ? Je lui ai parlé de Soizic, de la bénédiction des Coureaux, de l'île de Groix. Son regard s'est troublé.

— J'ai appris, pour Guillaume.

J'ai prononcé le prénom doucement pour ne pas l'effrayer. Son visage s'est éclairé, elle a eu un sourire d'une tendresse folle. Puis la lueur s'est éteinte tandis qu'elle murmurait avec désespoir :

— Dieu m'a punie. Tu comprends, Eugène ? Guillaume est mort par ma faute, parce qu'il m'aimait. C'est moi qui l'ai tué !

J'ai protesté en cherchant à capter son regard affolé.

— Vous n'y êtes pour rien. Vous vous aimiez, ce n'est pas un péché. J'espère que ma mère aussi a aimé mon père, même si elle ne m'a jamais parlé de lui.

Elle a enfoui son visage dans ses paumes jointes.

— Je vous ai apporté un cadeau, madame.

Elle a baissé les mains, m'a regardé avec avidité prendre dans ma serviette une des images pieuses que m'a données Soizic. Elle a poussé un cri étranglé, me l'a arrachée. Au-dessus de *Souvenez-vous dans vos prières*, le jeune marin souriant avait une grosse tache couleur lie de vin sur la joue.

— Dieu m'a accablée en m'enlevant Guillaume puis en m'obligeant à chasser Paul, a-t-elle murmuré douloureusement.

Elle a gémi à la façon d'un animal blessé, s'est recroquevillée sur son siège. Son regard est devenu flou, elle m'a échappé, elle s'est réfugiée là où plus rien ne pouvait l'atteindre, dans l'île de la déesse Épona où l'attendait son Guillaume.

Je suis sorti du salon. Olga, qui attendait sur le palier, est descendue m'ouvrir. Brusquement, juste avant de passer la porte, elle a collé son corps contre le mien. J'ai senti sa chaleur, j'ai épousé ses formes, j'ai respiré son parfum. Elle a haussé sa bouche vers moi, posé ses lèvres sur les miennes, et m'a embrassé passionnément avec un abandon merveilleux et confondant. Je l'ai serrée d'instinct dans mes bras, j'ai si peu d'expérience. Elle s'est écartée. Notre étreinte n'a duré que quelques secondes. Elle m'a poussé vivement dehors. Je me suis retrouvé sur le perron de la maison de Paul, hébété, le cœur battant la chamade, le corps chamboulé.

17 juillet

J'ai écrit une longue lettre à Paul pour tout lui raconter. Rien ne me ferait plus de plaisir que d'aller l'attendre à l'arrivée du bateau au Havre. Quand même, Pierre Hordon, un bâtard, le destin a bien de l'humour.

Mes pas m'ont ensuite mené dans leur rue. C'était risqué. Pierre pouvait être rentré de Paris, je pouvais croiser Angèle, le majordome sournois, ou Natacha. Il fallait pourtant que je sois là.

Je n'ai pas attendu longtemps ; Olga est sortie, seule, coiffée d'un large chapeau noir, un panier à son bras. Elle a marché dans ma direction, sans m'accorder un regard, en demeurant de l'autre côté de la rue. Elle ne s'est pas arrêtée à ma hauteur, elle m'a dépassé et j'ai commencé à marcher moi aussi, parallèlement à elle. Nous avons cheminé ainsi un long moment, parfois cachés à la vue l'un de l'autre par une charrette, un fiacre ou des passants. J'oubliais ma société, mes associés, ma mère, je ne craignais pas le courroux de Pierre, je ne pensais qu'au parfum d'Olga, à ses lèvres, à ses formes. J'avais envie de courir vers elle, de couper à travers la foule et les carrioles, de l'emporter dans mes bras.

Elle a tourné dans une rue, je l'ai suivie. Je suis né ici, je croyais connaître chaque recoin de ma ville, pourtant je n'avais jamais mis les pieds dans cette impasse. Elle a pénétré dans une maison et brusquement disparu à ma vue. J'ai vérifié que la voie était libre puis j'ai poussé la porte à sa suite. J'ai monté un méchant escalier qui sentait la soupe aux choux, j'ai débouché dans un morne couloir. Quelqu'un jouait sur un violon une musique tzigane nostalgique. Une porte entrouverte au bout du couloir laissait filtrer un rai de lumière. Je me suis approché, le cœur affolé, le corps submergé de désir, éperdu. J'ai pensé à madame Hordon et à son fier marin de Groix. J'ai pensé à mon collègue Gaspard, à la dame chez qui son père l'avait emmené pour ses dix-huit ans, à ses fiançailles récentes dont m'a parlé ma petite sœur Marguerite. J'ai pensé qu'Olga n'était pas la femme de Pierre, qu'elle était veuve et libre, j'ai revu le geste dédaigneux avec lequel il l'avait congédiée devant moi, j'ai revécu l'instant fabuleux de notre étreinte hier. J'ai craint d'être maladroit, ingénu, ridicule.

Et puis j'ai poussé la porte, je suis entré dans une petite chambre. J'ai vu l'icône religieuse au mur, le samovar bosselé, le chapeau noir posé sur la chaise de bois. J'ai écarquillé les yeux en découvrant Olga, ses magnifiques cheveux roux dénoués, allongée sur le lit. Elle me dévisageait en me souriant avec une douceur incroyable, elle m'a tendu la main. Je n'ai plus entendu le violon et je n'ai plus pensé à rien.

18 juillet

J'ai croisé Pierre le lendemain dans Épernay. J'ai marché vers lui. Je lui ai parlé bas pour que nul ne puisse nous entendre.

— Je te conseille de m'écouter, dans ton intérêt. Je reviens de Lorient.

Il a froncé les sourcils.

— J'ai parlé à ta tante. Ta mère a aimé un homme autrefois avant de rencontrer ton père. Ce sont des choses qui arrivent.

Sa bouche s'est tordue.

— Tu mens !

— Non, Pierre. J'ai une preuve irréfutable de ce que j'avance.

— Ah oui ?

J'ai sorti une des images pieuses de ma poche et je la lui ai tendue. Il était le portrait craché de Guillaume dont la tache de naissance était plus étendue.

— Ton père était un brave marin, tu n'as pas de quoi rougir.

J'étais conscient du choc que je lui assénais mais je le détestais trop pour pouvoir le plaindre. Il fulminait, jetait des regards de bête traquée alentour. Il s'était débarrassé de son frère de la plus terrible façon. Il l'avait diffamé et spolié par pure jalousie. J'avais échoué à l'en empêcher. J'avais aimé Olga hier, cela n'avait rien à voir avec une vengeance, une évidence écrasante m'avait précipité dans ses bras. Même si ça ne se reproduisait jamais, ce moment resterait comme l'un des plus beaux de ma vie. J'étais encore stupéfié par ma chance, Olga était plus âgée et belle comme le jour, Pierre était riche, expérimenté, pourtant elle m'avait remarqué, moi, elle m'avait comblé et émerveillé.

— Un jour, j'en finirai avec toi, Eugène Mercier, a grondé Pierre.

— J'allais te dire la même chose, Pierre Hordon… Je devrais t'appeler autrement mais j'ignore le nom de famille de ton père, excuse-moi !

Nous avions envie d'en découdre, de nous empoigner et de rouler dans la poussière comme autrefois. Je me suis dominé, pour Paul.

— Je te demande de disculper ton frère. J'ignore comment tu as convaincu Matthieu de témoigner contre lui. Je devine que tu as caché l'argent sous son matelas pour le faire accuser et l'écarter. Qui a tué votre père ? Pourquoi diable couvres-tu le meurtrier ? Je te propose un marché honnête : je ne révèle pas tes origines, tu innocentes le fils légitime.

Il m'a aboyé au visage :

— Sinon ?

— Tu risques de tout perdre. Paul ne s'intéresse pas au champagne Hordon, il tient plus à son honneur qu'à son héritage, il partagera.

Pierre avait les yeux exorbités.

— Que connais-tu aux héritages, toi qui n'es le fils de personne ?

J'ai haussé les épaules.

— Nous sommes des bâtards tous les deux, Pierre, mais il y a une différence essentielle entre nous. Moi je n'en ai pas honte. Et ce que je suis devenu, je l'ai construit tout seul.

21 juillet

J'ai attendu en vain Olga dans sa rue deux matins de suite. Elle est sortie le troisième jour, avec son chapeau et son panier. Nous avons de nouveau cheminé à travers la ville jusqu'à l'impasse mais ce n'était plus pareil, je pressentais qu'elle voulait me parler, qu'il ne s'agissait pas d'une fulgurance des corps mais d'une explication, et je la redoutais déjà.

Le couloir sentait toujours le chou, le violoniste invisible jouait le même air poignant. Lorsque je l'ai rejointe dans la chambre, Olga était assise sur la chaise à côté du lit, toujours chapeautée, sous l'icône ancienne peinte sur bois. Je suis resté debout alors que j'avais envie de me jeter à ses pieds.

— Ne te méprends pas, Eugène. Ma petite sœur Katia vit ici, je l'ai fait venir en France. Je me réfugie parfois chez elle pour faire du thé au samovar, boire un bol de bortsch, parler notre langue et lui promettre que tout va changer. Je n'y avais jamais amené personne et cela ne se reproduira plus.

— Je craignais que tu ne dises cela, ai-je soupiré. Je t'ai déçue…

— Non, Eugène, au contraire, tu m'as rendue heureuse. Mais c'est trop dangereux. Nous avons tout à y perdre. Tu m'as désirée parce que tu es jeune. Je t'ai trouvé émouvant parce que je ne le suis plus et que tu ressembles étrangement au père de Natacha. Mais nous n'avons aucun avenir. Nous n'appartenons pas au monde des négociants, ils ne sont pas comme nous, ils nous réduiraient en miettes.

Elle employait presque les mêmes mots que ma mère quand je lui avais avoué mon rêve.

— Je te demande d'oublier ce qui n'aurait jamais dû se produire, Eugène. Je t'en prie.

— Moi je ne veux surtout pas l'oublier, mais je comprends et je ne t'importunerai pas, tu as ma parole.

J'ai baissé les yeux. La pièce s'est emplie d'un étrange silence dans lequel il m'a semblé entendre nos deux cœurs battre à l'unisson. Au bout d'un long moment, j'ai relevé la tête et feint de ne pas voir les larmes qui coulaient sur ses joues.

— Pourquoi restes-tu avec Pierre ?

— Mon père a eu des revers de fortune en Russie. Pierre l'a renfloué et m'a gagnée en échange. Je ne peux me dédire.

— Alors tu es son… esclave, il t'a achetée ? Ton mari ne t'a rien laissé ? La sainte Russie ne protège pas les veuves et les orphelins de la guerre de Crimée ?

Elle a eu un sourire amer.

— Je n'ai jamais été mariée, Eugène. J'ai prétendu l'être pour satisfaire aux critères de la bonne société champenoise. Je suis une femme sans homme, comme ta mère. Sacha est mort au siège de Sébastopol. Tu es son portrait craché. Nous nous aimions. Nous nous serions mariés à son retour, le destin en a décidé autrement… Notre fille mérite d'avoir une famille normale. Et Katia mérite de vivre ailleurs qu'ici.

— Alors tu te sacrifies pour elles ?

— J'ai choisi, Eugène. Ce que nous avons partagé hier, tous les deux, signifie juste que nous sommes frères d'armes. J'ai agi sous le coup d'une impulsion, tu ressembles tant à Sacha… Je me bats pour Natacha et Katia comme ta mère s'est battue pour toi. Pierre m'aime sincèrement, il est violent parce qu'il a peur, c'est un homme désarmant que son père a brisé. Je lui appartiens parce que je l'ai décidé et accepté. Je le rends heureux et il ne me rend pas malheureuse. Je ne veux pas vivre dans une pièce minuscule, dans un escalier qui sent le chou, en grelottant l'hiver et en me demandant comment je vais nourrir mon enfant ! Pars, maintenant. Katia ne va pas tarder à arriver, je ne veux pas qu'elle te rencontre. L'amour est un luxe que je ne peux pas me permettre, c'est un privilège réservé à ceux qui ont de la fortune, comme le champagne.

— Tu te trompes, le champagne et l'amour sont des droits universels ! me suis-je écrié avec feu.

— Tu es jeune et naïf, Eugène. Va-t'en, je t'en supplie.

J'ai reculé à pas lents, tourné les talons, redescendu l'escalier sinistre à la peinture écaillée.

Je suis triste à cause de ce qui ne sera pas mais grâce à Olga je sais qu'il y a autre chose que le travail, une musique, un miracle, un vertige, une éclatante joie des corps. Je crois à l'amour avec un grand A, celui qui justifiera mon existence, qui me donnera tous les courages et toutes les folies. Je suis prêt. J'attends celle qui m'est destinée.

Cher Journal, tu es le seul à qui je puis confier le secret d'Olga. Paul et Marguerite sont les deux êtres les plus proches de moi en dehors de ma mère mais ils ne sauraient comprendre, ils sont trop différents, trop normaux, trop… légitimes.

Vendanges

On s'affaire dans les vignes, on croise des charrettes et des carrioles sur les routes, le raisin dicte sa loi. Ma déception ce matin a été à la hauteur de mes espoirs. Paul m'a écrit que sa douce Victoria s'est mariée avec un autre. Il ne veut plus avoir aucun contact avec sa famille, il se moque d'être innocenté, il ne fera jamais valoir ses droits sur son héritage, l'argent lui brûlerait les doigts et l'âme. Il termine sa lettre en précisant : « Je ne me battrai pas contre les fantômes du passé, tu demeureras mon unique lien avec la Champagne. » Ma découverte a une conséquence à laquelle je ne m'attendais pas. Si Pierre est l'enfant de l'amour, Paul est celui de l'Ogre et du mariage forcé, ce qui selon lui explique le silence et la froideur de sa mère à son égard depuis qu'elle l'a banni. Mon équipée bretonne a eu l'effet inverse de celui escompté. Je n'irai jamais voir mon ami débarquer au Havre. Il ne reviendra jamais la tête haute. Il a exclu les Hordon de sa vie. Il n'est plus exilé mais migrant volontaire. Pour la première fois, j'ai le sentiment que nous ne nous comprenons plus, que je l'ai vraiment perdu.

2 décembre

Le républicain Abraham Lincoln a été élu seizième président des États-Unis d'Amérique, son investiture aura lieu au début de l'année. Il est aussi grand que Paul et ils ont les mêmes valeurs.

26 décembre

Les Bourlon assistaient à une fête familiale dans les Ardennes. J'ai passé Noël en tête à tête avec ma mère, nous sommes allés à la messe de minuit à Épernay où j'ai aperçu Olga et Natacha sur le banc réservé aux Hordon. Je me suis demandé si Katia était quelque part dans l'église au milieu de la piétaille. Olga a croisé mon regard au moment de la communion, un éclair est passé dans ses yeux, je l'ai saluée courtoisement.

J'ai soupé à la maison avec ma mère, elle est toujours aussi belle mais ne fait aucun cas des hommes qui tentent de la courtiser. Joyeux Noël à toi, mon fidèle ami Le Journal. Je lève mon verre à ta santé. Nous nous connaissons depuis six ans, nous avons traversé tant de jours intenses et fragiles, tu ne m'as jamais déçu. Comment pourrai-je te rendre tout ce que tu m'apportes ? Ta couverture est un peu défraîchie, certaines de tes pages sont cornées, tu as pourtant fière allure.

Mary, Épernay, 11 avril 1970

Quand je reviens à moi, je suis allongée sur le sol humide des caves. Une voix de basse explique aux gendarmes :

— Vous la voyez orange mais en fait elle est blanche. L'éclairage est au sodium pour ne pas abîmer le vin.

Je bats des cils. Un inconnu, penché sur moi, tient mes jambes levées à la verticale.

— On raconte qu'un jour, en goûtant un vin effervescent, dom Pérignon, le cellérier de l'abbaye d'Hautvillers, s'est écrié : « Regardez, mes frères, je bois des étoiles ! » Vous avez vu des étoiles en plein jour, vous aussi ?

— Oui mais je n'ai pas bu une goutte, dis-je d'une voix pâteuse.

— Vous avez fait un malaise vagal, votre tension a chuté brusquement. Ça va aller maintenant.

Il ramène doucement mes jambes à l'horizontale. Honteuse et gênée, je me redresse sur un coude en frissonnant. L'inconnu m'aide à m'asseoir et à enfiler le vêtement sur lequel je suis étendue. Il est brun avec des yeux jaunes sous la lampe qui nous surplombe. Il a un visage énergique, une bouche charnue, des cheveux bouclés qui dépassent de son casque de chantier, la cinquantaine. Il porte un pantalon noir, un pull-over vert mousse et de grosses bottes.

— Vous n'êtes pas assez couverte, il fait 10 degrés dans ces caves. Je vous ai rattrapée au vol. Il y a une trousse d'urgence à l'accueil, il faut désinfecter votre doigt. Vous vous sentez comment ?

— Je crois que j'ai faim.

— Je vais vous chercher à manger et à boire.

— J'ai juste besoin de respirer un peu d'air frais.

— Nous allons vous accompagner en haut, s'interpose Pérona, décidé à me récupérer.

— Je m'appelle Cornélius Mercier, me dit l'homme.

— Je suis Mary Robinson.

Il se nomme Mercier, comme ces caves ? Il est chez lui ? Nous marchons vers la sortie, je titube un peu. L'écho de nos pas m'angoisse. Je murmure :

— Toutes ces moisissures sur les murs, ça ressemble à des fleurs de mort.

— Elles sont synonymes de vie, au contraire ! proteste-t-il. C'est le fameux pénicillium découvert par Fleming. Si les cavistes se blessent ils s'en servent pour que leur blessure ne s'infecte pas. Et quand on fait les vendanges et qu'on se coupe, on presse un grain de raisin bien vert sur la coupure, ça arrête le sang.

Je sors du pavillon, j'aspire avidement plusieurs goulées d'air frais. Couperet cingle vers sa voiture. Cornélius Mercier revient, sans son casque, avec de l'alcool, des pansements adhésifs, des biscuits roses et une flûte de champagne. À la lumière du jour il n'a plus les yeux jaunes, mais bleus, des yeux immanquables. Et un prénom de ville américaine, nous avons un Cornelius dans l'Oregòn, dans l'Indiana et en Caroline du Nord.

— Je n'aime pas les alcools français, je préfère le whisky, dis-je en secouant la tête.

— Ce n'est pas de l'alcool, c'est du raisin, ça vous requinquera.

Il soigne adroitement mon doigt. Je trempe mes lèvres à contrecœur dans la flûte, c'est moins mauvais que d'habitude, presque agréable. Je vois Pérona et Mercier flous à travers le verre transparent.

— Vous goûtez la cuvée Eugène, celle du fondateur, précise Cornélius.

— C'est votre ancêtre ?

— Mon grand-père. Mon père m'a eu très tard. Mangez, ordonne-t-il en me tendant les biscuits roses. C'est une spécialité de Reims, comme le capitaine Pérona qui a récemment été muté à Épernay.

Pérona se renfrogne. Il va répliquer mais une hôtesse vient le prévenir qu'on l'appelle au téléphone. Il se dirige vers l'accueil en m'enjoignant de sa voix flûtée de ne pas bouger. Il a des jambes interminables, on dirait un faucheux.

Je me tourne vers mon sauveur.

— Je me sens mieux. Vous êtes médecin ?

— Docteur en physique, j'étudie la mécanique des fluides en examinant l'effervescence du champagne, j'autopsie le vin, je suis une sorte de docteur ès bulles.

Je l'imagine en blouse blanche, stéthoscope autour du cou, en train d'ausculter une coupe de champagne géante.

— Vous êtes vraiment le petit-fils du propriétaire de cet endroit ?

Il hoche la tête.

— Il est mort avant ma naissance. Vous avez vu sa photo dans le hall. Il a eu six enfants, je suis le dernier rejeton de son fils aîné, ma mère croyait en avoir fini avec les couches.

— Votre père travaille ici aussi ?

— Il s'est occupé de la tonnellerie mais il n'a pas repris le flambeau. Son frère non plus. Ce sont les maris de mes tantes qui s'y sont collés.

— Vous êtes né à Épernay ?

— Oui, comme Eugène, ensuite j'ai fait mes études d'ingénieur à Paris puis je suis revenu. Et vous ?

— Je suis née à New York, je vis près de Washington. J'ai toujours détesté le champagne et la France.

— Au moins vous êtes franche.

— Mon père est mort dans vos caves. Je suis là pour l'enquête de gendarmerie.

— Je sais. Je vous présente toutes mes condoléances. La Champagne est une région magique, ne lui en voulez pas, dit-il brusquement.

— Qu'est-ce qu'elle a de si extraordinaire ?

Son expression change comme si un projecteur illuminait son visage par en dessous, ses lèvres frémissent, ses narines palpitent, ses yeux bleus se plissent, et il articule quelque chose qui ressemble à « l'hareng beurre ». C'est quoi, un poisson qu'on pêche dans la Marne, un plat traditionnel ? Au moment où j'ouvre la bouche pour lui poser la question, Pérona nous rejoint.

— Ça va mieux, mademoiselle Robinson ? Nous allons libérer monsieur Mercier, il a sûrement beaucoup de travail.

— Si c'est votre façon de me congédier, j'allais partir, dit mon docteur ès bulles.

Il me regarde, semble hésiter, puis incline rapidement la tête.

— Au revoir.

Et il marche vers le hall d'accueil.

La voiture du capitaine Pérona, une Alfa Romeo rouge, est l'inverse de celle de son collègue, nickel, pas un poil, pas une miette, impeccable, angoissante, d'une propreté à la limite de l'obsession. Il m'arrête alors que je vais monter :

— Votre veste est sale, vous pouvez la retirer avant de monter dans ma Montréal, s'il vous plaît ? Elle a été carrossée par maître Bertone, elle mérite le respect.

Je baisse les yeux et je m'aperçois que je porte une veste en cuir par-dessus mon tailleur-pantalon. Cornélius Mercier m'a aidée à la mettre en bas quand j'ai frissonné, j'étais allongée dessus, c'est sûrement la sienne, c'est pour ça qu'il a hésité, il n'a pas osé la reprendre. Le sol était mouillé, le cuir est maculé, j'ai même saigné dessus. Je ne peux pas la lui rendre dans cet état.

Les femmes ont des sacs à main, les hommes des poches. Je plonge la main dans sa poche droite, rien. Je sors de la gauche une enveloppe adressée à monsieur Cornélius Mercier, rue Eugène-Mercier, Épernay. Il n'est pas donné à tout le monde d'habiter dans une rue au nom de son propre grand-père. Je retire la veste en cuir, je la plie, je la ferai nettoyer.

Pérona conduit avec un plaisir évident.

— Chaque fois que j'appuie sur l'accélérateur, je dirige la plus belle symphonie du monde, vous l'entendez ?

— Je m'intéresse plus à ce qui vole qu'à ce qui roule, capitaine.

— Cette Alfa n'est pas une voiture, c'est une œuvre d'art, une merveille, une déesse, elle ne roule pas, elle feule et elle rugit ! proteste-t-il, choqué.

— Votre planche de bord a autant de cadrans qu'un cockpit, dis-je en ayant l'impression de lui faire un compliment.

Pérona gare son Alfa Romeo devant la gendarmerie. Mon estomac, réchauffé par ce raisin qui n'est pas de l'alcool, fait des loopings. Je pose la main sur la poignée de la portière.

— Vous n'allez pas me le montrer, n'est-ce pas ? Ce n'est pas comme si je pouvais le reconnaître ?

— L'examen des restes concorde avec la date et les mensurations, la mâchoire correspond, nous n'avons pas besoin de vous pour l'identification. Je dois juste prendre en note vos réponses pour notre rapport.

Restes, mâchoire, il ne fait décidément pas dans la dentelle.

Son bureau est aussi impeccable que sa voiture. Il a encadré un vieil article de journal jauni sur lequel il figure, les cheveux aux épaules, en chemise à jabot, debout derrière un micro, au festival de San Remo en 1960. Une blonde pulpeuse avec un grain de beauté sur la joue sourit sur une photo dédicacée *per Raffaele*. Je lui demande si c'est sa femme. Il secoue furieusement la tête.

— C'est Mina, la *diva assoluta* de la chanson italienne, elle est plus célèbre chez nous que Frank Sinatra, Elvis Presley ou les Beatles, affirme-t-il de sa voix d'éphèbe prisonnière d'un corps de pugiliste.

Le compréhensif brigadier nous rejoint et je m'efforce de répondre au mieux à leurs questions. Non, je n'ai jamais mis les pieds en France avant aujourd'hui, ma mère non plus. Non, mon père n'était pas riche, ma mère s'est courageusement remise à travailler pour m'élever. Non, nous ne sommes pas restées en contact avec le monde des aéronautes. Non, il ne m'a jamais parlé de sa famille française. Non, je ne suis pas mariée. Oui, je sais répondre autre chose que non.

J'ai l'air de m'intéresser à la conversation mais en réalité mon esprit est concentré sur le dessin que j'ai aperçu dans les caves, si familier qu'il m'a bouleversée. La coupe de champagne d'où s'échappent des bulles qui figure à la fois sur le « Lady Mary, ceci est un bon… » de papa et sur la lettre de son parrain. Qui l'a gravée sur la paroi crayeuse ? Le mystérieux parrain ? Ou mon père ? Joe est-il descendu pour chercher Le Journal ? L'a-t-il trouvé ? Est-ce pour cela qu'on l'a tué ? J'espère qu'on meurt vite lorsqu'on a le cou brisé, qu'on n'a pas le temps d'avoir peur ni mal.

Pérona ouvre un tiroir, en sort un sac en plastique transparent et le pose sur le bureau.

— Voilà ce qu'on a retrouvé sur le squelette. Ni portefeuille ni passeport, mais la pince de cravate dont je vous ai parlé, et il y a également une reproduction en argent d'une capsule de champagne Hordon avec l'inscription *Pour Félix*, et un cercle de bois peint en blanc. Ses agresseurs ont dû lui faire les poches pour éviter qu'il soit identifié.

Je retourne la *tie bar*. Les voleurs de papa ne pouvaient pas deviner que son nom était gravé derrière. Je n'ai jamais vu la capsule de champagne en argent et j'ignore qui est Félix. Je caresse le cercle de bois blanc en refoulant mes larmes.

— C'est la lune, dis-je d'une voix sourde.

— La lune ? fait le capitaine, interloqué.

— Un putain de cadeau de fête des pères.

Papa prétendait que depuis sa nacelle il pouvait décrocher la lune et allumer les étoiles. Alors, plutôt qu'un cendrier en poterie ou un vide-poches en pâte à papier, j'avais découpé ce cercle dans du bois à l'école et je l'avais peint pour décrocher la lune et la lui offrir. Il ne s'en séparait jamais.

Couperet me sourit avec empathie.

— Les grands-parents de votre père et son oncle Pierre Hordon étaient déjà décédés en 1937, précise Pérona, imperturbable. Mes collègues de l'époque ont interrogé son cousin germain Marcel Hordon, ils enquêtaient sur une disparition, non sur un crime. Pas de cadavre, pas de preuve ! Marcel Hordon est mort depuis, j'ai parlé à sa fille, votre cousine Astrid.

J'ai une cousine qui s'appelle Astrid, moi ?

— Vous avez une piste, des soupçons, vous avancez ?

— L'enquête suit son cours, lâche Pérona d'un ton sec.

— Nous comprenons votre impatience et votre émotion, ajoute gentiment le brigadier. Ce crime remonte à trente-trois ans, il y a prescription, mademoiselle.

— Mais maintenant que vous l'avez retrouvé, vous allez tout de même chercher son meurtrier ?

— Aucun crime ne devrait rester impuni, grogne Pérona. Il y a prescription, donc aucune action en justice civile ou pénale ne sera plus recevable. Nous ne pourrons pas désigner le coupable, mais nous pourrons confirmer la responsabilité d'un suspect, et je ne vais pas me gêner.

Couperet me raccompagne à mon hôtel dans la Renault de la gendarmerie. Pour lui c'est le début de l'après-midi, pour mon organisme désynchronisé c'est encore la nuit, je me sens épuisée et je pense à mon père. Ma lune, même pleine, ne l'a pas éclairé dans cette cave froide.

— Le capitaine est un enquêteur de talent du genre pitbull, il ne lâche pas ses proies, dit Couperet pour me rassurer. Nous vous tiendrons informée des progrès de l'enquête, ne vous inquiétez pas.

Mise en confiance, je lui parle du journal intime qui peut innocenter mon grand-père et a probablement un lien avec la mort de mon père. Il m'écoute avec attention. Nous arrivons à l'hôtel. Je donne des dollars au garçon qui me montre ma chambre, je lui tends la veste tachée de Cornélius Mercier en lui demandant de la faire nettoyer tout de suite, je paierai ce qu'il faudra. Je m'allonge tout habillée sur le lit. Il n'y a pas de télévision. Le papier peint orange et marron est sinistre. Je ferme les yeux.

Journal d'Eugène

FICHE DE RECENSEMENT 122 M 122, **1861**
Ville d'Épernay, France, 10 598 habitants
Pour le 3, rue du Paulmier :
Jeanne Marguerite Mercier, rentière, mère, 45 ans
Eugène Édouard, propriétaire, fils, 23 ans

2 juin

La guerre de Sécession a commencé en Amérique. Le courrier est encore plus lent que d'habitude, les lettres de Paul m'arrivent avec près d'un mois de retard. Le raisin n'a que faire des guerres, le cycle de la vie continue, imperturbable.

6 février 1862

Ce matin au cimetière Thomas avait apporté deux tabourets de sa fabrication.

— N'hésitez pas si vous avez besoin de mon aide un jour Eugène, a-t-il roucoulé à voix basse.

Il m'a tendu un bulletin d'adhésion à son association de colombophiles. J'ai aussitôt réglé ma cotisation. Antonin nous rapprochait, les pigeons nous réunissent. La petite Marguerite préfère les oiseaux non domestiqués, elle a leur légèreté et leur force, ses idées et son franc-parler, de la personnalité et une grâce infinie.

— L'homme que tu aimeras aura intérêt à te mériter et à me plaire, lui ai-je lancé pour plaisanter.

— Si je l'aime je n'aurai que faire de ton avis ! a-t-elle répliqué.

20 février

J'ai cessé de revenir sur le passé depuis que Paul a renoncé à faire valoir ses droits. Son destin est à l'autre bout du monde, le mien se jouera ici. Ma mère m'est d'une grande aide et je serais fort ingrat de lui avouer combien je me sens seul. Une femme, une famille, c'est encore pour moi du domaine du rêve même si, à force de travail, j'espère avoir bientôt quelque chose à offrir à celle qui prendra mon cœur. Je rencontre souvent Olga au bras de Pierre Hordon, jamais il ne pourra imaginer ce que nous partageons elle et moi. Le désir que j'ai encore pour elle se mêle de gratitude et de tendresse. Elle a été sincère, mon manque de fortune me disqualifiait d'emblée, je ne suis de toute façon pas partageur, une liaison ne m'intéresse pas, mon père était probablement un homme marié sinon il m'aurait donné son nom. On prétend que les fils reproduisent les erreurs des pères, ce ne sera pas mon cas.

30 avril

Mon grand-père Ponce-François Mercier est mort ce matin à Reims à quatre-vingt-trois ans en son domicile du 27, rue du Grand-Cerf. Je ne l'ai jamais vu, cela ne me chagrine pas, mais je suis triste pour ma mère.

Il a eu beau la rejeter, elle était bouleversée. Deux de ses frères, Eugène le voiturier et François le cultivateur, l'ont prévenue. Elle n'avait que seize ans quand sa propre mère est morte après avoir mis au monde dix enfants, elle était le numéro huit. Moi qui suis fils unique, cela me fascine.

2 mai

J'ai accompagné ma mère à Reims à l'enterrement de son père. Elle n'a pas osé entrer dans l'église. Nous sommes restés dehors, elle priait, je rageais. Elle méritait que son père l'aime. Nous sommes partis avant que sa famille sorte. Nous avons repris le travail dans la foulée.

Avril 1863

J'ai vingt-cinq ans. Les affaires ne vont guère mieux. Je persiste pourtant. Abraham Lincoln a émancipé les esclaves mais la guerre civile continue.

28 novembre

Paul m'écrit que Lincoln vient de fixer la fête nationale de Thanksgiving au dernier jeudi de novembre. C'est une journée d'action de grâces, chrétienne à l'origine, durant laquelle on remercie pour les bonheurs reçus dans l'année écoulée. La première avait été célébrée par les Pères pèlerins quand ils avaient débarqué du *Mayflower*. En Champagne nous n'avons pas l'équivalent mais nous fêtons saint Vincent, le patron des vignerons, chaque 22 janvier, quand la vigne dort pour l'hiver, qu'on se repose des vendanges passées et qu'on reprend des forces avant de tailler la vigne nouvelle.

1er avril 1864

Les affaires sont de plus en plus difficiles. En sortant de chez nous ce matin j'ai croisé notre voisin Albert Mérendet, brasseur, propriétaire de nombreux immeubles à Épernay et gros actionnaire de la Compagnie privée des chemins de fer de l'Est. Nous avons devisé. J'aurais pu prétendre par orgueil et par vanité que tout allait bien, je lui ai au contraire confié mes tourments pour avoir son avis. La vérité à mon sens vaut toujours mieux que l'esbroufe.

Albert Mérendet a une fortune considérable. Il m'a trouvé ambitieux, je le suis sans conteste. Il m'a jugé brillant, j'espère mériter un jour cette épithète. Il a décidé de prendre le risque de me prêter 50000 francs-or, par-devant notaire. Cher Journal, cet apport inespéré va tout changer ! J'ai accepté sans ambages, bien décidé à le rembourser le plus tôt possible.

2 avril

La nuit une fois de plus m'a porté conseil. Je me suis battu, j'ai travaillé comme un forçat, j'ai réussi à fonder ma société. Puis je me suis heurté à un mur et mon rêve a tourné court. Mon champagne se vend peu, je suis un trop petit poisson. Après l'euphorie de la victoire, j'admets que je me suis fourvoyé et que j'ai eu les yeux plus gros que le ventre. Mon vin est aussi savoureux et pétillant que celui des marques célèbres, mais je n'ai ni leur réseau de distribution ni leurs clients privilégiés et fortunés. Je pourrais m'obstiner jusqu'à la faillite, j'ai encore si peu à perdre. Au lieu de me buter, je vais changer mon fusil d'épaule. Les gens ne veulent pas de mon champagne

E. Mercier & Cie ? Allons, tant pis, je m'y prendrai autrement ! Un jour, ils se bousculeront pour avoir la chance et le plaisir d'en boire.

Je vais continuer à produire du vin de la meilleure qualité. Mais j'en vendrai désormais la plus grande partie aux négociants d'Épernay, de Reims ou d'Ay. J'achèterai leurs vins en fûts aux propriétaires récoltants, je les mettrai en bouteilles, puis je les revendrai avant dégorgement aux gros négociants qui manquent de stock et qui le revendront à leurs clients sous leur propre nom. Je vais me reconvertir dans la vente de vins en spéculation. Ce mot, venu du latin *speculus*, mise en miroir, veut dire anticiper les réactions d'autrui. Quand les grandes marques auront besoin de mon stock, je le céderai au plus offrant. Si je ne peux pas entrer par la porte, j'entrerai par la fenêtre…

1er avril 1865

Cher Journal, je fête aujourd'hui mes vingt-sept ans. J'ai vendu mon vin à d'autres. Nous avons de nouveau passé Noël à Cramant avec les voisins des Bourlon, l'avenante Constance et ce jeune fat de Jean qui arbore désormais une grotesque petite moustache et cherche à impressionner Marguerite. Elle a beaucoup grandi, elle vient d'avoir dix-neuf ans, l'âge qu'avait ma mère quand ma sœur Sophie est née. Elle ne laisse pas les hommes insensibles, heureusement elle ne leur prête aucune attention. J'ai mûri. J'ai pris un peu d'embonpoint, je me nourris mal, cela me semble du temps perdu. Mais mes affaires vont incontestablement mieux.

Paul est monté en grade au sein de sa loge, il est à présent maître maçon, ce qui lui confère de nouvelles et mystérieuses responsabilités. Je m'en réjouis pour lui même si j'ignore ce que cela signifie.

20 avril

La guerre de Sécession est enfin terminée mais le président Abraham Lincoln, qui avait été réinvesti pour un second mandat, a été assassiné à Washington par un Sudiste. J'imagine combien cette nouvelle a dû chambouler Paul. J'enrage de devoir attendre des semaines pour communiquer avec lui.

29 octobre

J'ai acheté aujourd'hui à Nicolas Bourlon un hectare de vignes pour la somme de 5 000 francs-or, par-devant maître Verlet. Nicolas est le frère de Philippe. L'acte stipule « Monsieur Bourlon a déclaré ne savoir ni écrire ni signer ». Nicolas est un homme honnête et travailleur, je le respecte et l'apprécie. Il est doué en affaires mais son manque d'instruction le bride. J'ai songé à mon mystérieux père qui a payé ma scolarité chez les Frères d'Épernay. Je lui en serai toujours reconnaissant même si depuis j'ai dû me battre seul.

Jules Jaluzot, simple calicot au départ, vient d'ouvrir à Paris le premier magasin éclairé grâce à des machines à vapeur, il l'a appelé le Printemps.

2 novembre

Je rêve moins d'Antonin et de Paul. En réalité, je ne rêve plus du tout. J'ai enfoui mes émotions et mes rêves au profond de mon cœur. Je ne suis plus Eugène, je suis devenu monsieur Mercier.

Pierre a épousé Olga ce matin, elle est enfin à l'abri du besoin. Je suis passé devant l'église, je n'étais pas invité bien sûr, Katia l'est certainement. J'ai repensé à la chambre au bout du couloir, à l'icône, au samovar, à la douceur, à la fougue, aux embrasements.

La petite Marguerite s'est toujours méfiée d'elle, les femmes ont des antennes :

— Ne me dis pas qu'elle te plaît, Eugène ?

— Serais-tu jalouse ?

— Dieu m'en garde !

Je gage que Natacha ignore l'identité de son père, qu'Olga a eu la même élégance, la même discrétion et la même détermination que ma mère.

— Il n'y a rien entre vous ? a insisté Marguerite.

— Je la plains de toute mon âme.

J'ai éludé la question mais ma réponse est sincère. Marguerite a eu l'air de me croire, elle a changé de sujet.

26 décembre

Les Bourlon nous attendaient pour Noël mais un problème de livraison m'a retenu au dernier moment dans nos bureaux. Ma mère s'est donc rendue seule à Cramant. Marguerite a été déçue et fort mécontente de mon absence. Quand ma mère est rentrée, je travaillais encore, je n'avais pas vu s'écouler les heures, je ne m'étais même pas arrêté pour me rendre à la messe. Elle a posé un panier sur la table.

— Marguerite t'envoie ta part du souper de fête. Bon appétit, mon fils !

J'ai dévoré avec appétit et reconnaissance.

FICHE DE RECENSEMENT 122 M 147, **1866**
Ville d'Épernay, France, 11 408 habitants
Pour le 3, rue du Paulmier :
Jeanne Marguerite Mercier, rentière, mère, 50 ans
Eugène Édouard, marchand de vins en gros, fils, 28 ans

1er avril

J'ai vingt-huit ans aujourd'hui. La vendange est de la même haute qualité qu'en 1858, la cuvée 1865 sera notre second millésime. Allons, mon cher complice, la chance va tourner, je le sens.

29 mai

Épernay a aujourd'hui un nouveau citoyen en la personne de Marcel Hordon, le fils de Pierre et d'Olga. J'ai vu ma mère compter sur ses doigts, ils se sont mariés fin octobre, l'enfant est né fin mai.

— Le compte n'y est pas, a-t-elle remarqué simplement.

Elle ne jugeait pas, elle se contentait d'énoncer le fait. C'est donc cela qui a décidé Pierre à épouser Olga ? L'imaginer avec cet homme que je déteste me répugne. Je suis certain qu'elle sera pour son fils une mère aimante. Je me surprends depuis peu à regarder les familles dans la rue et à envier les pères qui se promènent avec femme et enfants. Je suis né différent, j'aimerais maintenant ressentir le même bonheur éclatant que les autres, me poser, ne rien redouter, être en sécurité, en harmonie, partager ma vie avec une femme, l'aimer et me battre pour elle.

14 juillet

L'Impératrice Eugénie et le Prince Impérial ont fait étape à Épernay en se rendant au camp de Châlons où l'Empereur assistait à des manœuvres. Ils ont été reçus dans la cour de la gare, la ville entière était en liesse. J'ai fait fabriquer pour cette occasion une bouteille de cristal spéciale, en forme de carafe, avec un décor de feuilles de vigne en étain. J'avais hésité entre deux versions, cristal lisse avec décor noir, cristal perlé façon nid-d'abeilles avec décor doré, j'ai finalement fait exécuter les deux. Je les ai baptisées « champagne Diamant, réserve de l'Empereur » et offertes à l'Impératrice. Je suis le premier négociant champenois à avoir imaginé un flaconnage différent des bouteilles traditionnelles. Tous les journaux en ont parlé ! L'idée m'en était venue en remarquant qu'on sert plus volontiers le vin en carafes qu'en bouteilles dans les grands banquets.

26 décembre

J'ai acheté à Isidore Quinchez et son épouse Lydie Regnault un bâtiment servant de vacherie, au 58 de la rue du Faubourg-Saint-Laurent, une cour attenante et un jardin rue de la Côte-Legris, pour la somme de 10 000 francs, dont 2 000 francs payés aujourd'hui, pardevant maître Jemot. Le reste sera versé par quittances échelonnées. J'agrandis mes bureaux.

Marguerite est venue nous chercher à Épernay afin de s'assurer que je ne leur ferais pas faux bond comme au Noël passé. Les voisins des Bourlon se sont à nouveau joints à nous. Leur fille Constance va se marier, son fiancé Nicaise est un garçon à la conversation si rébarbative que Marguerite vient à mon secours en m'entraînant dehors sous prétexte de me montrer « ce dont je t'avais parlé, Eugène, vous ne m'en voulez pas de vous l'enlever, Nicaise ? »

Nous éclatons de rire une fois dehors et je la remercie chaudement de m'avoir tiré de ce piège.

— Pour ta peine, tu m'emmèneras au concert le mois prochain ! s'écrie-t-elle. Dire que Constance va se réveiller chaque matin que Dieu fait à côté de Nicaise… À sa place j'en mourrais d'ennui !

— Elle n'est pas franchement amusante non plus, ils vont bien ensemble.

— Tu me trouves amusante, moi ? demande-t-elle, soudain sérieuse.

— Adorablement. Je te suis reconnaissant de m'avoir sauvé mais j'ai trop de travail pour aller au concert ou au théâtre…

Elle allait répliquer quand son père Philippe est sorti et nous a rejoints :

— Je n'ai jamais vu d'homme aussi soporifique que ce Nicaise, a-t-il soupiré, accablé.

J'ai déçu Marguerite en refusant de l'emmener au concert, j'en suis conscient, mais je ne peux pas me permettre de sortir en dehors des fêtes carillonnées. Elle est jeune, elle veut se distraire, c'est normal. Je n'ai pas oublié les paroles d'Olga. Aller au concert est un luxe réservé à ceux qui ont de la fortune, comme le champagne l'est encore et ne le sera plus bientôt. J'espère que l'amour n'en est pas un aussi.

5 janvier 1867

Paul prétend être dégoûté des femmes, je gage qu'il en suffira d'une pour le guérir. Il a appris par un franc-maçon américain de passage ici que Pierre a tenté de rentrer dans une loge champenoise mais que heureusement il a été refusé. Il n'aurait pas supporté de devenir le frère de son frère de sang.

1er avril

J'ai vingt-neuf ans aujourd'hui et après neuf années de vaches maigres ma nouvelle politique commerciale commence à porter ses fruits. Je me suis finalement imposé grâce à la vente en spéculation. Les gros négociants qui me raillaient se retrouvent à présent en position de demandeurs. C'est tout le sel de la chose. Je n'étais qu'un modeste concurrent malheureux, je suis devenu un allié indispensable. Ils ont besoin de moi et se disputent mes faveurs. Le bouche à oreille a circulé aussi vite qu'un bouchon jaillit d'une bouteille secouée. « Vous manquez de stock ? Voyez donc Eugène Mercier. » Mon changement d'orientation a été bénéfique, il a assis ma réputation. Mon champagne est bu sous d'autres étiquettes que la mienne mais on m'estime, je suis le fournisseur attitré des meilleurs, un gage de qualité. Et je peux enfin commencer à rembourser Albert Mérendet. Quelques clients, jaloux de trouver en moi un concurrent inattendu, ont tenté de ne pas me régler aux échéances convenues en espérant me placer en situation difficile, mais j'ai retourné les choses en ma faveur. Des carrioles à mon nom circulent désormais régulièrement rue des Fusiliers même si elles transportent les bouteilles des autres.

J'ai revu récemment la femme aux yeux clairs de la maison de l'angle, elle transportait dans un panier un chiot noir et blanc. Je me suis étoffé, affirmé au physique et au moral. J'ai fait un choix judicieux, mes affaires marchent. Je n'en tire aucune vanité. J'avance, calme et droit. Je suis devenu un commerçant avisé, un homme installé. Les notables que je côtoie ignorent mes projets révolutionnaires. Je n'ai rien oublié, je n'ai pas renoncé, j'attends mon heure. Antonin et Paul m'accompagnent en silence, nous sommes liés pour l'éternité. Demain, Paul aura mon âge.

Marguerite est venue me souhaiter ma fête, elle m'a annoncé au détour de la conversation que son voisin Jean, que j'ai toujours trouvé stupide, l'a demandée en mariage à son père. Je me suis levé si brusquement que ma chaise s'est renversée.

— C'est grotesque !

— Tu n'aimes pas Jean ?

— Je le trouve ridiculement jeune.

— Pourtant il a le même âge que moi, vingt et un ans.

— Il n'est pas assez mature.

— Tu me préférerais vieille fille ?

J'ai haussé les épaules, furieux. Marguerite dans les bras de ce benêt, c'était inimaginable.

— Il ne te mérite pas, ai-je dit en grinçant des dents.

— Et selon toi, qui mériterait cet honneur ?

Je l'ai foudroyée du regard.

— Que lui a répondu ton père ?

Elle m'a considéré avec gravité. Ses yeux avaient un éclat étrange, sa bouche tremblait, ses mains étaient crispées sur le tissu délicat de son élégante robe bleue.

— Il lui a répondu qu'il me consulterait.

— Eh bien ?

Son regard m'a toisé et appelé à l'aide. J'enrageais. Je frissonnais. Je bouillais. Je me liquéfiais. J'oubliais les affaires, les bouteilles, la société, les bilans, tout ce qui cinq minutes plus tôt me semblait si crucial. Jean et Marguerite, Marguerite et Jean, elle dans son cœur, dans sa vie, dans son lit, non, non, non ! C'était inconcevable !

— J'ai réservé ma réponse. Je voulais t'en parler avant, a-t-elle précisé d'une voix rauque.

J'ai retenu ma respiration. Et soudain ç'a été comme si mes yeux se dessillaient, comme si mon esprit se désengourdissait, comme si mon corps comprenait... Je n'avais plus une enfant devant moi mais une femme. Une belle personne avec une belle âme, désirable, charnelle, mille fois plus voluptueuse et merveilleuse qu'Olga. Une femme rare qui m'était précieuse et m'inspirait un sentiment brûlant. Je me suis rendu compte avec une intensité lucide et effrayante que si elle épousait ce crétin de Jean je ne m'en remettrais pas. J'avais grandi auprès de la petite Marguerite en croyant l'aimer en frère. J'étais un négociant stupide qui ne voyait pas plus loin que le bout de son nez. Il était inconcevable que je la perde. Les mots de Paul, il y a des années déjà, me sont revenus en mémoire : « Elle grandit plus vite que tu ne penses, ce n'est plus une petite écolière. »

Je suis demeuré pétrifié.

— Tu ne peux pas l'épouser, ai-je dit dans un souffle.

— Et pourquoi, je te prie ?

Elle attendait ma réponse, tendue vers moi de tout son être. Je me suis retenu pour ne pas la serrer dans mes bras, je n'en avais pas encore le droit et j'allais peut-être le perdre à jamais.

— Tu ne peux pas l'épouser, c'est tout ! ai-je répété en fixant son beau visage clair avec une douloureuse insistance.

Les mots « Tu ne peux pas l'épouser parce que tu vas m'épouser, moi » restaient bloqués au fond de ma gorge. Elle a tourné les talons et elle est partie. Je ne l'ai pas retenue. J'avais tellement envie d'elle que j'en tremblais. Olga se trompe. L'amour n'est ni un luxe ni un privilège, c'est une nécessité, une évidence, et une souffrance. Aimer, c'est tenir son bonheur dans sa main comme une coupe de champagne, et être conscient qu'il peut à tout moment se briser et vous briser. J'ai failli le laisser passer. Je suis impardonnable. Marguerite me pardonnera-t-elle ?

2 avril

Je n'ai pas dormi de la nuit. J'ai huit ans de plus que Marguerite, la différence idéale. Elle me comprend, elle sait ma blessure d'enfance. Mes idées d'avant-garde sur le champagne, que d'autres jeunes filles jugeraient provocatrices, ne l'effraient pas, elle a toujours cru en moi. Je la désire. J'ose espérer que c'est réciproque. Elle est magnifique. Je saurai la rendre heureuse.

Dans les lettres de MARGUERITE, il y a AIME.

J'ai vérifié ma mise, saisi mes gants, j'étais nerveux, c'est compréhensible. Je me suis dirigé vers Cramant à pied comme autrefois en coupant le long des vignes. Je me suis présenté à 11 heures chez Philippe Bourlon. Pas pour négocier un contrat ni pour une visite amicale, non. Pour demander au père la main de sa fille, ma jeune amie d'enfance.

J'ai fondé ma société, essuyé des camouflets. Un homme sans père, c'est une vigne sans tuteur, il peut me la refuser à cause de cela. J'ai beau être un professionnel reconnu, je suis tout de même socialement suspect. Je ne connais ni mes ancêtres ni mon hérédité paternelle. Ma mère ne s'est pas mariée. Je n'ai ni appuis locaux ni oncle d'Amérique. Marguerite m'aime, ses yeux l'ont trahie. Je l'adore. La belle affaire ! Bourlon m'appréciait adolescent et il m'estime homme, il n'est pas forcé pour autant de me donner sa fille. Je vis un moment mille fois plus terrible que celui où j'ai proposé à Dufaut, Soyez, Lesecq et Berton de fonder l'Union des propriétaires autour de mon nom. Si eux m'avaient rejeté j'aurais pu rebondir, repartir à l'assaut. Si je suis rejeté aujourd'hui, j'en serai disloqué. Je fais ma demande selon les règles, l'âme pétillante d'espoir, le souffle court.

Mary, Épernay, 11 avril 1970

Je me réveille en fin de journée dans ma chambre d'hôtel orange et marron, je brosse ma veste pour enlever les poils de chat, je prends une douche puis je téléphone à l'aéroclub. Je mens à Alberte et à Charly en prétendant que tout va bien. Je ne leur précise pas que mon père n'est pas décédé de mort naturelle, ça ne servirait qu'à les inquiéter. J'entends derrière eux l'aboiement caractéristique d'Uncle Sam et un brouhaha familier qui me noue les tripes. Avec le décalage horaire ils ne vont pas tarder à goûter le nouveau cocktail Apollo 13, je rappelle à Alberte qu'elle doit planter les drapeaux sur les hamburgers.

Je marche jusqu'à la rue Eugène-Mercier en portant la veste que la lingerie de l'hôtel m'a rendue. Mon cou me gratte moins mais j'ai encore des plaques rouges. Je sonne chez mon sauveur des caves. Sa porte s'entrebâille, un grand chien à poils longs me fait face, les oreilles dressées, la patte droite encore levée vers la poignée.

— C'est toi qui m'as ouvert ? lui dis-je.

Une voix monte du fond de l'appartement.

— Il y a quelqu'un ?

Cornélius Mercier nous rejoint.

— Mon chien est un berger des Pyrénées, il a un caractère très hospitalier, il ouvre la porte à n'importe qui, il a dû vous confondre avec une brebis égarée.

— Je voulais vous rendre votre veste, je l'ai fait nettoyer à mon hôtel.

— Entrez, dit-il en reculant.

— Je ne veux pas vous déranger.

— C'est déjà fait, puisque vous êtes là, non ?

Il a dans son salon un canapé de cuir fauve, des rideaux écrus, un fauteuil poire blanc bourré de billes en polystyrène, une bibliothèque débordant de livres, un tourne-disque avec des vinyles des Beatles et de Led Zeppelin, une photo encadrée où il enlace une jeune femme blonde en robe rouge. Parfois, on sent une évidence dans le rapprochement de deux corps sur papier glacé. Cornélius et la souriante inconnue s'aiment, comme Alberte et Charly. Leur intimité me rejette dans les ténèbres de ma solitude, je suis célibataire de peau et d'âme, mes amants pilotes ont beau m'étreindre, c'est Thanksgiving tous les jours et j'attends encore.

— Pardon de débarquer à l'improviste. J'ai trouvé votre adresse sur l'enveloppe dans votre poche. Il s'appelle comment, votre chien ?

— CH3CH2OH.

— Quoi ?

— C'est la formule chimique de l'éthanol, l'alcool éthylique qu'on appelait autrefois l'esprit de vin. Le champagne s'obtient par transformation du glucose en éthanol et gaz carbonique sous l'action des levures. C6H12O6 ⇒ 2CH3CH2OH + 2CO2. On ne vous apprend pas ça dans les écoles américaines ?

Ce Français est cinglé mais j'aime bien les gens qui sortent de la norme.

— Je suis secrétaire, cuisinière et barmaid dans un aéroclub, je m'y connais plus en cocktails et en brevets de pilote qu'en chimie.

— Je dîne chez des amis, je pars bientôt, je suis juste repassé sortir mon chien et regarder le décollage d'*Apollo 13*. Ça vous intéresse ?

— J'en étais malade de le rater, dis-je avec un sourire reconnaissant.

Nous sommes assis devant son petit téléviseur Brionvega carrossé en orange. Le nouvel équipage de la mission lunaire apparaît sur l'écran noir et blanc. Jim Lovell, le commandant, et Fred Haise, le pilote du module lunaire, étaient prévus depuis le début. Mais Charlie Duke, membre de l'équipage de réserve, a la rougeole. Et Fred Mattingly, le pilote du module de commande, ne l'a jamais eue. Ils ne peuvent pas envoyer dans l'espace un astronaute susceptible de déclarer une maladie infantile. On l'a remplacé à la dernière minute par sa doublure dans l'équipage de réserve, Jack Swigert. J'imagine la frustration et la rage de Mattingly.

— Vous n'aimez pas le champagne, se souvient Cornélius. Son goût vous déplaît ou le fait qu'il pétille vous gêne ?

— Quand un de nos pilotes obtient son brevet on boit du *bubbly*, un vin mousseux qui n'a pas droit à l'appellation parce que les Français tiennent à leur monopole. Je préfère le whisky.

— Le *bubbly* n'est pas du champagne, Mary ! Vous avez sali ma veste, vous me devez une revanche. Je vais vous faire déguster du demi-sec, le champagne des tsars. Il est à base de pinot noir et de pinot meunier avec des arômes de raisin et d'abricot sec, en bouche des notes de pâte de fruits, de miel et d'épices, et une finale douce et soyeuse. Je veux bien mourir s'ils en servent au paradis.

Il revient avec une bouteille qu'il débouche d'une main exercée, remplit deux flûtes de cristal aux pieds creux à travers lesquels je vois les bulles monter. Je trempe mes lèvres. Je détecte le goût de miel.

— Vous sentez la différence ? La cuvée Eugène que vous avez goûtée ce matin avait du chardonnay en plus, des senteurs de moisson chaude, de fruits mûrs et compotés et des effusions de cannelle vanillée. Et en bouche des dominantes de pommes au four mêlées de beurre et de caramel. Le vin parfait pour tomber dans les pommes.

Vexée, je démarre au quart de tour :

— J'étais en plein *jet lag*, vos gendarmes me parlaient du squelette de mon père, de ses restes et de sa mâchoire. Ils sont surréalistes, le capitaine ne s'intéresse qu'à sa voiture et à la chanson italienne et le brigadier élève quatorze chats.

— Pourquoi quatorze ?

— Parce que le chiffre treize porte malheur.

Le compte à rebours vient de commencer sur l'écran, le lancement d'*Apollo 13* est imminent. À l'aéroclub, Alberte, Charly, Alexander et les pilotes regardent la même chose à la même seconde. Les missions précédentes se sont si bien déroulées que les Américains s'intéressent peu à celle-ci, sept millions de personnes avaient assisté au décollage d'*Apollo 11*, il n'y en a que deux cent mille aujourd'hui. Il est 13 h 13 à Houston, donc 19 h 13 ici. Nous nous penchons vers le Brionvega, fascinés. CH3CH2OH s'installe entre nous sur le canapé.

Apollo 13 décolle avec la fusée *Saturn V*, la tour de sauvetage est larguée comme prévu, puis le train spatial composé de trois modules fonce vers la Lune. Le journaliste, blasé, passe à un autre sujet. Mon tailleur-pantalon, couvert ce matin de poils de chat, l'est maintenant de poils de chien. J'aperçois au mur la photo d'une montgolfière qui ressemble à une ampoule électrique géante, l'enveloppe du ballon est couleur champagne avec une bande blanche où se détachent en noir les deux mots *Champagne Mercier*.

— C'est le *Bulle d'Or* numéro I, dit Cornélius en suivant mon regard.

— Qui le pilote ?

— C'était moi.

Je me fige. J'ai du mal à y croire. Il peut faire de l'esbroufe, alors je vérifie.

— Vous utilisez quel genre de lest, des sacs de sable ?

Il sourit, amusé.

— Vous voulez me piéger ? Les réalisateurs tournent des films à gros budgets sans prendre de conseillers techniques, leur erreur systématique me fait bondir. Il n'y a que sur les ballons à gaz, qui fonctionnent avec de l'hélium ou de l'hydrogène plus léger que l'air, qu'on lâche du lest. Sur les ballons à air chaud comme le *Bulle d'Or I*, qui sont des montgolfières, on se sert du brûleur au propane pour réchauffer l'air, on n'a pas besoin de sable. J'ai réussi votre test ? Je suis crédible ?

J'acquiesce.

— Mon père était aéronaute, dis-je. Je rêvais de voler avec lui, il m'avait promis de m'emmener mais il a disparu avant. Le ciel me fascine, c'est pour ça que je travaille dans un aéroclub. J'ai pris des cours de pilotage d'avion il y a longtemps mais j'avais l'impression de le trahir. Vous avez employé l'imparfait, vous ne pilotez plus ?

— Je vole sur le *Bulle d'Or II* maintenant.

— Vous emmenez des passagers ?

— Jamais.

— Voler au-dessus des vignes doit être fantastique.

— Je vole seul, dit-il presque agressivement.

Je n'insiste pas.

— Je suis née en 1930, l'année où la coupe Gordon Bennett est partie de Cleveland et a été gagnée par un équipage américain, dis-je fièrement.

— Je suis né en 1920, l'année où elle est partie d'Alabama et a été gagnée par un équipage européen, rétorque-t-il.

Papa a fait partie de l'organisation de la première édition de cette course financée par James Gordon Bennett, fils du fondateur du *New York Herald*. C'était en 1906, seize ballons à gaz ont décollé du jardin des Tuileries, les Américains ont gagné. Les ballons sont tous partis en même temps et celui qui est allé le plus loin a été déclaré vainqueur.

Cornélius attrape dans sa bibliothèque un vieux livre en cuir vert et me tend *La Navigation aérienne* de J. Lecornu, éditions Vuibert et Nony, sur la couverture duquel volent un dirigeable et un aéroplane dorés.

— Regardez, c'était mon livre de chevet quand j'étais petit, il date de 1903, il a appartenu à mon père. Son auteur était cerf-voliste.

Je tourne les pages avec respect, j'adore l'odeur des vieux livres. Le chien s'approche et frotte sa tête contre mon genou.

— Tu es beau, CH3CH2OH, dis-je.

Cornélius me dévisage, surpris.

— Vous vous rappelez son nom ?

J'opine. J'ai une mémoire insolente, il me suffit de lire une page pour la photographier mentalement, j'aurais pu faire des études si papa n'avait pas disparu et si j'avais pu aller à l'université.

— Chez moi, quand on sauve la vie de quelqu'un, on devient responsable de cette personne. Vous êtes responsable de moi, dis-je doucement.

— Je ne vous ai pas sauvé la vie, objecte-t-il.

Je bois une nouvelle gorgée de demi-sec, je perçois les arômes d'abricot sec, les Français sont chauvins mais j'avoue que ça n'a rien à voir avec le *bubbly*.

— Mon père a été tué dans vos caves. J'ai l'impression qu'il m'appelle à l'aide. Si le vôtre vous avait appelé à l'aide, vous auriez tenté l'impossible, non ?

— Il n'aurait pas pu le faire, dit Cornélius.

— Pourquoi ? dis-je, décontenancée.

— Parce qu'il est mort quand j'avais deux ans. En plus il était sourd et muet de naissance, comme son frère. Il ne parlait pas, il émettait seulement des bruits expressifs.

Je me rappelle brusquement sa remarque.

— C'est à cause de ça que les maris de vos tantes ont repris le flambeau mais pas votre père ni son frère ?

— Exactement. Il était brillant et bilingue, il lisait sur les lèvres des entendants et il s'exprimait en langue des signes avec les sourds. Ma mère était entendante et bilingue parce que ses deux parents étaient sourds. Elle s'appelait Félicie, elle avait du goût pour la félicité.

— Votre oncle aussi a épousé une entendante ?

— On a voulu le marier avec une jeune fille sourde, on les a inscrits pour faire une croisière ensemble, la jeune fille était accompagnée par sa sœur sur le bateau, mon oncle a épousé la sœur.

— Jolie histoire. C'était génétique ou familial ?

— Pour l'instant ça reste un mystère. Les deux fils d'Eugène étaient sourds et muets, ses quatre filles entendantes. Il n'y a eu aucun sourd dans les générations suivantes pour l'instant. On ne sait pas qui était le père d'Eugène donc la piste s'arrête à lui en amont.

— Votre ouïe est excellente, vous n'avez pas eu envie de reprendre le flambeau ?

— Je n'ai pas le sens du commerce. Je préfère étudier les bulles dans mon laboratoire. Mon cousin Jacques est P-DG de la maison, mon cousin Jean directeur général, mon cousin Guy secrétaire général. Je participe à ma façon en pilotant la montgolfière Mercier. Mon grand-père a ouvert la voie, il a accroché un ballon captif gonflé à l'hydrogène aux couleurs de sa marque dans le ciel de Paris pour donner soif aux cinquante millions de visiteurs de l'Exposition universelle de 1900, on le voyait de partout, ceux qui y montaient avaient droit à une coupe de champagne.

Je me souviens de la pochette en cuir qui voisinait avec le « guide de l'Exposition 1900 offert aux visiteurs du pavillon du champagne Mercier » dans le carton à souvenirs de papa. Les initiales P. H. signifiaient Paul Hordon, de même que le P. de la timbale en argent.

— Je dois y aller, dit Cornélius en éteignant la télévision. Je vous dépose quelque part ?

Il va sans doute rejoindre la jolie blonde en robe rouge de la photo. Je lui demande de me conseiller un restaurant, j'ai envie de goûter le plat traditionnel.

— La cuisine champenoise tient au corps, salade au lard et aux pommes de terre, potée champenoise, poularde au champagne, coq au vin, j'espère que vous avez faim ?

— Je veux goûter ce poisson dont vous m'avez parlé.

— Quel poisson ?

— Le hareng.

Il écarquille les yeux.

— Je ne vous ai jamais parlé de hareng !

— Vous m'avez dit que la Champagne est une région magique à cause de l'hareng beurre.

Il fronce les sourcils, cherche dans sa mémoire, puis éclate de rire.

— Ce n'est pas un poisson, Mary, vous m'avez mal compris. La Champagne est magique parce qu'il y a la « rambleur », pas l'« hareng beurre ». C'est le reflet dans le ciel du dernier rayon de soleil sur les vignes, ça ne se mange pas.

Je rougis jusqu'aux oreilles. J'ai l'air d'une imbécile. Nous sortons. CH3CH2OH saute à l'arrière de la Jeep. Cornélius me dépose devant un restaurant. Juste avant de descendre, je vérifie :

— Il y a une galerie d'art chinois à Épernay ?

— Pas que je sache.

— Pékin est bien la capitale de la Chine, n'est-ce pas ?

Il éclate de rire pour la seconde fois.

— La galerie de Pékin est sous terre, Mary, c'est là que vous avez eu votre malaise. Elle relie les premières caves Mercier au château de Pékin qui était la maison de mon grand-père, il avait un escalier privé pour y descendre. Certains disent que Pékin tenait son nom de son éloignement du centre d'Épernay, les ouvriers mettaient si longtemps pour y arriver qu'ils disaient qu'ils devaient marcher jusqu'au bout du monde, et le bout du monde pour eux c'était la Chine. D'autres soutiennent qu'on a baptisé le terrain ainsi pour marquer l'entrée des troupes impériales de Napoléon III dans la Cité interdite en 1860 !

J'entre dans le restaurant, chamboulée. Si la galerie est le tunnel où j'ai eu mon malaise, c'est donc là que Le Journal du parrain de papa est caché. J'y redescendrai demain pour chercher le dessin sur la paroi.

— Un verre de champagne ? me propose le serveur.

J'hésite. Puis, au point où j'en suis, j'acquiesce.

Journal d'Eugène

Épernay, 2 avril 1867

Mon cher Journal, je me sens aussi festif et léger qu'une bulle de champagne. Philippe Bourlon m'a accordé la main de Marguerite.

— Enfin ! Enfin ! Enfin ! Tu y auras mis le temps ! s'est-il exclamé en m'ouvrant les bras pour une chaleureuse accolade. Je serai heureux de t'avoir pour gendre, Eugène. Je te la confie avec joie. Et si tu la fais pleurer, je te tue.

Il a fait semblant de ne pas remarquer que je tremblais de soulagement. Marguerite est entrée, haletante, elle nous a dévisagés, puis elle a souri doucement, lentement, progressivement, et son sourire a illuminé la pièce, caressé les meubles, éclairé les bouteilles alignées sur la desserte, ravivé les fleurs disposées dans le vase, mûri les raisins dans les vignes alentour, accéléré la marche de la planète, changé le monde.

Nous avons une chance immense, nous nous aimons. Les unions autour de nous sont des mariages arrangés, guidés par le souci de réunir deux familles ayant des intérêts communs. Je ne suis pas né avec une cuillère en argent dans la bouche, j'ai retroussé mes manches. Marguerite m'apporte en dot un beau vignoble de douze hectares sur Cramant, des facilités de trésorerie, et la marque Bourlon rejoint l'Union des propriétaires, mais ce n'est pas son plus beau cadeau. Elle m'offre ce que je n'ai jamais connu : une famille normale, une famille comme les autres. Et je la chéris de toute mon âme. Le jour où Philippe m'a accepté pour gendre est celui de l'anniversaire de Paul. Ce ne peut être un hasard.

Mon cher Journal, je l'aime, je l'aimais et je ne le savais pas !

3 mai

Ma mère, Francine et Marguerite se chargeront ensemble des préparatifs du mariage qui aura lieu en juillet, nous laissant Philippe et moi vaquer à nos affaires. Chaque matin, en me rasant, je souris au miroir et j'y vois le reflet d'un homme audacieux et travailleur à l'amour imbattable. J'ai toujours les yeux gris, un nez fort, des sourcils bruns, une fière moustache noire. Et deux nouvelles rides au front, une pour l'ami disparu, l'autre pour l'ami lointain.

J'ai rencontré Olga qui promenait le petit Marcel avec Natacha. Elle a gagné une alliance à l'annulaire, un hôtel particulier, une place dans la société sparnacienne. Mais elle a perdu sa lumière intérieure. Son visage s'est éclairé lorsque je lui ai annoncé mon prochain mariage.

— Tu seras heureux, Eugène, a-t-elle affirmé.

Ce n'était pas un souhait, mais une certitude. La présence de Natacha nous bridait, m'empêchait de lui dire que je regrettais de ne pas pouvoir l'inviter parce que je ne voulais pas de son mari.

Le petit garçon est aussi roux que sa mère et a hérité de son père une tache couleur lie de vin située au milieu du front. Il ressemble à son grand-père le fier marin de Groix. Nous ne sommes que deux à le savoir.

1er juillet

Je n'oublierai jamais ce jour, mon cher Journal. Nous venons de nous marier à Cramant, le fief de ma belle-famille. Ma mère rayonnait, si élégante dans la robe qu'elle avait tenu à se confectionner elle-même, assise toute seule et droite au premier rang de l'église, j'en avais la gorge serrée. Nous avons échangé un long regard complice. Elle n'a eu besoin de personne pour m'élever, elle n'avait besoin de personne auprès d'elle pour ce moment sacré. Ses frères Eugène et François se tenaient juste derrière. Ils ne seraient jamais venus si mon intraitable grand-père avait été encore en vie. J'ai senti la présence invisible de Paul dans le chœur, pliant sa haute taille pour la faire oublier. J'ai cru entendre le rire joyeux d'Antonin résonner dans le transept. J'avais invité Thomas, je l'ai aperçu assis au fond près du portail, il est parti avant le vin d'honneur. Jean, le prétendant éconduit, me fusillait du regard. À l'instant de signer le registre, j'ai inséré ma petite coupe fétiche d'où s'échappent les bulles dans les circonvolutions de mon nom. Mon cœur battait très fort. Marguerite partagera désormais mon existence. Elle n'est plus la petite Marguerite. Elle est dorénavant ma femme bien-aimée, la plus tendre, la plus extraordinaire, la plus rayonnante des épouses. Constance est venue me féliciter avec son soporifique Nicaise, nous avons réussi à ne pas rire de ses vœux ampoulés.

— Si je deviens un jour aussi pompeux tu me préviendras ? ai-je soufflé à Marguerite alors qu'ils s'éloignaient.

— Je te quitterai avant, m'a-t-elle répondu sur le même ton.

Après la messe, le champagne Bourlon et le champagne Mercier ont trôné côte à côte sur la table de fête. Ma jeune épouse, resplendissante et adorable, m'a souri en penchant la tête avec une grâce qui m'a coupé le souffle et a attisé mon désir. J'ai retenu ma respiration, effrayé par ce bonheur dont je n'ai pas l'habitude. Philippe Bourlon a posé les mains sur mes épaules et m'a signifié qu'il me considérait comme son fils. Le destin se rattrape, apprivoisé par mon obstination.

Un de nos employés, Adrien, se mariait à la même heure deux rues plus loin. Il nous avait conviés par politesse, sûr que nous ne viendrions pas.

— Si nous passions le féliciter ? ai-je proposé.

J'ai empoigné deux bouteilles de champagne et nous avons changé de noce.

On a annoncé à Adrien que nous étions là. Je l'ai entendu rétorquer à ses amis en riant à gorge déployée :

— Vous voulez me faire croire que monsieur Eugène est là, qu'il a quitté son mariage pour venir au mien ? J'espère au moins qu'il n'est pas venu les mains vides et qu'il nous a apporté du champagne !

— Absolument, ai-je lancé joyeusement en entrant dans la maison. Avec tous nos vœux de bonheur, Adrien ! Cher Journal, j'ai cru que sa mâchoire allait se décrocher. Sa femme a réagi plus vite, elle a demandé qu'on apporte des coupes et nous avons trinqué ensemble.

— Si tu avais épousé le fils d'un négociant prestigieux, tu aurais eu un mariage plus élégant dans un hôtel particulier ! ai-je glissé à Marguerite tandis que nous revenions chez ses parents.

— J'ai le mariage dont je rêvais. Et j'ai peut-être épousé le fils d'un négociant prestigieux, d'un vigneron, d'un aristocrate, d'un ecclésiastique, d'un ouvrier, qu'en savons-nous ? C'est toi seul qui m'importes, Eugène !

La paperasse m'assomme, pourtant maître Jemot a été inflexible, nous avons dû signer aujourd'hui notre acte de mariage sous le régime de la communauté de biens établi par le Code Napoléon en lui présentant toutes les pièces nécessaires. Cela n'en finissait pas alors que je n'avais qu'une idée, prendre ma femme dans mes bras et l'emporter.

— Plus rien ne manque à mon bonheur, ai-je murmuré à Marguerite.

— Plus rien, vraiment ? Crois-tu que ta mère a prévenu ton père, qu'il est venu à l'église ? Ne me dis pas que tu n'y as pas pensé ?

— J'y ai pensé. Mais je t'ai dit la vérité. Plus rien ne manque à mon bonheur.

Quand nous avons pris congé de nos familles après minuit, ma mère s'est avancée et j'ai cru que le moment était arrivé. Elle a secoué la tête.

— J'ai promis de me taire, Eugène. Ne m'en veux pas. Elle a levé sa coupe remplie de champagne Bourlon, légèrement moins doré que le Mercier.

— Tu m'as apporté tellement plus de bonheur qu'il n'y a de bulles dans ce verre, mon fils.

2 juillet

Notre nuit de noces a été un embrasement, je ne saurais trouver d'autre mot. Je suis… enfin… un homme heureux. Dans les lettres de mon nom, MERCIER, il y a RIRE. La condition d'humain est merveilleuse. Mon abandon a été complet, Marguerite s'est livrée avec une confiance et une sensualité extraordinaires, notre complicité est totale. Je suis un gentleman, tu ne sauras rien de plus. Sauf ceci, le corps de Marguerite est d'une douceur affolante, son parfum est plus doux que le raisin et plus enivrant que le meilleur champagne. Même les baisers d'Olga n'étaient pas aussi capiteux.

12 juillet

Paul m'a fait parvenir par bateau des bouteilles de son vin américain que nous avons bues en famille. Je lui souhaite de rencontrer vite la femme qui cheminera à son côté. Il faudra qu'il décadenasse son cœur mis à mal par Victoria.

Un négociant d'une grande maison a cru bon de me prévenir ce matin qu'on raconte des choses étranges sur mon compte.

— Un de vos employés prétend que vous lui avez donné une bouteille de champagne pour son mariage et que vous avez quitté le vôtre pour vous rendre au sien, il vaut mieux que vous le sachiez pour rétablir la vérité.

Il paraissait navré pour moi qu'on colporte de pareils mensonges. Je l'ai remercié chaudement.

— Les gens aiment les ragots, vous avez eu raison de me tenir au courant, merci ! Lui donner une bouteille de champagne… C'est n'importe quoi, vraiment ! Je ne lui en ai pas donné une… mais deux !

J'aurais aimé que Marguerite puisse voir son expression.

— Je ne comprends pas, mon cher Mercier… Le champagne est le vin des rois ! a-t-il balbutié, décontenancé.

— Oui, en effet. Mais les rois ne sont pas les seuls à apprécier ce qui est bon. Chaque fois qu'un membre de mon personnel fêtera en famille un événement important, mariage ou naissance, il sera gratifié d'une bouteille.

— Pourquoi pas un magnum, pendant que vous y êtes ? a-t-il lancé, choqué.

— Vous me donnez une idée. J'y réfléchirai, ai-je répondu du tac au tac.

Il est devenu cramoisi, j'ai pensé qu'il allait avoir une attaque. Il m'a cru fou. Je le suis, effectivement, mais seulement de ma jeune épouse.

10 octobre

Ma tendre Marguerite m'a annoncé ce matin la plus magnifique des nouvelles. Elle attend un enfant ! Je l'ai serrée dans mes bras avec effusion, bouleversé. Une idée fixe surnageait dans mon cerveau enfiévré : je serai un bon père, je le jure sur ce que j'ai de plus cher. Ma vie a basculé. Je ne suis plus le fils de personne, mais le futur père de quelqu'un.

21 janvier 1868

J'ai acheté à Alexandre Jaillot, pharmacien, et son épouse Françoise Moreau quarante-neuf ares de vignes dites « Le beau soleil » et quatorze ares de terre dite « Terres Rouges » à Épernay, par-devant maître Jemot.

Demain c'est la Saint-Vincent, les vignerons délaisseront leurs vignes pour la fêter en famille dans leurs différentes confréries. Vincent, né à la fin du IIIe siècle, diacre de Saragosse, torturé sur une roue de pressoir et mort en martyr à Valence, est le patron des vignerons de Champagne et aussi de Bourgogne.

Après en avoir parlé avec Marguerite, j'ai annoncé à mes employés que cette fête serait désormais chômée mais payée. Un silence interloqué a ponctué mes paroles.

— Monsieur Eugène… vous voulez dire que nous ne travaillerons pas ?

— Vous avez bien compris.

— Et nous serons quand même payés ?

— Oui.

Ils se sont regardés, stupéfaits.

Cela n'a pas traîné. Le soir même, alors que les cloches sonnaient pour annoncer la fête, que les vignerons allumaient des feux de joie, tiraient des salves de canon et des coups de fusil et avançaient en cortège au son des violons avant de déguster le vin nouveau, un négociant que je connaissais à peine est venu me trouver.

— Mon cher Mercier, on m'a rapporté que vous comptez rémunérer votre personnel demain tandis qu'il se tournera les pouces ? Dites-moi que c'est une erreur, je vous en supplie.

— J'ai en effet pris cette décision.

— C'est impensable, enfin, c'est absurde ! Vous mettez le doigt dans un engrenage infernal… Le travail est sacré !

— Je suis entièrement d'accord avec vous. Mais je ne supporte pas l'injustice. Les vignerons festoient, il doit en être de même pour nos employés qui concourent aussi à vendre le vin que saint Vincent protège.

— Si vous les payez à ne rien faire, vous vous en repentirez ! m'a-t-il lancé d'un ton menaçant.

22 janvier

« Saint Vincent clair et beau, plus de vin que d'eau », ont clamé les vignerons heureux de voir le soleil se refléter dans leurs serpettes. Ils se sont rendus à l'église en procession avec les tonneliers et les vanniers, portant la statue du saint, son bâton ou sa bannière. Le prêtre a béni le vin de messe et les brioches de fête. Le cortège s'est reformé à la sortie de l'église pour se rendre au vin d'honneur. On a joué des compositions d'Henri Hardouin, un ancien maître de musique de la cathédrale de Reims. Et la fête a commencé.

J'étais à mon bureau, persuadé que certains employés se présenteraient au travail. J'avais raison. Je les ai renvoyés fêter la Saint-Vincent en leur répétant qu'ils seraient payés et que je n'avais pas besoin d'eux aujourd'hui.

— Ils ont des doutes sur ma santé mentale, ai-je raconté à Marguerite. Adrien a presque refusé de repartir !

— J'aime ce que tu es, Eugène.

— Tu n'aurais pas préféré être la femme de Nicaise ?

— Si, bien sûr. Mais Constance l'a remarqué la première, alors je t'ai épousé par dépit…

Ma mère, qui arrivait et a entendu la fin de notre dialogue, a éclaté d'un rire joyeux. Je me suis demandé s'il lui était arrivé de rire ainsi, autrefois, avec mon mystérieux père.

6 février

J'ai annoncé à Antonin l'arrivée prochaine de notre enfant. Sous le ciel blanc qui surplombait le cimetière, j'ai vu clairement la ligne de démarcation entre ma liberté solitaire et mes douces responsabilités de chef de famille.

29 février

Les années bissextiles ont quelque chose de magique. Marguerite s'arrondit doucement mais sûrement et cela lui va bien. La semaine dernière, nous avons recueilli un chien noir, de race indéfinie, qui est entré chez nous et s'est couché à mes pieds. Je n'ai pas eu le cœur de le chasser. Il était solitaire, efflanqué, bâtard, cela suffisait pour que nous l'aimions. Ses yeux jaunes sont ronds comme des billes et suppliants de tendresse. Nous l'avons baptisé Bulle d'Or. Les gens qui n'aiment pas les chiens, les chats, les enfants ou le champagne sont des pianos désaccordés.

8 avril

Ce matin, à trente ans, j'ai eu l'immense bonheur de déclarer à la mairie la naissance de mon fils Émile Joseph Mercier. Je sais qu'il est promis à un grand destin. Marguerite a été d'un courage inouï. Sa mère et la mienne l'ont assistée. J'ai attendu toute la nuit dans la pièce à côté avec Philippe en fumant et en mangeant pour tromper l'attente, je me suis *entruché*, j'ai avalé de travers et failli m'étouffer, mon beau-père a dû me taper dans le dos pour me secouer la carcasse.

Je suis un père fier et heureux. J'ai une femme et un fils. J'ai une vraie famille. C'est une joie infinie mais je ne dormirai plus jamais tranquille. J'ai trempé mon petit doigt dans notre champagne et devant la sage-femme habituée à cette coutume j'ai fait téter le nouveau-né pour lui porter chance. Émile semble avoir apprécié, ce qui est de bon augure puisqu'un jour il prendra ma suite. Son prénom commence par un E comme le mien, la société E. Mercier lui ira comme un gant. J'ai soufflé à ma mère : « Mariage 1er juillet, naissance 8 avril, le compte y est, tu as vu ? »

15 avril

Olga a envoyé un cadeau de naissance pour le bébé. Je ne m'étais pas manifesté lorsque Marcel est né, à cause de Pierre.

— C'est gentil de la part de quelqu'un que tu connais si peu, a remarqué Marguerite avec malice. Ne me raconte rien, je ne veux surtout rien savoir, Eugène !

— C'était avant que tu fasses de moi le plus heureux des hommes.

— J'espère bien, mon chéri.

Elle m'a souri tendrement.

— Si mon voisin n'avait pas demandé ma main, tu serais encore en train de tergiverser. Notre fils doit son existence à Jean, c'est un comble…

J'ai ri en frissonnant au souvenir de ma terreur à l'idée de la perdre.

21 avril

Ma mère m'a adopté officiellement aujourd'hui. J'ai entre les mains une copie de l'arrêt de la Cour impériale de Paris portant homologation de cet acte d'adoption conformément à l'article 359 du Code Napoléon. J'ai été déclaré enfant naturel à ma naissance, puis ma mère m'a reconnu quand j'ai eu quatre ans. Elle a dû attendre des années après ma majorité pour pouvoir m'adopter légalement, nos lois sont ainsi. Un enfant naturel, même reconnu, n'a pas les mêmes droits successoraux qu'un enfant légitime vis-à-vis de ses ascendants ou de ses descendants. À partir d'aujourd'hui, pour ma mère, pour ma femme, pour mon fils premier-né et pour ceux qui suivront, je suis comme les autres.

Être père me donne à réfléchir. Antonin plane dans les cieux, Paul vient de demander la nationalité américaine, Marguerite, Émile et ma mère m'ancrent à la terre marnaise. Je crée un vin de fête, un nectar qui rapproche les amants, console les affligés, encourage les rires, invite à la danse, rend les hommes et les femmes pétillants, la mort moins déchirante, la vie plus insouciante. Le champagne donne un sens à mon existence, il est ma raison d'être, mon évidence, ma justification. J'ai proposé à Paul d'être le parrain d'Émile mais il a refusé. Il vit à l'autre bout du monde, il a été banni de Champagne, il serait empêché de remplir son rôle s'il m'arrivait malheur. « Ta proposition m'honore et me touche. Choisis plutôt un parrain sparnacien, Eugène. Ton fils est déjà aussi proche de mon cœur que vous êtes loin de moi à vol d'oiseau. »

J'espérais, en lui faisant cette offre, qu'il nous reviendrait un jour. J'ai compris, à regret, qu'il était inutile d'insister.

Mary, Épernay, 12 avril 1970

Je n'ai pas prévenu ma cousine Astrid de ma visite, il m'a semblé que c'était plus judicieux. L'hôtel Hordon a pignon sur rue au sens propre du terme. Mon grand-père Paul y est né, je ne suis pas totalement une étrangère.

Je sonne. Une femme m'ouvre, la soixantaine élégante, digne et hautaine, ses cheveux auburn sont ramenés en chignon sur sa nuque, ses yeux trop rapprochés, elle porte une robe grise toute simple quoique très bien coupée. Elle jauge d'un air réprobateur mon tailleur-pantalon à motifs psychédéliques et mes cheveux ébouriffés.

— Astrid Hordon ? Bonjour, je suis Mary Robinson, votre…

— Je sais qui vous êtes.

Elle s'efface pour me laisser passer mais son regard reste glacial. Je pénètre dans un grand vestibule au dallage noir et blanc orné de portraits en pied. Je m'approche du plus grand.

— Mon arrière-grand-père Fernand Hordon, dit la maîtresse de maison du bout des lèvres.

L'homme, sanguin, suffisant, antipathique, déborde d'un costume à la mode du siècle dernier. Une femme d'une beauté frappante et d'une tristesse palpable, en robe noire, un bouquet de fleurs sur les genoux, voisine avec lui.

— C'est son épouse Katell, elle était d'origine bretonne. Les deux enfants devant cette balustrade sont Pierre, mon grand-père, et Paul, le vôtre.

Pierre est séduisant avec ses traits réguliers en dépit de sa tache de vin sur la joue mais ses lèvres sont minces et il a une expression arrogante. Paul est rêveur, tendre, monté en graine et pataud, papa a hérité de ses yeux et de son front haut.

— Voulez-vous un verre de champagne ? me propose-t-elle en me précédant au salon.

Je n'ai jamais autant bu de ma vie. J'accepte, refuser la froisserait. Elle agite une cloche, une jeune femme en tablier blanc entre, Astrid murmure quelques mots. Je m'approche d'une vitrine où sont exposés des objets publicitaires anciens, je reconnais la reproduction en argent de la capsule de champagne Hordon.

— Mon père en possédait une semblable, dis-je.

Ma cousine secoue la tête.

— Vous devez confondre, il n'en existe que deux exemplaires au monde, ils sont dans cette vitrine, c'est mon père qui les a fait fabriquer pour ma mère et pour moi.

Je n'insiste pas. La jeune femme au tablier blanc revient avec deux coupes et une bouteille de Hordon rosé. Je le goûte. Il est différent du Mercier, moins fruité, plus âpre.

— Je bois à nos ancêtres, dis-je en souriant.

— Je me demandais si vous auriez le culot de vous présenter ici, rétorque Astrid sèchement.

Nous ne sommes visiblement pas sur la même longueur d'onde.

— Je croyais être seule au monde et je découvre que j'ai une cousine française. J'ai eu envie de vous connaître.

— Pourquoi ?

Sa question me désarçonne.

— J'ai pensé que nous pourrions être amies ?

Elle me dévisage comme si j'étais folle à lier.

— Vous ne prétendez pas avoir des droits sur le champagne Hordon, j'espère ?

Je comprends aussitôt où le bât blesse et je m'empresse de la rassurer.

— Bien sûr que non, vous avez cru que je venais pour ça ?

— Pour quelle autre raison ?

— Pour le plaisir de renouer avec ma famille. Mon père ne m'a jamais parlé de ses origines champenoises, j'ai tout à apprendre. Il était le cousin germain du vôtre, c'est ça ?

— Oui. Mon grand-père, Pierre Hordon, est né en 1837 et mort en 1905. Mon père Marcel était son fils unique, il est né en 1866 et mort en héros en 1944, il était dans la Résistance.

Sur le piano à queue Steinway, une petite fille aux longues tresses auburn et aux yeux trop rapprochés trône entre deux adultes dans un cadre. L'homme a des boucles rousses et une tache de vin au milieu du front.

— Nous ne serons jamais amies, poursuit Astrid sur un ton bizarre. Si mon père était encore vivant il vous aurait fermé notre porte. J'ai décidé de vous recevoir quand même parce que vous n'êtes pas responsable des agissements de votre grand-père.

Je m'explique mieux sa froideur. Elle fait probablement allusion au crime dont le parrain de papa parlait dans sa lettre.

— Je suis justement à la recherche d'un document qui me permettra de l'innocenter. Ce n'était pas lui le meurtrier, Astrid. Qui a-t-il été accusé à tort d'avoir assassiné ?

Elle écarquille les yeux.

— Vous ne le savez pas ?

Elle fend l'espace du bras, me désigne le hall où elle a commenté pour moi nos portraits de famille.

— Paul était un parricide, il a mis fin aux jours de son père en lui défonçant le crâne avec une bouteille de notre champagne !

L'horreur qui se peint sur ses traits n'est pas feinte, elle a grandi dans l'évocation de cette tragédie familiale. Je tombe de haut.

— Son propre père ?

— Vous comprenez maintenant ? Vous êtes la petite-fille d'un criminel qui m'inspire la plus profonde répugnance. Votre père a osé se présenter ici quand il est venu en France pour la première fois. Il a été jeté dehors, vite fait bien fait.

Je frémis en imaginant Joe rejeté par une famille que, comme moi, il se préparait à aimer.

— Je vais réhabiliter mon grand-père, dis-je en réprimant ma colère.

— Plus d'un siècle après ? Vous rêvez, me lance-t-elle avec hargne.

— Il faut d'abord que je découvre qui était le parrain de mon père. Vous ne le savez pas, je suppose ?

— Tout le monde le sait, c'était Eugène Mercier, dit-elle en haussant les épaules.

Je laisse échapper une exclamation. C'était évident, j'aurais dû y penser. Pourquoi, sinon, cacher son journal intime dans les caves Mercier ? Et dans la galerie de Pékin en plus ? Je revois le portrait géant de l'homme moustachu dans le hall du pavillon. Je tente de faire coïncider son visage énergique avec la lettre émouvante du mourant.

— Ils étaient trois amis d'enfance inséparables, Paul Hordon, Eugène Mercier et Antonin Lucas qui est mort jeune des suites du choléra, poursuit Astrid. C'est à cause d'eux que votre père s'est prénommé Joseph Eugène Antonin Hordon.

J'ouvre de grands yeux, je croyais qu'il s'appelait seulement Joseph. Je répète mentalement les trois prénoms accolés. Cornélius sait forcément que son grand-père était le parrain de mon père. Pourquoi ne me l'a-t-il pas dit ? Astrid remplit à nouveau nos flûtes par un réflexe de politesse inné.

— Eugène était persuadé de l'innocence de Paul, dis-je fermement.

— Pourquoi ne l'a-t-il pas blanchi de son vivant ?

— Je ne sais pas.

Elle est ma seule famille au monde et elle me hait.

— Dites-m'en plus, Astrid, je vous en prie.

Elle obtempère avec une sorte de plaisir malsain.

— Fernand Hordon était un négociant puissant très sévère avec ses deux fils. On l'a découvert un matin dans son bureau pendant les vendanges de 1854, le crâne fracassé par une bouteille devant son coffre vide. Le soir de son enterrement, mon grand-père a accusé le vôtre d'avoir tué leur père. Il l'avait vu sortir du bureau au milieu de la nuit. Un jeune caviste, Matthieu, l'avait vu également. On a retrouvé des billets volés sous le matelas de Paul. Leur mère l'a banni pour toujours, elle l'a déshérité et l'a envoyé dès le lendemain en exil en Amérique.

Quelle terrible histoire. L'idée d'avoir un grand-père meurtrier me chamboule.

— Cela ébranle, n'est-ce pas ? souffle Astrid. Le sang qu'il avait sur les mains retombe sur nous.

Je me reprends, pas question de capituler. Eugène a demandé à papa de transmettre sa lettre à ses descendants. Il savait qu'un jour quelqu'un réhabiliterait Paul. Je vais m'y atteler. Mon père en a été empêch…

— Mon père en a été empêché, Astrid ! dis-je avec feu. Il a été tué en 1937 dans les caves Mercier, on lui a brisé le cou et on l'a roulé dans une bâche. Il cherchait le journal intime de son parrain qui devait disculper son père, ça nous prouve que ce journal incrimine quelqu'un d'autre. Le vrai meurtrier s'est senti en danger et a commis un second crime, il n'en était plus à ça près.

Elle me considère avec inquiétude. J'énumère mes arguments plus posément pour instiller le doute dans son esprit :

— Même si Pierre a vu Paul sortir du bureau de leur père cette nuit-là, ça ne prouve pas que c'était lui le tueur. Et si c'était le caviste qui a témoigné contre lui ?

— Notre famille a été marquée à jamais par ce drame, soupire Astrid. Paul jouait sa tête. On appliquait le Code Napoléon de 1810, les coupables de parricides étaient condamnés à mort, conduits sur le lieu de leur exécution, en chemise, nu-pieds, la tête couverte d'un voile noir. Puis ils étaient exposés sur l'échafaud pendant qu'un huissier faisait au peuple lecture de leur arrêt de condamnation. Ensuite ils avaient le poing droit coupé juste avant d'avoir la tête tranchée.

Je tremble en imaginant le fragile adolescent du tableau de l'entrée tendant son bras au bourreau.

— La rigueur du Code pénal était réduite par la loi de 1832 sur les circonstances atténuantes, on prenait en compte la mauvaise éducation qu'avait reçue le coupable, son âge, son repentir, son extrême misère, son ignorance. La jeunesse de Paul n'aurait pas suffi à le sauver, il était trop riche et trop cultivé, précise ma cousine.

— Vous avez fait du droit ?

— Deux ans, à cause de cette histoire. Puis je suis rentrée dans le rang.

Je me lève.

— Merci de m'avoir reçue. Je vais retrouver ce journal, disculper mon grand-père et découvrir qui a tué mon père. Je vous ai menti tout à l'heure. Je ne suis pas venue seulement pour vous connaître. J'avais une idée derrière la tête.

Son visage se durcit.

— Je ne parle pas du champagne, dis-je précipitamment. Les gendarmes m'ont annoncé ce matin que leurs experts ont fini d'analyser le squelette de mon père. Je peux en disposer. Je suis venue vous demander si je pouvais l'enterrer dans votre caveau familial.

Astrid se raidit, horrifiée.

— À côté de la victime de son père ? Vous n'y pensez pas !

Elle a grandi influencée par cette histoire, elle est embourbée dedans. J'ai mésestimé les conséquences du passé. Je la salue puis je quitte, la tête haute, cet hôtel dont mon grand-père puis mon père ont été chassés.

Journal d'Eugène

Épernay, 18 juin 1868

Mon commerce est anonyme mais il me rapporte enfin. Nous habitons toujours à l'angle de la rue Côte-Legris et de la rue Saint-Laurent au-dessus de mes bureaux, près des bâtiments où j'entrepose mon vin, et au-dessus de petites caves creusées directement dans la craie tendre du sol. Ces dix dernières années ont été dures, pourtant ce matin j'ai déclaré avec assurance à ma femme et à ma mère : « Un jour viendra où, vous verrez, ce seront des millions de bouteilles que j'expédierai ! »

Je ne me pousse pas du col et je ne parle pas en l'air. J'ai désormais les moyens de mettre en œuvre mon grand projet. À côté de mes ventes de vin en spéculation qui se sont bien développées, je gère la marque Bourlon que m'a offerte mon beau-père, et les ventes de mon champagne E. Mercier & Cie progressent lentement. Je vais m'installer à Épernay parce que j'y suis né. J'ai commencé à prospecter à la recherche d'un lieu à la mesure de ma démesure. Le travail de la vigne, l'élaboration du vin et sa commercialisation sont des opérations distinctes. Je possède quelques vignes mais je suis avant tout négociant, pas vigneron. Je n'ai pas besoin de terres, j'ai besoin de caves vastes où stocker mes bouteilles et de bureaux spacieux pour les vendre.

26 décembre

Notre premier Noël avec Émile a été fort joyeux. Nous l'avons passé à Épernay où nous sommes allés à la messe avec ma mère et mes beaux-parents.

Olga attend un nouvel enfant, je l'ai aperçue à la communion et trouvée anormalement pâle. Une jolie jeune fille à la chevelure cuivrée la soutenait.

— Sa jeune sœur Katia vient d'arriver de Saint-Pétersbourg pour l'aider, m'a soufflé ma belle-mère Francine.

Francine est toujours au courant de tout. Pourtant aujourd'hui elle se trompe et moi seul le sais, Katia ne vient pas d'arriver, elle habite dans une impasse d'Épernay depuis plusieurs années, dans une chambre au bout d'un couloir, et elle a un violoniste pour voisin. Olga attendait juste le moment propice pour la présenter dans le milieu où elle évolue désormais.

Nous avons soupé chez nous ensuite, c'était une douce soirée familiale, un moment juste et parfait suivi d'agapes simples. Cela ressemblait à l'idée que je me fais du bonheur.

5 mars 1869

Paul est à nouveau amoureux. La jeune fille s'appelle Marian, mon ami est transporté de joie. À la fin de sa lettre, en plus de la grappe de raisin qui lui tient lieu de signature, il a imité ma petite coupe et il en a fait jaillir des centaines de bulles dispersées à travers la page. Il m'annonce qu'il s'est fiancé, que le mariage est prévu pour décembre quand le vin dort et que la vigne hiberne. Il souhaite m'avoir à ses côtés comme témoin. J'en ai aussitôt parlé à Marguerite. Mes finances me le permettent à présent. Je m'absenterai le moins longtemps possible. Paul ne m'a jamais rien demandé. Je lui ai répondu que je serai fier de remplir ce rôle sacré.

20 mars

À force de patrouiller dans la campagne autour d'Épernay, je jette mon dévolu sur une colline excentrée située sur la route de Châlons-sur-Marne, le long des pentes du mont Bernon. Un négociant de Reims, François Abelé de Muller, y a fait bâtir une grosse maison bourgeoise il y a trois ans. J'ai suivi sa construction au début comme tous les Sparnaciens, puis je m'en suis désintéressé et je n'ai jamais pris le temps de la regarder attentivement. Je m'en approche sans méfiance. Et là, mon cœur bondit dans ma poitrine. Mes jambes flageolent, mes genoux ploient, je me raidis. Je suis seul, nul ne peut remarquer mon trouble.

Il y a de quoi, pourtant…

La maison est flanquée de deux élégantes tourelles aux toits pointus, avec une véranda à l'arrière donnant sur une grande pelouse descendant en pente douce parallèlement à la Marne. C'est, très précisément, la maison de mes rêves, celle que j'avais décrite à Paul sur le muret le jour de l'enterrement de l'Ogre. Je l'avais inventée de toutes pièces. Elle n'existait pas à l'époque. Et voilà que je me trouve devant elle.

Tout le monde sait qu'on l'appelle le château de Pékin parce que pour y aller on doit sortir d'Épernay et marcher longtemps, autant dire jusqu'en Chine. La route qui y mène se nommait autrefois faubourg de la Folie, puis elle est devenue la rue du Commerce, ensuite c'est la pleine campagne.

Je suis totalement séduit par cette colline du mont Bernon. Je pourrais y faire creuser dans la craie mes futures caves. La ligne de chemin de fer Paris-Strasbourg passe juste en bas, ce qui serait parfait pour transporter et livrer mon champagne directement au sortir des caves. Pékin me fascine, mon cher Journal, il est comme un signe du destin, il n'est pas à vendre mais les terrains autour le sont. Je vais me dépêcher de les acheter.

1er avril

J'ai trente et un ans aujourd'hui. Le raisin des dernières vendanges a été à la hauteur, mon fils est né une année millésimée, cela lui portera bonheur. 1868 est le troisième millésime de notre maison. Et notre Émile est le plus beau et le plus parfait petit garçon du monde.

Marguerite vient de m'apprendre qu'Olga a perdu l'enfant qu'elle attendait, elle a été transportée à l'hôpital, très affaiblie, on craint pour sa vie.

— Nous avons le même médecin, j'irai prendre de ses nouvelles demain, me promet-elle.

Je supplie Dieu, celui des églises d'Épernay et de Cramant, celui de Saint-Pétersbourg et de l'icône religieuse de la chambre de l'impasse, de sauver la pauvre Olga.

15 avril

Après être restée une semaine entre la vie et la mort, Olga vient, enfin, de rentrer chez elle. J'en remercie le ciel. En allant à l'hôpital, sa sœur Katia a fait la connaissance d'un jeune médecin de Reims. Il sortira au moins un peu de bien de ce drame. Olga ne pourra plus jamais avoir d'enfant. J'en suis navré pour elle, pas pour Pierre.

J'ai acquis plusieurs coteaux sur le mont Bernon. Je travaille sans relâche, ne prenant de repos que pour profiter un peu de ma femme et de mon fils. Ma mère continue de s'occuper des comptes de la société. Chaque fois que je passe devant Pékin une joie étrange m'envahit. Le jeune fantôme d'Antonin et les lettres de Paul m'encouragent à croire en l'avenir.

4 juillet

J'ai reçu aujourd'hui une lettre d'Amérique dont je n'ai pas reconnu l'écriture. Rédigée par l'oncle Raymond, c'est la plus terrible lettre du monde, l'atroce nouvelle qu'elle contient m'a désarticulé. Paul s'est marié. Le mariage a été conclu à la hâte en comité restreint : Marian attend un enfant et mon meilleur ami se meurt…

Il s'était blessé à la jambe dans les vignes, il ne m'en a pas parlé pour ne pas m'inquiéter. L'infection s'est étendue et les médecins ont pris le parti de l'amputer. Il refusait d'être un marié infirme appuyé sur deux béquilles, alors le mariage s'est fait rapidement dans l'intimité et son oncle m'a remplacé en tant que témoin. Paul a repris quelque force, espéré passer à côté de la mutilation, en vain. Hélas, l'opération s'est mal déroulée, il a perdu trop de sang. Les médecins n'ont plus aucun espoir, il a beau être un colosse, c'est une question de jours. L'oncle Raymond termine sa missive en précisant qu'étant donné le temps que met le courrier pour atteindre la France, lorsque je lirai ces lignes son neveu aura sûrement déjà hélas quitté cette terre.

Je ne reverrai jamais mon meilleur ami. Je ne serai pas son témoin. Je n'ai pas été à ses côtés pour l'ultime bataille. La colère et la douleur m'ont submergé. J'ai erré toute la journée, sobre et cependant titubant comme un homme perdu. Antonin d'abord, puis Paul. Je suis foudroyé.

— Tu feras aimer notre terre à son enfant, m'a soufflé Marguerite. Tu lui montreras nos vignes et nos caves, tu lui raconteras son père.

J'ai essuyé mes joues, je me suis caché dans son cou. Et puis j'ai serré Émile contre moi, il s'est dégagé en se tortillant, fasciné par les larmes qui se perdaient dans ma moustache. Mon ami a été accusé à tort et banni, il s'est relevé de ses cendres, il a rencontré Victoria, son frère a empêché leur union, il a de nouveau touché le fond puis il est reparti à l'attaque, il a connu Marian, ils allaient être heureux. Pourquoi le destin s'est-il acharné sur lui ?

20 juillet

Mon âme a tremblé de chagrin en reconnaissant l'écriture sur l'enveloppe de deuil aux bordures noires venue d'Amérique que j'ai trouvée au milieu du courrier ce matin. En plus du triste faire-part, l'oncle Raymond y a glissé la dernière lettre de mon ami pour moi.

L'écriture en est malaisée, les mots eux-mêmes peinent à respirer et sont douloureux à lire. Les larmes me brouillaient la vue. J'ai repensé à l'enterrement sans âme de l'Ogre. Mon ami repose loin de chez nous mais au moins ceux qui l'ont porté en terre le chérissaient. J'ai relu plusieurs fois la lettre, les lignes dansaient devant mes yeux.

Eugène, mon plus que frère, tu as promis de rester mon ami tant qu'il y aura des bulles dans notre vin effervescent. Tu es homme de parole, je sais que tu tiendras promesse. Mon enfant naîtra en janvier, je suis certain que ce sera un garçon. Je n'aurai pas le bonheur de le serrer dans mes bras. Si j'avais vécu, tu aurais été mon témoin. Je te demande d'être son parrain, ce que j'ai refusé à Émile de peur de ne pouvoir remplir cet engagement, vois comme j'ai eu raison… Je souhaite que mon fils grandisse en Amérique, à l'abri. Je lui manquerai mais il n'en sera que plus fort. Nous sommes toi et moi bien placés pour le savoir, il vaut mieux ne pas avoir de père qu'en subir un mauvais. Mon oncle Raymond est âgé, mon épouse Marian est jeune, je n'ai confiance qu'en toi. Je compte sur toi pour annoncer à ma mère qu'elle perd un fils mais qu'elle gagne un petit-fils, pour lui servir de mentor et de protecteur quand il sera en âge de venir en Europe, pour l'aimer comme je l'aurais aimé. Tu le guideras en France, mes frères maçons l'épauleront ici. Ils m'ont enseigné une chose essentielle : la porte est en dedans, Eugène. Chacun de nous recèle en soi le pouvoir de se connaître soi-même et de travailler à améliorer le monde. Nous avons chacun couru après notre rêve, le mien s'interrompt, tu réaliseras le tien pour nous deux, j'ai foi en toi. Adieu, mon ami. Je ne te quitte pas. Je traverse le miroir. Je pousse la porte. Je rejoins Antonin. Je vais comme lui devenir une bulle de champagne et m'envoler.

Et il a dessiné une pauvre grappe de raisin méconnaissable.

L'oncle Raymond m'a précisé que Paul dort pour l'éternité le long d'une vigne bordée de rosiers, dans sa tenue de jeune marié. Cela m'a ramené en arrière à l'enterrement d'Antonin en habits du dimanche avec ses souliers trop étroits. Paul, si épris de liberté, piégé entre quatre planches… Il avait la taille d'Abraham Lincoln, la mort a vaincu ces deux géants. Plus jamais il ne réveillera l'orgue de la chapelle de l'école des Frères d'Épernay en me ravageant l'âme. Ses mains, collées pour toujours à son corps avec l'alliance trop brillante à l'annulaire, ne feront plus vibrer le piano.

J'ai écrit à l'oncle Raymond et à Marian pour leur présenter mes condoléances et les assurer de mon indéfectible soutien. Mais je n'ai pas eu la force d'aller voir madame Hordon aujourd'hui. Je suis descendu dans la cave, j'ai pris une bouteille de champagne Mercier et je me suis consciencieusement saoulé en buvant au goulot. Au début j'ai compté mes gorgées puis j'ai perdu le fil. Lorsque Marguerite est descendue me chercher, je l'ai suppliée de remonter et de se tenir loin de moi puisque tous ceux que j'aime disparaissent. Je porte malheur, mon père avait raison, mieux vaut ne pas me côtoyer.

Elle m'a répondu qu'elle ne croyait pas aux superstitions et qu'elle ne m'abandonnerait jamais.

Mary, Épernay, 12 avril 1970

Je retourne seule au 75, avenue de Champagne pour visiter les caves. Le portrait géant d'Eugène Mercier me suit des yeux. Nous sommes complices à travers le temps, il m'a chargée d'une mission, il m'aidera à venger mon père, notre lien est indissoluble. Je me mêle à un groupe de visiteurs et je prends place dans le premier wagon du train juste derrière la guide, une jeune fille en tailleur rouge.

— Eugène Mercier, génie et pionnier de la publicité au temps où ce concept n'existait pas, a fondé sa société en 1858 à vingt ans, commence-t-elle bille en tête. Un siècle plus tard, le slogan de la maison était « Nuit et jour, jour après jour, sur toutes les tables du monde, un bouchon Mercier saute toutes les douze secondes », chiffre certifié exact par huissier sur les ventes de 1950.

Je scrute l'ombre pour repérer mon dessin. Elle embraye :

— Pensez aux ouvriers qui ont creusé ces caves à la main à coups de pics et de pioches, éclairés seulement par des bougies et des quinquets, on voit encore la trace de leurs outils sur chaque paroi. Ne descendez pas du train, vous risqueriez de vous perdre.

Avant 1952, on les visitait à pied. Au début du siècle, un touriste belge s'est perdu, on l'a cherché toute la nuit avant de le retrouver endormi contre un mur de bouteilles, sous un haut-relief sculpté dans la craie par Gustave Navlet.

Les rires fusent dans l'obscurité. Je grimace en songeant que mon père ne s'est pas réveillé. Nos ombres portées sur les murs sont fantomatiques. L'odeur de champignon me prend à la gorge. Les battements de mon cœur me semblent assourdissants.

— On vendange encore le raisin à la main de nos jours avant de le pressurer, poursuit gaiement la guide. Le moût repose ensuite douze heures, c'est le débourbage. Puis il y a deux fermentations, l'alcoolique grâce aux levures, et la malolactique grâce aux bactéries. On obtient alors un vin tranquille. Nos œnologues pratiquent ensuite l'assemblage en mariant les crus, les années et les différents cépages, chardonnay, pinot noir et pinot meunier. On passe alors au tirage, c'est-à-dire la mise en bouteilles. On les bouche et on les descend en caves en position horizontale pour la seconde fermentation alcoolique et la prise de mousse. Le vin vieillit dans l'obscurité, entre deux et quatre ans. Le remuage, qui permet de faire glisser le dépôt dans le goulot en tournant et en redressant la bouteille, s'effectue à la main sur des pupitres. On procède au dégorgement en plongeant le col des bouteilles dans un bain de glycol à moins vingt-huit degrés, le glaçon qui se forme emprisonne le dépôt qui est expulsé à l'ouverture de la bouteille. On dose la quantité de liqueur d'expédition qu'on choisit d'ajouter au vin. On rebouche avec un bouchon de liège et un muselet, et on laisse reposer la bouteille trois mois avant de l'habiller.

J'ignorais qu'il fallait autant de manipulations, à présent je comprends mieux pourquoi le champagne coûte cher.

— Le pavillon Mercier par lequel vous êtes entrés date de 1904, il a été utilisé comme hôpital durant la Grande Guerre. Les caves ont abrité la défense passive dans la galerie de Pékin pendant la Seconde Guerre mondiale. En août 1944, les Allemands ont voulu y installer la manufacture d'armes de Tulle mais à la libération d'Épernay, en février 1945, l'usine n'était toujours pas opérationnelle.

Un visiteur remarque des carrés au plafond à intervalles réguliers.

— Qu'est-ce que c'est ?

— Des essors, des cheminées d'aération. Quand les premiers ouvriers ont commencé à creuser la montagne ils s'en sont servis comme puits d'extraction pour évacuer la craie.

Le train longe des rangées de pupitres qui se ressemblent. Impossible de me repérer et de distinguer mon dessin.

— Nous arrivons maintenant dans la galerie de Pékin, c'est la plus longue de toutes, elle mesure un kilomètre deux cents ! annonce la guide.

Je soupire, catastrophée. Je vois dans la pénombre des ouvriers piocher la paroi, un monsieur moustachu descendre un escalier privé, le corps de papa rouler dans une bâche, un ogre tomber sous les coups d'un enfant. Je suis venue pour rien. Cornélius Mercier se souvient sûrement de l'endroit précis où j'ai eu mon malaise. Il faut que je retourne le voir.

Journal d'Eugène

Épernay, 21 juillet 1869

La mort dans l'âme, je me suis présenté à l'hôtel Hordon. Angèle a deviné en voyant mon expression, elle s'est raidie, elle a balbutié :

— Il est arrivé malheur à Paul ?

J'ai hoché la tête. Elle m'a conduit au salon où Olga jouait au piano pour madame Hordon une musique dansante. Je suis entré à l'instant où elle plaquait les derniers accords.

— C'est une polka, une œuvre du jeune compositeur Antonin Dvorak, originaire de Bohême ! a-t-elle expliqué gaiement.

Le prénom m'a fait tressaillir et le nom s'est inscrit en lettres de feu dans ma tête : c'est la dernière musique que la mère de Paul entendra en croyant son fils vivant. Olga s'est tournée vers moi, joyeuse, puis son sourire s'est évanoui.

— Eug… Monsieur Mercier ? Qu'est-il arrivé ?

J'ai abordé la sinistre raison de ma venue avec la pathétique diplomatie qu'on déploie dans ces occasions : « Je suis porteur d'une très triste nouvelle… J'ai reçu une lettre de l'oncle de Paul… » Ma voix s'est altérée, mes yeux m'ont trahi. Katell Hordon s'est brusquement dressée, elle a voulu me repousser, puis elle s'est écroulée. Je l'ai retenue avec l'aide d'Olga et d'Angèle. Je n'ai même pas eu le temps de parler de l'enfant à naître. Je les ai aidées à la porter jusqu'à sa chambre.

— Il était comme mon frère, ai-je murmuré à Olga tandis qu'Angèle s'affairait auprès de la mère de Paul.

— Je sais. S'il arrivait malheur à ma sœur Katia j'en serais brisée.

— Si tu l'avais connu, tu saurais qu'il ne peut être coupable de ce dont ton mari l'accuse ! ai-je enchaîné avec une hargne qui ne s'adressait pas à elle.

— Je suis navrée, Eugène. Navrée pour lui, pour toi, pour vous, pour tout…

Je ne pensais à rien d'autre qu'à Paul, à sa jeune épouse, à cet orphelin qui allait naître et serait mon filleul. Pierre, prévenu par le majordome sournois qu'il a engagé pour surveiller sa mère, est arrivé sur ces entrefaites et m'a mis à la porte. L'annonce de la mort de son cadet n'a pas provoqué chez lui le plus infime frémissement. Avant de franchir la porte, j'ai juste eu le temps d'apercevoir le mouvement de recul d'Olga quand il s'est approché d'elle.

25 juillet

Madame Hordon a fait une attaque d'apoplexie, son côté droit est paralysé. Pierre m'en rend responsable, j'ai pourtant tenté d'atténuer le choc mais la nouvelle ne pouvait que la disloquer. Qu'elle soit coupable ou pas, l'homme qu'elle aimait s'est noyé et son fils cadet repose à l'autre bout du monde, il y a de quoi sombrer.

Je suis allé voir le notaire des Hordon que je connais, je lui ai annoncé le mariage de Paul, son décès et l'état de son épouse, j'y retournerai lorsque mon filleul sera né. Enfant, j'ai été incapable de venir au secours de Paul que son père maltraitait. Adulte, je protégerai mon filleul et ses intérêts.

10 août

Je me surprends régulièrement à quêter l'avis de Paul, je tends la main vers une feuille pour lui écrire puis je m'interromps, le cœur broyé.

Vendanges

Madame Hordon se déplace désormais avec difficulté en s'aidant d'une canne. Je l'ai abordée à la sortie de la messe. Je lui ai parlé de l'enfant en espérant que cela redonnerait un sens à son existence. Elle m'a soufflé d'une voix angoissée :

— Les vivants se paient par les morts, Eugène.

De qui parlait-elle, de Guillaume, de son époux Fernand, de Paul ? Je l'ai suppliée de me laisser l'aider.

— Cesse de remuer le passé, n'ouvre pas la boîte de Pandore. C'est trop tard. Au moins l'enfant grandira à l'abri en Amérique.

Elle a sans le savoir employé les mêmes mots que Paul dans sa dernière lettre.

— Vous préférez que l'auteur du crime reste impuni ?

Elle m'a regardé bien en face.

— Oui.

Je ne savais plus que croire.

— Vous ne voulez pas innocenter Paul, même à titre posthume ? ai-je vérifié.

— Il n'est plus là. Il ne souffre plus.

Elle est partie en boitant plus bas qu'Antonin. Je l'ai davantage effrayée qu'apaisée. Marguerite m'avait pourtant conseillé d'attendre que l'enfant soit né. Elle avait raison, comme toujours.

2 octobre

Je corresponds régulièrement avec Marian qui se montre courageuse, l'oncle Raymond a la bonté de traduire nos lettres. Mon ami Le Journal, tu n'as jamais vu opérer nos remueurs, leurs mouvements sont d'une précision diabolique. Postés devant leurs pupitres, ils font tourner les bouteilles à la main par huitième de tour en les redressant progressivement, il faut trois semaines pour faire descendre le dépôt dans le goulot avant de l'expulser. Si la bouteille est relevée trop tôt, les lies accumulées se mélangent au vin et le rendent impropre à la consommation. Mon chagrin est comme ce dépôt, je me sens impropre à la joie depuis que Paul n'est plus. Seuls le travail, Marguerite, Émile et ma mère me sauvent.

On m'a chaudement recommandé l'architecte Cugnot. Je l'ai fait venir sur les coteaux du mont Bernon et je lui ai donné mission de creuser mes futures caves. Il s'est mis à l'œuvre pour me proposer un projet d'envergure.

26 décembre

Le pli est pris, nous avons fêté Noël au 1, rue de la Côte-Legris, les Bourlon se sont déplacés à

Épernay où nous avons assisté à la messe avant de souper. Je me suis senti formidablement responsable lorsque j'ai vu Émile se mettre debout avec effort pour se lancer avec confiance vers mes bras tendus. Formidablement au sens littéral : terriblement, effroyablement. J'ai rattrapé mon fils avant qu'il chute, il peut compter sur moi, je suis là, je suis son père, je ne le décevrai pas. J'espère qu'Émile et le futur enfant de Paul seront dans l'avenir aussi proches que nous l'étions. Et, si Marcel a le caractère d'Olga plutôt que celui de Pierre, qu'ils s'entendront bien avec lui.

3 mars 1870

Je viens de recevoir une lettre d'Amérique, mon filleul est né le 3 février, c'est un garçon. L'enfant et sa mère se portent bien. Je suis le fier parrain du petit Joseph Eugène Antonin Hordon. Mon ami avait choisi ces prénoms dont la juxtaposition me bouleverse, notre trio d'autrefois se reforme par-delà la mort. Marian l'a déjà surnommé Joe. Elle m'a demandé de prévenir la famille de Paul.

Je me suis présenté chez les Hordon, cette fois à l'heure du repas. Angèle m'a introduit dans la salle à manger où Pierre, sa mère, Olga et Natacha déjeunaient en silence. Pierre est devenu cramoisi dès que j'ai annoncé la nouvelle. Sa mère ne lui avait rien dit. Il a jeté sa serviette en renversant son verre sur la nappe et il s'est levé, fou de rage.

— Le fils de Paul n'a droit à rien, il a intérêt à ne jamais mettre les pieds ici ! Ne te mêle pas de ça ou tu le regretteras.

— Ne t'avise pas de léser mon filleul ou c'est toi qui t'en repentiras, ai-je répliqué d'une voix sourde.

Madame Hordon nous contemplait, bouleversée. Natacha a fondu en larmes. Olga est intervenue :

— Arrêtez, vous effrayez ma fille et vous allez réveiller Marcel. Monsieur Mercier, partez, et toi, Pierre, calme-toi.

Elle m'a poussé dans le hall, je me suis laissé faire parce que c'était elle.

— Ne prends pas ses menaces à la légère, Eugène.

— Comment peux-tu rester avec lui ?

— Il m'aime, il a droit à mon respect et à ma gratitude. Va-t'en, je t'en prie, ou cela va mal se terminer.

Angèle nous regardait par la porte entrebâillée de sa cuisine mais elle n'a pas pu nous entendre. La lourde porte d'entrée a claqué derrière moi.

J'ai transmis au notaire les documents que j'ai reçus d'Amérique et je lui ai répété les paroles de Pierre Hordon. Il m'a conseillé de prendre un avocat pour faire valoir les droits de mon filleul. La situation est complexe, Paul est décédé sans avoir réclamé l'héritage qui lui était dû à la mort de l'Ogre, son fils est né à l'étranger. J'ai fait envoyer des paniers de champagne à Marian et j'ai célébré l'événement avec mes employés comme s'il s'agissait de mon propre enfant.

Cette année sera spéciale, Marguerite est à nouveau enceinte, notre deuxième enfant naîtra à la fin août.

1er avril

J'ai trente-deux ans. Paul ne les aura jamais. La naissance de Joseph Eugène Antonin me remet en question. Je suis comme l'automate derrière la vitrine du 20, boulevard Poissonnière, je m'agite, je saccade, j'attire l'attention. Je piaffais d'impatience ce matin, avant mon rendez-vous avec Cugnot. Il m'a infiniment déçu le jour de mon anniversaire. Il lui a fallu six longs mois pour me présenter un projet d'un classicisme consternant, avec des caves superposées composées d'une série de petits berceaux reliés entre eux par d'étroits passages, ce qui se fait partout ailleurs. Les bouteilles rangées dans des paniers passent d'étage en étage, ce qui ralentit le travail, brise le rythme et augmente la casse.

Je me suis échauffé. Des caves traditionnelles ne m'intéressent pas, il faut au contraire forer à l'horizontale à partir de la Marne, de plain-pied, près de la voie du chemin de fer. Ainsi toutes les étapes de la fabrication du champagne se dérouleront au même niveau. Et dans la foulée mes bouteilles seront directement chargées sur les wagons du train. Ce n'est tout de même pas sorcier à comprendre !

L'architecte m'a lancé un regard atterré, on n'avait jamais vu cela par ici, il m'a pris pour un fou.

— C'est impossible, monsieur Mercier.

— C'est inhabituel, je vous l'accorde.

— Enfin, voyons, ce serait déraisonnable.

— Vous ne vous sentez pas les épaules assez solides, Cugnot ? Le défi vous fait peur ?

— On n'a jamais vu cela, monsieur.

On n'a jamais vu cela, précisément. Et le champagne a toujours été un produit de luxe, rare, cher, réservé à l'élite. Il est temps de donner un coup de pied dans la fourmilière, de changer les mentalités. Cher Journal, tu sais que je suis un homme réputé pour son calme et sa modération ? J'ai saisi les plans et je les ai déchirés d'un grand geste sous les yeux médusés de Cugnot. Puis j'ai attrapé une feuille de papier, une règle, un crayon, j'ai dessiné des lignes parallèles, j'ai quadrillé la feuille, je la lui ai tendue.

— Voilà ce que je veux ! Au travail !

Cugnot, stupéfait, m'a demandé :

— Et pour les proportions, monsieur ?

— Comptez par kilomètres et non par mètres !

Dans mon imagination, c'est très clair, il y aura quarante-sept galeries, dont trente-sept déboucheront directement sur la voie ferrée, croisées par trois avenues, je les vois comme si elles existaient déjà.

Ce soir, au coucher du soleil, j'ai emmené Marguerite, le bébé Émile et ma mère voir la colline. Je leur ai décrit les futures caves Mercier qui seront les plus grandes du pays. J'écartais les bras, je m'enflammais, j'arpentais le sol, à quelques encablures du château mythique que j'imaginais enfant. Notre chien Bulle d'Or ne quittait pas mes talons. Émile s'est mis à battre des mains, gagné par mon enthousiasme. Il aura bientôt deux ans, il ne parle pas encore, il n'est pas pressé, après tout il a le temps. C'est un bel enfant très calme et perpétuellement dans la lune, il n'écoute pas ce qu'on lui dit et n'en fait qu'à sa tête. Il fixe les visages avec une attention qui déstabilise parfois les visiteurs peu familiers de la maison. Il est particulièrement intelligent. Brusquement le tonnerre a éclaté au-dessus d'Épernay et tout le monde a sursauté. Enfin, presque tout le monde…

Ma mère a frémi. Marguerite a rentré instinctivement le cou dans les épaules. J'ai pivoté pour chercher où l'orage allait s'abattre. Le chien a aboyé. Émile, insouciant, continuait à jouer par terre. Un second coup de tonnerre a retenti, à nous briser les tympans. Puis un troisième. Le chien a hurlé à la mort. Marguerite, ma mère et moi avons plaqué nos mains sur nos oreilles. Émile ne réagissait pas.

J'ai froncé les sourcils. Je me suis placé hors de son champ de vision et j'ai frappé très fort mes mains l'une contre l'autre. Mon fils n'a pas bougé la tête. J'ai crié son nom. Il n'a pas levé les yeux.

J'ai échangé un regard angoissé avec les deux femmes qui avaient changé de visage. Marguerite ne voulait pas y croire, elle s'est éloignée de quelques pas, elle s'est détournée et elle a appelé Émile d'une voix suppliante, d'abord doucement, puis de plus en plus fort. Il n'a pas tressailli. Il n'est pas venu à elle. Elle s'est époumonée. Il est resté concentré sur son jeu.

La pluie s'est mise brusquement à tomber dru mais nous n'en avions cure. Mon fils, trempé, a couru se réfugier dans les jupes de sa mère qui l'a serré contre elle avec une expression si triste que mon cœur s'est crispé. Ma mère a posé une main tremblante sur l'épaule de son petit-fils. Bulle d'Or s'est assis à mes pieds et a gémi. Nous ne sentions plus la pluie qui transperçait nos vêtements. Même Pékin n'avait plus d'importance. Nous venions de comprendre qu'il ne faut plus gronder Émile quand il n'obéit pas. Parce qu'il n'entend pas les ordres que nous lui donnons. Mon premier fils, l'aîné, celui qui logiquement aurait dû reprendre le flambeau, est vif, doué, souriant, sourd et muet. C'est à cause de cela qu'il semble toujours ailleurs et qu'il fixe nos visages avec tant d'insistance.

Personne n'est ainsi chez les Bourlon de Cramant. Personne non plus chez les Mercier de Reims, que je sache. Est-ce un cadeau empoisonné de mon mystérieux père ? J'ai vu dans le regard de ma mère qu'elle y songeait également. Mais elle est restée silencieuse et c'était encore plus terrifiant. Elle n'avait jamais rien dit, elle n'allait pas commencer aujourd'hui, j'ai compris qu'elle emporterait son secret dans la tombe.

Mary, Épernay, 12 avril 1970 au soir

Le concierge de mon hôtel me tend une enveloppe :

— On a déposé une lettre pour vous.

Mon nom est écrit en majuscules sur l'enveloppe blanche. Je la décachette fébrilement. Elle contient une feuille de papier machine. Le message, en majuscules aussi, est clair : VOTRE PÈRE ÉTAIT TROP CURIEUX. NE L'IMITEZ PAS. RENTREZ CHEZ VOUS.

Loin de me faire peur, ces trois phrases décuplent ma détermination. Je serre les poings. Si on me menace, c'est que je risque de débusquer une vérité gênante. L'assassin de mon père n'est donc pas mort. Joe Robinson attend depuis plus de trente ans que je remonte la piste. Je suis là, papa. Tu savais que je viendrais. J'ai pris mon temps mais je suis enfin arrivée. Il n'y a sûrement pas d'empreintes sur la feuille, je cesse tout de même de la manipuler et je la glisse dans la pochette du papier à lettres de l'hôtel.

J'appelle l'aéroclub, Alberte décroche.

— Alors, les Français ont un béret basque sur la tête et ils mettent vraiment leur baguette sous leur aisselle, beurk ? Tu as mangé des escargots à l'ail ?

— Il y a des araignées dans les caves et on a assassiné mon père en 1937. On lui a brisé le cou et on l'a roulé dans une bâche. Je veux découvrir qui a fait ça et pourquoi. Son père a été accusé de parricide. J'ai rencontré ma cousine hier, pour elle je suis la petite-fille d'un assassin.

Je la laisse digérer en silence ce flot d'informations.

— Tu es saoule, Mary ?

— Deux gendarmes sortis d'un film de série B m'ont interrogée, le capitaine a l'air d'une araignée mutante et le brigadier s'appelle comme leur guillotine, je te jure. Les caves s'étendent sur dix-huit kilomètres, la galerie de Pékin est un tunnel de plus d'un kilomètre avec des sculptures dignes du mont Rushmore. Je vais avoir du mal à trouver le journal. Eugène Mercier, le propriétaire des caves, était le parrain de papa, c'est lui qui a écrit la lettre que je vous ai traduite. Son petit-fils pilote des montgolfières. Il faut que je redescende sous terre avec lui.

— Tu es sûre que ce n'est pas dangereux ?

— Les gendarmes ne me quittent pas d'une semelle. Je suis raisonnable, tu me connais.

— C'est bien pour ça que je suis inquiète, rétorque mon amie.

Je change de sujet.

— Le brigadier guillotine a quatorze chats.

— Parce que le chiffre treize porte malheur, approuve-t-elle.

Alberte m'étonnera toujours.

— Le capitaine faucheux a participé au Festival de San Remo en 1960.

— Quelle chance, il a sûrement entendu Mina chanter, dit-elle avec envie.

Pour la majorité des Américains, l'Europe est un mouchoir de poche mais Alberte sait tout.

— Il conduit une incroyable Alfa Romeo de course.

— La Montréal carrossée par Bertone ? s'écrie Charly qui tient l'écouteur.

Je m'incline devant leur érudition.

— Alberte a une nouvelle à t'annoncer, continue Charly.

— On m'a proposé d'enregistrer un disque, Mary !

— C'est génial ! Quand ?

— Dans un mois, tu seras revenue. Pour le même label que Janis, tu te rends compte ?

Je souris au combiné. La voix rauque et bouleversante d'Alberte est aussi magique que le timbre blues et éraillé de Janis Joplin qui nous a subjugués en août au Festival de Woodstock, sa musique était encore plus planante que la marijuana. Je félicite Alberte avec émotion. Je promets de me tenir sur mes gardes. Je la laisse retourner à son plat du jour. J'ai omis sciemment de mentionner la lettre de menace. Le passé n'est pas mort. Quel mystérieux inconnu tire les ficelles ? Les deux gendarmes sont saugrenus mais Cornélius Mercier est assez biscornu. Astrid Hordon aussi est bizarre. Je ne peux faire confiance à personne.

Journal d'Eugène

Épernay, 2 avril 1870

En emmenant ce matin Émile chez notre médecin, nous avons croisé la femme aux yeux clairs dont le chien était mort sous les sabots du cheval. Elle tenait par la main une enfant bouclée qui a l'âge de mon fils et babillait gaiement. Émile se taisait évidemment et souriait dans le vide. J'ai détourné la tête et serré encore plus fort sa main.

J'ai narré au médecin l'épisode d'hier, sous la pluie. Il a longuement examiné Émile puis confirmé nos craintes. Notre fils n'est pas malade, il n'y a pas lieu de le soigner, sa santé est florissante. Seulement il n'entendra jamais. Notre médecin a dans sa clientèle un jeune patient sourd-muet qui fait ses études à Paris dans un institut spécialisé rue Saint-Jacques. Marguerite m'a lancé un regard affolé : si loin de chez nous ?

Nous sommes rentrés à la maison, hébétés. Les sourds-muets sont mis au ban de la société, on en a honte et on les cache, ils ne communiquent qu'entre eux ou avec leurs proches, on les considérait au siècle dernier comme des attardés mentaux qui avaient interdiction de se marier et d'avoir des enfants. Émile, surpris de notre humeur morose, sautillait avec insouciance. Il n'entend ni les chevaux, ni les carrioles, ni les fiacres, ni les diligences. Ni les trains. Ni les ouvriers poussant les fûts. Ni les éventuels cris d'alarme. La rue est dangereuse, le chemin de fer est dangereux, les caves sont dangereuses, il y a du péril partout.

J'avais envie de hurler contre tant d'injustice. Pourquoi lui ? Pourquoi nous ? Pourquoi Dieu punit-il ainsi ce frêle petit garçon innocent ? Mon père ne m'a donc légué que cela, qui rendra la vie d'Émile plus difficile ? Je voulais tellement lui éviter ce que j'ai traversé, et voilà que sa route sera plus semée d'embûches que la mienne. Lui aussi sera différent. Dans son cas, ce sera définitif.

5 avril

Je sors de chez les parents de l'enfant sourd pensionnaire 254, rue Saint-Jacques à Paris. Il m'a semblé épanoui. Il communique avec sa famille en utilisant une gestuelle codée appelée langue des signes. Son père m'a parlé de l'abbé de L'Épée qui a permis l'accès des sourds à l'instruction et à la citoyenneté. Un soir de 1760, cherchant un abri où se protéger de la pluie, l'abbé a aperçu, derrière une porte, deux petites jumelles qui communiquaient par signes et il a proposé à leurs parents de les éduquer. Il a transformé son domicile de Versailles en école et regroupé des enfants sourds pour les instruire gratuitement en utilisant un langage des signes méthodique copié sur la syntaxe du français. Son école a ensuite été transférée rue Saint-Jacques et sa méthode remplacée par la langue des signes. C'est grâce à lui que les sourds bénéficient des Droits de l'homme, il a été désigné bienfaiteur de l'humanité en 1791 à titre posthume.

J'ai quitté la maison de ce petit garçon illuminé par l'espoir. Émile est en bonne santé, c'est tout ce qui importe. Il paraît même que depuis six ans il existe une université américaine réservée aux sourds à Washington, l'université Gallaudet, créée entre autres par Laurent Clerc, un ancien de la rue Saint-Jacques.

Notre second enfant est en route, nous l'attendons pour cet été. Je supplie Dieu que son ouïe soit parfaite. En cheminant, j'ai aperçu dans la lumière crayeuse un vigneron qui inspectait sa vigne. J'ai songé aux nombreux discours que j'ai tenus à Émile en me promenant avec lui, à toutes les explications que je lui ai données. Il n'entendait rien. Il me souriait. Je croyais qu'il apprenait. Je prenais ses silences pour un assentiment. Je n'ai pas failli à mon rôle, pourtant. Un regard, une pression de main, peuvent remplacer des paroles qui s'envolent. Depuis sa naissance nous avons cheminé botte à botte, en connivence.

Il est trop petit pour comprendre et je ne veux pas alourdir la peine de Marguerite. Heureusement tu es là, mon fidèle complice de papier. À toi je peux confier ce que je voudrais crier à mon fils : Mon enfant, mon fils, ma fierté, tu verras la musique des bulles de notre vin de Champagne à défaut de l'entendre, tu verras nos vignes pousser et mûrir, tu sentiras notre terre se réveiller après chaque hiver, tu goûteras les assemblages de nos crus, tu seras chez toi dans la touffeur humide et secrète de nos caves, tu pourras choisir ta vie comme les autres. Il existe d'autres mélodies que celles des pianos, d'autres moyens de communiquer, d'autres façons d'aimer. Tu verras comme le monde peut être beau. Je t'aiderai tant que je pourrai, puis tu mèneras ta barque à ta guise. Tu n'es pas malade. C'est juste que tu n'entends pas. N'aie pas peur, mon fils, mon petit, ma douceur, ma fierté. Si ta surdité est l'unique héritage du père qui n'a pas voulu de moi, ce sera ta distinction, ta caractéristique. Tout ira bien pour toi, j'y veillerai, je travaillerai cent fois plus afin de te rendre libre et heureux.

Mary, Épernay, 13 avril 1970 matin

La lettre de menace bien au chaud dans la pochette de l'hôtel, je me présente à la gendarmerie. J'ai pris ma décision, je sais ce qui est le mieux pour mon père. On me conduit dans le bureau du brigadier Aimé Couperet. L'étagère du bas de sa bibliothèque est entièrement occupée par des boîtes de nourriture pour chats. Il remarque mon regard stupéfait.

— Vendredi, c'est poisson. Lundi poulet. Mercredi bœuf.

— Vous croyez qu'ils font la différence ?

— Ça vous plairait, vous, de manger la même chose tous les jours ?

Lui aussi a la photo d'une femme sur son bureau. Échaudée par ma gaffe avec le capitaine, je demande prudemment :

— C'est une artiste ?

— C'est ma mère, elle était sublime, n'est-ce pas ?

Elle était surtout incontestablement féline avec ses yeux bridés d'Asiatique, son collier ras du cou orné d'un grelot, ses bras allongés devant elle dans la posture du chat qui s'étire.

— Elle était très fière de mon métier, ajoute le brigadier. Chez mon salopard de père on est croque-mort de père en fils, il voulait que je perpétue la tradition, j'ai résisté. Au moins je ne pue pas le formol comme lui d'un bout de l'année à l'autre.

— Vous n'avez pas l'air de l'aimer beaucoup ?

— À chaque été un peu chaud j'espère qu'il va dégager, mais non, il tient la rampe, cette vieille saleté. Il a la chance, étant sénile, d'avoir oublié à quel point il a fait chier le monde. Le formol s'est incrusté dans sa peau, quand il dort on ne sait pas s'il est mort ou vivant. Le jour où il passera l'arme à gauche on n'aura même pas besoin de l'embaumer.

Je souris malgré moi.

— Il m'a obligé à travailler avec lui le samedi et le dimanche à partir de l'âge de sept ans. Il m'a forcé à l'aider pour la mise en bière de ma propre mère, soi-disant pour me forger le caractère, continue le brigadier. J'avais un chat que j'adorais, c'était mon seul ami. Il l'a tué de sang-froid et m'a obligé à l'empailler pour m'apprendre le métier.

— Quelle horreur !

— Quel exécrable saligaud, oui !

Je comprends à présent pourquoi il a choisi d'avoir quatorze chats. La porte du bureau s'ouvre et le capitaine Pérona entre en baissant la tête pour ne pas se cogner au chambranle. Il se tourne vers moi.

— Mademoiselle Robinson, arrêtez de prétendre que vous n'avez jamais entendu parler des Hordon, dit-il de sa voix si incongrue par rapport à sa carcasse. Vous étiez sous le choc, nous vous avons ménagée. Il est temps de vous mettre à table.

Je le regarde, interloquée.

— Mon père ne m'a jamais parlé de la France, je vous le jure. Je croyais dur comme fer qu'il était le fils de Macon Robinson. J'ai reçu une lettre de menace hier à l'hôtel. Manifestement ma présence gêne quelqu'un.

Je lui tends la pochette. Il me fait signe de la poser sur le bureau de Couperet, enfile des gants pour la manipuler et lire la lettre.

— Qu'est-ce qui nous prouve que vous ne l'avez pas écrite vous-même ?

Je suis tellement estomaquée que je reste muette.

— Vous maintenez votre version initiale, vous ignoriez que Paul Hordon était votre grand-père ?

— Oui.

— Et que c'était un criminel ?

— Il a été accusé à tort, dis-je du bout des lèvres.

— C'est courageux de défendre votre ancêtre, mademoiselle, ça a du panache. Vous avez tort, c'était un parricide de la plus belle eau… ce qui ne l'a pas empêché de tuer son père avec une bouteille de champagne. Il lui a fracassé le crâne comme on a brisé le cou de votre père.

Je frémis.

— Ce n'est pas agréable d'être la petite-fille d'un tueur, je compatis, intervient doucement Couperet.

Je proteste :

— Il était innocent.

— Même si ça vous gêne aux entournures, votre cousine et toute la famille considèrent qu'il est coupable, reprend le capitaine. Votre père n'était probablement pas un enfant de chœur non plus. Les citoyens respectables meurent habituellement dans leur lit, pas enroulés dans des bâches. Je vais confier cette lettre au laboratoire mais ce sera du temps perdu. Brigadier, je vous laisse prendre les empreintes de mademoiselle

Robinson et terminer, j'ai d'autres chats à fouetter que les vôtres. *In bocca al lupo !*

Il sort, la tête haute.

— D'autres chats à fouetter que les miens. Cet imbécile se croit drôle, grogne Couperet.

— *In bocca* quoi ?

— *Al lupo*, ça veut dire « dans la gueule du loup » et ça signifie « bonne chance ». On est censé répondre *crepi il lupo*, « que le loup crève ». Le capitaine déteste les chats, les loups, tous les animaux de la création. Heureusement que j'aime l'Italie, il m'en aurait dégoûté. Je suis allé à Venise, il y avait des chats partout, c'était merveilleux. Vous n'avez pas écrit cette lettre, n'est-ce pas ?

Je me rebiffe :

— Vous êtes là pour m'aider, pas pour me soupçonner. Trouvez le meurtrier de mon père et qu'il crève dans la gueule du loup. Vous pouvez m'indiquer comment me rendre à Reims ?

Journal d'Eugène

Épernay, 15 juin 1870

Dès que mes caves seront creusées sous le mont Bernon je pourrai y stocker mes millions de bouteilles. Il me manque encore un élément essentiel, les tonneaux. Le champagne est le résultat de l'assemblage de plusieurs vins, j'aurai besoin de nombreux tonneaux. Plutôt que d'en utiliser beaucoup de petits, j'ai envie d'en faire construire un unique en son genre, de très grande envergure, un foudre géant. Je serai le premier à essayer. Les autres négociants me prendront encore une fois pour un insensé. Ce sera un excellent moyen de faire parler de notre marque, ne crois-tu pas ?

J'ai confié mon projet à Marguerite, elle l'a adoré. Son ancien prétendant Jean, qui s'est depuis consolé et marié, lui a rapporté d'Angleterre un livre pour enfants dont il a rencontré l'auteur, Lewis Carroll. Je ne l'ai pas lu, je travaille trop, je ne m'arrête que pour dormir et encore, j'ai besoin de si peu de sommeil, trois heures me suffisent. Marguerite est plongée dedans. Ce Carroll a dix frères et sœurs, un père omniprésent, il est gaucher, il est timide, il bégaye.

Je suis fils unique, sans père, droitier, sûr de moi en affaires, éloquent en public. Pourtant nous avons en commun la démesure. Pas l'outrance, pas l'excès, mais un changement d'échelle, une disproportion. Dans ce livre, *Les Aventures d'Alice sous terre*, l'héroïne n'a jamais la bonne taille, soit elle est trop grande pour passer une porte étroite, soit elle est trop petite pour attraper une clef sur une table géante. Le tonneau que je veux fabriquer sera gigantesque, même l'Alice géante pourra y tenir. Et je ferai découper sur sa façade une petite porte par laquelle l'Alice minuscule pourra entrer. Je ne suis pas mégalomane mais logique. Les négociants sont limités par la capacité de leurs tonneaux. Le mot « limité » n'appartient pas non plus à mon vocabulaire.

On m'a recommandé un tonnelier au nom prédestiné de Jolibois, je l'ai rencontré et je lui ai commandé une étude pour me fabriquer un foudre géant. Son regard a brillé d'enthousiasme.

— Vous ne trouvez pas cela impossible, Jolibois ?

— Ce sera à moi de le rendre possible, monsieur Mercier.

— Vous ne jugez pas cela déraisonnable ?

— Le défi est intéressant.

— On n'a jamais vu cela, pourtant ?

— Raison de plus pour le tenter.

Il n'a pas perdu son temps en questions, il s'est mis tout de suite au travail. À la bonne heure ! Voilà un homme comme je les aime. Cugnot m'a cru fou, Jolibois l'est autant que moi. Il lui faudra plusieurs mois avant de me présenter un projet qui se tienne. Je lui ai répondu que seul le résultat compte.

16 juin

Cugnot m'a présenté de nouveaux plans établis en suivant mes directives, nous sommes enfin d'accord. Le percement de mes caves de plain-pied commencera sous peu. Elles seront au même niveau, sans inégalités, sur le même plan. On creusera à l'horizontale, ce sera stupéfiant et révolutionnaire.

Je ne fais pas partie du sérail, j'agis autrement que les autres, je suis un enfant naturel. Mon fils est sourd, la nouvelle s'est répandue comme une traînée de poudre, mais je n'ai pas honte de lui et je ne le cache pas, alors que les parents d'enfants malentendants les soustraient souvent à la vue des autres. On recommande aux femmes enceintes de ne pas regarder les handicapés, de peur que leur « malformation » ne se transmette. Je suis fier de mon fils, je ne l'exhibe pas, j'agis avec lui de façon normale, ainsi que n'importe quel père. J'ai tout pour plaire à mes détracteurs.

Marguerite est fatiguée, le médecin lui a conseillé de se reposer. Nous étions ensemble en ville avec Émile quand nous avons croisé Olga. Elle qui ne peut plus avoir d'enfant a remarqué l'état de mon épouse et son visage s'est crispé. Elle a souri à Émile comme les gens ne lui sourient plus depuis qu'ils le savent différent, d'un sourire qui a réchauffé le cœur de Marguerite. J'ai demandé à Olga des nouvelles de ses enfants et de sa sœur.

— Marcel est insupportable, donc il va bien. Natacha boude ce qui est de son âge. Katia est radieuse, elle vient de se fiancer. Avec le médecin qui m'a soignée l'an dernier.

— Je suis… désolé, ai-je dit maladroitement.

— Moi aussi. Mais je suis heureuse pour vous, et je suis contente de vous rencontrer, madame Mercier.

Marguerite l'a regardée au fond des yeux.

— Les amis de mon mari sont mes amis, a-t-elle répondu doucement.

Elle a insisté imperceptiblement sur « mon mari », ce qui était de bonne guerre.

Plus tard dans la soirée, j'ai tenu à lui préciser :

— Tu n'as jamais douté de mon amour ni de ma fidélité, j'espère ?

Elle a secoué la tête calmement.

— Si tu me trompes un jour, tu finiras dans le pressoir de mon père, Eugène. J'ai confiance en toi. Et, aussi curieux que cela puisse paraître, j'ai aussi confiance en ta belle amie rousse.

— Tu veux dire russe ?

— En ta belle amie russe rousse.

J'adore Marguerite.

Je me suis réveillé au milieu de la nuit et j'ai vu qu'elle ne dormait pas.

— Tu ne te sens pas bien ? C'est le bébé ?

— Non. Tu l'as aimée ? Je veux dire, de la même façon que moi ? Je t'ai demandé autrefois ce qui s'était passé entre vous, tu ne m'as pas répondu. Puis je t'ai dit que je ne voulais rien savoir. J'ai changé d'idée. Raconte-moi…

Je l'ai prise dans mes bras.

— Il s'est passé quelque chose. Une seule fois. Bien avant son mariage et bien avant le nôtre, j'avais vingt-deux ans et tu n'en avais que quatorze.

— Je n'ai donc pas été la première, a-t-elle dit pensivement.

— Mais tu seras la dernière, Marguerite. Elle m'a fait rêver, je n'étais qu'un jeune homme ingénu. Puis j'ai compris que je rêvais à toi.

21 juillet

C'est grave. Napoléon III a déclaré la guerre à la Prusse. Le prince allemand Léopold de Hohenzollern briguait le trône d'Espagne, la France s'y est opposée. Guillaume de Prusse nous a envoyé d'Ems, relayée par Bismarck, une dépêche inadmissible, notre pays s'est senti insulté. L'heure n'est plus à la paix et au commerce mais à la fierté nationale. La mobilisation a été signée, les crédits de guerre votés. « Il ne manque pas un bouton de guêtre », a affirmé notre ministre de la Guerre le maréchal Lebœuf. Il n'est plus question de creuser mes caves. Je n'ai pas été appelé pour me battre parce que je suis soutien de famille, négociant, et que j'ai été exonéré du service militaire. Que Dieu protège nos ouvriers qui partent comme soldats.

19 août

L'armée de Mac-Mahon, battue à Wissenbourg et Froeschwiller, s'est repliée sur Châlons. Notre Marne est en première ligne. J'ai contracté par-devant maître Jemot un crédit auprès de la banque Malinet de 80 000 francs pour l'imposition de guerre. Les intérêts sur les sommes empruntées sont de six pour cent. J'ai été obligé d'hypothéquer tous mes biens, immeubles, maisons, celliers et vendangeoirs ainsi que mes vingt-huit hectares de vignes.

26 août

Pendant que l'armée de Mac-Mahon se dirigeait vers Vouziers, les Allemands étaient à Châlons et ont envoyé sur Épernay un détachement de uhlans. On les a vus arriver vers 3 heures de l'après-midi par la route de Chouilly, ils se sont arrêtés en haut de la rue du Commerce où une moitié du détachement est restée. L'autre moitié a remonté la rue, sabre au clair. Dix zouaves français se trouvaient à la gare, ils ont ouvert le feu, tué deux uhlans et blessé le fils d'un prince, alors que le maire, Victor Auban-Moët, avait déclaré Épernay ville ouverte et assuré qu'il n'y aurait pas de résistance et que la ville se rendrait comme Châlons sans coup férir.

Marguerite est sur le point d'accoucher au milieu de ces événements dramatiques. Nous espérons tous deux que l'enfant entendra parfaitement mais nous n'en parlons pas, par superstition.

— Cela ne va pas se reproduire, n'est-ce pas ? me souffle-t-elle brusquement ce soir.

Je devine tout de suite à quoi elle fait allusion. J'affirme, pour la rassurer :

— Cet enfant sera chef d'orchestre, il aura une oreille parfaite, et je t'emmènerai à tous ses concerts pour te faire oublier celui auquel j'ai refusé de t'accompagner autrefois, tu te souviens ?

Elle se blottit contre moi.

28 août

Mon cher Journal, dans ces heures si troublées, je viens d'avoir pour la seconde fois de ma vie le bonheur de déclarer la naissance d'un enfant, notre fille

Blanche. Dès que je l'ai tenue dans mes bras j'ai vérifié qu'elle entendait en claquant des doigts derrière son oreille droite. Le bébé a tourné aussitôt la tête. J'ai réitéré à gauche. Son petit cou s'est plissé dans le mouvement. Je te prie de croire que j'ai renouvelé l'opération maintes fois, avec le même résultat positif. Dieu soit loué, elle entend parfaitement !

Marguerite, tranquillisée, s'est décontractée. Ma mère m'a serré dans ses bras en murmurant : « J'en étais sûre… » Blanche n'a pas la même particularité que son frère et elle a tété avidement mon petit doigt trempé dans le champagne. J'ai employé à dessein le mot particularité. Je déteste ce terme de handicap que certains emploient à propos des sourds. Il s'applique aux chevaux de course où un handicap impose des difficultés supplémentaires aux meilleurs coureurs. Émile n'est pas un cheval. Il s'est penché sur sa petite sœur avec une expression extasiée. Je l'ai serré contre moi fièrement. Il est son aîné, il la protégera.

— Il n'y a pas de femme chef d'orchestre, mon ami, me souffle Marguerite. Mais je serai heureuse que tu m'emmènes au concert si ta proposition tient toujours ?

— Absolument !

Nous savons tous les deux que je n'aurai jamais le temps.

31 août

Notre Empereur, encerclé par les armées ennemies, s'était replié sur Sedan à cent kilomètres d'Épernay. Mac-Mahon, blessé au début de la bataille de Sedan, a cédé le commandement à un général qui l'a repassé à un autre, ces changements de stratégie ont été néfastes, les soldats de la confédération allemande étaient deux fois plus nombreux que les nôtres. Napoléon III a capitulé. Il a été capturé hier.

8 septembre

Une fois l'Empereur déchu, la IIIe République a été proclamée par Gambetta avec à sa tête le général Trochu. Les Prussiens sont rentrés dans Reims, leur armée marche sur Paris. Épernay a été envahi aujourd'hui par quarante mille de leurs hommes. Une amende de guerre de 200 000 francs-or nous a été imposée après la défaite de Sedan, à acquitter dans les soixante-douze heures. Ils veulent la doubler à cause de notre révolte imprévue du 26 août. Si nous ne payons pas, la ville sera bombardée, pillée et brûlée, et la municipalité fusillée ! Nous allons tenter de parlementer. Je minimise les choses pour ne pas trop effrayer Marguerite. Mais j'ai vraiment peur…

9 septembre

Nos arguments ont porté, nous avons réussi à obtenir qu'ils ne doublent pas l'amende. À 8 heures ce matin, nous avons remis aux Allemands 73 800 francs en or et argent, 88 700 francs en billets de banque, et une traite bancaire de 37 500 francs. Épernay est sauvé. Nous aussi.

— J'étais aussi affolée que toi, m'avoue Marguerite.

J'avais oublié à quel point je suis transparent pour elle. On me tient pour un négociateur exceptionnel en affaires, je cache mon jeu avec talent, mais ma chère femme me connaît par cœur.

21 septembre

L'armée prussienne s'est installée à Versailles et encercle Paris. La capitale est en état de siège. Pierre Hordon y est parti pour affaires en emmenant Olga, laissant Natacha et le jeune Marcel à Épernay. Prisonnier de son stupide entêtement, le voilà coincé là-bas avec elle, lui faisant courir mille dangers. Paris est bombardé et coupé du reste de la France, toutes les communications sont interrompues, nous ne pouvons plus joindre nos employés du 20, boulevard Poissonnière. Pierre est un irresponsable !

28 septembre

Nicolas Bourlon, le frère de Philippe, vient de décéder à Cramant. Maître Jemot nous a réunis pour nous donner lecture du testament. Il lègue 1 500 francs à l'église pour l'achat d'une cloche et 5 000 francs à sa nièce Marguerite. Le reste de ses biens sera partagé entre Philippe et des neveux d'une autre branche. J'étais resté hors de l'église quand mon grand-père Ponce-François Mercier a été enterré à Reims. J'ai pénétré avec émotion dans celle de Cramant où nous nous sommes mariés. Assis près de ma femme, j'ai songé à la pauvre Olga, aux Parisiens prisonniers des fortifications, à nos employés du boulevard Poissonnière, à ce qui se déroule là-bas tandis que nous continuons à travailler ici avec les hommes qui n'ont pas été appelés sous les drapeaux et les femmes qui viennent grossir la main-d'œuvre.

Thomas est passé ce soir à mon bureau, surexcité. Des pigeons voyageurs ont délivré des messages en volant au-dessus des lignes ennemies équipés de pigeongrammes contenant des microfilms sur collodion. Nadar, journaliste auteur de la première photographie aérienne, monté dans la nacelle du ballon captif *Neptune*, surveillait l'ennemi depuis Montmartre. Ce même *Neptune*, rempli de gaz d'éclairage, a été lâché puis a quitté Paris pour atterrir à Évreux avec cent vingt-cinq kilos de courrier. Un second ballon, le *Ville de Florence*, est parti de l'avenue d'Italie pour atterrir en Seine-et-Oise. Le blocus a été franchi par les airs.

8 octobre

Thomas me tient au courant quotidiennement de ce qui se passe à Paris. La gare d'Orléans a été transformée en atelier de construction dirigé par Eugène Godard qui fabrique des ballons montés pilotés par un aéronaute. L'*Armand Barbès* a quitté Montmartre et survolé les lignes ennemies avec dans sa nacelle cent kilos de courrier et notre ministre de l'Intérieur Léon Gambetta, né le même jour que Paul, donc un jour après moi. Gambetta a été chahuté à l'atterrissage avant de rejoindre le gouvernement à Tours. Un pigeon a prévenu Paris qu'ils ont réussi.

30 octobre

Les Parisiens expédient des lettres de moins de quatre grammes ou des cartes postales de moins de trois grammes. Des ballons quittent la ville tous les jours avec un pilote aéronaute, un colombophile portant ses oiseaux dans une cage d'osier, et des sacs postaux. Ils sont menacés par les canons mobiles de Krupp et les balles des fusils ennemis, heureusement ils volent trop haut pour les canons et les fusils tirent mal à la verticale. Les pigeons sont réceptionnés à Tours ou à Poitiers où on les nourrit avant de les équiper de microfilms et de les relâcher vers Paris, mais les Prussiens envoient des faucons ou des aigles pour les intercepter.

11 décembre

« Épernay c'est la ville du vin de Champagne, rien de plus, rien de moins », a écrit Victor Hugo. Épernay c'est aujourd'hui hélas une ville occupée par les Prussiens, les uhlans et les Bavarois. J'ai signé une obligation à ma mère par-devant maître Jemot, je lui ai emprunté un argent que je me suis engagé à lui rembourser dans les dix ans, l'emprunt extraordinaire dû à l'administration prussienne a déséquilibré mon bilan.

Thomas continue à m'informer. D'autres ballons sont passés, le *Cavaignac*, le *Jean Bart*, le *Jules Favre*, le *Victor Hugo*, la *République Universelle*, le *Garibaldi*, le *Montgolfier*, le *Vauban*. Des vents contraires ont poussé la *Bretagne*, le *Galilée* et le *Daguerre* vers l'ennemi. Un second atelier de fabrication de ballons a été installé gare du Nord, les coutures y sont faites à la machine avec des tissus blancs ou jaunes alors que chez Godard gare d'Orléans elles sont faites à la main en intercalant des fuseaux de tissus différents. Tous les ballons sont sphériques comme l'a recommandé l'aéronaute Henri Giffard. Les ballons Godard utilisent les mêmes ancres que les péniches et sont pilotés par des fusiliers marins.

27 décembre

Notre messe de Noël était d'autant plus recueillie que le pays est en guerre. Un petit garçon à la voix d'ange a chanté un cantique bouleversant. Émile se serrait contre moi, il n'entendait rien mais me sentait vibrer. Marguerite avait Blanche dans les bras. Ma mère, Philippe et Francine priaient avec ferveur. Paris et ses forts sont pilonnés chaque jour, la température est descendue jusqu'à moins quatorze degrés. Les prix de la nourriture flambent, les queues s'allongent devant les magasins, les gens n'ont plus ni bois, ni charbon, ni gaz, ils ont mangé des chiens, des chats, des rats, des chevaux. Ils ont sacrifié les animaux du Jardin des Plantes. Pour Noël, les plus fortunés ont dégusté au Café Voisin rue Saint-Honoré du consommé d'éléphant, du chameau rôti à l'anglaise, du civet de kangourou, des côtes d'ours rôties sauce poivrade, du cuissot de loup, de la terrine d'antilope. Les plus pauvres sont morts de faim et de froid.

Je me sens tellement impuissant et inutile. Vendre du champagne est ce que je fais de mieux, je continue à faire rêver, à tenter de rendre la vie plus légère le temps d'une myriade de bulles, mais qui sait si le jour se lèvera encore pour nous demain ?

Tout me semble tellement vain ce soir. Olga est restée fragile depuis qu'elle a perdu son enfant. Est-ce que Pierre s'occupe bien d'elle ? Marcel et Natacha doivent lui manquer infiniment. Si j'étais coincé à Paris loin de ceux que j'aime, je crois que je deviendrais fou.

31 décembre

Delors a imaginé des sphères de métal étanches qui peuvent contenir jusqu'à six cents lettres. Mises à l'eau à Moulins dans l'Allier, et charriées par le courant, elles remontent par la Seine jusqu'à Paris où on a tendu des filets pour les recueillir.

Madame Hordon est sans nouvelles de Pierre et d'Olga, toujours prisonniers de la capitale assiégée. J'ai emmené le petit Marcel avec Émile et Natacha à Moulins où je me rendais pour affaires. J'ai donné du papier à Marcel, il a dessiné deux ronds centrés par deux yeux et une bouche et dotés de bras et de jambes. Le plus grand le représente. L'autre est « le petit garçon d'Amérique dont on ne doit pas parler devant papa », c'est-à-dire mon filleul Joseph Eugène Antonin. J'ai glissé le dessin et la lettre écrite par Natacha à sa mère dans une enveloppe que j'ai déposée à l'intention d'Olga dans une boule de Moulins en y ajoutant un petit mot personnel : « Courage, Marcel et Natacha vont bien. Madame Hordon, Angèle et Katia s'occupent d'eux, nous pensons tous à vous, la liberté est comme le champagne un droit universel. » Pierre ne pourra rien y trouver à redire et Olga saura lire entre les lignes.

J'ai envoyé aussi une lettre pour nos bureaux du 20, boulevard Poissonnière. J'espère qu'elles arriveront à bon port. Émile, Natacha et Marcel, les yeux rivés sur la sphère, l'ont regardée danser sur les flots en direction de la capitale.

Mary, Reims, 13 avril 1970

La Renault de la gendarmerie s'arrête devant le cimetière de l'Est. Je ne peux m'empêcher de remarquer la fumée qui s'échappe de la haute cheminée du crématorium. J'ai les mains sales à cause du relevé des empreintes, j'ai eu beau me les laver toute l'encre n'est pas partie. Un employé nous accueille, Couperet et moi, avec une mine de circonstance, il nous croit probablement mariés ou apparentés.

— Quel est le nom du défunt ?

— Joseph Eugène Antonin Robinson, dis-je d'une voix fêlée.

— Son âge ?

— Cent ans… non, soixante-sept ans.

L'homme relève la tête, surpris.

— Ce n'est pas pareil.

— Soixante-sept ans.

— Date du décès ? enchaîne-t-il.

— Automne 1937.

Il commence à écrire, puis relève la tête, éberlué.

— Excusez-moi ?

— J'ignore la date exacte.

Le brigadier lui tend sa carte tricolore.

— Je suis le brigadier Couperet. Nous avons retrouvé ses restes il y a dix jours.

Je hausse les sourcils. Ils ont vraiment pris leur temps avant de m'avertir. À force d'entendre assimiler le corps de mon père aux reliefs d'un repas, le mot « restes » ne me fait même plus bondir, on s'habitue à tout.

— Nous aurons de la place dans une semaine à 15 heures. Nous disposons d'une chambre froide pour entreposer le défunt en attendant.

De mieux en mieux, une chambre froide, comme dans la restauration.

— Une semaine ? dis-je, catastrophée.

— Oui, vous avez de la chance, quelqu'un s'est désisté.

Désisté ? Il est ressuscité d'entre les morts ?

— Mademoiselle est la fille du défunt, elle doit retourner en Amérique, dit Couperet.

Le préposé consulte à nouveau son registre.

— Exceptionnellement je peux vous faire une fleur…

C'est de circonstance pour un enterrement.

— Dans quatre jours à 8 heures du matin ?

— En fonction de quoi établissez-vous votre liste d'attente ? interroge le brigadier. Vous recevez des pots-de-vin ?

Le préposé a un haut-le-corps.

— Nous incinérons les défunts en fonction de la date de leur décès, il n'y a pas de passe-droit, nous sommes une maison sérieuse et intègre.

— Alors c'est parfait, s'exclame joyeusement Couperet. Joseph Robinson est décédé en 1937, il est donc tout en haut de votre liste. Il sera incinéré demain. Le matin ou l'après-midi ?

L'autre hausse les épaules, vaincu.

— À 16 heures.

Il se tourne vers moi.

— Vous souhaitez une musique particulière pour la cérémonie ? Nous avons une discothèque très fournie.

Je réfléchis, je repense à la réponse de papa quand je lui avais demandé à quoi ressemblait le ciel depuis sa nacelle.

— Est-ce que vous avez « Stormy Weather » et « Blue Moon » ?

— Nous n'avons que de la musique classique, mademoiselle, le jazz serait totalement inadéquat ! proteste l'homme, choqué.

Je me concentre pour retrouver le titre de l'autre morceau qu'il m'avait joué, ça y est je me le rappelle.

— Vous avez les *Danses slaves* de Dvorak, l'opus 72 ?

— Nous possédons une admirable collection de requiems.

Je soupire. De toute façon il ne l'entendra pas.

Sur le parking, je remercie le brigadier d'avoir mis la pression à l'employé.

— Je me félicite tous les matins de ne pas être croque-mort, dit-il avec une joie sauvage. Chaque fois que je sors ma carte tricolore je me venge de mon père.

— Comment se passe concrètement une incinération ?

— On expose le cercueil à une température très haute dans un four en briques réfractaires. Puis on recueille les cendres que l'on place dans une urne. Son devenir est à la discrétion de la famille.

En ce qui concerne ce dernier point j'ai mon idée.

Journal d'Eugène

Paris, 14 janvier 1871

La capitale vit l'enfer sous les bombardements, les Allemands visent l'hôtel des Invalides transformé en hôpital et même la Salpêtrière. Les boules de Moulins ont été interceptées par des filets qu'ils ont tendus en amont de la ville ou bloquées par la végétation. On a glissé des dépêches dans de petites sphères en verre qui passaient entre les mailles des filets mais il s'est mis à geler et elles sont restées bloquées dans les glaces. Il y a peu de chances qu'Olga ait reçu notre lettre. Je suis préoccupé pour elle.

Marguerite s'en rend compte. Je lui précise :

— Ce qui me lie à Olga concerne son passé. Ce secret lui appartient, je ne peux pas te le révéler…

— Comme ta maman, me répond finement Marguerite. Tu es un homme de parole, Eugène, et je t'aime pour cela aussi. Ils reviendront sains et saufs.

— Si Pierre n'en réchappe pas je ne le pleurerai pas, dis-je brutalement.

De l'autre côté de l'océan, mon filleul Joseph vient d'avoir un an.

29 janvier

L'Empire allemand a été proclamé à Versailles dans la galerie des Glaces avec à sa tête le nouvel empereur Guillaume Ier. Paris, affamé et à genoux, vient de se rendre. La guerre est finie, elle aura duré six interminables mois. Il n'y aura plus de ballons-poste utilisant des pigeons voyageurs.

Ma pauvre Marguerite a perdu sa mère hier, Francine Bourlon est décédée, le jovial Philippe est terrassé, c'est la première fois que je le vois pleurer, nous allons l'entourer de notre mieux. Émile est trop petit pour comprendre mais il fronce les sourcils et s'accroche désespérément à la main de sa mère en voyant des larmes dans ses yeux. Je suis désolé de voir Marguerite si triste, j'ai beau l'aimer de tout mon être, je ne peux l'empêcher de souffrir.

Je travaille au quotidien avec maman mais au fond nous parlons assez peu ensemble. Je lui demande maladroitement :

— Est-ce que je te dis assez à quel point tu es importante pour moi ?

— Non, mon fils. Mais tu me le montres tous les jours.

Épernay, 6 février

J'ai retrouvé Thomas au cimetière pour mon hommage rituel. Il avait apporté trois pigeons voyageurs portant les prénoms de sa femme et de ses enfants. Le pigeon Antonin a une patte malformée.

Après des centaines d'esquisses, Jolibois est revenu me présenter des plans qui me satisfont pleinement. Il a faite sienne mon audace. Notre tonneau géant impossible, irréalisable et déraisonnable pèsera vingt tonnes à vide. Il contiendra mille six cents hectolitres de champagne, c'est-à-dire deux cent mille bouteilles. Il aura cinq mètres cinquante de haut et six mètres cinquante de long, ce sera le plus grand au monde, un monument, une cathédrale. J'ai trouvé un homme aussi hors normes que moi. Ce foudre va nous obséder, nous y penserons le jour, nous en rêverons la nuit. Je l'ai dessiné pour Marguerite qui galvanisée m'a abreuvé de questions tandis que les yeux d'Émile brillaient.

Pierre et Olga sont enfin rentrés à Épernay hier. Leurs voisins et connaissances ont défilé à l'hôtel Hordon. Nous les avons rencontrés à la sortie de la messe. Olga, émaciée mais souriante, m'a remercié d'avoir emmené Natacha et Marcel à Moulins même s'ils n'ont pas reçu notre lettre.

— Votre petit garçon avait fait un dessin magnifique. J'y avais joint nos encouragements en rappelant que la liberté est un droit universel, ai-je précisé.

Pierre, aussi gras qu'avant, n'a pas résisté au plaisir méchant de me dire en public à quel point il nous plaint d'avoir un fils anormal. Je me suis contenu et je lui ai répondu qu'Émile est en effet anormalement intelligent et sensible, et que notre chance est sans doute également due à mon hérédité paternelle même si je ne connais pas mon père. J'ai ajouté, en le fixant droit dans les yeux :

— Je ne suis pas le seul dans ce cas.

20 février

J'ai fait le plus effroyable des cauchemars cette nuit.

Je tenais Émile par la main, nous étions debout devant mon formidable tonneau planté au milieu de la rue du Commerce juste en face des grilles fermées du château de Pékin. Le tonneau, montagne échouée, bloquait la circulation des fiacres, des diligences et des charrettes. Les gens ont voulu s'y attaquer pour libérer le passage, ils se sont approchés avec des mines belliqueuses, munis de pics, de pelles, de pioches. Je me suis avancé pour parlementer. Émile en a profité pour me lâcher la main, il a couru vers le tonneau. Il a poussé la petite porte, il a disparu à l'intérieur.

Je me suis affolé, j'ai crié au secours. Les cavistes de mon rêve, aussi sourds que mon fils, ont commencé à remplir le tonneau de champagne, indifférents à mes supplications, menés par Matthieu le caviste qui avait accusé Paul autrefois. J'ai compris avec horreur qu'Émile allait se noyer à l'intérieur, comme jadis Guillaume au large de l'île de Groix. Je me suis précipité pour le sauver mais j'étais trop grand, trop gros, je ne pouvais pas entrer. C'était l'obscurité totale dans le tonneau, je ne distinguais plus mon petit garçon. Cela ne servait à rien de l'appeler, il ne pouvait pas m'entendre.

La voix désincarnée de Paul s'est élevée soudain, il disait : « La porte est en dedans. » J'ai retourné la phrase dans tous les sens pour en percer le secret, terrifié. y avait-il une autre porte ? J'ai hurlé d'impuissance, désespéré…

… et je me suis réveillé dans mon lit, haletant, fou d'angoisse, en nage, à côté de Marguerite. Je me suis hâté de vérifier qu'Émile et Blanche dormaient paisiblement. Leur souffle régulier a calmé les battements erratiques de mon cœur. Ils souriaient dans leur sommeil. Le tonneau n'était encore qu'une esquisse. La route devant Pékin était libre. Émile ne craignait rien, il était en sécurité.

J'ai posé la main sur l'épaule de mon fils, il s'est détendu. Bulle d'Or, qui n'a pas le droit d'entrer dans les chambres, a poussé la porte avec son museau et il est venu se coucher à mes pieds. Je ne l'ai pas chassé. Nous sommes demeurés longtemps ainsi. Je me suis demandé si Émile parlait dans ses rêves, s'il y entendait ce que nous disions, si lui-même avait une voix en songe. Un sourd rêve-t-il d'un monde de sourds ?

Je me suis promis, quand le foudre serait fini, de lui interdire formellement d'en pousser la petite porte. Marguerite est venue me chercher, inquiète et ensommeillée. Je me suis recouché, j'ai fait mine de dormir jusqu'à ce qu'elle retombe dans les bras de Morphée. Alors seulement je me suis relevé et je suis parti travailler à l'aube.

Dans le calme de mon bureau, j'ai ressorti les plans de Jolibois. Pour construire ce tonneau géant, je vais devoir acheter du chêne et, aux dires de mon tonnelier, le meilleur pousse en Hongrie. Dès demain, je mandaterai Jolibois et je l'enverrai là-bas, dans les forêts du Hohenstein, repérer les arbres dont nous aurons besoin.

27 février

Thiers a signé à Versailles les préliminaires du traité de paix entre la France et l'Allemagne.

La nature n'a que faire des affrontements entre humains, le raisin est cueilli cependant que tombent les hommes. La vendange de cette année mérite un millésime, la cuvée 1870 sera le quatrième de la maison Mercier. Mon filleul Joseph et notre petite Blanche sont nés comme Émile une année de millésime.

3 mars

Les troupes allemandes sont entrées dans Paris et occupent les Champs-Élysées. Selon Thomas, soixante-sept ballons ont quitté la capitale pendant le siège en transportant onze tonnes de courrier. Cinq sont tombés aux mains des Allemands, quatre cents pigeons voyageurs ont été lâchés en province. Il avait le regard émerveillé et naïf d'Antonin en me le racontant. Ces ballons-poste me fascinent.

19 mars

Thiers et l'Assemblée nationale se sont installés à Versailles. La colère gronde au sein du peuple parisien et de la garde. La Commune de Paris a été proclamée, elle s'oppose au gouvernement et à l'armée régulière. La guerre va recommencer, cette fois-ci entre Français. Qu'en aurait pensé Paul, lui qui a connu la guerre civile en Amérique ?

10 mai

Le traité de paix avec l'Allemagne a été signé à Francfort, la France y abandonne l'Alsace et le nord-est de la Lorraine et nous sommes condamnés à verser une contribution de guerre de 5 milliards de francs-or. Pour garantir le règlement de cette dette de guerre, plusieurs départements seront occupés et évacués au fur et à mesure des paiements. Notre Marne correspond à la zone 1 et sera évacuée après paiement de 2 milliards. Thiers a obtenu la libération anticipée de nombreux soldats prisonniers.

24 mai

Les troupes versaillaises sont entrées dans Paris il y a trois jours par une poterne située entre Auteuil et Passy. Les obus tombent partout. Les communeux et les communeuses, des hommes, des femmes et des enfants, se battent avec la garde nationale contre l'armée régulière du gouvernement Thiers auxquels s'ajoutent les prisonniers libérés. Il se passe des choses terribles, on exécute sommairement et on fusille à tout va. Les Tuileries, la Cour des comptes, la Légion d'honneur et le Conseil d'État ont brûlé hier. L'Hôtel de Ville, le Palais de Justice et la préfecture de police sont en flammes. Nous suivons cela avec effroi depuis la Champagne.

29 mai

Plus de cent communeux de tous les âges ont été exécutés contre un mur puis jetés dans une fosse de ce cimetière du Père-Lachaise où je m'étais promené si paisiblement jadis entre les tombes. La semaine a été atrocement sanglante. La dernière barricade de la Commune vient de tomber.

29 juin

Un mois après la fin des combats, la vie a repris son cours normal à Paris. Les morts des deux côtés ont été pleurés puis enterrés. La vigne est en fleur. Je travaille, c'est la seule façon que je connaisse pour améliorer le monde et repousser l'inéluctable.

Jolibois a enrôlé pour l'épauler un tonnelier hongrois qui s'appelle Heinrich Walter. Ils ont commencé ensemble à étudier les plans, à définir les cotes et à marquer les chênes sur pied dans la forêt du Hohenstein.

Il m'affirme qu'il faudra en acheter cent cinquante. Dès qu'ils auront fini de les marquer je partirai sur place en négocier le prix d'achat.

1er septembre

Adolphe Thiers n'est plus chef du gouvernement depuis hier, il est devenu président de la République. Le jeune médecin de Reims avec lequel Katia s'était fiancée est mort aujourd'hui de la tuberculose, leur bonheur aura été hélas de courte durée.

13 octobre

Les premières troupes prussiennes ont évacué la France, le percement de mes caves peut débuter. Ce matin j'ai contemplé avec envie le château de Pékin juste en face de mon chantier, derrière ses hautes grilles, avec sa pelouse qui descend en pente douce parallèlement à la Marne, ses tourelles et ses briques.

Nous allons creuser le mont Bernon en commençant par de gros travaux de terrassement, puis étayer, déblayer, prévoir les emplacements des bâtiments. Les opinions sont partagées devant mon projet colossal. Certains admirent mon audace. D'autres prédisent ma chute autant qu'ils l'espèrent. Suis-je un négociant avisé ou un utopiste illuminé ?

— Ils croient que ton entreprise te dépasse… alors que c'est toi qui les précèdes. Tu verras qu'un jour ils t'imiteront tous ! assure Marguerite.

Il n'est pas dans ma nature de déléguer, j'ai engagé moi-même les contremaîtres et les ouvriers des différents corps de métier. Je suis partout à la fois, mon enthousiasme est communicatif. Ils extraient la craie des entrailles de la colline, à la main, avec des pics et des pioches, à la seule lueur des quinquets ou des lampes à huile. Je ne reste pas assis derrière mon bureau, je descends régulièrement voir la progression du chantier, encourager, féliciter, épauler. Marcy, un fermier établi sur la route de Cumières à Épernay, assurera le transport de la craie.

26 décembre

Nous avons célébré Noël avec nos deux enfants, ma mère et Philippe, tandis que ma ville souterraine surgit lentement des profondeurs de la terre crayeuse. J'ai beau porter costume, gilet, nœud papillon et chapeau, je suis de la même famille que ces hommes en sarrau, tablier et casquette. Nous sommes les maillons de la même chaîne, chacun est indispensable. Cugnot estime qu'il faudra six ans pour mener le projet à son terme.

L'avocat que j'ai engagé pour faire valoir les droits de mon filleul Joseph Eugène Antonin m'a conseillé d'accepter un compromis. Pierre enverra tous les trimestres une somme fixe en Amérique. Ainsi rien ne sera porté sur la place publique, madame Hordon ne sera pas bouleversée et mon filleul sera à l'abri du besoin. Il me semble que Paul aurait approuvé. J'ai appris par Angèle qu'Olga y est pour beaucoup, c'est elle qui a convaincu son mari que c'était son intérêt. Je l'en ai remerciée d'un signe de tête à la sortie de la messe.

Katia, en grand deuil, se tenait à ses côtés, ses cheveux cuivrés mettaient une tache de couleur et de vie au milieu de ses vêtements noirs, auprès des têtes rousses de sa sœur, de Natacha et de Marcel.

ÉPERNAY — PERCEMENT D'UNE NOUVELLE GALERIE DE CAVES
(Collection du Champagne Mercier).

Mary, Épernay, 13 avril 1970

Cimetière nord

Le gardien m'indique l'emplacement de la tombe Hordon. Je me retrouve devant une chapelle avec des colonnes tarabiscotées et de fausses fleurs en céramique. La porte, non fermée à clef, grince en pivotant. Je me raidis, sur le qui-vive, comme si je n'avais pas le droit d'être là. Je me sens absurdement coupable. Mon père a-t-il éprouvé la même chose lorsqu'il est venu en Champagne ? Pourquoi l'a-t-on tué ? Pour l'empêcher de démasquer le vrai meurtrier ? Ou pour se venger de son père si ce dernier était réellement un criminel ?

Les cercueils sont dans le soubassement. Les noms de leurs occupants figurent sur des plaques de marbre scellées sur les murs de la chapelle. Fernand Hordon, mort en 1854, est forcément l'Ogre, l'homme arrogant et rougeaud du tableau, la victime du meurtre. Son épouse Katell Hordon est morte en 1905, c'est la ravissante et triste femme en robe noire avec le bouquet de fleurs du portrait. Ils sont mes arrière-grands-parents. J'ai un curieux vide au creux de l'estomac.

Pierre Hordon, 1837-1905, est le grand-père d'Astrid et le frère de mon grand-père Paul. Olga

Hordon née Gourévitch, Katia Gourévitch et Natacha Gourévitch reposent également là, j'ignore qui elles sont. Marcel Hordon, 1866-1944, est forcément le fils de Pierre et le père d'Astrid, le héros de la Résistance.

Ce sont mes ancêtres, couchés pour l'éternité, alignés comme des bouteilles dans une cave. Il y a trois jours, j'ignorais leurs noms. J'existe parce qu'ils ont vécu et aimé. Je suis de leur sang. J'ai peut-être les yeux de l'un, la bouche de l'autre, la voix d'un troisième. Leur silencieuse cohorte m'encourage. Mon arrière-grand-père l'Ogre me demande de découvrir son meurtrier. Mon grand-père Paul compte sur moi pour le disculper. Je ne me sens plus aussi seule, même s'ils sont tous morts. J'ai une famille nombreuse qui me tombe du ciel.

Une plaque est enchâssée tout près du sol à l'écart des autres. Je me baisse pour déchiffrer le nom. « Paul Hordon, 1838-1869 *in memoriam* ». Mon grand-père est probablement enterré en Amérique mais quelqu'un a tenu à notifier son existence dans la tombe familiale. Qui a pris cette initiative ? Sa mère et son frère sont morts la même année, qui a précédé l'autre ? Je dépose mon bouquet de roses rouges par terre devant son nom, je murmure une courte prière et je m'en vais.

J'avise une marbrerie de l'autre côté de la rue. Astrid ne peut me refuser l'autorisation de mettre une plaque au nom de papa puisque Paul en a une. Je la commande, j'y fais graver « Joseph Hordon Robinson 1870-1937 », et je demande au marbrier d'y ciseler aussi une discrète montgolfière.

Journal d'Eugène

Épernay, 3 janvier 1872

Joseph a fêté ses deux ans. Marian m'a envoyé un portrait de lui, c'est un bel enfant aux traits fins. Je signe les lettres que je lui envoie en Amérique de ma coupe surmontée de bulles ainsi que je le faisais pour Paul. Quand mon filleul sera en âge, je lui montrerai la signature de son père.

1er avril

J'ai trente-quatre ans, je fais creuser la montagne, jaillir le champagne, marquer les arbres de la forêt hongroise. J'ai acheté de nouveaux immeubles sur la rue du Commerce. J'ai demandé l'autorisation à la Compagnie des chemin de fer de l'Est de faire directement communiquer mes caves avec la voie du train en construisant sept cent cinquante mètres de voie privée. La craie extraite des premières galeries creusées m'a servi à remblayer une partie du lit de la Marne pour pouvoir y poser des rails. Aussitôt cette voie opérationnelle, je l'ai utilisée pour transporter dehors la craie des autres galeries. Mais un nouveau problème se pose, auquel je n'avais pas songé : je commence à être diablement encombré par ces tonnes de craie, cette montagne de pierres que nos wagonnets Decauville sortent quotidiennement des entrailles de la terre sur une voie étroite de soixante centimètres. Je vais devoir payer pour qu'on m'en débarrasse. D'autres négociants, qui ont fait creuser de petites caves superposées classiques, ont doublé le prix de leurs travaux tant l'enlèvement des déblais aux décharges publiques coûte cher.

2 avril

J'ai réfléchi toute la nuit, seul dans mon bureau. La solution est évidente, comment n'y ai-je pas pensé tout de suite ? Je vais rentabiliser toute cette craie en la vendant aux sucreries, aux fabriques de ciment, de blanc, de faïence, de verreries, de porcelaine et de produits chimiques. Cela m'aidera à financer mes travaux. Les péniches pourront aborder au pied du chantier, les wagons s'y arrêteront pour prendre livraison de la pierre. Marcy se chargera de transporter la craie pour Cugnot.

J'ai changé l'en-tête de mon papier à lettres qui est devenu « Vins fins de Champagne, Eugène Mercier, Propriétaire de vignes et négociant en Vins à Épernay, Grandes carrières de craie pour l'industrie et les constructions, reliées par une voie ferrée aux Chemins de fer de l'Est, et à la Marne ». Marguerite, fine mouche, m'a glissé qu'il suffit d'étudier cet en-tête pour comprendre ce qui fait battre mon cœur. Il n'y a pas de majuscule aux mots vignes, négociant, carrières, craie, industrie, constructions, fer. Il y en a aux mots Vins, Champagne, Propriétaire, Épernay, Grandes, Chemin, Est, Marne.

Départ pour la Hongrie, 2 mai

Jolibois et Walter ont fini de choisir leurs chênes. C'est maintenant à moi de jouer pour en négocier le prix. Le voyage a été épuisant mais je n'avais pas le choix. J'ai mis six longs jours pour atteindre Hohenstein, c'est la première fois que je m'absente si longtemps. J'ai pris le nouveau chemin de fer jusqu'à Vienne, puis jusqu'à Budapest, et j'ai terminé mon voyage en diligence, ballotté mais content. J'ai traversé des villages magyars où des jeunes filles en corsage brodé chantaient en faisant la ronde et où des gaillards hirsutes en costume bariolé abattaient des arbres énormes. J'ai goûté au goulash, bu du *Tokaji* blanc qui m'a rendu bavard, dormi dans des lits improbables. Je ne ressemblais plus au sérieux négociant champenois que les gens connaissent, j'étais fripé, fourbu, impatient, curieux de tout. On m'a joué au violon des musiques tziganes qui ressemblaient à celle entendue jadis dans le couloir menant à la chambre où Olga m'attendait. Puis des polkas qui m'ont rappelé celle de cet Antonin Dvorak qu'Olga jouait pour la mère de Paul avant que je la crucifie en lui annonçant la mort de son fils. On m'a servi au petit déjeuner du saucisson au paprika, des tomates et des poivrons. J'ai parlé avec les mains, mangé avec appétit, offert de mon vin de Champagne. Sur place, j'ai acheté cent cinquante beaux chênes centenaires sur pied choisis par Jolibois. Il m'a demandé de poser les paumes à plat sur un des troncs pour ressentir la vibration de l'arbre. Il m'a montré d'autres esquisses du tonneau géant. J'ai bu du vin rouge de la région du lac Balaton, mangé du bœuf gris et du porc laineux au paprika, des cornichons, des légumes marinés, des crêpes épaisses. On m'a discrètement proposé pour la nuit la compagnie d'une jeune dame voluptueuse et consentante. J'ai décliné avec diplomatie. J'ai levé mon verre à la santé de cette jolie Hongroise et à celle de mes hôtes pour ne froisser personne, remercié tout le monde, débouché de nouvelles bouteilles de mon vin. Cher Journal, j'ai passé en Hongrie des jours exténuants et joyeux avant de rebrousser chemin pour retrouver ma table de travail.

Je suis impatient de voir mon foudre exister mais pour garantir un bois parfait le chêne ne se coupe qu'à l'automne. Il faudra plusieurs années à Jolibois et à Walter pour abattre les cent cinquante géants. Moi qui espérais que cela irait vite…

Retour à Épernay, 17 mai

J'ai été accueilli chaleureusement, un vrai retour du guerrier dans sa famille. J'ai rapporté un châle pour Marguerite, du tissu pour ma mère, un petit bateau pour Émile, une poupée en costume traditionnel pour Blanche. J'ai raconté le train, la diligence, les danses, les chants, le paprika, les arbres vibrant sous ma paume. Une fois les enfants couchés et ma mère partie, j'ai parlé de l'avenante jeune Hongroise. Marguerite a haussé les sourcils, une lueur dans les yeux.

— Tu te sentais donc si seul, mon pauvre ami ?

— Je me suis senti seul autrefois. Mais plus une seule fois depuis le 1er juillet 1867.

Il m'arrive d'oublier son anniversaire ou celui de ma mère, jamais la date de notre mariage.

— Je devrais peut-être te remercier d'avoir résisté à la tentation ? enchaîne-t-elle avec malice.

— Non, tu devrais me remercier d'exister. Pour t'aimer aussi fort.

J'ai sorti la bouteille de *Tokaji* que je voulais lui faire goûter et nous n'avons plus pensé à l'accorte Magyare.

28 mai

J'ai acheté de nouveaux immeubles sur la rue du Commerce, appartements, bureaux, vendangeoirs, pressoirs, sans oublier les caves Salmon composées d'une dizaine de galeries parallèles de soixante-cinq mètres de long situées juste au-dessus des miennes. Je les relierai à mes caves par des escaliers.

FICHE DE RECENSEMENT 122 M 170, **31 MAI 1872**

Ville d'Épernay, France, 12 927 habitants
Pour le 1, rue de la Côte-Legris :
Eugène Édouard, négociant en vins, 34 ans
Marguerite Françoise Bourlon, épouse, 25 ans
Émile Mercier, enfant, 4 ans
Blanche Mercier, enfant, 2 ans
Pierre Schmitt, domestique, 23 ans
Adélaïde Mangrat, domestique, 20 ans

Juillet

Au fur et à mesure que mon chantier progresse, mes concitoyens en ont fait le but de leur promenade dominicale, élogieux, jaloux, époustouflés ou perplexes devant cette évidente manifestation de folie des grandeurs. Les caves sont froides, la poussière de craie s'insinue dans les poumons, l'humidité dans les os, pourtant aucun ouvrier ne se plaint des conditions de travail. Je les considère comme une seconde famille. J'aurais pu être l'un d'eux. Je ne saurais avancer sans ces hommes courageux. Il m'arrive de retrousser mes manches pour les aider.

10 octobre

Jolibois et Walter ont mis à terre les premiers chênes de la forêt hongroise avec leur équipe de trente compagnons et ils les ont protégés de la pluie et de l'humidité afin qu'ils sèchent sur place pendant deux ans. Puis, tout en contrôlant au quotidien chaque géant couché, ils ont abattu les suivants.

Je ne peux pas me dédoubler et pourtant je voudrais tellement. Je suis physiquement assis à mon bureau, je descends régulièrement dans mes caves, et je voyage par la pensée en Hongrie, je redoute les accidents, je sens la sueur et l'excitation des hommes au fur et à mesure que tombent les chênes. La vie d'un humain est trop courte alors je ne me contente pas de galoper sur un seul cheval, je conduis tout un attelage.

Ma douce Marguerite porte notre troisième enfant, si c'est un garçon il pourra épauler Émile plus tard, à deux ils seront invincibles.

2 novembre

Épernay, occupé depuis septembre 1870, est redevenu indépendant aujourd'hui. Nous sommes à nouveau libres !

30 janvier 1873

J'ai vendu trente-trois pièces de vignes à Paul Chandon de Briailles pour 177 581 francs. Et j'ai racheté plusieurs petites maisons de champagne secondaires qui ont des vins de qualité et des chiffres d'affaires modestes. Réunies dans ma société aux quatre premières que j'avais fédérées, elles me permettront de vendre plus de vin, aussi bon, moins cher. Je mène désormais de front trois commerces bien distincts : je vends en spéculation aux autres négociants, je vends mon champagne E. Mercier & Cie, je vends les marques que j'ai achetées. Impossible, déraisonnable, irréalisable, je persiste et je signe.

3 mars

Cher Journal, je suis incroyablement, éperdument, heureux ! François Abelé de Muller va me vendre le château de Pékin avec ses entrepôts, ses pressoirs, ses celliers de dégorgement et d'expédition, et bien sûr ses caves, pour 175 000 francs-or. J'aurais tant aimé l'annoncer à Paul ! La vente se fera en décembre prochain. J'ai aussitôt fait venir Cugnot pour modifier nos plans, il faudra creuser une nouvelle galerie qui reliera les caves du château à mon futur réseau. Je ne tiens plus en place. Marguerite m'avait prédit que ce jour arriverait, elle est ma bonne fée. Elle est sur le point de mettre notre troisième enfant au monde, c'est une question de jours. Il apprendra à marcher dans le manoir à tourelles dont je rêvais jadis.

7 mars

Ça y est, notre famille s'est agrandie aujourd'hui : Henri, mon deuxième fils, est né ce matin ! Comme pour Blanche, j'ai claqué des doigts derrière une de ses oreilles. J'étais si ému que mon pouce glissait sur mon majeur, j'avais le cœur affolé mais je me raisonnais, Blanche entend, Dieu ne nous enverrait pas deux fois la même épreuve, Émile est unique, sa particularité le rendra inimitable, son frère l'épaulera, ils seront les futurs maîtres de Pékin et de la maison Mercier, la foudre ne frappe jamais deux fois au même endroit, n'est-ce pas ? Henri n'a eu aucune réaction.

Profitant de ce que la sage-femme s'occupait de Marguerite, j'ai emmené le nouveau-né au salon. J'ai réitéré de l'autre côté. Sans plus de résultat. J'ai frappé plusieurs fois dans mes paumes juste derrière sa tête, il n'a pas tressailli. Je l'ai confié à ma mère, je me suis éloigné de quelques pas et j'ai crié à m'en casser la voix. Rien !

J'ai échangé un regard affolé avec ma mère. Henri était bien réveillé, pas de doute. Désespéré, j'ai claqué la porte si fort qu'une lampe s'est renversée et brisée en mille morceaux. Le bébé est resté aussi immobile qu'une bûche. Henri est comme son frère.

J'ai du mal à encaisser ce nouveau coup du sort. Un fils sourd, c'est déjà difficile ; deux fils atteints du même handicap, il y a de quoi vaciller. C'est comme si la vie m'avait récompensé de ma peine en me faisant cadeau de Marguerite et de Pékin, puis se riait de moi. Le bébé a tété mon auriculaire trempé dans notre champagne. Je n'ai pas eu le courage d'aller tout de suite annoncer la nouvelle à Marguerite.

Je suis descendu seul dans mes caves, Bulle d'Or sur les talons. Tout le monde était parti à cette heure tardive, le silence régnait en ce lieu si bruyant le jour. Je me suis adossé au mur humide, dévasté. Bulle d'Or a perçu mon chagrin et il a gémi. Tout m'est remonté à la mémoire, les médisances au temps lointain de l'école, la mesquinerie de certains maîtres, la compassion attristée des Frères, le rejet de mon grand-père de Reims, ma peine de voir ma mère courbée des nuits entières sur la robe d'une cliente. J'ai revu le petit chien au pelage roux et blanc taché de sang, disloqué par les lourds sabots du cheval, et la triste tendresse avec laquelle la femme inconnue l'avait enveloppé dans son tablier. Je me suis souvenu du froid s'insinuant jusque dans mes os le jour où nous avons dit adieu à Antonin. Je me suis souvenu de mon fol espoir en fondant la société E. Mercier & Cie, et des dix années d'épreuves qui s'en sont ensuivies. Je me suis souvenu des gens qui ne m'ont pas ouvert quand je démarchais pour vendre mes premiers paniers de bouteilles. Je me suis souvenu du matin gris où j'ai compris que je faisais fausse route et où, marchant sur mon orgueil, j'ai choisi de vendre mon vin aux autres au lieu de m'obstiner à le vendre sous mon nom. Je me suis souvenu de mon angoisse à l'idée que Philippe puisse refuser de m'accorder la main de la femme que j'aimais. Je me suis souvenu de notre mariage à Cramant, des nombreux Bourlon souriants et des deux uniques Mercier de Reims. Je me suis souvenu de l'orage sur la colline quand nous avons découvert qu'Émile était sourd et de l'hypocrite commisération de Pierre traitant avec son sourire méchant mon magnifique petit garçon d'anormal. Je me suis souvenu de la terrible lettre m'annonçant la mort de Paul.

J'ai serré les poings, j'ai cogné la paroi de craie, je me suis écorché les phalanges, je ne sentais même pas la douleur.

Je pouvais me tromper, on n'affirme pas à coup sûr la surdité d'un enfant le jour de sa naissance, mais je savais, je sentais, j'avais vu la réaction de Blanche et attentivement observé Henri. Mes chers fils n'entendront jamais le pétillement des bulles dans les coupes, les pioches des ouvriers creuser les parois de mes caves idéales, la voix douce de leur mère, la musique de la Marne en contrebas de Pékin l'hiver, les cris des marins, le piano dont joue Marguerite, la chaudière des locomotives, le tintamarre des tonneliers construisant les fûts de bois, les aboiements joyeux de Bulle d'Or. Tout un pan de notre monde leur restera étranger.

Qu'ont-ils fait pour mériter cela ? Ce ne sont que des enfants innocents. Pourquoi Dieu s'acharne-t-il ainsi sur nous ? Faut-il forcément une contrepartie au bonheur ? Est-ce là le prix que doit payer Marguerite pour avoir épousé un fils naturel ? Je n'ai pas réussi par hasard, j'ai gagné ma prospérité à la sueur de mon front. Pourtant je donnerais mes caves, ma société, mes chênes hongrois, mes immeubles, mes vignes, mon futur foudre et mon futur Pékin, si cela pouvait rendre l'ouïe à mes fils. Mais ce contrat-là, personne ne me le propose. Aucun notaire ne m'offre d'en rédiger l'acte. Aucun petit commis rougissant ne m'apporte ces documents à signer. Il n'existe de pacte ni avec Dieu ni avec Satan. On ne négocie pas avec le destin. On se résigne et on s'adapte, ou on meurt.

J'ai fermé les yeux. J'ai frissonné à cause de l'humidité. Le sang séchait sur mes doigts. Je me suis rappelé ma provocation d'autrefois, j'ai eu raison sur toute la ligne, ce ne sont plus des eaux boueuses et puantes qui coulent à travers Épernay et nous ne sommes pas loin des fleuves de champagne. Je me suis rappelé les jeux de l'enfance et le trio imbattable que nous formions,

Antonin, Paul et moi. Je me suis rappelé ma mère me confiant ses économies avec tendresse, la soirée où nous avons débouché la première bouteille de vin portant notre nom, et sa réponse merveilleuse à ma question sur le nombre de bulles dans une coupe : « Il y en a moins que je ne t'aime. » Je me suis rappelé la chambre au bout du couloir dans l'impasse et la main d'Olga tendue vers moi. Je me suis rappelé le sourire de Marguerite lorsque son père m'a accordé sa main, l'éclat de ses yeux et la douceur fabuleuse de sa peau le soir de nos noces, ma jubilation le jour de la naissance d'Émile puis de Blanche, la confiance d'Émile apprenant à marcher et se jetant dans mes bras, ma joie ce matin à l'arrivée d'Henri.

J'ai secoué la tête, effacé les épaules. Bulle d'Or a levé vers moi son regard confiant. Au temps des Romains et de l'évêque de Reims, saint Remi, on ne buvait que du vin tranquille, puis il s'est mis à mousser et c'est devenu un vin diable, un vin saute-bouchons. Je n'ai jamais été tranquille, moi, je suis né diable, j'ai grandi saute-bouchons. J'étais différent, pourtant je suis devenu quelqu'un. Émile et Henri sont différents, ils n'en seront que plus forts. Je serai là pour les protéger puisqu'ils ont, eux, la chance d'avoir un père ! Je vais encaisser pour préserver Marguerite. Nos fils sont vaillants, ils ont le droit d'être sourds, ils seront des hommes remarquables dans ce monde en pleine mutation.

J'ai caressé la tête soyeuse du chien puis je suis allé apprendre la nouvelle à ma femme avec le plus d'égards possibles.

— Est-ce que le bébé entend ? m'a-t-elle tout de suite demandé avec angoisse.

Je me suis gardé de prononcer le mot sourd. J'ai étreint ma chère Marguerite, je l'ai embrassée, je lui ai dit qu'Émile et Henri ont des têtes pour réfléchir, des yeux pour voir et lire, des bras et des mains pour travailler et écrire, des jambes pour marcher et courir, des bouches pour sourire et embrasser, des cœurs pour aimer. Marguerite a compris tout de suite, elle a tressailli et tenté courageusement de sourire à travers ses larmes. Elle s'est mise à trembler sans me quitter des yeux, je l'ai prise contre mon épaule et je lui ai promis que nos fils seront forts et indépendants.

Quand elle s'est enfin endormie j'ai pris Émile qui a presque cinq ans par une main, Blanche qui en aura bientôt trois par l'autre, et je les ai emmenés au bord de la Marne voir passer les bateaux tandis que leur mère se reposait. Blanche n'a pas parlé tôt, elle a emmagasiné les mots pendant longtemps, puis explosé en prononçant des phrases.

— Maman est très fatiguée ? m'a-t-elle demandé, inquiète.

Émile ne pouvait pas l'entendre mais il lui a adressé un de ces sourires rassurants dont il a le secret, et elle s'est apaisée sans attendre ma réponse.

Mary, Épernay, 13 avril 1970

Rue Eugène-Mercier, CH3CH2OH m'ouvre la porte, la gueule fendue d'un sourire. Cornélius m'invite à entrer.

— Vous êtes revenue prendre des nouvelles d'*Apollo 13* parce qu'il n'y a pas de télévision dans votre hôtel ? Vous avez déjà goûté la cuvée Eugène et le demi-sec, en avant pour le brut rosé, c'est un assemblage de pinot noir et de pinot meunier avec au nez des arômes de petits fruits rouges de la forêt et en bouche une attaque douce qui évolue vers les baies rouges. Asseyez-vous.

— Vous ne buvez jamais une autre marque ?

Il sourit, amusé.

— J'aime tous les champagnes sauf le Hordon. Mon cœur bat aussi pour le Moët & Chandon ; à sept ans j'ai été enfant de chœur au mariage de ma cousine Francine Durand-Mercier avec Paul Chandon-Moët, on a servi les deux marques pour ne pas faire de jaloux. Les deux maisons vont fusionner cet été afin de faire face à la mondialisation, nous signons la convention la semaine prochaine.

J'attaque, bille en tête :

— Pourquoi ne m'avez-vous pas dit que le parrain de mon père était votre grand-père ?

— Parce que vous ne me l'avez pas demandé.

Sa mauvaise foi me stupéfie.

— Vous vous fichez de moi ?

— Pas du tout. Nous avons parlé aérostation, ballons, lest, hareng au beurre. Nous n'avons à aucun moment abordé le sujet filleul. Je croyais que vous le saviez, Mary, franchement.

— Donc vous connaissiez l'identité de mon père ?

— Évidemment, il a été retrouvé dans nos caves. Épernay est une petite ville !

Il semble sincère. Il va chercher une bouteille, remplit deux flûtes aux pieds creux d'un pétillant liquide rose. CH3CH2OH m'apporte sa balle, je la lui lance, il court après et dans son élan il fait tomber le cadre de la photo où son maître enlace la jolie blonde en robe rouge. Cornélius le redresse.

— Cette jeune femme est solaire, dis-je. Vous vous souvenez de l'endroit de la galerie de Pékin où j'ai eu mon malaise ?

Il attrape un papier, trace des lignes parallèles qui se croisent, ajoute une croix.

— Ces caves ont été dessinées sur le modèle d'une ville américaine, vous ne serez pas dépaysée. Vous vous êtes effondrée là, exactement, dit-il en tapotant la croix du doigt.

— Je dois rembourser les bouteilles cassées.

— J'ai dit que c'était moi le fautif. Pourquoi voulez-vous y retourner ?

Je lui décris la coupe de champagne surmontée de bulles que j'ai vue en bas et je lui précise que mon père a utilisé le même dessin pour signer son dernier cadeau d'anniversaire.

— Mon grand-père avait un ami tailleur de pierres et colombophile qui signait d'un oiseau, dit-il.

— Thomas ?

Cornélius acquiesce, surpris que je connaisse son nom. Il m'inspire confiance, je ne le vois pas écrire une lettre anonyme. Je lui raconte tout. Il m'écoute avec attention, en remplissant nos verres chaque fois qu'ils se retrouvent à sec. Quand je m'interromps, la bouteille de brut rosé est vide et j'ai parlé une heure.

— Votre grand-père m'a investie d'une mission, j'entends la remplir, dis-je en conclusion.

— Bonne chance !

— Que le loup crève, dis-je si bas qu'il ne m'entend pas.

Il réfléchit puis me regarde droit dans les yeux.

— Je regrette la façon dont votre cousine Astrid vous a accueillie. Votre père était le filleul de mon grand-père. Si vous voulez l'enterrer dans notre caveau Mercier, nous avons de la place.

Mes yeux se remplissent de larmes. Ma cousine refuse de donner une sépulture à papa mais cet étranger lui accorde asile.

— Ne pleurez pas… CH3CH2OH déteste ça, il va vous balayer le visage avec sa langue râpeuse.

J'essuie une larme baladeuse partie en varappe sur ma joue.

— Vous voulez reculer dans le temps et comprendre ce qui est arrivé à votre père, Mary. Moi aussi je donnerais parfois cher pour revenir en arrière. Je vais vous aider et on va retrouver ce Journal. Je suis pris demain matin mais je peux redescendre avec vous l'après-midi.

Je secoue la tête.

— Demain à 16 heures mon père partira en fumée au crématorium de Reims. J'ai demandé « Stormy Weather » et « Blue Moon », ses musiques préférées. L'employé les a jugées inadéquates ! Votre offre me touche infiniment.

— Ce Journal est resté caché un siècle, il ne va pas se volatiliser. Ma mère m'en avait parlé, c'était le jardin secret d'Eugène. Après-demain je travaille à Reims pour l'Association des sourds que mon père a créée, nous pourrons aller aux caves ensuite.

J'accepte avec gratitude.

— Je vous invite à dîner ce soir, vous allez avoir besoin de forces pour affronter la journée de demain. Il n'y aura pas de hareng au beurre mais le poulet à la crème est un rêve, ça vous dit ?

C'est, à un jet de pierres, un *french* bistrot typique avec des nappes à carreaux, du vin en pichet, aucun hamburger au menu. Leur poulet est en effet exquis. CH3CH2OH s'allonge sous la table. Nous parlons de montgolfières et de champagne et je me sens détendue pour la première fois depuis que j'ai posé le pied sur le sol de France. Quand nous sortons du bistrot, un géant émerge de l'ombre.

— Belle nuit pour une balade au clair de lune ! lance Pérona.

— Vous cherchez le meurtrier de mon père ou vous me surveillez, capitaine ?

— Elle vous a dit qu'elle a reçu une lettre de menace, Mercier ?

Cornélius se tourne vers moi, surpris.

— Elle a oublié ce détail. Un trou de mémoire, Mary ?

— Ne faites pas la maligne, mademoiselle Robinson, grogne le capitaine. Vous avez rencontré votre cousine, vous êtes redescendue dans les caves, vous êtes allée au cimetière fureter dans la chapelle de vos ancêtres. C'est à nous d'enquêter, pas à vous !

— Je suis une touriste scrupuleuse et assidue.

— Vous êtes une Américaine curieuse et fouineuse.

— Je veux savoir qui a tué mon père !

— *L'erba « voglio » non esiste neanche nel giardino del re*, mademoiselle. « L'herbe "je veux" n'existe même pas dans le jardin du roi ! » Mercier, vous la raccompagnez à son hôtel ou je m'en charge ?

— Vous préférez ma Jeep ou son Alfa Romeo ? s'enquiert placidement Cornélius.

La silhouette du capitaine rapetisse dans le rétroviseur tandis que la Jeep me conduit à mon hôtel. Je n'ai fumé aucune herbe et je ne connais pas le jardin du roi, mais j'ai bu trop de vin des rois. Je me tourne vers Cornélius et je lui pose la question qui me brûle les lèvres depuis le début de la soirée.

Journal d'Eugène

25 mai 1873

Nous avons un nouveau président de la République. Thiers a démissionné hier et a été remplacé par Mac-Mahon.

18 juin

J'ai racheté de nouveaux immeubles et des caves dont l'une sert de glacière pour conserver les blocs de glace de la Marne pendant l'hiver, on les y lance par une ouverture dans le plafond, j'en vendrai aux restaurateurs. Les maisons Augé-Colin, Aubertin et Thiercelin rejoignent notre Union des propriétaires.

16 septembre

Notre médecin attendait qu'Henri ait six mois pour affirmer officiellement sa surdité, il n'a fait que confirmer ce que nous savions depuis le premier jour. Il a toutefois été incapable d'évaluer le risque pour nos enfants à venir, et d'expliquer pourquoi nos fils sont sourds et notre fille entendante.

Thomas est radieux. Les Prussiens, forts de l'expérience du siège de Paris, ont installé cinq cents pigeons voyageurs dans une caserne de Strasbourg. La France et l'Allemagne ont décidé d'en utiliser dans l'armée et de mobiliser ceux des particuliers en temps de guerre ainsi qu'ils le font pour les chevaux et les mulets. Des journaux parisiens ont organisé des services de pigeons entre Paris et Versailles.

— Je vous l'avais dit, monsieur Mercier ! Ces oiseaux sont plus fidèles à leur conjoint et à leur colombier que des humains, ils peuvent voler jusqu'à cinq cents kilomètres, ils ont un sens de l'orientation inégalable et une mémoire visuelle parfaite !

— Vous avez raison, monsieur Lucas.

Il a froncé les sourcils.

— Vous ne m'appelez plus Thomas ?

— Je le ferai avec plaisir si vous m'appelez de nouveau Eugène. Ne sommes-nous pas amis de longue date ?

10 novembre

Les derniers relais de poste français ont fermé aujourd'hui à cause de la concurrence du chemin de fer qui transporte le courrier plus vite. Il n'y aura plus de malle-poste. Une page se tourne.

J'ai relu la dernière lettre de Paul, puis parlé avec Marguerite de sa phrase étrange : « La porte est en dedans. » Est-ce qu'il délirait déjà lorsqu'il l'a écrite ? Est-ce un code que seuls les maçons initiés peuvent comprendre ?

30 décembre

Ça y est, Marguerite et moi avons acheté Pékin ce matin ! Nous avons signé l'acte par-devant maître

Gaston Pouchet à Épernay et j'ai été généreux avec le jeune commis empoté qui nous apportait les documents. J'avais du mal à me concentrer tant j'étais excité et heureux. J'ai dû me pincer pour vérifier que le notaire s'adressait réellement à nous.

— Vous vous portez donc acquéreurs solidaires de l'immeuble dénommé Pékin, lieu-dit Croix des Bouchers, bordé d'une part par la route nationale de Paris à Strasbourg, d'autre part par le chemin de fer de l'Est, pour la somme de 175 000 francs-or, auxquels il faut ajouter 11 550 francs pour les frais d'enregistrement. La superficie totale du domaine est de quatre hectares trente-cinq ares dix-huit centiares, clos de murs.

J'ai hoché la tête en souriant à Marguerite, extérieurement je ressemblais à un gros monsieur sérieux, à l'intérieur j'avais seize ans et je sautais d'allégresse. J'y ferai déménager mes bureaux sous peu, je tiens symboliquement à commencer la nouvelle année en travaillant dans le manoir aux tourelles et j'y installerai ma famille aussitôt que possible. Un jour, Joseph Eugène Antonin jouera sur la pelouse avec Émile, Blanche, Henri et les autres enfants qui nous viendront peut-être.

On a inauguré cette année le Grand Théâtre de Reims. J'ai promis à Marguerite que je l'y emmènerai bientôt. Elle ne m'a pas cru.

3 janvier 1874

Joseph a quatre ans, Marian m'a envoyé des dessins de lui, on n'en fera pas un architecte. Elle le dit rêveur et musicien, il apprécie lorsqu'elle joue du piano, il tient cela de son père. Elle me confie qu'elle voit de plus en plus souvent un gentleman du nom de Macon Robinson, avocat et célibataire, auquel l'enfant s'attache. C'est normal, et je lui souhaite sincèrement de rencontrer un homme honnête qui l'épaulera et l'aidera à élever son fils. Mais cela m'a broyé le cœur pour Paul.

6 mars

Les premiers arbres abattus dans la forêt hongroise ont été écorcés puis sciés grossièrement sur place à l'épaisseur approximative des futures douves du tonneau géant. Jolibois m'écrit qu'il faudra une quantité d'eau monstrueuse pour cintrer, c'est-à-dire courber, des planches d'une pareille taille. Il y a bien le lac Balaton, mais il est à au moins seize kilomètres de la forêt où se trouvent les troncs.

7 mars

Comme je n'arrivais pas à dormir, je suis allé réfléchir dans mon bureau et la solution s'est imposée au petit matin. Puisqu'on ne peut pas déplacer le lac, il n'y a qu'un seul moyen, transporter les arbres sciés jusqu'à lui. Il faudra créer une trouée de seize kilomètres à travers les bois et les marécages, une voie ouverte par les hommes au milieu de la végétation hostile. Ce sera long, difficile, fatigant, cher. Mais pas plus irréalisable, pas plus impossible, pas plus déraisonnable que de creuser dix-huit kilomètres de caves sous Épernay ! J'ai demandé à Jolibois s'il se sentait les épaules assez larges. Ma lettre partira demain matin.

1er avril

Mon cher Journal, j'ai trente-six ans et je viens d'emménager à Pékin avec toute ma famille. Ce sera mon île, ma forteresse. Émile et Henri en seront les preux chevaliers, Marguerite la reine, Blanche la princesse. Mes bataillons de bouteilles attendront mon signal pour partir à l'assaut des tables familiales. J'ai repensé à la phrase de la lettre de Paul. La porte de Pékin s'ouvre sur notre bonheur…

J'ai commandé du papier à lettres avec ma nouvelle adresse, château de Pékin, Épernay, Champagne. Je ne cherche à jouer ni les faux aristocrates ni les vrais nouveaux riches, c'est le nom que lui a donné Abelé de Muller. La galerie qui reliera ses caves à mon premier réseau mesurera un kilomètre deux cents d'après Cugnot, nous l'appellerons la galerie de Pékin.

J'ai fait acheter des orangers en caisses et construire des serres pour les abriter pendant la mauvaise saison. J'ai toujours aimé les orangers. Te souviens-tu de cette merveilleuse orange que j'avais reçue lors de mon premier Noël à Cramant en 1854, quand j'avais sculpté une bouteille dans une pièce de bois pour celle que j'appelais à l'époque la petite Marguerite, juste avant de recevoir la première lettre d'exil de Paul ?

Jolibois m'a donné son accord avec enthousiasme pour ouvrir la route jusqu'au lac Balaton. Il va s'atteler avec Walter et leurs hommes à ce nouveau défi. Ils repousseront les limites.

3 octobre

L'abattage des chênes a repris au Hohenstein puisque l'automne est la seule saison convenable pour obtenir un bois parfait. Jolibois et Walter travaillent d'arrache-pied et continuent à frayer un chemin à travers la forêt en direction du lac.

22 novembre

Je viens d'être élu pour la première fois membre du conseil municipal sur la liste des élus républicains ! C'est un engagement moral qui m'honore et m'oblige, j'espère mériter la confiance de mes concitoyens. Notre député-maire Blandin a été reconduit dans ses fonctions.

26 décembre

Mon cœur se gonfle de joie chaque fois que je franchis la grille de Pékin où nous venons de vivre notre premier Noël. Nous avons déposé la grosse bûche de Noël dans la cheminée avant de partir à la messe de minuit avec les enfants, ma mère et Philippe. Au retour, pour le souper, nos domestiques avaient évidemment congé et Marguerite nous a fait la surprise de servir la potée que nous mangions jadis aux vendanges, quand je travaillais chez son père. Elle était comme autrefois constituée de morceaux de bœuf et de tranches de lard immergées dans un bouillon enrichi de choux blancs, pommes de terre, carottes, panais, navets, haricots blancs, poireaux, cosses. Nous l'avons savourée en évoquant des souvenirs. Émile l'a aimée. Blanche y a goûté. Henri était trop petit. Bulle d'Or a eu droit à sa part.

Émile n'apprendra la langue des signes qu'à neuf ans quand il ira à l'école rue Saint-Jacques à Paris. Mais nous avons inventé en famille un code de gestes pour communiquer avec lui et avec Henri, et puis il y a les regards, les rires, les mimiques, les mots qu'Émile lit habilement sur nos lèvres, et ses grognements expressifs. Les étrangers ne le comprennent pas mais il en entre fort peu chez nous.

Le matin de Noël, nous avons emmitouflé nos trois enfants avant de les emmener dehors pour poser leurs petites mains à plat sur les cèdres du Liban qui entourent Pékin, afin de ressentir leurs vibrations.

— Vous enseignerez cela à vos enfants quand vous aurez mon âge, leur ai-je dit et mimé.

Émile a compris aussi vite que Blanche.

30 mars 1875

La récolte a été excellente, la cuvée 1874 sera notre cinquième millésime. Thomas, très excité, est venu me raconter que les aéronautes Théodore Sivel, Joseph Crocé-Spinelli et Gaston Tissandier ont battu le record de durée à bord du ballon à gaz de trois mille mètres cubes, le *Zénith*, en ralliant Paris à Arcachon en vingt-deux heures et quarante minutes.

17 avril

J'ai trente-sept ans. Je lis les journaux mais Thomas, qui se tient au courant grâce aux pigeons par son réseau de colombophiles, connaît les nouvelles avant moi. Il vient de passer me voir au bureau, la mine grave. Sivel, Crocé-Spinelli et Tissandier avaient décollé avant-hier de la Villette avec le Zénith pour battre un record d'altitude. Malgré les malaises qu'ils ont ressentis vers 8 000 mètres, ils ont poursuivi l'ascension, puis ils ont perdu connaissance après 8600 mètres à cause du manque d'oxygène et leur ballon s'est écrasé. Gaston Tissandier est le seul survivant. Qui aurait pu deviner que l'altitude provoquerait ces troubles ? Aucun homme n'était encore monté si haut.

3 mai

Jolibois et Walter ont transporté les bois sciés jusqu'au lac Balaton. Les chevaux ont pataugé dans la boue, les hommes ont marché sous un incessant rideau de pluie, les cordes se sont rompues, les chariots se sont embourbés, les attelages vulnérables se sont brisés sous le poids des troncs. Ils se sont épaulés sans interruption ; si l'un se décourageait, l'autre lui redonnait du cœur à l'ouvrage. Walter au moins avait sa famille sur place, Jolibois était loin des siens, c'était encore plus dur. Quand c'étaient les hommes qui craquaient, ils s'unissaient pour les galvaniser. La nature s'est vengée en malmenant ces fragiles humains qui lui volaient ses arbres. Des hommes sont tombés malades, des animaux se sont blessés, les difficultés se sont accumulées, on a soigné, pansé, soutenu. Et les arbres ont progressé lentement, inexorablement, vers l'eau. Ils vont à présent flotter dans le lac pendant un an.

10 octobre

Les premières visites officielles de mes caves ont eu lieu ce matin, même s'il reste encore plusieurs kilomètres de galeries à creuser. Il y avait des notables de la région, personnalités politiques, commerçants, fournisseurs, et de gros clients d'ici et de Paris. Certains étaient accompagnés de leurs épouses. Je suis le premier à avoir cette idée étrange, les autres négociants considèrent leurs caves comme un simple lieu de travail, les miennes sont aussi une vitrine. J'ai regardé avec un sentiment de joie profond les visages sur lesquels on devinait l'inquiétude, le doute, la stupeur, le plaisir. Les questions ont fusé. Tout cela avec des pics, des pioches et des lampes à huile ? Pourquoi de plain-pied ? Pourquoi si vastes ? Pourquoi reliées au chemin de fer ? Les femmes en ont particulièrement apprécié la décoration, que j'ai commandée à Gustave Navlet, un sculpteur de Châlons ancien élève de Bonnassieux. Une fresque représente dom Pérignon, une autre la Champagne offrant une grappe de raisin à l'Angleterre, une autre Bacchus enfant buvant du vin dans une coupe sur les genoux de sa mère. Il y en aura de plus petites dédiées aux principales villes de Champagne, à la vigne, au vin et aux différentes étapes de la vinification, quand tout le réseau sera terminé.

Qui ai-je voulu subjuguer ou défier en creusant ces galeries sous ma ville natale, en faisant édifier le plus grand tonneau du monde, en concurrençant les plus prestigieux négociants ? Mon mystérieux père inconnu ? Ma mère ? Ma femme ? Mon beau-père Philippe ? Mes enfants ? Mon filleul ? Mes concitoyens ? Mes amis disparus ? Ou moi-même ?

C'est l'automne, Jolibois et Walter ont recommencé à abattre les chênes en Hongrie.

6 novembre

Le phylloxéra, minuscule puceron invisible à l'œil qui parasite les racines de la vigne et provoque la mort du cep, est arrivé en Angleterre il y a dix ans avec des plants de vigne américains. Puis il s'est étendu en Europe et a envahi tout le vignoble français sauf, heureusement, celui de Champagne. Un dessin du *Charivari* d'aujourd'hui fait froid dans le dos. Il représente des vignerons écoutant un bourgeois leur conseiller : « Mes amis, la commission vous apporte une méthode infaillible pour tuer le phylloxéra : vous allez commencer par arracher vos vignes ! »

3 janvier 1876

Joseph a six ans, il est grand pour son âge. Sa mère Marian s'appelle désormais Mrs Macon Robinson et Paul plonge encore un peu plus dans l'oubli, ce qui me tord le cœur. Quand Henri est né j'ai eu très envie de proposer à Marguerite de l'appeler Paul puis j'y ai renoncé pour ne pas imposer à mon second fils un prénom trop chargé de sens. Je suis sûr que mon filleul Joseph fera honneur au nom de son père.

Marguerite attend notre quatrième enfant. J'espère de toute mon âme qu'il, ou elle, entendra.

1er avril

J'ai trente-huit ans. Jolibois vient de rentrer en Champagne pour voir sa famille tandis que Walter surveille le chantier et construit un atelier au bord du lac Balaton pour le cintrage des douves. Jolibois porte sur son visage et sur tout son corps le poids des efforts fournis. Il m'a raconté par le menu la vie en Hongrie, me détaillant chaque homme, reprenant chaque étape de leur incroyable épopée. Je l'ai emmené visiter mes caves, il n'en croyait pas ses yeux.

Un Écossais qui a dix ans de moins que moi vient de faire breveter une invention appelée téléphone. Alexander Graham Bell est professeur de diction à l'université de Boston et fondateur d'une école pour malentendants qui prône la méthode orale d'articulation et de lecture sur les lèvres. Sa mère est devenue sourde quand il était enfant, il a épousé une jeune fille devenue sourde à la suite d'une scarlatine. Son invention, basée sur la transformation des ondes sonores en impulsions électriques, est fascinante. Cet homme qui côtoie des sourds au quotidien et leur dispense son enseignement a inventé un appareil qu'ils ne peuvent pas utiliser. Tu ne trouves pas cela étrange, cher Journal ?

11 juillet

La boule de Delors que nous avions mise à l'eau à Moulins en décembre 1870 a été trouvée cette semaine près de Paris, échouée sous un pont, coincée dans les herbes. Elle contenait mon petit mot pour Olga, la lettre de Natacha, le dessin de Marcel et ma lettre pour notre succursale du 20, boulevard Poissonnière. Je me suis amusé avec Marguerite à imaginer les bouleversements occasionnés par un courrier qui parvient au bout de six ans à son destinataire. Il pouvait y avoir une demande en mariage, une lettre de rupture, une dénonciation calomnieuse. La femme qui n'a pas reçu la demande en mariage, en a-t-elle épousé un autre par dépit ? Le couple a-t-il fait la paix ? L'homme dénoncé est-il devenu le meilleur ami de son délateur ?

9 octobre

Tandis qu'on recommence à abattre les arbres de la forêt, on retire les premiers chênes sciés du lac. On les chauffe, on les courbe, on les ajuste minutieusement. On les échaude pour en renforcer l'étanchéité. Jolibois et ses compagnons fabriquent deux douves par mois qui s'ajustent parfaitement aux précédentes. Le tonneau final en comprendra soixante-douze, auxquelles il faudra encore ajouter les deux immenses fonds.

Notre quatrième enfant verra bientôt le jour. Blanche nous a dit ce matin avec une franche et terrible naïveté :

— Je préfère avoir une sœur qui entend plutôt qu'un autre frère sourd, on jouerait mieux.

Émile et Henri lui tournaient le dos, ils n'ont rien manifesté. Marguerite a tressailli. Je lui ai souri avec tendresse, impuissant à la rassurer.

17 octobre

Mon ami Le Journal, notre deuxième fille Marie Lucie Hedwige est née aujourd'hui. Elle entend à merveille, nous avons vérifié à maintes reprises son audition, à lui en percer les tympans ! Marguerite, soulagée, a éclaté en sanglots. Marie a sucé mon petit doigt trempé dans le champagne.

Émile, Blanche et Henri sont venus admirer leur petite sœur.

— Elle entend comme moi, dit Blanche en souriant.

Émile lui répond par une grimace qu'il n'y a pas de quoi pavoiser.

— Les filles entendent, les garçons gesticulent, ajoute Blanche.

Elle sait bien que c'est faux, que les autres petits garçons parlent et entendent de la même façon qu'elle. Ils se penchent tous les trois sur le berceau du bébé, rient de son visage chiffonné.

— Elle n'a pas de cheveux ! nous signifie Émile, hilare.

Il se tourne vers son frère et lui explique quelque chose en mimant et bougeant les mains, ils s'esclaffent. Une complicité spéciale unit nos deux fils, ils partagent le secret d'un monde qui n'est pas le nôtre.

— Je n'ai pas compris, dis-je.

Blanche prend un air mystérieux pour me prouver qu'elle a saisi. Je résiste à la tentation de m'en servir comme traductrice pour parler aux garçons. Marguerite et ma mère n'ont jamais besoin d'aide, elles interprètent naturellement le langage codé de nos fils et les bruits qu'ils produisent.

Je répète calmement :

— Je n'ai pas compris, Émile.

Il soutient mon regard sans bouger un cil. Blanche éclate de rire. J'insiste :

— J'ai envie de m'amuser avec vous moi aussi, c'est un jour important pour notre famille.

Blanche fait semblant de ne pas m'entendre et penche la tête en fronçant les sourcils ainsi que le fait son frère aîné. Je parle et je mime à la fois :

— Votre sœur n'est pas assez jolie pour vous ? Quand vous êtes nés, vous trois, vous n'aviez pas de cheveux non plus… Et vous aviez le nez entre les deux oreilles !

Henri prend un air effrayé. Blanche est intriguée. Émile sourit, m'applaudit, désigne son visage puis le mien, se tire les oreilles.

— C’est malin, papa, s’écrie Blanche d’un ton de reproche. Tu m’as fait peur. Tout le monde a le nez entre les deux oreilles, même toi !

Marguerite, qui a séché ses larmes, nous écoute avec attendrissement. Ma mère prend le bébé et le berce avec précaution. Pékin a une nouvelle habitante. Marie est la première de nos enfants à voir le jour dans le manoir aux tourelles, j’espère que cela lui portera chance.

FICHE DE RECENSEMENT 122 M 191, **17 NOVEMBRE 1876**
Ville d’Épernay, France, 14 803 habitants
Pour Pékin, rue du Commerce prolongée, ménage 71 :
Mercier Eugène, négociant, 39 ans
Bourlon Marguerite, épouse, 30 ans
Mercier Émile, enfant, 9 ans, sourd et muet de naissance
Mercier Henri, enfant, 4 ans, sourd et muet de naissance
Mercier Blanche, enfant, 6 ans
Mercier Marie, enfant, 1 mois

Je suis désormais père de famille nombreuse et j’en conçois une immense fierté. Blanche me touche par sa fragilité et sa ressemblance avec sa mère. Émile évolue avec une noble détermination dans son univers de silence. Henri a un caractère gai et heureux. Marie nous empêche de dormir la nuit. Indépendamment du fait que ce sont mes enfants, je les trouve magnifiques… Objectivement, ils le sont !

Mary, Épernay, nuit du 13 au 14 avril 1970

Le téléphone me réveille en sursaut. Je contemple le papier peint orange et marron d'un air hébété. Où suis-je ? Je décroche. Alberte et Charly se passent le combiné, surexcités. Le réservoir d'oxygène n° 2 du module de service d'*Apollo 13* a explosé, le vaisseau spatial est en panne. Sans eau, sans électricité, sans lumière, les astronautes sont livrés à eux-mêmes à trois cent vingt mille kilomètres de la Terre.

— La mission est interrompue, l'alunissage prévu est annulé, m'explique Charly.

— Swigert et Lovell ont dit : « Houston, nous avons un problème », embraye Alberte. Lovell a vu à travers son hublot un gaz fuir dans l'espace. Ils perdent leur oxygène, ils ne vont plus pouvoir respirer.

L'équipage était en train de filmer une visite guidée censée être retransmise à la télévision mais on avait, sans les prévenir, renoncé à la diffuser au profit d'un match de base-ball.

— Maintenant que ça va mal on s'intéresse à eux, grogne Charly. C'est comme le Viêtnam, on s'apitoie sur les vétérans mutilés, un homme qui souffre est tellement plus passionnant.

Houston venait de demander à Jack Swigert, le pilote remplaçant du module de commande bombardé membre d'équipage, de brasser les réservoirs cryo. Swigert a actionné les quatre interrupteurs comme on le lui ordonnait, et tout a explosé. Quelque part là-haut, trois hommes enfermés dans une fusée risquent de mourir pour avoir voulu décrocher la Lune. Ils appartiennent à la famille des pilotes, nous sommes frères. Au sol c'est le branle-bas de combat, on change les procédures, on enchaîne les simulations, la NASA est en état d'alerte maximum.

Je parle un moment avec mes amis puis je raccroche. J'ai le même sentiment que le jour de Thanksgiving où mon père a disparu, j'avais l'impression qu'il avait besoin de moi, j'ai l'impression cette nuit que je peux aider les astronautes, que je ne dois pas les laisser tomber. Je compose le numéro de Cornélius. Il décroche au bout de trois sonneries.

— Je sais que je vous réveille mais *Apollo 13* est en perdition.

— Non ! Racontez-moi !

Je lui répète les explications de mes amis. L'équipage ne peut plus compter sur le module de commande Odyssée. Ils ont déménagé dans le module lunaire Aquarius qui leur servira de canot de sauvetage. Ils ont transféré en hâte les données de l'ordinateur de l'Odyssée vers l'Aquarius et mis le module de commande en veille. Et ils ont tout éteint afin d'économiser leur électricité. Ils n'ont plus qu'une petite lampe, un ventilateur et le contact radio avec la Terre. Ils sont dans le noir, la température descend, l'eau est rationnée. Dans les précédentes missions, les fusées avaient une trajectoire qui leur permettait de revenir sur terre automatiquement en cas de souci. Mais *Apollo 13* a été placée sur une trajectoire hybride pour réduire son temps de vol vers la Lune, son retour ne pourra pas se faire sans corrections aux moteurs, sinon elle passera à quatre mille six cents kilomètres de la Terre et sera renvoyée aux confins du système solaire par effet de fronde. Le problème, c'est que le moteur du module de service est inutilisable depuis l'explosion. Le moteur du module lunaire, qui n'est pas prévu pour ça, devra faire les corrections.

Nous débattons avec fièvre du drame qui se joue au-dessus de nos têtes jusqu'au moment où je m'aperçois avec stupéfaction que le jour s'est levé.

— Vous avez vu l'heure ?

— Oui.

— Je suis désolée, j'ai gâché votre nuit.

— Vous allez vivre une journée difficile, la fatigue atténuera votre peine. Je dois aller travailler, Mary. Bon courage.

Je raccroche. Je rabats le drap au-dessus de ma tête. Je pense à l'astronaute de l'équipage de réserve à qui son enfant a transmis la rougeole. C'est lui qui a exposé les autres au virus. C'est à cause de lui que Fred Mattingly a été obligé de céder sa place à Jack Swigert au dernier moment. Swigert a sûrement pensé que c'était la chance de sa vie. La rougeole a peut-être sauvé celle de Mattingly. Si papa avait eu une maladie infantile avant de partir faire sa conférence à Paris en 1937, il se serait fait remplacer. Tant de choses auraient été différentes. Nous aurions pu être si heureux. Mais je n'aurais jamais rencontré Alexander,

Alberte ni Charly. Je serais allée à l'université. Je serais sans doute mariée aujourd'hui, j'aurais des enfants. Je n'aurais pas ce trou dans le cœur dû au manque abyssal de papa. Je ne serais jamais venue en France. Je ne serais pas moi, mais une autre, sûre d'elle, protégée par la vie, peut-être arrogante. Je ne suis pas sûre que je m'entendrais bien avec cette Mary-là.

Journal d'Eugène

3 janvier 1877

Le chantier de mes caves est enfin terminé, au bout de six ans ! La craie que je n'ai pas réussi à écouler s'accumule derrière mes bureaux dans trois crayères. Joseph a sept ans aujourd'hui, il chante dans la maîtrise de son collège et son chef de chœur l'apprécie, leur répertoire est étendu, plain-chant, motets polyphoniques de la Renaissance, chorals protestants. Nous correspondons en français qu'il parle couramment grâce à son grand-oncle Raymond. Parce qu'il a atteint l'âge de raison, je lui ai expliqué le symbole avec lequel son père signait ses lettres et j'ai reproduit pour lui la grappe de raisin de Paul avant de terminer par le dessin de ma coupe d'où s'échappent des bulles.

8 mars

Les douves s'accumulent près du lac Balaton. Le bois, matériau vivant et noble, s'est défendu avant de plier et de se rendre. Jolibois et Walter m'assurent que dans deux ans elles seront prêtes. Certains compagnons ont été remplacés mais les deux tonneliers sont restés fidèles au poste avec au fond des yeux l'image magnifique du futur foudre. Leurs enfants ont grandi sans eux, leurs femmes se sont occupées de tout dans leur foyer, ils se sont voués corps et âme au tonneau géant. Ils auront droit à un repos bien mérité, à travail exceptionnel, salaire exceptionnel, ils ne le regretteront pas. J'ai hâte de les avoir à mes côtés pour admirer leur chef-d'œuvre.

1er avril

Joseph m'a écrit pour mon anniversaire. Il rêve de venir en France. Je lui ai détaillé par le menu ce que nous ferons ensemble avec Marguerite et les enfants quand il sera là. Il a terminé sa lettre en signant d'un raisin personnalisé. Le dessin de son père était efficace et simple, le sien est plus poétique, la grappe est asymétrique, la rafle entourée de feuilles, et il lui a ajouté deux ailes.

2 octobre

Hier, j'ai accompagné Émile à Paris où, puisqu'il a neuf ans, il est entré comme pensionnaire à l'Institut national des jeunes sourds. Il va terriblement nous manquer. Lorsque la porte s'est refermée sur lui, son regard était si perdu que j'ai failli tambouriner pour le reprendre et le remmener à Pékin séance tenante, mais il n'existe aucune structure en Champagne capable de l'accueillir et de l'instruire. Il va se retrouver plongé dans un milieu où les entendants ne seront plus majoritaires, je souhaite de toute mon âme qu'il s'y épanouisse. J'ai caché ma peine de mon mieux pour consoler Marguerite, Blanche et le petit Henri qui a perdu son complice de silence.

Je ne peux baisser le masque que devant toi, mon ami Le Journal. J'ai juré de le protéger, et voilà que pour son bien je l'ai abandonné dans la fosse aux ours parmi des inconnus que j'espère bienveillants. J'ai repensé en frissonnant à mon cauchemar où il pénétrait dans le foudre qui barrait la route devant Pékin.

Le soir même, j'ai rencontré Pierre Hordon dans la rue. Les bruits vont vite dans une petite ville comme la nôtre.

— J'ai entendu dire que tu t'es débarrassé du pauvre Émile à cause de son infirmité ? m'a-t-il lancé. Et le malheureux Henri, vous allez le garder jusqu'à quand ?

J'ai vu rouge et perdu le contrôle. Oubliant toute réserve, j'ai bondi sur Pierre et nous avons roulé dans la poussière comme jadis à l'école. Il ne s'y attendait pas mais il s'en est trouvé aussi bien que moi, nos poings enrageaient depuis si longtemps, nous avons pris du plaisir à nous cogner dessus. La souffrance que ses mots avaient réveillée en moi, je la lui ai rendue en ne retenant aucun de mes coups. La honte qu'il avait ressentie quand je lui avais appris sa condition de bâtard, il s'en vengeait en me frappant le plus fort possible. Nous nous battions pour aujourd'hui et pour hier, pour Paul, pour Olga, pour nos pères, avec sauvagerie.

Des passants nous ont reconnus, une femme s'est effrayée de notre brutalité, des hommes nous ont séparés, recevant au passage quelques horions.

— Vous devriez avoir honte, vous conduire ainsi, à votre âge ! s'est écrié un médecin qui assistait à l'empoignade. Deux négociants aussi sérieux… dont un conseiller municipal !

On nous a maintenus pour nous empêcher de nous jeter à nouveau l'un sur l'autre, puis emmenés de force dans deux directions opposées.

J'étais meurtri, sanguinolent, douloureux, furieux, mais satisfait d'avoir réagi par la violence aux mots insupportables de Pierre. Je lui avais poché l'œil et il m'avait fendu la lèvre inférieure, à nouveau. Nous nous étions frappés à l'estomac et au foie, nous avions déchiré nos costumes sur mesure, brisé nos montres de gousset, nos nez saignaient et le sang maculait nos élégants vêtements.

Marguerite m'a vu revenir avec effarement, elle m'a soigné en me morigénant, reprenant le rôle tenu jadis par ma mère.

— Quel bel exemple tu donnes aux enfants, Eugène ! Que t'a dit cet imbécile pour te mettre dans cet état ?

J'ai vérifié que ni Henri ni Blanche n'étaient dans les parages avant de lui répondre.

— Il m'a félicité de m'être débarrassé du « pauvre Émile » en le traitant d'infirme, et m'a demandé jusqu'à quand nous garderions « le malheureux Henri », ai-je répondu d'une voix rendue sourde par la rage et déformée par ma lèvre fendue qui enflait à vue d'œil.

Elle a continué à désinfecter délicatement mes blessures, en marmonnant : « Alors tu aurais dû le tuer. » Je suis allé me coucher sans travailler et sans dîner. J'étais mal en point mais Pierre encore plus, donc l'honneur était sauf.

6 octobre

Je reprends lentement figure humaine, j'ai mal partout mais heureusement aucun os brisé. Je n'ai pas expliqué aux enfants pourquoi je m'étais battu, ils ne m'ont rien demandé, Blanche était inquiète pour moi, et Henri plutôt fier d'avoir un père pugiliste.

En cette période, je pense toujours à l'Ogre et à ce que nous serions tous devenus s'il avait vécu. Paul n'aurait pas été banni, il serait resté là, nous nous serions associés. Tant de choses auraient été différentes. Nous aurions pu être si heureux. Mais il n'aurait pas rencontré Marian. Et Joseph ne serait pas né.

J'ai croisé Olga dans la rue. Elle a haussé les sourcils devant mon visage tuméfié.

— J'espère qu'il est en plus piteux état que moi ? ai-je grogné.

— Il a une dent cassée, un œil au beurre noir, il se plaint des reins et du ventre, et il soutient que c'est toi qui as commencé.

— Tu sais ce qu'il a osé me dire ?

Elle a secoué la tête.

— Je préfère continuer à l'ignorer. Il est mon mari, Eugène, pour le meilleur et pour le pire.

— Tu as l'air épuisée, ai-je dit en la voyant vaciller.

— Ma petite sœur a la tuberculose… Son fiancé l'avait contractée en soignant ses malades. Il l'a contaminée avant de mourir. Elle se bat mais il y a peu d'espoir. Moi qui croyais lui transformer la vie en la faisant venir en France… elle se meurt à cause de moi. Elle est tellement jeune, Eugène !

— Qui la soigne ? Notre médecin est excellent, si je vous l'envoyais ? Comment puis-je t'aider ?

Elle m'a remercié, Katia était entre les meilleurs mains, on ne pouvait que prier et espérer.

26 décembre

Les derniers arbres marqués de la forêt du Hohenstein ont été mis à terre et acheminés vers le lac. Il aura fallu cinq longs automnes pour les abattre tous.

Émile nous est revenu pour Noël, il a enseigné à son frère des rudiments de la langue des signes. Marguerite, Blanche et moi avons aussi appris quelques mots essentiels, Marie qui a deux ans s'y est mise aussi. Émile s'est pleinement adapté à son école, il n'est plus autant dans la lune, il a mûri. Nous sommes allés nous promener tous les deux, entre hommes, il réglait son pas sur le mien, nous avancions en affectueuse connivence, les mots ne nous manquaient pas.

Olga n'a pas assisté à la messe de minuit, elle soigne Katia, elle ne la quitte plus.

6 février 1878

Thomas se voûte, ses cheveux sont tout blancs, il prend soin de ses pigeons comme s'ils étaient ses enfants. Ce matin, au cimetière, il les nourrissait sur la tombe. Le pigeon que Thomas a baptisé Antonin s'est oublié sur la manche de mon costume, Thomas a voulu sourire mais il ne savait plus comment on fait, il a mécaniquement relevé les commissures de ses lèvres par à-coups, on aurait dit l'automate du 20, boulevard Poissonnière.

La petite sœur d'Olga est morte, on l'a enterrée ce matin, quel malheur… Les Hordon côtoyaient sur les bancs de l'église les parents et amis de son fiancé et des membres de la communauté slave. Natacha était présente mais pas Marcel qu'on avait jugé trop jeune. Un Russe a joué sur son violon une musique admirable et déchirante, j'ai reconnu l'air poignant entendu jadis dans le couloir qui menait à la chambre de Katia. Olga a tenu à jouer à l'orgue un morceau émouvant de Dvorak, elle a réussi à ne pas s'effondrer et à le terminer, nous avions tous les larmes aux yeux.

Je me suis éclipsé avant la fin de la messe pour éviter Pierre. Ce soir, j'ai écrit à Olga. « Paul était mon frère, Katia ta sœur, je sais ta peine et je la partage. Ce n'est pas ta faute. Tu as fait mieux que lui transformer la vie : tu lui as permis de rêver, d'espérer, de goûter au bonheur. »

Puis je suis monté me coucher et j'ai serré Marguerite dans mes bras si fort que je lui ai fait mal. Si je la perdais, la vie n'aurait plus aucun sens pour moi.

1er avril

J'ai quarante ans, l'âge qu'avait l'Ogre quand il a été assassiné. Connaîtrons-nous un jour l'identité de son meurtrier ? Si c'est madame Hordon, je la plains, continuer avec un tel poids sur la conscience doit épuiser ses forces vives.

30 mai

La troisième Exposition universelle de Paris se déroule sur le Champ-de-Mars et la butte de Chaillot, notre maison y participe pour la première fois avec un gros tonneau d'une contenance de soixante-douze mille bouteilles que j'ai fait venir d'Alsace, mais il est battu en grandeur par celui des Austro-Hongrois qui contient cent mille litres. On a bâti un palais du Trocadéro et on a élargi le pont d'Iéna. Henri de Dion, responsable des constructions métalliques du palais de fer de l'Exposition, est mort avant de voir son œuvre réalisée, cette idée me fait frémir. On a éclairé l'avenue de l'Opéra aujourd'hui, si mes caves l'étaient on pourrait y travailler plus en sécurité et mieux, je vais y réfléchir.

Henri Giffard a construit un ballon captif rempli de vingt-cinq mille mètres cubes d'hydrogène pur qui emporte quarante passagers à cinq cents mètres au-dessus des Tuileries pour un franc par personne. Neuf cents personnes font l'ascension chaque jour. Je suis monté dedans sans éprouver la moindre appréhension ! C'était fascinant de voir Paris d'en haut. C'est donc ainsi que se sentent les oiseaux de Thomas, libres et sans entraves, à la fois minuscules et tout-puissants ? J'ai levé la tête vers l'enveloppe sphérique, on la voit de si loin…. J'ai scruté le ciel pour apercevoir la frontière avec le paradis, j'ai imaginé Antonin et Paul, assis sur un nuage à l'aplomb du ballon, les talons battant le vide. Moi qui suis un peu fort, je ne pesais plus rien, je flottais, c'était irréel.

Le premier Congrès international pour l'amélioration du sort des sourds-muets se tenait à Paris au même moment. Il n'était organisé que par des entendants et peu d'étrangers y ont participé. Il a prôné la méthode d'articulation et de lecture sur les lèvres au détriment de la langue des signes. Pourtant, grâce à cette langue, Émile s'est affranchi du silence, il a quitté le royaume des solitaires pour s'envoler au pays du partage, comme s'il avait embarqué dans un ballon pareil à celui de Giffard pour rejoindre le monde des autres humains.

10 juillet

Notre famille est à nouveau au complet pour les vacances. Émile voue un profond respect à la mémoire de l'abbé de L'Épée, il s'est fait des amis, il a changé, il s'est épanoui. Il a deux types de professeurs, des entendants et des sourds bilingues qui s'expriment en langue des signes ainsi qu'en français écrit et parfois même parlé. Quand Henri aura grandi, il rejoindra son frère. Puis, comme je l'espère, mais uniquement s'ils le désirent, ils travailleront avec moi. Émile est un bon pédagogue, Marguerite est plus douée que moi en langue des signes. Henri, qui riait de me voir patauger, m'a corrigé avec fierté. J'ai appris à signer le mot champagne en imitant avec l'index un bouchon qui saute, et à signer le mot bouteille en dessinant la forme d'une bouteille avec le bras, les doigts de la main gauche formant un cercle ouvert, représentant le goulot de la bouteille, dans lequel l'index passe en tournoyant légèrement.

30 septembre

Le Panthéon de l'industrie d'aujourd'hui décrit le ballon captif de Giffard avec enthousiasme : « Le grand ballon ! Qui ne le connaît pas ? De tous les quartiers de Paris on l'aperçoit, dans l'enfilade d'une rue, au-dessus d'un toit, de la Bastille à l'Arc de triomphe, partout apparaît le colosse. C'est le phénomène familier : le vieux savant le suit de l'œil, les mères le montrent à leurs enfants, les maris à leurs femmes. Un colosse est toujours populaire. » Je pourrais en faire construire un moi aussi, et écrire notre nom dessus, ce serait une publicité grandiose…

26 décembre

J'ai fait creuser sous Pékin de nouvelles caves qui se raccordent à mon ancien réseau. J'ai déménagé mes bureaux un peu plus bas au 75, rue du Commerce, Pékin est redevenu une habitation tranquille. Le 26e bataillon de chasseurs a quitté notre ville. Et Noël nous a tous réunis une fois de plus à la messe puis autour de la table. J'ai toujours peur que ce soit la dernière. Marguerite juge notre bonheur évident ; moi, je continue chaque jour de m'étonner qu'il puisse durer.

3 janvier 1879

Joseph a neuf ans. Je lui ai décrit dans mes lettres mon ascension dans le ballon captif de l'exposition, je lui ai raconté l'histoire des ballons montés du siège de Paris, cela l'a passionné. Nous avons trouvé un terrain d'entente inépuisable. Je me sens responsable de lui, Paul me l'a légué en amical et tendre héritage. Je lui ai envoyé des romans de Jules Verne : *Le Tour du monde en 80 jours*, *De la Terre à la Lune*, et *Cinq semaines en ballon* dont l'un des héros est l'aéronaute Nadar.

1er février

J'ai participé au financement de la Société nautique d'Épernay qui a été fondée aujourd'hui. Mon temps est occupé par mon travail mais mes enfants y apprendront à nager, ma chère femme pourra s'y reposer, nos concitoyens en profiteront, on y pratiquera le tennis, l'aviron, la navigation de plaisance. Notre Marne est si belle.

Nous avons changé de président de la République hier, Mac-Mahon a démissionné, il est remplacé par l'avocat Jules Grévy.

21 février

Mon foudre me coûte cher mais il vaudra la peine. Pour continuer à le financer, j'ai pris le risque d'hypothéquer Pékin et emprunté 100 000 francs-or à Albert Mérendet et la même somme à Victor Bourre, ancien juge d'instance à Épernay, je les rembourserai dans les neuf ans avec un intérêt de cinq pour cent l'an.

Cher Journal, je t'avais parlé de Graham Bell et de son invention qui permettait de transmettre la voix humaine à distance ? Paris est la première ville au monde à avoir un réseau téléphonique, mais il nous faudra attendre avant d'en profiter en Champagne.

Retour au Hohenstein, 8 mai

Le squelette du foudre géant est achevé. Les soixante-douze énormes douves et les deux fonds monumentaux sont prêts. Le bois se trouve au bord du lac Balaton à mille cinq cents kilomètres d'Épernay. Comment le faire venir jusqu'à nous ? Il me faut repartir sur place organiser son transport.

— Salue ta belle amie hongroise pour moi ! m'a dit Marguerite pour plaisanter mais avec une lueur un peu inquiète au fond des yeux.

Je suis reparti en Hongrie. Mon voyage a de nouveau duré six longs jours en chemin de fer puis en diligence. J'ai retrouvé le *Tokaji*, le goulash, les danses et les musiques, mais cette fois on ne m'a proposé aucune compagnie féminine. J'ai félicité chaudement et personnellement chacun, j'ai posé la main sur une des majestueuses douves, j'ai senti le bois vivre sous ma paume, j'ai fermé les yeux, laissant la vibration se propager le long de mon bras jusqu'à mon torse. J'ai passé la nuit à discuter avec Jolibois et Walter. Nous sommes tombés d'accord au lever du soleil. Il faudra onze chariots, chacun étant tiré par six gros bœufs, pour transporter tout l'ouvrage jusqu'à Strasbourg. Là, on le chargera sur un train qui l'acheminera jusqu'à Épernay.

2 octobre

Émile est retourné rue Saint-Jacques. Les vignes bruissent de journaliers étrangers, les routes sont remplies de charrettes débordant de raisins. Les visiteurs de nos caves sont de plus en plus nombreux, le bouche à oreille fonctionne.

10 octobre

Un immense malheur est arrivé au Hohenstein. Jolibois, Walter et les hommes étaient épuisés par ces dernières années de travail. Le tout dernier jour, alors que le premier chariot chargé de douves quittait le lac Balaton, un homme a glissé dans l'eau et il s'y est sans doute noyé comme jadis Guillaume le marin groisillon que la mère de Paul aimait. Personne ne s'en est rendu compte, ils étaient tous occupés à surveiller le chargement et les bœufs.

Le convoi s'est ébranlé, ils ont progressé. Au bout d'un moment, on s'est avisé de l'absence d'un personnage clef, Heinrich Walter. On l'a appelé en pensant qu'il était à l'autre extrémité du convoi. Puis on s'est inquiété et on l'a fait rechercher.

On a battu la forêt, cru qu'il s'était éloigné, qu'il était tombé ou avait eu un malaise. On a rebroussé chemin, examiné la berge, reconnu ses traces au bord de l'eau. On s'est souvenu que la dernière fois qu'on l'avait aperçu il se tenait juste là, aidant à pousser un chariot. Il a dû basculer en arrière au cours de la manœuvre sans que personne le remarque.

Walter, si heureux de voir son chef-d'œuvre bientôt accompli, a-t-il baissé sa garde et négligé sa sécurité ? Le tonnelier hongrois ne verra jamais le foudre géant assemblé. Son nom restera à jamais dans nos mémoires. Le monumental tonneau est en deuil d'un de ses pères. Jolibois a pleuré son ami, les compagnons ont pleuré leur maître. Les bœufs, indifférents, attendaient le signal pour bander leurs muscles. On a sondé en vain les eaux noires du lac, on n'a pas retrouvé le corps de Walter. La longue route qu'il s'était épuisé à ouvrir à travers la forêt et les marécages l'aura mené à la mort. Olga avait cru transformer la vie de sa sœur en la faisant venir en France, j'ai cru transformer celle de Walter en l'enrôlant dans l'aventure de mon tonneau géant… Comment pourrais-je ne pas me sentir responsable de sa mort ?

Mary, Reims, 14 avril 1970

Le cercueil nous a précédés, c'est bien la première fois que papa est en avance. Il est posé sur un tapis roulant. L'employé du crématorium nous invite à entrer. Nous lui obéissons. Nous, c'est-à-dire moi et le brigadier Couperet. Je suis venue en taxi et j'ai eu la surprise de le trouver là.

Je m'assieds sur un banc inconfortable dans une pièce sans fenêtre. Couperet prend place deux bancs derrière. Un de nos pilotes est mort l'an passé dans un accident de voiture, Alberte avait mis un chemisier jaune à son enterrement pour qu'il y ait du soleil. C'est en pensant à elle que j'ai choisi aujourd'hui une tunique indienne turquoise délavé afin que le ciel soit présent. À l'enterrement de maman, je m'étais habillée de rouge parce qu'elle détestait le noir.

Mes amis me manquent, j'aurais aimé qu'ils soient là. Joseph Antonin Eugène Horcon, devenu Joe Robinson, va se dissoudre dans l'atmosphère. J'ai prévenu Astrid, elle n'a pas daigné venir mais elle a envoyé une couronne de fleurs sinistre et coûteuse, histoire sans doute de soulager sa conscience. J'ai envie qu'on en finisse rapidement. Je ferme mes oreilles aux requiems. J'essaie de me remémorer les *Danses slaves* de Dvorak, le numéro 2 de l'opus 72, je veux que papa parte en fumée sur une musique qu'il aimait. Dans sa dernière lettre, Eugène lui a écrit que Paul jouait du piano. Je sais maintenant à qui étaient les deux mains absentes de cette *dumka* à quatre mains.

Depuis la disparition de mon père, je vole souvent à sa recherche en pensée, là j'ai les pieds collés au sol, attachés à un bloc de béton, et un mégaphone invisible amplifie les battements de mon cœur jusqu'à les rendre assourdissants. Le brigadier Couperet remue nerveusement les jambes en faisant horriblement grincer son banc, ça devient insupportable. Je me retourne.

— Je rentrerai à l'hôtel directement, inutile de me surveiller. Vous ne pouvez pas cesser de gigoter ?

— Je ne suis pas en mission, proteste-t-il d'un ton blessé en arrêtant de bouger. Le capitaine ignore ma présence. Je n'ai pas voulu vous laisser seule.

Je m'en veux de l'avoir offensé.

— Excusez-moi, je croyais… Merci. Vous ne voulez pas venir vous asseoir devant ?

— Je n'osais pas…

Il me rejoint en laissant une chaise vide entre nous. L'employé s'approche :

— Voulez-vous dire quelques mots avant que nous procédions à la crémation ?

Quelques mots à qui, au maître des quatorze chats ? Je me lève, j'avance vers le cercueil, je pose la main dessus, je murmure « *bye, dad* » d'une voix ébréchée en guise d'adieu. L'employé tend la main vers un bouton rouge semblable à celui qui a propulsé *Apollo 13* dans l'espace. Papa va brûler comme les astronautes d'*Apollo 1*.

— Attendez !

La porte s'est ouverte en claquant. Cornélius déboule, essoufflé, accompagné de deux jeunes hommes longs et minces qui ont un air de famille avec lui. Celui qui est coiffé en hérisson se décale sur le côté et sort un saxophone de son étui tandis que Cornélius et celui qui a les cheveux aux épaules prennent place derrière nous.

Les premières notes de « Stormy Weather » qui s'élèvent dans le silence me bouleversent. La musique s'insinue sous ma peau, m'enveloppe l'âme, me fait exploser le cœur, me transporte loin de cette petite pièce ridicule. J'imagine Joe debout dans sa nacelle au lever du soleil, montant dans l'air frais du matin en chantant cette chanson mélancolique où il ne fait que pleuvoir. Couperet foudroie Cornélius du regard. Moi je m'envole, portée par les notes poignantes du saxo.

Aussitôt le morceau fini, l'employé tend le doigt vers le bouton de lancement mais le saxophoniste recommence à jouer, alors l'autre interrompt son geste. Joe redécolle sur « Blue Moon » tandis que le soir tombe. Je recule dans le temps, je me retrouve dans notre salon new-yorkais où mes parents dansent ensemble tandis que je joue avec Wing.

L'employé ronge son frein puis se précipite sur le bouton dès que le morceau est terminé. Le tapis roulant se met en branle, le cercueil avance. J'ignore si les restes de mon père sont dedans et cela n'a au fond aucune importance. Charly m'a raconté que dans certains cercueils revenus du Viêtnam il n'y avait que des sacs de sable parce qu'il était impossible de séparer les uns des autres les morceaux de chair brûlés et déchiquetés de ses amis.

Je me retourne pour remercier Cornélius du regard. Le cercueil disparaît derrière une trappe. L'employé jette un œil à sa montre puis nous invite à sortir, il nous a intercalés entre deux défunts millésime 1970, il y a la queue au portillon, il nous remettra l'urne dans deux heures.

Dehors, Cornélius me présente ses neveux Antoine-Basile et Étienne. Je tourne le dos à la cheminée d'où monte une fumée grise. Couperet ne me quitte pas d'une semelle.

— Je ne sais pas comment vous remercier, dis-je au saxophoniste. C'était…

— Adéquat, dit Cornélius. Comme le ciel de votre tunique. J'aurais pu apporter du champagne Hordon pour le boire en mémoire de votre père mais franchement il me fait des trous dans l'estomac, il est devenu imbuvable, j'ai cru comprendre qu'ils sont en faillite, ils ne vont pas tarder à mettre la clef sous la porte. C'est toujours triste quand une marque s'éteint.

— Je suis obligé de partir, s'excuse Antoine-Basile, on est en plein tournage.

Cornélius m'explique :

— Eugène a commandé aux frères Lumière en 1900 le premier film publicitaire de tous les temps grâce à un agent du champagne Mercier, Promio, qui a inventé le travelling sur une gondole à Venise. Aujourd'hui Antoine-Basile travaille dans le cinéma. Eugène a fait de la publicité sur un ballon à gaz en 1900. Aujourd'hui Étienne et moi pilotons des montgolfières à air chaud. Mon grand-père nous a marqués.

Nous restons tous les quatre, Aimé Couperet, Cornélius et Étienne Mercier, et moi, à nous regarder en chiens de faïence sur le parking désert. Je ne sais plus depuis combien de temps nous sommes là, j'ai perdu la notion du temps. Une famille en deuil sort. Une autre arrive. Puis ressort, et une autre encore lui succède. Ils observent ma tenue avec étonnement et désapprobation.

— Je reviens, dit Cornélius.

Il disparaît dans le bâtiment, réapparaît en portant avec précaution un petit carton de la taille d'un gros œuf de Pâques.

— Vous voulez le tenir, Mary ?

J'hésite une seconde puis j'ouvre les bras. Papa m'a tenu dans ses mains quand je suis née, je lui rends la pareille aujourd'hui mais il est plus léger que moi.

— Vous avez braqué le four ?

— Votre père n'est pas mort hier, il était inutile d'attendre si longtemps. Allons-y, c'est la meilleure heure.

— La meilleure heure pour quoi ? dis-je, déconcertée.

— Pour voler. Juste avant le hareng au beurre, vous vous souvenez ? Vous m'avez dit hier soir que vous désiriez disperser les cendres de votre père du haut d'un ballon et vous m'avez demandé si je connaissais quelqu'un qui pourrait vous emmener là-haut. Étienne va vous piloter.

Couperet, interloqué, fronce les sourcils. Mon cœur galope dans ma poitrine. Le dernier vol de Joe Robinson va coïncider avec le baptême de l'air de Lady Mary.

— Maintenant ?

— Oui. Nous allons libérer le brigadier qui a sûrement beaucoup de travail, dit Cornélius en se tournant vers Couperet.

Le brigadier retourne à contrecœur vers sa Renault de fonction. Je monte dans la Jeep de Cornélius et je pose papa sur mes genoux.

Journal d'Eugène

Épernay, 1er avril 1880

J'ai quarante-deux ans et mes cheveux sont devenus poivre et sel. J'ai construit de nouveaux bâtiments qui donnent sur la voie ferrée, je dois rallonger ma voie privée de deux cents mètres. Mes concurrents, après m'avoir cru fou, m'envient. J'ai fait peindre *Mercier* sur les wagons qui livrent nos vins, la marque sillonne les campagnes. Les voyageurs qui s'arrêtent à la gare d'Épernay en attendant que leur train soit ravitaillé en eau et en charbon n'ont que quelques pas à effectuer pour visiter nos caves, goûter notre production et passer commande dans la foulée. Mon vieil ami Le Journal, je viens d'avoir une nouvelle idée loufoque. Je me suis mis en rapport avec des négociants français, belges et anglais qui ne commercialisaient pas de champagne et je leur ai proposé d'en fabriquer pour eux, à leur nom ou à un nom de leur choix. Personne n'y a jamais songé, c'est le moment de m'engouffrer dans la brèche.

10 juillet

L'Assemblée nationale a voté la grâce des condamnés de la Commune. Dix ans après ce qui reste dans nos mémoires comme une semaine sanglante, les exilés et les déportés pourront enfin revenir en France. Il vient d'y avoir une manifestation au Père-Lachaise devant le mur en ruine où cent quarante-sept communeux et communeuses ont été exécutés en mai 1871. Mon âme de républicain trouve qu'ils méritent largement cet hommage.

14 septembre

Le second Congrès international pour l'amélioration du sort des sourds-muets vient de se tenir à Milan. Leur conclusion m'a navré et effaré : ils ont purement et simplement interdit la langue des signes dans tous les pays participants sauf les États-Unis et l'Angleterre, c'est invraisemblable et scandaleux ! Je n'arrive pas à comprendre pourquoi. C'est un recul considérable, inimaginable, une folie !

Sur les deux cent cinquante participants il y avait seulement quatre sourds, qui n'avaient même pas d'interprète. Dès le mois prochain, à la rentrée des classes, le ministère de l'Intérieur qui gère les écoles pour sourds imposera la méthode orale d'articulation avec lecture sur les lèvres. Tous les professeurs sourds qui enseignaient la langue des signes et les mimiques seront progressivement licenciés ou mis à la retraite. Les élèves sourds seront obligés de désigner par la parole et l'écriture les objets placés sous leurs yeux, il leur sera interdit d'utiliser les mains pour s'exprimer. Les Américains Edward et Thomas Gallaudet ont défendu en vain la langue des signes. Ce congrès, loin d'améliorer le sort des sourds-muets, a ratifié l'arrêt de mort de la langue qui les arrachait à leur solitude. Aucun des scientifiques qui ont délibéré n'avait donc d'enfant ou de conjoint sourd ? Je ne suis pas un de leurs élèves, moi, j'ai le droit d'utiliser mes mains. Si j'avais un de ces honorables congressistes devant moi, j'en ferais du moût de raisin.

10 octobre

Les nouvelles directives ministérielles consécutives à l'absurde Congrès de Milan ont été appliquées rue Saint-Jacques et partout en France. Heureusement, Émile connaît déjà la langue des signes, on ne peut pas l'obliger à la désapprendre. Grâce à lui, Henri l'a également assimilée, et nous continuons à progresser. Je plains infiniment les jeunes sourds qui arrivent en ignorant ses rudiments.

26 décembre

Nous avons fêté Noël. Ma mère a toujours préféré son indépendance mais mon beau-père Philippe s'est installé à Pékin. Il aime à surveiller le personnel de bureau qui, selon lui, s'absente trop souvent pour fumer une cigarette ou bavarder près des écuries, et il s'est mis à dos les employés qu'il appelle des commis. Afin de les épier, il a pris l'habitude se cacher dans un local contigu destiné à l'élevage des porcs. Pour l'en dissuader, deux jeunes employés l'ont enfermé avec les porcs et il y a passé la moitié d'une nuit. Je gage qu'il ne les surveillera plus. Il a été autrefois pour moi un patron bienveillant, j'imagine qu'il se sent inutile et supporte mal de vieillir. C'est un homme profondément bon, il n'a jamais fait la moindre remarque sur la surdité de ses petits-fils ou mon hérédité paternelle inconnue qui en est vraisemblablement la cause, je lui saurai éternellement gré de cette délicatesse.

FICHE DE RECENSEMENT 122 M 211, **1881**
Ville d'Épernay, France, 16 388 habitants
Pour Pékin, rue du Commerce prolongée, ménage 51 :
Eugène Mercier, négociant en vins, 44 ans
Marguerite Françoise Bourlon, épouse, 36 ans
Philippe Bourlon, beau-père, 66 ans
Blanche Mercier, enfant, 12 ans
Henri Mercier, enfant, 9 ans
Marie Mercier, enfant, 6 ans
Anne-Marie Robin, domestique-cuisinière, 24 ans

10 janvier

Joseph a onze ans, il a encore progressé en chant, il est devenu le soliste de son chœur d'enfants mais lorsqu'il chante à l'église son père n'est pas là pour l'applaudir. Je connais ce sentiment, je n'en avais pas non plus chez les Frères le jour de la distribution des prix à la fin de chaque année scolaire. Il m'écrit que d'anciens amis francs-maçons de Paul mettent un point d'honneur à être présents pour lui, leur fraternité n'est donc pas un vain mot. Il a adoré Jules Verne. Je lui envoie *Vingt mille lieues sous les mers*, *Voyage au centre de la Terre*, et *La Maison à vapeur* qu'on vient de publier.

1er avril

J'ai quarante-trois ans. Il n'y avait pas eu de cuvée spéciale depuis six ans, les dernières vendanges ont été excellentes, 1880 sera notre sixième millésime.

Je ne dors que trois heures par nuit, je n'ai pas besoin de plus. Il m'arrive de piquer du nez vers 4 heures du matin, dans mon bureau. Derrière mon fauteuil, mon coffre-fort est toujours ouvert. Quand le facteur coiffé de sa vieille casquette des postes, en blouse bleue et canne à la main, vient déposer le courrier à 7 heures du matin, il me réveille et il referme le coffre-fort. Je ne crains pas pour moi ce qui est arrivé autrefois à l'Ogre : lui avait mérité son sort.

11 septembre

J'étais très tôt aujourd'hui sur le quai où j'ai attendu, fébrile et ému, les gigantesques pièces du foudre que onze chariots ont transporté jusqu'à Strasbourg où on les a hissées dans le train. Jolibois se tenait près de moi. L'ombre d'Heinrich Walter planait sur nous.

Marguerite était à mes côtés, avec Blanche, Henri et la petite Marie. Ma mère et Philippe étaient venus aussi. Des tonneliers, des vanniers, des cavistes et des employés de bureau assistaient à l'événement avant de commencer le travail.

— La voilà ! a crié la foule.

La locomotive est apparue à l'horizon. Nous retenions notre souffle. Elle s'est rapprochée. Le tonneau géant était là, en morceaux, magnifique. Les hommes en sont restés bouche bée. Une femme a tendu une main hésitante pour effleurer puis caresser le bois. Jolibois était aussi ému que moi.

— Mon papa construit le plus grand tonneau du monde ! a clamé Marie, brisant le silence respectueux.

— Si tu es fou, j'aime ta folie, m'a chuchoté Marguerite.

Décembre

Le foudre est en cours d'assemblage grâce à un échafaudage haut comme une maison de trois étages, des palans et des cordes. Les douves sont introduites dans de grands cercles de métal, puis serrées et ajustées aux précédentes sans le concours d'aucune cheville. Jolibois et son équipe tiennent actuellement la cadence de trois douves en place par semaine. Il faudra un an pour monter le tonneau puis un an de plus pour le sécher, le tester et le rendre utilisable.

16 avril 1882

Henri Giffard qui devenait aveugle s'est donné la mort hier en respirant du chloroforme. Il a été le mécène de nombreux aéronautes. Lui qui survolait la terre en ballon n'a pas supporté d'être cloué au sol dans le noir.

J'ai pour la première fois engagé un homme afin de m'épauler, je n'y suffisais plus, je ne suis pas Atlas. Mon nouveau chef des bureaux et fondé de pouvoir se nomme Paul Jobert, il regarde droit dans les yeux et sa poignée de main est franche. Je l'ai choisi parmi de nombreux postulants. Son visage est intelligent, il porte moustache et barbe noires, il s'est présenté en veste grise, pantalon gris rayé, gilet noir, chemise blanche et nœud papillon. C'est un homme marié, ordonné, travailleur, avec au coin des lèvres un frémissement amusé qui me laisse penser qu'il est moins traditionnel qu'il n'y paraît. Mes idées saugrenues lui siéront. J'espère qu'il restera longtemps avec nous. Et puis, il se prénomme Paul.

Dans son bureau, Eugène assis de face ; derrière lui (avec la barbe), Paul Jobert.

28 août

Notre troisième fille, Claire Émeline, est née à Pékin aujourd'hui, elle entend aussi clairement que son nom, elle entend, cher Journal, j'ai tout de suite rassuré Marguerite ! Elle a sucé mon petit doigt mouillé de champagne comme ses frères et sœurs avant elle. Le prénom Blanche symbolise la pureté et la délicatesse. Les lettres de Marie se blottissent dans le prénom de Marguerite. Claire évoque la lumière et la franchise. Nous avons cinq enfants, un pour chaque doigt de la main, un pour chaque lettre du mot Pékin.

La sagesse populaire prétend qu'il y a une mort pour une vie, notre vieux Bulle d'Or s'est endormi définitivement ce soir après avoir partagé notre existence pendant quatorze ans. C'est le pauvre Henri qui a buté sur son corps. Il s'est précipité dans mon bureau, il avait les mots du chagrin sur les lèvres mais il ne pouvait pas les prononcer, il haletait, debout devant moi, l'âme si triste que ses bras restaient immobiles, contenant sa parole, il grondait de souffrance, puis il m'a pris par la main et emmené dans la cour devant le corps raide de notre pauvre chien.

Nous avons enterré le tendre Bulle d'Or au pied d'un arbre. Je continuerai à ouvrir la porte-fenêtre donnant sur la pelouse pour le faire sortir à la nuit, à l'attendre le long de la galerie de Pékin, à guetter le bruit de ses pattes dans mon escalier privé, à le chercher sous mon bureau, à tendre la main sous la table à la rencontre de son museau soyeux. Bâtard et vagabond, il était devenu un membre à part entière de notre famille. Émile, revenu pour les vacances, refoulait ses larmes à grand-peine, Blanche et Henri sanglotaient, Marie était toute pâle. Nous ne l'avons pas appris tout de suite à Marguerite, la naissance l'a épuisée, il sera bien temps demain de lui annoncer cette triste nouvelle.

3 octobre

Henri est rentré à Paris à l'institut de la rue Saint-Jacques, son départ n'a pas été aussi déchirant que celui d'Émile puisqu'il accompagnait son grand frère de quatorze ans qui s'y est parfaitement intégré. Marguerite avait quand même le cœur gros. Blanche et Marie étaient collées l'une contre l'autre. J'ai serré les dents.

26 décembre

La cadence de montage du foudre a baissé car les dernières douves doivent être placées depuis l'intérieur du tonneau, ce qui rend la manœuvre plus compliquée. Mais Jolibois en a vu d'autres.

Un médecin allemand, Robert Koch, a découvert et isolé cette année le bacille responsable de la tuberculose et il lui a donné son nom. Il cherche comment la traiter. Hélas, cela fait déjà quatre ans que Katia en est morte.

Quand on a vécu avec un chien on ne saurait plus s'en passer. Nous ne remplacerons jamais le fidèle et doux Bulle d'Or mais nous rendrons heureux le petit Bouchon. Les enfants l'ont découvert devant la cheminée le matin de Noël, il ne ressemble à rien, c'est un chien d'assemblage, un métis, un bâtard comme Bulle d'Or et moi.

3 janvier 1883

Joseph a treize ans. Il ne se nomme pas Joseph Eugène Antonin par hasard, il aime les montgolfières, les oiseaux, les aéroplanes, tout ce qui vole. Lorsqu'il viendra en Europe, je lui présenterai Thomas, ils ont tout pour s'entendre.

J'ai loué des caves à Étienne Bouvet-Ladubay, un important négociant en vins de Saumur, devenu sourd à la suite d'une scarlatine. Je souhaite à Émile et à Henri la même réussite que lui.

1er avril

Quarante-cinq ans aujourd'hui. Mon idée de fabriquer du champagne pour des négociants qui n'en commercialisaient pas fonctionne au-delà de mes espérances. Ils n'ont pas voulu acheter mon champagne Mercier ? Tant pis, je leur en ai livré et vendu sous leurs propres noms, tout le monde s'y retrouve ! Dans notre comptabilité, ces vins apparaissent sous la dénomination de « marques d'acheteurs ».

Toutes les douves du foudre sont enfin en place. Il reste encore à positionner les deux énormes fonds en écartant les dernières douves sans rompre l'ensemble.

5 juin

On a inauguré aujourd'hui un luxueux train qui relie Paris à Istanbul en passant par Munich, Vienne et Belgrade, il s'appelle l'*Orient-Express*. Il comporte des wagons-lits, des salons, un bar et un restaurant gastronomique où on sert de nombreux champagnes, dont le nôtre. Un jour, je le ferai arriver sur mon embranchement privé et s'arrêter majestueusement dans mes caves.

23 juin

On parle de lutter contre le phylloxéra grâce à des plants américains qui sécrètent, après la piqûre du puceron, une sorte de liège qui cicatrise la plaie. En greffant nos vignes champenoises sur ces plants on conserverait leurs caractéristiques tout en se protégeant contre le parasite. Pourtant ce remède me semble paradoxal puisque ce sont ces mêmes plants, il y a vingt ans, qui ont amené le parasite chez nous.

L'antidote du poison serait le poison lui-même ? Certains vignerons n'hésitent pas à brûler leurs vignes atteintes, d'autres, impuissants, baissent les bras.

3 janvier 1884

Les deux fonds du tonneau géant sont enfin en place. J'ai demandé à Gustave Navlet, qui avait sculpté mes caves à même la craie, de décorer aussi mon foudre de bois.

Joseph a quatorze ans, il est en train de muer, son chef de chœur veut le faire changer de registre mais il ne supporte pas de quitter le devant de la scène. Il s'est rabattu sur l'étude du piano où Marian m'écrit qu'il est très doué.

L'État vient d'ouvrir le réseau téléphonique de Reims. Le téléphone commence à se propager en ville, le conseil municipal a fixé à 0,10 franc par mètre le tarif du parcours des fils au-dessus de la voie publique, avec un minimum de 2 francs par an, quelle que soit la longueur du fil, et un maximum de 10 francs par ligne.

3 août

Cher Journal, je suis à nouveau père ! Notre quatrième fille, Julia, a vu le jour aujourd'hui. Elle a sursauté si fort lorsque j'ai vérifié son ouïe que j'ai failli la lâcher, ma mère m'a grondé comme si j'avais cinq ans et me l'a retirée ! Marguerite a vu mon visage et mon sourire et, avant que j'aie ouvert la bouche, elle a poussé un immense soupir de soulagement. Nous étions tous deux enfants uniques, et voilà que nous avons six beaux enfants, un pour chaque lettre du mot FOUDRE.

— Tu n'aurais pas préféré un autre fils, Eugène ? vérifie-t-elle.

— Je n'ai aucune envie de te partager avec d'autres hommes, dis-je en plaisantant.

Elle insiste :

— Si nous avions eu un troisième fils, il aurait forcément été sourd, n'est-ce pas ?

Je m'assieds à côté d'elle.

— Je rêvais d'une femme comme toi et d'une famille comme la nôtre. Nos fils sont merveilleux. Nos filles sont délicieuses. Repose-toi, mon amour.

Elle se laisse aller contre mon épaule, ferme les yeux et me souffle :

— Jure-moi que tu ne regrettes pas le fils chef d'orchestre dont nous avions parlé ?

Je lui réponds sur le même ton :

— Dis-moi que tu ne m'en veux pas de travailler tout le temps et d'être si peu avec toi ?

Elle sourit.

— Je préfère t'avoir toi, même peu, plutôt que Nicaise tout le temps.

Et elle s'endort, le nez dans mon cou.

21 décembre

J'ai été élu juge au tribunal de commerce, je m'efforcerai d'être équitable et utile. Je suis parti du bas de l'échelle et voilà que je siège parmi les notables, cela en fait grincer des dents certains. Pierre, issu d'une famille honorablement connue, s'est présenté aussi et il a été débouté. J'avoue que je m'en réjouis autant que Paul quand il avait appris que son frère avait été refusé par les francs-maçons.

Navlet a sculpté sur la façade avant du foudre deux immenses et belles femmes vêtues de toges, de profil, qui représentent la Champagne offrant une grappe de raisin à l'Angleterre et ressemblent à celles qui figurent dans nos caves. Sur la face arrière, quatre visages de femmes au centre figurent chacune une saison, entourées par les blasons des principaux vignobles de Champagne, l'ancien blason à trois roses d'Épernay et son nouveau blason accordé par Napoléon Ier, celui d'Ay, celui de Reims avec la fleur de lys, celui de Châlons, celui d'Avize, celui de Vertus, celui de la Champagne.

J'augmente les salaires et je crée des primes, mais les conditions de travail de mes ouvriers sont difficiles, les caves sont froides et humides, il y a des rats, il pleut depuis les voûtes. J'y descends tous les jours pour les saluer, comme je parcours chaque matin mes bureaux pour saluer chaque employé, je les connais tous par leur nom. En plus de mes concitoyens, j'ai embauché après la guerre de 1870 des Alsaciens-Lorrains chassés de leur patrie et des Russes exilés par le tsar pour leurs idées trop avancées. Les parents encouragent leurs enfants à travailler chez nous dès qu'ils ont l'âge, il paraît qu'appartenir à mon personnel est une chance et une promotion sociale. Un grand négociant m'a reproché avec dédain de faire du paternalisme. Je me moque de ce qu'il pense, l'atmosphère familiale et le climat harmonieux qui règnent dans notre maison sont à mon goût. Je n'aurais jamais pu édifier seul mon affaire, je respecte ceux qui y contribuent, j'étais leur semblable au départ, je n'ai aucune raison de changer. Bien faire et laisser dire, voilà la juste attitude.

18 février 1885

Maman n'est pas venue au bureau aujourd'hui. Inquiet, je me suis précipité chez elle. Elle était adossée à ses oreillers, très faible. J'ai fait venir le médecin.

— Elle est usée, m'a-t-il dit en me prenant à part. Il n'y a pas de traitement contre ça, monsieur Mercier. Elle a travaillé très jeune, elle ne s'est jamais reposée.

— Vous pouvez sûrement lui redonner des forces ?

— Elle est épuisée Rien n'y fera.

Je suis retourné à son chevet en m'efforçant de sourire.

— Le docteur dit que tu as un mauvais patron qui t'inflige un travail exténuant. Tu dois rester au lit quelques jours.

— Je m'ennuierai ! a-t-elle protesté. Et puis tu as besoin de moi !

J'ai acquiescé.

— Laisse au moins aux médicaments le temps d'agir.

Elle s'est agitée, mécontente, le feu aux joues.

— J'ai été égoïste, Eugène. Parce que j'aimais ton père, je t'ai imposé une enfance sans lui. Il ne pouvait pas m'épouser, même s'il le voulait, il n'en avait pas le droit. Je ne t'ai pas mis en nourrice comme ta sœur, j'ai voulu te garder auprès de moi. Je te demande pardon…

J'ai dû me détourner pour qu'elle ne voie pas combien ces paroles me bouleversaient.

— Un jour, il y a bien longtemps, je suis allée sur la tombe de Sophie à Reims, je ne te l'ai jamais dit, a-t-elle ajouté. J'ai eu la surprise d'y trouver mon père qui se recueillait. J'ai reculé et je suis partie.

J'étais sidéré. Mon intraitable grand-père Ponce-François était donc finalement humain ?

— Je suis fière de ce que tu es devenu, j'aime Marguerite comme une fille, et vos enfants font ma joie. Vos fils sont exceptionnels, Eugène.

J'ai hoché la tête sans pouvoir dire un mot.

20 février

Ma tendre mère, Jeanne Marguerite Mercier, est morte aujourd'hui chez elle, 5, rue Charuel. Elle avait soixante-huit ans. Enfant, je m'imaginais qu'elle était une princesse ou la fille d'un négociant prestigieux qui s'était sauvée par amour, je l'auréolais d'une légende. En grandissant j'ai compris que c'était une fille d'agriculteurs plus jolie et plus courageuse que les autres parce qu'elle s'était battue pour me garder près d'elle après la mort de ma sœur alors qu'il eût été tellement plus simple de se débarrasser de moi.

Je suis plus à l'aise avec mes bouteilles et mes clients qu'avec les mots, sauf lorsque je m'adresse à toi, mon fidèle complice de papier. Je n'ai pas assez dit à maman que je l'aimais mais travailler ensemble était notre façon de nous étreindre et de rapiécer les lambeaux de nos vies décousues pour ne plus faire qu'un seul vêtement bien chaud, comme lorsqu'elle était ouvrière en robes et que je me pelotonnais près d'elle devant la cheminée.

Avant de s'éteindre elle m'a fixé et elle a tenté de parler. Voulait-elle me dire le nom de mon père ? Je lui ai souri pour la dernière fois. Sa douce tête a roulé sur le côté.

J'ai sangloté comme un enfant dans les bras de Marguerite. Maman était mon rocher, mon repère, mon refuge, à la fois mon père et ma mère. Nous sommes passés ensemble, à force de travail, de la pièce unique qui sentait bon la soupe du soir au château de Pékin avec ses salons et ses cuisines où s'affairent nos domestiques. Nous n'en sommes pas devenus plus heureux, nous l'étions déjà autrefois, il nous suffisait d'échanger un regard.

Je détestais déjà ce mois de février qui avait emporté Antonin. Je le maudis ce soir.

22 février

La messe a été recueillie, Émile et Henri sont revenus de Paris, tous nos enfants étaient là, même Julia qui n'est qu'un bébé. Ma chère maman repose à présent au cimetière d'Épernay dans un caveau qu'elle inaugure et où je la rejoindrai le jour où mon heure sera venue. Elle n'est plus avec nous mais elle ne quittera pas mon cœur.

J'ai voulu exprimer ma gratitude à ceux qui l'ont accompagnée en sa dernière demeure.

— Je vous remercie tous d'être venus rendre hommage à ma mère. Elle aimait la vie, sa famille, Épernay, elle ne craignait pas de montrer ses sentiments. Un jour, je lui ai demandé combien, à son avis, il y avait de bulles dans une coupe de champagne. Elle m'a répondu : « Il y en a moins que je ne t'aime »…

Ma voix s'est brisée, je n'ai pas pu continuer. Alors Marguerite a pris ma relève puisque mes fils Émile et Henri ne pouvaient s'en charger, et elle a prononcé les mots justes. Je vis avec cette femme magique depuis bientôt vingt ans, elle est aussi étonnante les jours heureux que les heures déchirantes. J'ai serré des mains, répété des mots inutiles, jusqu'au moment où Olga m'a présenté ses condoléances. Je ne l'avais pas revue depuis la disparition de Katia, elle avait vieilli, des mèches blanches striaient sa chevelure rousse.

— Merci d'être venue, ai-je dit, touché de sa présence.

— Nous sommes amis, Eugène. Je partage ta peine. Ma mère est morte en mettant Katia au monde, je n'oublierai jamais sa douceur. Tu as eu de la chance de garder la tienne si longtemps, tu sais, a-t-elle dit de sa voix rauque.

Ses mots m'ont redonné du courage. J'ai échangé un regard avec Marguerite. Oui, j'ai eu, et j'ai encore, une chance infinie.

8 mars

Je me suis rendu chez le notaire pour écouter le clerc Louis Grammaire faire lecture des documents constituant la succession de ma mère. Mon passé m'est revenu en pleine face lorsqu'il a lu d'une voix solennelle « Succession de Jeanne Mercier laissant pour seul héritier Eugène Mercier, négociant en vins, son fils adoptif aux termes d'un arrêt de la cour d'appel de Paris de 1868 ». Né en 1838, je ne suis officiellement son fils que depuis 1868, quelle absurdité. Ma mère laisse 2000 francs sur un livret de Caisse d'épargne, 500 francs en obligations du Crédit foncier de France, 400 francs au prorata de loyers dus par les locataires d'immeubles dont elle avait l'usufruit, et moi elle me laisse infiniment malheureux, comme disloqué. Les plus chamboulés de mes enfants ont été sans conteste Émile et Henri avec lesquels elle avait un rapport spécial. Parce qu'elle avait plus l'habitude des petits garçons ? Ou à cause de mon père, pour une raison que j'ignorerai toujours ?

7 juillet

Aujourd'hui a été une journée historique commencée dans la joie et terminée dans la tristesse… Le foudre était prêt, enfin. J'ai inscrit sur notre livre d'inventaire : « Un fût de 200 000 bouteilles, jaugé par la Régie pour 1 600 hectolitres, pesant 20 000 kilos et contenant 800 pièces d'assemblages. » C'est indiscutablement le plus grand tonneau du monde. Avant de l'utiliser on devra l'abreuver de milliers de mètres cubes d'eau pour obtenir une étanchéité complète. Il aura fallu quinze ans pour rendre ce rêve réel.

Une fête grandiose a évidemment présidé à cet achèvement, le champagne coulait à flots. Jolibois était en retard, je l'ai fait appeler. On a dépêché un de ses compagnons chez lui pour le fêter avec les honneurs qui lui étaient dus. L'homme est revenu avec un visage si défait que j'ai pris peur. Ce n'était pas concevable, la tragédie ne pouvait pas se répéter ? Hélas, le destin broie les hommes. Est-ce l'émotion ? l'usure ? la fatigue ? la maladie ? Son cœur a lâché. Jolibois est mort aujourd'hui, au moment où il allait recevoir la récompense de son talent et de ses efforts. Je n'arrive pas à y croire. Ni Walter ni lui n'auront admiré leur grand œuvre. Ceux qui ignoraient encore la triste nouvelle continuaient de festoyer, les autres se recueillaient. J'ai reposé ma coupe de champagne, désolé et bouleversé. Le foudre trônait à sa place, majestueux, insensible, indifférent à la douleur des fragiles humains. Jolibois nous a quittés.

Maman en février, Jolibois aujourd'hui… Je suis anéanti. J'ai un moment la tentation de me laisser couler au lieu de me battre. Mais Marguerite a confiance en moi… alors je dois rassembler mes forces et redresser la tête.

8 juillet

Ce matin, j'ai fait graver les noms des deux tonneliers au fer chaud à l'intérieur du foudre, Walter sur la cinquième douve de gauche en partant du robinet, Jolibois sur la cinquième douve de droite. Je dois, pour leur rendre hommage, le remplir du meilleur champagne, citer et transmettre leurs noms, et faire bon usage de leur chef-d'œuvre. J'ai une idée pour ça, encore plus folle que les précédentes…

Mary, 14 avril 1970

Nous roulons en silence, cahotés par la Jeep qui tracte une remorque. J'ouvre le carton pour sortir l'urne, on dirait une mauvaise imitation des laques utilisées pour la décoration des restaurants asiatiques. Elle a un couvercle doré trop clinquant. Je n'arrive pas à réaliser ce qu'elle contient.

— Il paraît que la NASA a fait des essais pour récupérer des pilotes abattus au Viêtnam grâce à des montgolfières. C'est vrai ? vérifie Cornélius.

— Charly ne m'en a pas parlé.

La voiture quitte la route et s'engage dans un champ.

— Nous ne rentrons pas à Épernay ? dis-je, surprise.

— On vole plutôt du côté de Reims à cause des vignes, du chemin de fer et de la forêt. Ce soir les conditions sont optimales, il y a peu de vent au sol et juste ce qu'il faut en haut, répond Cornélius.

— Vous partez toujours du même endroit ?

— Non, on décolle d'où on veut, de chez des amis, de la pelouse d'un château, il faut juste une jachère, c'est-à-dire un champ non cultivé, pas une pâture où il y a des animaux et des barbelés.

Mes pieds sont en plomb. Ma gorge se serre. C'est absurde, je ne vais tout de même pas avoir peur ?

— On peut voler toute la journée l'hiver, mais en avril on ne vole que tôt le matin ou en fin d'après-midi pour éviter les thermiques, ajoute-t-il. L'atmosphère doit être stable puisqu'on ne fait que monter et descendre. On évite comme la peste les cumulonimbus. S'il y a un courant ascendant, le ballon risque d'être aspiré et piégé comme dans un évier. L'aspiration est le moteur du planeur et du parapente, nous la fuyons.

J'acquiesce sans lâcher papa.

— Les montgolfières ont évolué avec le temps, leurs enveloppes ne sont plus en taffetas ou en soie comme autrefois mais en nylon imprégné de polyuréthane, il n'y a plus de feu de paille pour chauffer l'air mais un brûleur en acier alimenté par du gaz propane. Étienne sera votre pilote, je ferai le *retrouving*, précise Cornélius.

— Le quoi ?

— La récupération à l'atterrissage. On ne va pas où on veut en montgolfière, on s'adapte au vent, alors il y a toujours une équipe à terre qui suit en voiture et à la radio, qui aide à l'atterrissage si besoin et qui récupère le ballon. On revient très rarement à son point de départ, ce qui s'appelle faire une boîte, sauf s'il y a des couches d'inversion.

Je n'avais que sept ans quand papa a disparu, je vivais ma vie d'enfant, il était souvent absent, quand il rentrait il me parlait du ciel et des oiseaux, du soleil et de la lune, je ne m'intéressais pas au côté technique de sa passion.

— J'aurais dû prendre un chandail, dis-je en considérant ma tunique indienne d'un œil critique.

— Vous n'en aurez pas besoin, il ne fait pas plus froid en haut qu'en bas. En revanche, vous allez mettre ça.

Il me tend un casque rigide à jugulaire qui ressemble à une bombe d'équitation. J'aurais préféré un casque de pilote en cuir souple comme en portait Amelia Earhardt.

— C'est censé me protéger au cas où le ciel me tombe sur la tête ?

— C'est censé vous éviter de prendre le brûleur sur le crâne au moment de l'atterrissage quand les câbles se distendent à l'impact avec le sol.

Étienne enfile son casque et je l'imite à contrecœur. Cornélius et lui descendent de la remorque une nacelle en osier et un sac qui contient le ballon.

— On va gonfler l'enveloppe avec de l'air froid puis le réchauffer grâce au brûleur.

Je connais le principe, les frères Montgolfier en ont eu l'intuition en remarquant que leurs chemises qui séchaient au coin du feu s'élevaient sous l'action de la chaleur. Cornélius fixe le brûleur, qui ressemble à un barbecue, au cadre de charge. Étienne accroche les câbles métalliques de la nacelle au cadre et les protège par des manchons en cuir. On dirait un Lego géant pour adultes.

Je les regarde coucher la nacelle sur le sol et étaler l'enveloppe du *Bulle d'Or II* dans le champ sur toute sa longueur, environ vingt-cinq mètres. Cornélius s'affaire au niveau de la couronne et fixe des cordes en m'indiquant leurs noms, celle de manœuvre pour faire tirer le ballon par l'équipier au sol, celle de soupape pour descendre et dégonfler le ballon au sol, celle du panneau de déchirure pour le dégonfler rapidement en cas de problème, celle de couronne pour le coucher à l'atterrissage.

Puis Étienne se place devant la bouche du ballon, bras et jambes écartés tel l'homme de Vitruve, et il maintient ouverts les bords inférieurs de l'enveloppe. Cornélius pose un ventilateur devant lui qui envoie de l'air froid dans le ballon. L'enveloppe, ainsi ventilée, prend du volume.

Quand le ballon est entièrement gonflé, Étienne allume le brûleur fixé au-dessus de la nacelle et commence à réchauffer l'air. Le ballon se relève. Il ressemble désormais à un bouchon de champagne géant, vert avec une large bande blanche sur laquelle se détachent les lettres de leur nom de famille.

— J'imaginais la nacelle plus grande et le ballon plus petit, dis-je.

— La nacelle fait un mètre cube, précise Étienne. Le ballon fait deux mille deux cents mètres cubes, donc deux mille deux cents nacelles.

— Montez dans le panier, Mary, dit Cornélius.

Je cherche des yeux un escabeau, il n'y en a pas. J'enjambe maladroitement la rambarde d'osier sans lâcher papa. Étienne est déjà debout dans la nacelle à côté de moi. Cornélius se tient à un mètre, le visage grave. Il fixe Étienne, lui fait brusquement un signe que je ne sais pas interpréter.

— Tu es sûr ? vérifie Étienne.

Cornélius hoche la tête.

Alors tout se passe très vite. Étienne quitte la nacelle au moment où Cornélius y prend place. Le casque change de tête. Cornélius tend la main au-dessus de lui, actionne le brûleur, et le ballon s'élève avec une infinie douceur, si tranquillement que je ne m'en rends compte qu'au moment où nous dépassons la cime des arbres qui bordent le champ.

Abasourdie, je serre l'urne contre moi. Nous volons, sans moteur, sans bruit, sans à-coups, nous flottons librement. Je n'ai pas peur, vraiment. C'est une sensation ineffable, indicible, extraordinaire ! Mon cœur éclate de joie, un sourire irrépressible éclaire mon visage. J'ai l'impression de rêver. Le sol rapetisse sous nos pieds. On dirait un décor pour train électrique. Je plie instinctivement les genoux pour me rapprocher du sol, je m'en rends compte et je me redresse tout de suite, heureusement Cornélius n'a rien remarqué. Le bras toujours levé, il règle notre altitude et la montgolfière monte ou descend au gré de sa main.

— L'air est chaud, on monte, l'air se refroidit, on descend. Vous ne devez toucher ces deux cordes sous aucun prétexte, OK ?

J'acquiesce. Le bord de la nacelle m'arrive à la taille mais l'espace d'un instant j'ai le sentiment d'être redevenue une enfant de sept ans qui regarde le monde en contre-plongée. Cornélius sourit, plus détendu que je ne l'ai jamais vu à terre, les yeux encore plus bleus sur le fond du ciel.

— Je croyais que vous voliez exclusivement seul ?

— C'est une promesse que je m'étais faite. J'y déroge pour la première fois, dit-il avec une sorte de soulagement sur les traits.

— Par ma faute ?

— Non, grâce à vous. Quand on tombe de cheval il faut remonter en selle tout de suite. J'ai attendu trop longtemps.

Nous ne pesons plus rien, nous flottons. L'impression est magnifique, le spectacle écrasant de beauté, le ciel d'une pureté si absolue que j'en ai les larmes aux yeux mais ne peux les essuyer parce que je tiens toujours mon père à deux mains.

— Nous sommes dans l'air, Mary, nous nous déplaçons à sa vitesse comme une bulle de savon. Rien à voir avec un avion à moteur, ni un planeur qui s'appuie sur l'air avec ses ailes. Si nous ne sentons pas le vent c'est parce que nous sommes dedans. Vous ne pouvez pas avoir froid, il n'y a pas de courant d'air puisqu'on n'a pas de résistance à l'air. Quelquefois on est juste entre deux couches et on n'a pas la même température aux pieds et à la tête, c'est une perception intéressante.

Le silence, absolu et palpable, est régulièrement rompu par le souffle du brûleur qui envoie des coups de flamme vers la bouche d'entrée du ballon à quelques centimètres au-dessus de nos têtes.

— Le bas de l'enveloppe ne craint rien, il est ignifugé, me rassure Cornélius. Pour certains c'est un bruit d'enfer, pour moi c'est le son du paradis.

Je souris, oubliant une seconde l'émouvante mission qui m'incombe. Je ne suis plus là pour disperser des cendres, ni pour démasquer un meurtrier, ni pour innocenter Paul, ni pour retrouver le journal d'Eugène. Je réalise mon rêve d'enfant. Il y a une dimension métaphysique, spirituelle, dans le fait de flotter si près du paradis, comme si on touchait du doigt l'éternité.

— Nous allons redescendre et faire du *radada*, du ras du sol, ça va vous plaire.

Le ballon descend avec grâce jusqu'à frôler les blés. Je peux les effleurer en me penchant, c'est fou. Nous avançons à l'horizontale en caressant le champ. Puis Cornélius redonne un coup de brûleur et le ballon remonte souplement, de plus en plus haut, au-dessus d'une rivière.

— Regardez, Mary !

Des oiseaux volent juste en dessous et partagent le ciel avec nous comme une évidence. Une bouffée de pur bonheur m'envahit, je n'oublierai jamais ce moment, même si je vis cent ans. Je repense à la question naïve que j'avais jadis posée à mon père. Je sais à quoi ressemble le ciel ce soir, depuis la nacelle du *Bulle d'Or II*. Deux morceaux s'imposent dans mes oreilles, d'une évidence non négociable. L'*Alleluia* de la cantate WV 15 de Buxtehude, une céleste et joyeuse musique baroque. Et « Dis, quand reviendras-tu ? » chanté par mon amie Alberte.

— Voler en ballon ne ressemble à rien d'autre, dit Cornélius. On est un oiseau libre, installé à une terrasse de café céleste avec vue imprenable sur la terre. Sauf qu'il faut être constamment vigilant. Vous voyez ces deux poteaux ? Il y a une ligne électrique entre eux mais on ne la voit pas, il faut la chercher et la repérer.

— Vous vous localisez com… ?

Sa main actionne la manette, le souffle du brûleur m'interrompt.

— Désolé, pas moyen de faire autrement ! Chaque fois qu'on actionne le brûleur, ça coupe la conversation, même au moment le plus inopportun. Comme lorsqu'on se prépare à déclarer son amour à une femme autour d'un verre, et au moment où on va se lancer, le crétin de barman vous coupe votre effet en demandant ce que vous voulez boire.

L'image m'amuse.

— Ça vous est arrivé ?

— Quand j'avais vingt ans, depuis j'évite les bars, dit-il en riant.

Il y a une Jeep sur la route juste en dessous de nous, Étienne agite la main par la fenêtre et s'arrête pour nous laisser passer.

— On vient de droite, on a la priorité.

— C'est vrai ?

— Non, je plaisante, Mary. Un ballon n'est pas soumis au code de la route, il a une inertie énorme, en voiture on freine sur quelques mètres, là il en faut au moins vingt.

Le soleil commence à décroître. Je suis pleinement en paix au milieu du ciel champenois dans une bulle de douceur. Je finis ma phrase de tout à l'heure.

— Vous vous localisez comment ?

— Grâce à une carte routière et en me repérant aux clochers des églises, aux collines, aux rivières. Je survole les vallées en ligne droite alors que le *retrouving* est obligé de suivre les circonvolutions de la route. En plaine c'est facile, en montagne ça peut prendre des heures. Quand on monte en voiture on sait où on part, tandis que dans un ballon on va où le vent choisit de nous porter, tout ce qu'on peut faire c'est changer d'altitude pour chercher un vent différent. En compétition, pour corser le jeu, nous devons lâcher des marqueurs en tissu sur une cible placée au sol, il ne suffit pas d'arriver au-dessus et de les laisser tomber, il faut aussi estimer le vent et calculer la trajectoire. En ce moment, on monte à deux mètres par seconde. Regardez le ballon là-bas, c'est un ami qui le pilote, il monte nettement plus vite.

Une montgolfière bleu, blanc, rouge floquée de la marque Primagaz flotte de l'autre côté de la vallée. Cornélius se rapproche du sol.

— Là on descend de trois mètres par seconde, un étage par seconde, comme si on avait sauté dans le vide du haut d'un de vos gratte-ciel, et pourtant on ne le sent pas !

Je vole, enfin, botte à botte avec mon père. Je devrais être triste, je n'y arrive pas, c'est trop beau. Je serre l'urne contre moi. Tu as ressenti la même chose, papa ? Tu as survolé la terre de tes ancêtres ? Tu sais ce que je me prépare à faire au milieu de nulle part ? Je vais ouvrir cette stupide urne qui me gâche tous les canards laqués et tous les riz cantonais à venir. Il ne restera plus rien de toi après. Je me souviens du jour où après ta disparition maman a donné tes vêtements à une œuvre de bienfaisance. J'aurais voulu en garder, je n'ai pas osé. Ils ont laissé un sac à la lanière cassée, un sac rempli du vide de toi, je ne l'ai jamais jeté, je l'ai encore. Je pense à ton amie Amelia, Lady Lindy, cherchant dans le Pacifique tout noir la petite île Howland, une tête d'épingle au milieu de l'océan. Je me rappelle la tendresse de ta voix quand tu m'appelais Lady Mary.

Des bouteilles de propane sont arrimées aux quatre angles intérieurs de la nacelle. Cornélius en ferme une et passe sur l'autre.

— Je pars toujours avec quatre bouteilles. La première sert à gonfler le ballon, on consomme beaucoup de gaz pour le lever. Une bouteille dure une heure, ce qui est le temps théorique d'un vol moyen mais il faut toujours se poser avec du gaz d'avance.

Nous enjambons une rivière, l'ombre du ballon se reflète sur l'eau en contrebas. J'écarquille les yeux, papa m'en a si souvent parlé.

— Je ne m'en lasserai jamais, dit Cornélius avec un soupir heureux. Un jour on pourra marcher sur un fil d'un ballon à l'autre, sauter en parachute d'une nacelle et la réintégrer plus bas, décoller des profondeurs d'un gouffre ou même depuis le fond de la mer, j'espère vivre assez vieux pour le voir. Penchez-vous, Mary, crachez et regardez, ça va dans tous les sens, vous pourrez voir le vent des couches intermédiaires. Isabelle adorait ça…

Ce prénom doit désigner la blonde de la photo, il lui va comme un gant.

— La jolie femme en robe rouge ?

Il se crispe, hoche la tête.

— C'était ma fiancée.

La joie a reflué de son visage. Pourquoi a-t-il employé l'imparfait ? Ils ont rompu, ou l'histoire finit très mal ?

— Je ne voulais pas être indiscrè…

Il donne exprès un coup de brûleur qui me coupe la parole.

— Ça s'est passé il y a treize ans, Mary. Isabelle avait trente ans, elle était en pleine forme. Nous volions paisiblement, j'étais concentré sur mon pilotage. Elle a brusquement cessé de me parler. Je me suis retourné. Elle s'était affaissée dans la nacelle. Elle était morte, comme ça, sans bruit, en une seconde, en plein ciel.

Il est aussi pâle que la craie des caves de son grand-père.

— Les minutes entre le moment où je l'ai découverte effondrée sur le plancher de la nacelle et mon atterrissage ont été les plus longues de ma vie. J'ai prévenu le sol et je suis redescendu aussi vite que j'ai pu dans un champ qui jouxtait une clinique. Elle a été tout de suite prise en charge mais c'était trop tard. Sa famille a demandé une autopsie qui a conclu à une rupture d'anévrisme. Ils n'aimaient pas qu'elle monte en ballon avec moi. Ils ont prétendu que c'était une conséquence de l'altitude, affirmé que c'était ma faute. Pourtant ça n'avait rien à voir. Isabelle avait une fragilité congénitale, son aorte aurait pu se rompre au milieu d'un repas de famille.

Sa voix s'étrangle. Je me sens en phase avec les gens cabossés, leurs abysses ont beau être vertigineux, j'ai envie de me pencher au bord de mon propre précipice pour les ramener sur la terre ferme. Cornélius se sent responsable de la mort de sa fiancée. Alexander et Charly se sentent coupables de n'être pas morts à Omaha Beach ou au Viêtnam comme leurs camarades. Alberte a perdu sa mère si tôt qu'elle ignore son rire et le son de sa voix. Et moi je n'ai réussi ni à sauver mon père ni à vivre sans lui.

— Si ça avait été ma faute, j'aurais assumé, je l'aurais reconnu, dit Cornélius avec une honnêteté poignante. J'ai fini par comprendre que le fait de me détester atténuait le chagrin de ses parents alors je les ai laissés dire. Mais je me suis juré de voler seul désormais. Je n'ai jamais vraiment atterri depuis, je suis resté treize ans là-haut. C'est la première fois que je redécolle avec quelqu'un. À cause de vous. Ou grâce à vous. Vous m'avez libéré.

— Treize ans dans les nuages, il y a de quoi avoir un sacré vertige, dis-je doucement.

— On n'a pas le vertige en ballon parce qu'on n'est pas relié au sol.

Ah non ? Pourtant j'éprouve une drôle de sensation. Il y a d'autres formes de vertiges. Nous ne sommes plus des humains fragiles assujettis à la pesanteur. Nous sommes libres de toute entrave, blessés et souffrants mais formidablement vivants.

— Je me sens bizarre, comme si voler était aphrodisiaque, dis-je encore.

Je me mords aussitôt la lèvre, le mot est mal choisi. J'ajoute précipitamment :

— Pourquoi violer votre promesse pour m'envoyer en l'air ?

C'est encore pire. Une plume vole dans le vent près de nous. Mon cœur bat très fort. Cornélius régule la soupape au-dessus de nos têtes de la main droite, sa main gauche tient le bord de la nacelle. Je conserve l'urne sous mon bras gauche et je pose ma main droite sur la sienne. J'ai des papillons au creux de l'estomac au moment où nos doigts s'enlacent et une furieuse envie de me jeter dans ses bras. Nos corps, aimantés, se rapprochent instinctivement.

— Je ne peux pas t'embrasser devant mon père, dis-je en le tutoyant pour la première fois. Aide-moi.

Nous nous mettons à deux pour dévisser le couvercle de l'urne. Nous survolons un champ de colza. Le ciel est illuminé par le reflet des derniers rayons de soleil sur la terre.

— C'est la rambleur, dit Cornélius.

— Bon vol, Joe, dis-je doucement en renversant l'urne dans le vide.

Les cendres de Joseph Eugène Antonin s'éparpillent dans le vent, légères, on dirait du sable gris clair. Je secoue l'urne pour vérifier qu'il n'y a plus rien dedans, je la pose sur le plancher de la nacelle. Nous tombons dans les bras l'un de l'autre d'un même élan. Nous nous étreignons au milieu du ciel, nous nous embrassons avec passion, la bouche de Cornélius Mercier a un goût de champagne rosé, ce doit être dans ses gènes. Nous nous serrons l'un contre l'autre dans ce panier d'osier accroché à une bulle d'air chaud qui flotte. L'impossibilité d'aller plus loin dans l'intimité décuple le désir.

— Je n'ai aucune envie de te lâcher… mais si tu ne m'y forces pas… nous risquons de tomber, souffle Cornélius à mon oreille.

Nous nous séparons à regret, c'est un déchirement. Il lève le bras droit, donne un coup de brûleur, je pense au barman dont l'arrivée intempestive interrompt les déclarations. Nos corps vibrent encore à l'unisson.

— Ta bouche a la saveur du champagne demi-sec, le préféré des tsars, remarque-t-il.

— Mes amants russes me l'ont souvent dit.

Je regrette de ne pas avoir emporté mon Instamatic, j'aurais immortalisé l'endroit où j'ai dispersé papa. Les délimitations entre les champs en bas composent une palette de peintre, il s'est éparpillé entre l'ocre terre de Sienne, le vert Véronèse et le terre d'ombre brûlée. Juste en dessous de nous un lièvre court comme un dératé. Il s'arrête net en entendant le brûleur puis se remet à cavaler sans comprendre où nous sommes. Deux superbes chevaux, un noir et un blanc, galopent en parallèle sur un chemin forestier au milieu d'un grand parc. Cornélius change la position de sa main.

— Le brûleur à vaches génère moins d'ultrasons et effraie moins les animaux. Ils ne se rendent pas compte du danger quand on arrive au-dessus d'eux sans bruit. Lorsque je vole tôt le matin je vois des chevreuils absolument tranquilles.

La radio me fait sursauter en crachotant :

— Cornélius pour Étienne, est-ce que tu passes l'Aisne ?

— Oui. On va se poser en bordure du champ de blé.

Déjà ? Je regarde ma montre. Une heure s'est écoulée sans que je m'en rende compte. Nous touchons presque la cime des arbres d'un bosquet, je pourrais cueillir des feuilles si je voulais.

— Nous sommes montés à quelle altitude ?

— Environ cinq cent mètres, c'est suffisant pour une première fois.

Cela sous-entend qu'il y en aura une seconde ? Nous survolons à nouveau l'eau, je distingue clairement les poissons. Par la fenêtre ouverte d'une chambre, j'aperçois des amants qui s'étreignent sans imaginer qu'on les voit d'en haut. Je me sens comme un otage qu'on vient d'arracher à ses ravisseurs. Enfant, la disparition de mon père m'a jetée au fond d'un cachot. Ce baiser au-dessus du vide vient de déployer l'échelle de corde qui me mène à la liberté. Mes hommes de ces dernières années, avec leurs blousons de pilotes ou leurs combinaisons de vol, n'ont rien de commun avec ce Français de cinquante ans au nom de ville américaine, ce veuf célibataire qui vient de rester treize ans en altitude pour fuir l'implacable réalité d'une tombe. Il était coincé là-haut, moi je ne pensais qu'à décoller, nous

nous sommes rencontrés au milieu, à la frontière qui sépare le paradis du ciel des humains.

— Pour l'atterrissage, tiens-toi aux bouteilles pour ne pas te cogner et ne laisse pas tes mains dépasser à l'extérieur de la nacelle, conseille Cornélius.

Étienne est debout près de la Jeep garée au bord de la route. Cornélius redescend au ras du champ pour trouver un courant d'air adapté à la direction qu'il désire. Nous dérivons en douceur vers la voiture, à l'équilibre, en effleurant le haut des blés. Étienne nous stabilise en tirant une des cordes. Le ballon se pose en souplesse en bordure du champ, l'enveloppe commence à s'affaler. Les câbles se distendent, le brûleur descend un peu de guingois. J'échange un regard complice avec Cornélius. C'est fini. Nous avons retrouvé notre condition d'humains rivés au sol.

Nous sortons de la nacelle, nous ôtons nos casques, je pose l'urne vide et j'aide les deux hommes à désassembler le ballon. Nous retirons les manchons et l'altimètre mécanique, nous rangeons le brûleur, nous replions l'enveloppe, nous la rentrons dans un sac à voile.

— Tu peux sauter dedans pour l'aplatir, Mary ?

J'obtempère. Étienne a forcément remarqué que son oncle me tutoie. Nous a-t-il vus nous embrasser au milieu de nulle part ? Je suis encore sur un nuage, j'ai vécu une expérience magique, poétique, incomparable, le silence, la paix, la liberté, les cendres de mon père, le goût des lèvres de Cornélius.

Nous chargeons la nacelle en osier dans la remorque. Ils m'expliquent que c'est la seule matière qui se déforme à l'atterrissage sans casser. À l'époque d'Eugène, on transportait les bouteilles dans des paniers d'osier qu'on a remplacés ensuite par des caisses en bois puis des cartons mais les aéronautes sont restés fidèles à l'osier.

— Je rêve de piloter un jour un ballon à gaz, dit Étienne. Il n'y a aucun bruit, c'est très cher, on ne s'en sert que pour de longs vols. Alors, Mary, votre impression ?

— Je plane. Je suis zen. Et mon père est en paix grâce à vous deux.

— J'en suis persuadé, dit Cornélius. Quand mon heure viendra, j'aimerais qu'on fasse pareil pour moi. On peut fumer toute la marijuana qu'on veut, on n'atteindra jamais le degré de sérénité que procure le ballon. Je vole pour avoir la tête dans les étoiles et ça marche. Parfois je suis tellement stressé que je n'arrive pas à débrancher, il n'existe pas de rallonge assez grande… mais dès que je m'envole, je débranche ! Il ne manque qu'une petite chose à mon bonheur….

Étienne sourit, ouvre le hayon de la Jeep, sort d'une glacière une bouteille de Mercier brut, attrape un coffret en bois de palissandre qui contient des verres. Il débouche la bouteille, remplit nos verres. Cornélius me tend les mêmes biscuits roses que le jour où je me suis évanouie.

— Tu ne l'as pas encore goûté, celui-là. Au nez il a une dominante de fruits blancs à pépins et des notes de pain frais. Sa forte proportion de pinot s'exprime en bouche par des arômes de pomme et de poire à maturité. Pas de baptême de l'air sans champagne ! J'ai envie de créer une étiquette à tirage limité avec une montgolfière dessus. Étienne veut baptiser une cuvée Bulle d'Or.

Étienne sort un paquet de cigarettes de sa poche et m'en propose une. Je décline l'offre mais j'accepte le briquet. J'exhume mon « Lady Mary, ceci est un bon… » tout vieux et fripé de mon portefeuille et je le réduis en cendres. Les deux hommes ne me posent pas de questions.

— Je ne sais pas comment je me serais débrouillée sans vous, leur dis-je d'une voix rauque en guise de merci. Je sors d'un enterrement et j'ai l'impression d'être en vacances…

— Eugène donnait à ses ouvriers un jour de vacances payé pour la Saint-Vincent, c'était un sacré précurseur, embraye Cornélius pour me laisser me ressaisir.

— Tu trouves ça beaucoup, un jour ? rigole son neveu.

— C'était une innovation sociale inconcevable pour son époque, la loi sur les premiers congés payés en France ne date que de 1936, précise Cornélius.

— Aux États-Unis il n'y a aucune obligation légale, des tas de salariés n'en ont pas, dis-je. Buvons aux vacances passées, présentes et à venir !

Sitôt dit, sitôt fait.

— Comment tu te sens ? demande Étienne à son oncle.

— Intense. Raccommodé. Le monde est de nouveau à sa place. Certains vols ont plus de saveur que d'autres, celui-ci sera un millésime.

Il lève son verre.

— Voler c'est la libération du chien qui fugue, abandonner à terre cette laisse de l'existence qui nous contraint à subir les choses. C'est un moment de vie particulier et exceptionnel. J'avais oublié à quel point le partager en décuple le plaisir.

Son dernier mot flotte dans l'air du soir.

— J'ai eu plaisir à appareiller avec toi, dis-je en le reprenant à dessein.

— Vous dînez avec nous ? me propose brusquement Étienne.

En Amérique, après un enterrement, les voisins apportent de quoi manger à la famille en deuil, on mange et on boit pour noyer son chagrin. L'idée de me retrouver seule après cette journée chamboulante m'épouvantait. J'accepte avec gratitude.

Rue Eugène-Mercier, Cornélius allume le téléviseur Brionvega orange pour prendre des nouvelles d'*Apollo 13*. Nous sommes tous les quatre assis sur le canapé, chien y compris, les yeux rivés sur le petit écran. Isabelle dans son cadre s'y intéresse aussi. La Russie a proposé son aide à l'Amérique. Les enfants des écoles ont prié pour les astronautes, les matchs de base-ball se sont arrêtés, plus ça va mal et plus le monde se passionne pour eux. Ils ont rallumé les moteurs quelques secondes pour corriger leur trajectoire et atterrir dans l'océan Indien, ils recommenceront cette nuit à l'approche de la Lune en utilisant la courbure de la Terre comme repère pour gagner neuf heures et atterrir dans l'océan Pacifique.

Je repense à Lady Lindy tournant en rond au-dessus de l'eau noire sans trouver la petite île Howland. Quand elle n'a plus eu du tout d'essence dans son Electra, quel a été son choix ? A-t-elle délibérément plongé vers les flots ? Est-elle montée droit vers le ciel dans un ultime élan ? A-t-elle tenté de se poser sur l'eau ?

— Bon appétit, dit Cornélius.

Charly utilise le curaçao au bar de l'aéroclub pour préparer du Blue Lagoon à la vodka, du Blue Hawaian au rhum ou du Blue Angel au cognac. Cornélius pose la poêle sur la table. Grâce au curaçao, nos œufs sur le plat ressemblent à des montgolfières jaunes au milieu d'un ciel turquoise.

— Spécialité maison. Le goût est discutable mais l'esthétique parfaite, c'est un rituel.

J'attrape un morceau de pain, j'en coupe une rondelle que je pose au milieu de la poêle où, imbibée de curaçao, elle vire aussitôt au bleu. Et je chantonne « Blue Moon ».

— Génial ! s'écrie Étienne, radieux, en se frottant les mains.

Son enthousiasme me surprend, je suis loin d'être une aussi bonne chanteuse qu'Alberte. Cornélius secoue la tête.

— Elle ne savait pas.

— Tant pis pour elle, proteste Étienne, hilare.

— Je ne savais pas quoi ? dis-je, surprise.

— Dans la famille, quand on chante à table on fait la vaisselle ! clament-ils avec un ensemble parfait.

Il est tard. Je suis indubitablement pompette. Je passe dans la salle de bains. Quand j'en reviens je m'aperçois tout de suite que la photo d'Isabelle a disparu. Son absence est flagrante, le vide qu'elle laisse pèse un poids infini. Je m'efforce de ne pas regarder de son côté mais mes yeux y sont irrésistiblement attirés. Pourquoi Cornélius l'a-t-il enlevée ? Parce qu'il regrette de m'avoir embrassée ? Parce qu'il en a honte vis-à-vis d'elle ? Ou parce qu'il compte réitérer ?

Les deux Mercier m'apprennent d'abord à lire une étiquette. Tout en bas d'une bouteille, juste avant le numéro d'immatriculation de la marque, il y a deux petites lettres discrètes. NM signifie négociant manipulant, c'est ce qui figure sur les étiquettes Mercier ou Moët & Chandon. MA signifie marque d'acheteur, ce sont les distributeurs comme les grandes surfaces. CR ou CM signifient coopérative de récoltant ou de manipulant. RM signifie récoltant manipulant, ce sont les champagnes de petits propriétaires.

Ils m'enseignent ensuite les noms des différents flaconnages, je les répète en finissant la vaisselle. Quart : 20 cl. Demie : 37,50 cl. Bouteille champenoise classique : 75 cl. Magnum : 1,5 l, soit deux bouteilles. Jéroboam : 3 l, soit quatre bouteilles. Mathusalem : 6 l, soit huit bouteilles. Salmanazar : 9 l, soit douze bouteilles. Balthazar : 12 l, soit seize bouteilles. Nabuchodonosor : 15 l, soit vingt bouteilles. Je pose la dernière assiette sur l'égouttoir. Étienne regarde sa montre et se lève.

— Je commence tôt demain, dit-il.

Je peux rester là. Je peux demander à Étienne de me déposer à mon hôtel. Cornélius peut me demander de rester. J'ai une folle envie d'être dans ses bras mais je viens de disperser mon père en plein ciel et je ne sais plus où j'en suis. Le silence des additions s'abat sur nous, comme lorsque au restaurant les convives espèrent que l'un d'eux va se lancer et inviter la tablée. Je rends les armes.

— Vous voulez bien faire un détour par mon hôtel, Étienne ?

Pas un muscle du visage de Cornélius n'a bougé.

Il sort avec nous pour promener son chien. Allons-nous nous tendre la main, nous embrasser, nous dire bonsoir sans nous toucher, nous étreindre ?

— Je te remercie du fond du cœur, dis-je, le corps rempli d'une angoissante attente.

J'espère qu'il va me retenir, éclater de rire, prévenir Étienne que je dors là. Je pense à la photo d'Isabelle tête en bas dans le noir d'un tiroir.

— C'est moi qui te suis redevab…

CH3CH2OH nous condamne en fouillant dans un sac-poubelle abandonné.

— Non ! crie Cornélius en marchant vers lui à grandes enjambées.

Étienne me raccompagne en me parlant du film commandé par Eugène aux frères Lumière que son petit frère Antoine-Basile est en train de restaurer. Il n'en reste plus que quatre cent soixante-dix sur les six cents tournés à l'époque, il a une cadence de seize images par seconde au lieu de vingt-quatre maintenant, il sautille, il tressaute, il est saccadé et rayé, c'est une pièce historique. Au croisement de deux galeries, Eugène apparaît quelques secondes au premier plan, le regard pénétrant, chapeau melon sur la tête, nœud papillon autour du cou, en manteau sombre à col de velours, tel Alfred Hitchcock dans ses films.

Étienne allume la radio. Les paroles de la chanson qui passe me pétrifient : *Oh Lady Mary, petite fille aux yeux bleus, Oh Lady Mary, tu n'étais pour lui qu'un jeu, Oh Lady Mary, à l'aube de chaque nuit, Oh Lady Mary, un nouveau jour vient sans bruit.*

— Qui est-ce ? dis-je d'une voix rauque.

— David Alexandre Winter, son single est en tête du hit-parade.

Oh Lady Mary, le bonheur est comme un enfant, Oh Lady Mary, il grandit avec le temps. Étienne se gare devant l'hôtel.

— Je n'avais pas vu Cornélius comme ça depuis longtemps, dit-il.

Je sors de la Jeep. Il me tend l'urne vide que j'avais oubliée. Je me pétrifie.

— Si vous ne voulez pas la garder, je peux m'en charger ?

— D'accord.

Je monte dans ma chambre en souriant, je flotte loin au-dessus des arbres. J'ouvre la porte en souriant, toujours sur mon nuage. Je pense aux trois astronautes enfermés dans leur module là-haut. S'ils ne peuvent pas rentrer au bercail, s'il n'y a plus d'espoir, leur a-t-on donné une pilule qui leur permettra d'en finir sans douleur ? Un air me trotte dans la tête, « Suicide is Painless », la bande originale de *MASH*, un film de Robert Altman qui vient de sortir chez nous et raconte le quotidien de chirurgiens de l'armée pendant la guerre de Corée. Les Français ne l'ont pas encore vu, il sera projeté au Festival de Cannes dans un mois.

The game of life is hard to play, I'm gonna lose it anyway, the losing card I'll someday lay. « Le jeu de la vie est dur à jouer, je vais perdre de toute façon, un jour je piocherai la carte perdante. »

Au moment exact où je referme la porte, le barrage de mes larmes se fissure puis se rompt d'un coup. Je tombe en morceaux, je tombe en sanglots, déchirée de chagrin. Et je réussis enfin, trente-trois ans après sa mort, à pleurer Joe Robinson.

Journal d'Eugène

3 janvier 1886

Cher Journal, ce premier Noël sans ma mère a été d'une tristesse infinie malgré la tendresse qui nous unissait tous.

Joseph a seize ans.

Notre président Jules Grévy a été réélu pour un second mandat.

6 février

Mes caves sont les premières de la région à être éclairées à l'électricité grâce à une machine à vapeur dont les fumées s'évacuent par une cheminée en briques de vingt-cinq mètres de haut qui monte fièrement dans le ciel champenois. J'ai dû créer de nouvelles galeries pour accumuler l'eau nécessaire à son fonctionnement. Cette machine alimente une machine à rincer les bouteilles que j'ai inventée et qui permet de rincer cent vingt mille bouteilles par jour grâce à de l'eau sous pression et des plumes d'oie tourbillonnantes qu'on remplace régulièrement. La lumière éclabousse désormais nos galeries et nos ateliers. J'ai fait installer le premier ascenseur électrique de Champagne pour descendre directement de mon bureau au caveau vingt-huit. Et des escaliers secrets reliant mes bureaux du 75, du 72 et du 80 de la rue du Commerce aux caves. L'humidité remontera peut-être par la cage de l'ascenseur, j'en prends le risque. Je dors très peu, tu le sais mieux que personne, j'aime descendre la nuit dans ma ville souterraine pour noter mes observations sur de petits carnets. Mes chefs de service arrivent à 5 h 30 chaque matin et trouvent ainsi mes directives pour la journée. Nos employés de bureau travaillent dix heures par jour, de 6 heures à 18 heures, du lundi au samedi.

Ce matin, au cimetière, j'ai décrit mon ascenseur au père d'Antonin. Thomas a roucoulé de plaisir et demandé à l'essayer. Je l'y ai emmené séance tenante. Il y est monté en retirant sa casquette mais sans lâcher ses oiseaux. La cage d'ascenseur était comme une nacelle. Nous sommes descendus puis remontés à plusieurs reprises. Thomas souriait.

8 avril

Émile a dix-huit ans aujourd'hui. Il a fini sa scolarité à l'institut de la rue Saint-Jacques, il quitte cette école où il a été heureux avec un diplôme de sculpteur sur bois qu'il pourrait mettre à profit en s'occupant de notre tonnellerie mais je ne veux pas le contraindre. Le fait de n'avoir pas eu de père me rend parfois maladroit avec mes fils, je veux tellement les protéger sans brider leur indépendance. Je lui ai proposé d'entrer chez Mercier mais il veut voyager à travers l'Europe et l'Amérique, se documenter sur les écoles,

les associations et les œuvres pour sourds-muets, comparer ce qui se fait ailleurs avec ce qui existe chez nous. C'est un jeune homme indépendant, enthousiaste et courageux. Je lui donne ma bénédiction. Certains entendants champenois se sentent mal à l'aise dès qu'ils quittent la région. Marcel Hordon reste dans l'ombre de son père, trois pas derrière lui. Mon fils, qui est sourd, ne craint pas de courir le monde.

10 mai

Émile s'est embarqué au Havre, il découvrira l'Amérique avant que Joseph ne découvre la France. J'ai rassuré Marguerite, notre fils est brillant, il a des contacts dans la communauté sourde outre-Atlantique, tout ira bien pour lui.

Hollerich, Luxembourg, 10 juin

Bismarck a créé la *Zollverein*, une Union douanière qui régit un marché commun entre les royaumes, principautés et duchés ralliés à Guillaume Ier. Si je leur vends mes bouteilles je paierai d'énormes taxes. Le grand-duché est relié à Épernay par le chemin de fer. J'y ai acheté aujourd'hui d'anciens terrains militaires sous lesquels il existe déjà un réseau souterrain de casemates. Je vais les transformer en caves où je livrerai mon vin en fûts. Il y sera ensuite remué, vieilli, dégorgé puis mis en bouteilles que j'exporterai ensuite vers l'Europe de l'Est et l'Europe centrale. J'économiserai ainsi les droits de douane.

13 juillet

Ferdinand Berthier, ancien professeur à l'institut de la rue Saint-Jacques, écrivain et membre de la Société des gens de lettres, premier sourd à être décoré de la Légion d'honneur, est mort hier. Nous l'estimions beaucoup. Victor Hugo lui avait écrit un jour : « Qu'importe la surdité de l'oreille, quand l'esprit entend ? La seule surdité, la vraie surdité incurable, c'est celle de l'intelligence. »

3 octobre

Henri est retourné seul rue Saint-Jacques. Il a découvert la pêche dans la Marne cet été pour se consoler de l'absence d'Émile et il y excelle véritablement. Il ne tient certes pas ce don de moi…

Lui qui a inévitablement grandi dans l'ombre de son frère peut désormais déployer ses ailes. Il a toujours été de caractère facile, plus extraverti, plus joyeux que son aîné qui a essuyé les plâtres. Il est insouciant et impatient de se colleter avec la vie.

26 décembre

La maisonnée est en effervescence : Émile est rentré ce matin après plusieurs mois d'Amérique et des allers et retours à travers l'Europe. Il est satisfait de ce qu'il a découvert et plein de projets. Pékin est en fête. Nous avons invité tous ceux qu'il apprécie et qui ont régulièrement demandé de ses nouvelles, entendants et sourds. Le champagne coule, la table du salon s'est muée en buffet. Claire, qui a quatre ans, et Julia, qui en a deux, ont obtenu une permission spéciale et s'accrochent aux basques de leur frère. C'est une joyeuse réunion familiale et amicale. Émile se dispute fraternellement avec Henri qui riposte avec assurance. Ils sont beaux, muets, ils ont des gestes et des visages expressifs, les jeunes filles papillonnent autour d'eux pour attirer leurs regards. Émile s'approche de moi et signe :

— Grand-mère me manque aussi.

Puis il retourne vers nos invités.

3 janvier 1887

Mon filleul a dix-sept ans, nous continuons à correspondre régulièrement. Il ne chante plus du tout mais joue du piano avec talent. Il a réussi brillamment ses examens. Son grand-oncle Raymond espérait qu'il lui succéderait, son beau-père Macon Robinson espérait qu'il deviendrait avocat comme lui, Joseph a décliné leurs offres. La terre, le raisin et les lois ne l'intéressent pas, il préfère ce qui vole. Il veut faire des études d'ingénieur et se consacrer à sa passion, les montgolfières. Je n'en suis guère étonné, j'en suis en partie responsable. Il est né la même année que les ballons-poste et il y a de l'Antonin en lui, un Antonin qui réfléchirait vite et galoperait loin.

12 mars

Gustave Eiffel a commencé à Paris le chantier d'une tour de plus de mille pieds de haut à laquelle de nombreux écrivains et artistes conservateurs se sont opposés dans un récent article du *Temps*. Ils l'ont traitée de tour de Babel inutile et monstrueuse en affirmant qu'elle ferait le déshonneur de Paris et en humilierait les monuments. Je ne suis pas de leur avis, cette tour sera l'édifice le plus élevé jamais construit, sa démesure me plaît. Son assemblage s'effectuera au Champ-de-Mars mais ses éléments sont fabriqués dans des ateliers à Levallois. C'est évidemment moins loin que la Hongrie.

J'ai fait paraître une publicité en pleine page aujourd'hui dans *L'Illustration* dont j'ai réglé le prix en champagne. On y voit en haut les sculptures de Navlet qui ornent les caves. Puis nos établissements avec la Marne au premier plan, les voies de chemin de fer et les bâtiments, Pékin à l'arrière-plan. Puis les magasins et les vendangeoirs. Et au bas de la page, l'entrée des caves et mon tonneau géant.

1er avril

J'ai quarante-neuf ans. Je remplirai mon foudre de vin aux prochaines vendanges, il est à présent parfaitement étanche. J'ai fait installer des tireuses électriques reliées aux petits foudres d'assemblage pour remplir les bouteilles, ainsi que des boucheuses automatiques qui rentrent les bouchons dans les goulots et les y agrafent. On bouchait jusqu'à présent à la main avec un maillet de bois, ce qui exigeait des efforts considérables, les hommes travaillaient douze heures par jour, torse nu, payés à la tâche. Un bon boucheur recevait un salaire journalier d'un louis d'or, c'est-à-dire 20 francs, une fortune quand le salaire normal d'un ouvrier qualifié ne dépassait jamais 3 francs, mais c'était un travail de forçat.

ÉTABLISSEMENT DE LA COMPAGNIE DES GRANDS VINS DE CHAMPAGNE, E. MERCIER ET Cie, A EPERNAY

1. Bas-reliefs ornant les caves. — 2. Vue d'ensemble de l'établissement. — 3. Magasins et vendangeoir. — 4 et 6. Tonneaux monstres. — 5. Les caves.

Vendanges

Mon monumental tonneau contient mille six cents hectolitres de vin, c'est le plus grand assemblage jamais réalisé. J'ai mélangé les meilleurs crus de la montagne de Reims, de la vallée de la Marne et de la côte des Blancs. Jolibois et Walter se tenaient près de moi, invisibles. Ce foudre est si magnifique qu'il mérite d'être partagé et admiré.

J'ai refait vingt fois le parcours entre Épernay et Paris. J'ai pris des notes, je me suis arrêté, j'ai calculé, j'ai froncé les sourcils, j'ai secoué la tête, je suis reparti de plus belle sous les regards intrigués de ceux qui me reconnaissaient et les yeux effarés de ceux qui me prenaient pour un illuminé. Mon cher ami Le Journal, l'idée qui m'aiguillonne depuis la disparition de Jolibois est la plus insensée que j'aie jamais eue. Encore plus impossible, irréalisable et déraisonnable. Encore plus fascinante et tentante, donc.

Je l'ai exposée à Marguerite. Elle a marqué un temps d'arrêt.

— Je croyais que plus rien ne m'étonnerait de ta part, Eugène. J'avais tort.

— Tu trouves que j'exagère ?

Elle a hésité, puis avoué :

— Oui.

Je ne m'y attendais pas. Mon assurance a vacillé.

— C'est la première fois que tu n'encourages pas un de mes projets.

— Ton projet est aussi démesuré que ton tonneau. Et encore plus risqué que d'habitude.

— Tu veux m'en dissuader ?

Elle a souri comme la petite Marguerite de jadis, celle que je considérais comme ma sœur.

— Tu exagères. Mais tu réussiras.

1er avril 1888

Pour mes cinquante ans, Émile m'a offert le plus merveilleux des cadeaux d'anniversaire. Celui que j'espérais depuis longtemps…. Il vient travailler avec nous ! Et fait de moi le père le plus heureux du monde, un père heureux que son fils mette ses pas dans les siens, comme je n'ai jamais pu le faire. Je suis d'autant plus fier que je n'ai obligé Émile à rien. Son entrée dans la société me conforte dans mon envie, c'est ce dont j'avais besoin pour arrêter ma décision : je commande à Jean Hahn quatre énormes roues qui s'adapteront au berceau de mon foudre géant. Il faut aussi que je trouve douze solides paires de bœufs. La prochaine Exposition universelle, organisée à l'occasion du centenaire de la Révolution française, aura lieu à Paris en mai dans un an, la tour de Gustave Eiffel est censée en être le clou. Mon fidèle ami de papier, le foudre Mercier y participera. Le tonneau le plus gros du monde est de taille à rivaliser avec la tour la plus haute du monde !

Juillet

La tour a progressé de douze mètres par mois, ils ont atteint le deuxième étage.

Émile, né en 1868, est de la classe 1888, il vient de recevoir son certificat de conscription. Son numéro de tirage au sort est le cinquante-quatre. Là où se détachaient sur le mien les détestables mots « enfant naturel reconnu de Jeanne Mercier », il est écrit sur le sien « fils d'Eugène Édouard Joseph Mercier et de Marguerite Françoise Bourlon, domiciliés à Pékin rue du Commerce ». Émile mesure un mètre soixante-douze. Il est exempté parce qu'il est sourd et muet de naissance. On précise qu'il sait monter et conduire les chevaux et qu'il est employé de commerce. Le militaire qui a rempli le certificat n'imagine pas une seconde la jubilation et la fierté que j'éprouve à travailler avec mon fils, différent et remarquable.

Mary, Épernay, nuit du 14 au 15 avril 1970

Le téléphone me réveille, ça devient une habitude. Le papier peint orange et marron est encore plus sinistre à la lumière des appliques. Des membres de l'aéroclub passaient leur brevet de pilote aujourd'hui, trois l'ont réussi, un a échoué. J'ai l'impression d'être une mère en train de rater les premiers pas de ses enfants.

— On a beaucoup pensé à toi, dit Charly. Je te passe Alberte.

Mal à l'aise dès qu'on tire sur la corde sensible, il préfère déléguer.

— Il y a eu un magnifique looping dédié à la mémoire de Joe Robinson cet après-midi, m'annonce Alberte. Comment vas-tu ?

— J'ai pleuré toutes les larmes de mon corps avant de m'endormir, ça m'a nettoyé le cœur.

Je lui déballe tout en vrac, le crématorium lugubre et les jambes tressautantes du brigadier, l'arrivée de la tribu Mercier avec Antoine-Basile et son saxophone, « Stormy Weather » et « Blue Moon », le *Bulle d'Or II* dépassant la cime des arbres, l'*Alleluia* de la cantate de Buxtehude et son « Dis, quand reviendras-tu ? », l'envol des cendres de papa et l'anévrisme d'Isabelle, le goût de champagne rosé de Cornélius et la saveur russe de mes lèvres, la rambleur et la chanson du film *MASH*.

— Et maintenant ?

— Maintenant mon père est libre. Je le serai aussi dès que je saurai qui l'a tué.

— Ma question se rapportait au looping de ta langue dans la bouche du pilote de la montgolfière.

Je ne réponds pas.

— Mary ?

— Je ne sais pas. J'ai le sentiment de le connaître depuis la nuit des temps.

— Et ça t'empêche de passer la nuit avec lui ?

— J'avais besoin d'être seule.

— La nuit des temps ne t'a pas suffi ?

— J'ai enterré mon père hier, Alberte. Je ne sais plus où j'en suis.

Je lui raconte les œufs au plat et la lune bleue au milieu du ciel couleur curaçao et la photo d'Isabelle rangée dans le tiroir. Je propose d'instaurer à l'aéro-club la même règle que chez les Mercier, qui chante à table sera de corvée de vaisselle. Nous parlons de son disque, elle y chantera « Opium » et la chanson de Barbara. Je lui demande des nouvelles d'*Apollo 13*.

— Ils grelottent, il fait neuf degrés dans le module lunaire, trois degrés dans le module de commande. Il y a plus grave, le dioxyde de carbone qu'ils expirent doit absolument être éliminé sinon ils vont être asphyxiés, les équipes au sol cherchent une solution.

On l'appelle, elle doit raccrocher. Je compose les premiers chiffres du numéro de Cornélius puis je renonce.

Je dors à poings fermés quand le téléphone sonne de nouveau. Cette fois c'est forcément Cornélius.

— Mary Robinson ?

Cornélius n'a pas cette voix d'outre-tombe.

— Qui est à l'appareil ?

— Nous devons nous rencontrer.

Mon interlocuteur contrefait sa voix en mettant sa main devant sa bouche. Impossible de savoir si c'est un homme ou une femme.

— Qui êtes-vous ?

— Un ami qui veut vous aider.

— Mes amis ne m'appellent pas en pleine nuit sans se présenter.

— J'ai peur.

Je frissonne.

— Peur de quoi ?

— Je dois vous parler.

— Nous sommes en train de parler.

— Dans les caves Mercier. À la pause déjeuner. Prenez un billet pour la visite de 11 h 45. Asseyez-vous dans le dernier wagon.

— Vous me prenez pour une imbécile ?

— Je vous prends pour la fille de Joseph Hordon.

Le nom de mon père, prononcé au cœur de la nuit le lendemain de son incinération, fait son effet et me tord le cœur.

— Vous l'avez connu ?

— Le dernier wagon. Descendez du train devant le caveau Bacchus. Venez seule !

Il a raccroché.

Je reste là, hébétée, le combiné à la main, à me convaincre que je n'ai pas rêvé. Je saisis un calepin sur la table de nuit, je griffonne : 11 h 45, dernier wagon, caveau Bacchus. Je n'arrive pas à me rendormir. Dois-je prévenir le brigadier Couperet ? me confier à Cornélius ? Je décide que non. Ils me dissuaderaient d'y aller et la piste s'interromprait. Alberte aura la même réaction mais elle ne pourra pas m'en empêcher.

Le dîner bat son plein à l'aéroclub. Je répète mot pour mot à mon amie ma conversation avec l'inconnu.

— Tu n'es pas assez dingue pour lui obéir ?

— C'est risqué mais c'est peut-être ma seule chance de connaître la vérité.

— Tu as envie de finir enroulée dans une bâche sous un mur de bouteilles comme un rouleau de printemps ?

— Très diplomate, très délicat, vraiment.

— N'y va pas, tu commettrais une énorme erreur. Ou au moins demande à Cornélius ou à ton gendarme de te surveiller de loin ?

— Quand les ravisseurs des films exigent une rançon, ils disent au livreur de venir seul sinon ils tuent l'otage.

— Ton père est déjà mort et tu vas l'imiter si tu t'entêtes.

Je déglutis avec peine.

— C'est un rendez-vous en plein jour dans un endroit public, Alberte.

— C'est un rendez-vous sous terre, à la pause déjeuner, quand les caves se vident. Et je te rappelle à quel point le même genre de rendez-vous a réussi à ton père il y a trente ans.

Ma décision est déjà prise et elle le sait pertinemment.

— J'hésite encore, dis-je pourtant.

— Comme je te crois !

— Imagine qu'il soit un ami de mon père ?

— Les centenaires batifolent rarement dans les caves. N'y va pas.

— D'accord.

— Toutes les araignées bondiront sur toi à la minute où tu descendras du train.

— Très dissuasif, comme argument.

— J'ai peur pour toi.

— L'homme au bout du fil avait peur aussi. Je veux comprendre pourquoi.

Journal d'Eugène

4 février 1889

Le prince héritier d'Autriche Rodolphe de Habsbourg a été retrouvé mort dans son pavillon de chasse à Mayerling, près de Vienne.

La compagnie créée par Ferdinand de Lesseps et reprise par Gustave Eiffel pour percer le canal de Panamá a été mise en liquidation judiciaire aujourd'hui, ruinant quatre-vingt-cinq mille souscripteurs. Le scandale éclabousse le baron de Reinach qui a corrompu des parlementaires pour faire débloquer des fonds publics. Je ne suis pas concerné personnellement, je réinvestis tout ce que je gagne dans ma société, mais je pense à ceux qui ont perdu leurs économies.

C'est à moi qu'incombera demain la tâche de remplacer Paul pour présenter notre chère Champagne à son fils. Mon filleul Joseph Eugène Antonin arrivera par le chemin de fer. Il a dix-neuf ans. Je suis aussi impatient qu'anxieux de le rencontrer après avoir correspondu avec lui depuis tant d'années. Ma femme et mes enfants m'ont si souvent entendu parler de lui qu'il fait partie de la famille. J'irai pourtant l'accueillir seul. Marguerite l'a compris, les enfants sont un peu déçus. Je regarderai autour de moi en essayant de voir Épernay à travers les yeux d'un jeune Américain. Tout va lui paraître différent, petit. Mais il est de ce pays. Il sentira forcément qu'il découle de cette terre.

5 février

Ça y est, l'enfant prodigue est arrivé. Si tu savais comme il ressemble à Paul ! Quand il est descendu du train le temps s'est arrêté, j'ai cru me retrouver en 1854 le jour où mon ami est parti pour le Nouveau Monde. Les vêtements et les coiffures ont changé mais le long garçon dégingandé qui se tenait devant moi n'avait pas pris une ride. Mes poings se sont serrés au fond de mes poches. Mon cœur martelait ma poitrine. Des voyageurs m'ont reconnu, on m'a félicité pour mes caves, remercié pour une charité, demandé du travail, je n'avais d'yeux que pour le jeune Joseph. Il s'est dirigé vers moi avec la démarche élégante et souple de son père. Il a hésité imperceptiblement, devait-il me serrer la main, me saluer, m'embrasser ? Je l'ai étreint avec émotion en dépit de la foule qui se pressait autour de nous.

J'ai confié ses bagages à un porteur et nous sommes remontés à pied. Nous avons cheminé en silence, en connivence. Il écarquillait ses yeux en amande. Il avait fière allure dans son étrange costume à la coupe américaine. En longeant la Marne, il s'est exclamé avec feu :

— Je l'imaginais exactement ainsi !

— Elle est dans un bon jour. Elle était en colère et en crue il y a un an, tu aurais dû voir cela, elle a inondé la ville.

Le fleuve a délié nos langues. Je lui ai demandé des nouvelles de Marian, de son beau-père Robinson, de l'oncle Raymond. Il s'est enquis de la santé de Marguerite, de chacun de nos enfants, même de notre chien Bouchon. Puis il s'est brusquement arrêté et m'a fait face :

— Comment se porte ma grand-mère ?

— Je ne l'ai pas vue depuis longtemps, elle ne sort même plus pour assister à la messe. Veux-tu voir sa maison ?

Son regard était un assentiment. J'ai tendu l'index. Nous nous tenions juste devant l'hôtel Hordon. Joseph s'est raidi pour ne pas laisser transparaître son émotion.

— La chambre de ton père était au premier étage, là.

Il l'a observée longuement. C'est à ce moment-là qu'Angèle est sortie. Quittant sa cuisine obscure pour émerger dans la lumière crue, elle était plongée dans ses pensées et ne nous a pas aperçus tout de suite. Lorsque enfin elle a levé les yeux, je l'ai vue vaciller, encaisser, blêmir. Joseph a cru que cette femme âgée avec un poireau au menton était sa grand-mère. Je suis intervenu :

— Angèle a élevé ton père, mon garçon. Tu es son portrait craché, regarde comme elle est impressionnée.

Il a tendu la main pour soutenir la vieille servante qui a frémi à son contact. Un rideau a tremblé derrière une fenêtre du salon, qui nous épiait ? Madame Hordon, Pierre, Olga, Natacha, Marcel ?

— J'ai cru voir un fantôme, a balbutié Angèle.

J'ai souri et prévenu mon filleul que ce n'était que le début.

— Prépare-toi à ce genre de réaction. Moi aussi j'ai été saisi en te voyant.

— Maman m'a très peu parlé de mon père par égard pour mon beau-père.

— Je suis là pour combler cette carence. Si tu le souhaites je t'emmènerai dans tous les lieux qu'il aimait.

— Puis-je saluer ma grand-mère ?

— Monsieur Pierre ne va pas tarder à rentrer, il part à Paris tôt demain pour plusieurs jours, il vaudrait mieux revenir, nous a soufflé Angèle.

Nous nous sommes dirigés vers Pékin. Les malles de Joseph nous avaient précédés. Juste avant d'entrer, mon filleul m'a annoncé une nouvelle qui m'a chamboulé plus que je ne saurais l'exprimer.

— Je voulais vous l'apprendre de vive voix. Mon beau-père souhaitait m'adopter depuis longtemps, il a attendu que je sois assez mûr pour donner mon accord. Je ne vais plus m'appeler Hordon mais Robinson. Ne croyez surtout pas que je renie mon père, je sais très bien d'où et de qui je suis issu. Mais c'est Macon Robinson qui m'a élevé, je lui dois cela. Vous comprenez ?

Je n'ai pas répondu tout de suite, j'étais trop bouleversé. Les enfants nous ont rejoints. Émile, qui a fêté ses vingt et un ans, a serré la main de Joseph. Blanche, qui a dix-neuf ans comme lui, l'a embrassé. Henri, seize ans, revenu pour l'occasion de la rue Saint-Jacques, lui a souri largement. Marie, Claire et Julia l'ont accablé d'un feu roulant de questions sur le voyage, le bateau, la cabine, avait-il subi une tempête, avait-il eu le mal de mer, comment était l'équipage, comment trouvait-il la France, comment était l'Amérique ? Bouchon lui tournait autour en quêtant une caresse. Mon filleul ne savait plus où donner de la tête.

— Notre invité est fatigué, nous allons le laisser se reposer, ai-je décrété.

Marguerite, apparue sur le perron, lui a ouvert les bras avant de le conduire à sa chambre. J'allais prendre congé, il m'a retenu :

— Dites-moi que vous ne m'en voulez pas ?

Marguerite, surprise, m'a interrogé du regard.

— Joseph va être adopté par son beau-père, il ne s'appellera plus Hordon mais Robinson, ai-je expliqué d'une voix égale.

— Je ne renie pas mon passé, a insisté Joseph.

— Je comprends et je respecte ta décision, elle est motivée par un sentiment de reconnaissance qui t'honore.

— Mais ?

Il se penchait vers moi, la tête inclinée sur le côté, attendant anxieusement ma réponse dans la même attitude que Paul jadis. J'ai songé à mon propre père qui n'avait pas voulu me transmettre son nom. Joseph avait la chance de porter celui du sien et voilà qu'il y renonçait.

— Mais tu viens d'effectuer un long périple, rafraîchis-toi, prends le temps qu'il te faut. Nous sommes heureux de t'avoir parmi nous. Tu es ici chez toi.

Et j'ai refermé la porte.

— Tu as été dur avec lui, m'a reproché Marguerite.

— J'ai été honnête.

Joseph Eugène Antonin Hordon, bientôt Joseph Robinson, est réapparu plus tard dans un nouveau costume à la coupe inconnue chez nous. Marguerite lui a fait servir une collation, puis nous nous sommes assis dans la véranda où j'ai débouché une bouteille. Il a levé sa coupe à hauteur de ses yeux, a regardé la Marne, la voie ferrée et la haute cheminée de la machine à vapeur à travers le chapelet de bulles, puis il a bu avec une flagrante satisfaction.

— Nous retournerons à l'hôtel Hordon demain. Qu'as-tu envie de visiter d'autre, mon garçon ?

— J'aimerais voir la tombe de votre ami Antonin, vous m'en avez tellement parlé.

— Et ensuite ?

— L'école des Frères.

Nous nous sommes mis en route vers le cimetière avec Émile, Blanche et Henri. Thomas s'y trouvait, assis sur son tabouret, entouré de cages d'oiseaux.

— Que faites-vous là aujourd'hui ? Nous sommes le 5 février, pas le 6 ! lui ai-je demandé, surpris.

— Je viens tous les jours de l'année, m'a-t-il répondu comme si c'était une évidence. Vos enfants ont grandi. Et qui diable est-ce ?...

Il s'est interrompu, presque effrayé, il a reculé.

— Je vous présente Joseph, le fils de Paul.

— Dieu du ciel, j'ai cru un instant...

— Je sais.

Mon filleul a esquissé une moue gênée. J'ai ramassé des cailloux et j'ai signé de ma petite coupe rituelle. Joseph m'a instinctivement imité en y ajoutant sa grappe de raisin personnelle. Thomas a apprécié. Joseph a admiré ses pigeons, posé des questions pertinentes, promis qu'il reviendrait le voir. J'ai ressenti un pincement de cœur, j'avais tellement envie qu'il m'aime. J'ai aussitôt réfréné cet accès de jalousie malvenu, je ne suis pas son parrain pour le garder tout à moi, mon rôle est au contraire de lui ouvrir la porte en dedans de Paul et d'élargir son horizon.

Nous sommes allés près du muret. Émile, Blanche, Henri et Joseph se sont hissés avec agilité là où Paul et moi nous tenions jadis, nos talons battant en cadence les vieilles pierres. Celles que j'avais descellées dans ma colère n'avaient pas été replacées. Je me suis contenté de m'adosser, j'ai perdu ma souplesse d'antan. J'ai posé à mon filleul la question rituelle en ce lieu :

— À quoi ressemble la maison de tes rêves ?

Il n'a pas eu besoin de réfléchir.

— J'ai grandi loin des villes. J'aimerais vivre à New York près de cet immense parc qui sert de refuge aux oiseaux migrateurs que nous appelons Central Park. Aller régulièrement au Metropolitan Opera sur Broadway. Et posséder un atelier où entreposer le ballon que j'espère posséder un jour. Et vous, Blanche ?

— J'aimerais me marier avec un négociant de la trempe de mon père, avoir des enfants et ne jamais quitter Pékin, a dit ma fille en rougissant.

Joseph s'est tourné vers mes fils puis m'a regardé :

— Comment puis-je leur retourner la question ?

Je lui ai expliqué que la langue des signes, que nous continuions à utiliser en famille, utilise des éléments qui se combinent : l'expression du visage, la forme de la main, son orientation et celle du bras, son emplacement par rapport au corps, ses mouvements. Le visage indique le sens de la phrase. Il n'y a pas de conjugaison mais une ligne du temps pour situer la phrase, on signe derrière l'épaule pour le passé, au niveau du corps pour le présent, devant pour le futur. L'ordre des mots est différent de la grammaire française ou américaine, on signe d'abord le temps, puis le lieu, après le sujet, et enfin l'action. La pensée visuelle des sourds ressemble à une mise en scène, on plante le décor, les acteurs pénètrent sur le plateau, l'action commence. « À quoi ressemble la future maison de tes rêves ? » se signe « Demain maison rêves toi comment ? »

Je n'avais jamais posé cette question à mes fils. J'ai traduit. Émile, réservé et peu expansif de nature, a signé : « Maison ici pour sourds aider. » La réponse d'Henri, souriant et plus communicatif, a été aux antipodes. Il rêvait de faire le tour du monde avec son matériel de pêche et d'en rapporter des prises mémorables.

Nous sommes repartis en pèlerinage sur les traces de Paul. Je suis président d'honneur de l'Association des anciens élèves, le portier de l'école m'a reconnu. Nous nous sommes recueillis sur la tombe de frère Rémi puis j'ai montré la chapelle à mon filleul. Il a effleuré les touches de l'orgue. Quelques frères âgés somnolaient en égrenant leurs chapelets dans la pénombre.

— Je peux jouer ?

J'ai acquiescé.

— Je vous dois ma fascination pour les ballons, cher parrain. J'ai eu le déclic à neuf ans quand vous m'avez décrit votre ascension dans le ballon captif de Giffard. Ensuite vous m'avez envoyé les livres de monsieur Jules Verne, je suis devenu le Samuel

Fergusson de *Cinq semaines en ballon* et le Phileas Fogg du *Tour du monde en 80 jours*, j'étais ensorcelé ! Je partage le rêve d'Icare mais mes ailes à moi ne fondront pas.

Une intensité nouvelle l'habitait et le magnifiait.

— Je vais vous jouer un morceau de mon compositeur préféré. Il s'est inspiré des *Danses hongroises* de Brahms pour écrire ses *Danses slaves* pour piano à quatre mains. Le numéro 2 de l'opus 72 est une *dumka* qu'il a écrite il y a trois ans, en 1886, une chanson mélancolique qui personnifie pour moi le père que je n'ai jamais connu. Si mon père n'était pas mort jeune, nous aurions pu la jouer ensemble aujourd'hui. J'entends toutes les notes qui figurent sur la partition comme s'il était assis à côté de moi…

Les premières notes se sont élevées dans le silence. Les chasubles des moines ont frémi. Ils se sont retournés lentement. Ils fouillaient l'obscurité du regard, je distinguais le blanc de leurs yeux. Mon ossature vibrait. Mes deux fils pressentaient la grâce du moment en assistant au ballet des cous et des visages des moines qui pivotaient, ils n'entendaient pas mais ils percevaient l'intensité qui consumait Joseph et mon émotion. Échangeant un rapide regard, ils se sont avancés et ils ont posé les mains sur l'instrument pour ressentir la musique. Le fantôme de Paul accompagnait son fils à l'orgue, celui d'Antonin courait en boitillant dans la cour pour attraper un pigeon blessé. Je retenais mon souffle. Blanche avait fermé les yeux pour mieux écouter. Joseph avait le buste très droit, un demi-sourire sur les lèvres, ses mains voletaient au-dessus du clavier. Henri s'est retourné vers moi et il a signé « joie ».

J'ai posé la question à Joseph mais je connaissais déjà la réponse :

— Ton compositeur préféré se prénomme Antonin ? Antonin Dvorak ?

Il a hoché la tête, surpris et content que je le reconnaisse.

6 février

Nous nous sommes d'abord arrêtés au cimetière pour l'hommage rituel à Antonin, Thomas a été heureux de revoir Joseph.

— Il n'y a que les oiseaux-mouches qu'on appelle aussi colibris qui peuvent voler à reculons, les pigeons en sont incapables. Te regarder me ramène en arrière au temps du bonheur, a-t-il roucoulé avec émotion.

J'ai envoyé vérifier à la gare que Pierre Hordon avait pris le train, je ne voulais pas risquer de placer mon filleul en situation délicate. Nous avons traversé la cour de l'hôtel particulier de ses ancêtres. Son nom s'étalait partout, l'actuel, pas celui qu'il portera bientôt. Nous sommes descendus dans les caveaux tapissés de bouteilles. Les caves des autres ressemblent à des maisons de poupée par rapport aux miennes. Nous avons assisté à la danse des paniers six cases passant d'étage en étage, je me suis félicité d'avoir éliminé cette contrainte. Deux remueurs plantés devant des pupitres pratiquaient leur art subtil. Le plus âgé s'est déconcentré en apercevant Joseph, ses mains ont tremblé et les bouteilles ont vibré sous ses paumes pourtant expérimentées. J'ai reconnu Matthieu, le caviste qui avait accusé Paul. Croyant voir le fantôme de Paul, il a reculé, saisi d'épouvante. Je ne l'ai pas détrompé.

Joseph, inconscient de l'impression qu'il produisait, marchait sur lui. Matthieu était paralysé. Joseph est passé à un mètre. Le remueur était livide. Tant d'années s'étaient écoulées depuis son témoignage qui avait décidé du sort de mon ami.

— J'espère qu'il peuple tes cauchemars, Matthieu, et que le jour où tu te présenteras là-haut il sera là pour te donner le salaire de ta trahison, lui ai-je lancé.

— Comment va l'oncle Raymond ? ai-je demandé à Joseph en remontant.

— Il vient de vendre son domaine. Il ne me le pardonnera jamais.

— Vous n'êtes plus aussi proches ?

— Je l'ai déçu parce que je veux voler dans le ciel plutôt que descendre dans les caves. Je n'ai pas choisi de m'intéresser aux ballons, ça s'est imposé en moi comme une évidence, une nécessité. Le champagne vous est aussi indispensable que la vigne l'est pour lui et l'était pour mon père. Moi, je respire pour effleurer l'infini depuis ma nacelle.

Angèle nous guettait, elle nous a ouvert. Joseph a contemplé le haut plafond, le dallage noir et blanc, les portraits en pied de ses grands-parents. Il s'est approché de celui qui représentait son père et son oncle enfants. J'ai eu l'impression fugitive que mon ami avait sauté à bas de la toile peinte.

— Paul ?

Madame Hordon, les yeux rivés sur Joseph, se penchait dangereusement par-dessus la rampe depuis l'étage.

— C'est votre petit-fils Joseph qui arrive d'Amérique, madame, je vous l'ai expliqué ce matin, est intervenue Angèle d'un ton ferme.

— Oui, bien sûr, je m'en souviens.

Madame Hordon a descendu l'escalier. Elle mangeait Joseph des yeux mais ne l'a pas touché. Nous sommes passés au salon. Les meubles étaient anciens, les tentures lourdes, l'argenterie imposante, mon filleul se sentait visiblement mal à l'aise dans ce décor opulent et lugubre. Le visage de sa grand-mère s'est durci brusquement.

— Pourquoi es-tu venu ?

— Pour vous rencontrer, a-t-il répondu, décontenancé.

— Tu sais ce que ton père a fait ? Tu lui as raconté, Eugène ?

— Vous savez très bien que Paul n'a jamais…

Elle ne m'a pas laissé terminer.

— Je l'ai banni. Il repose en terre étrangère. Tu n'aurais jamais dû te présenter dans cette maison, Joseph.

Mon filleul a tressailli.

— Je suis votre petit-fils. Je n'ai pas connu mon père, j'espérais que vous me parleriez de lui.

— Je n'ai pas besoin d'un second petit-fils, a craché madame Hordon avec violence. J'en ai déjà un. Marcel me suffit !

Joseph a vacillé sous le choc. La porte du salon s'est ouverte. Marcel est entré le premier, je ne l'avais pas vu depuis longtemps, il ressemblait à la fois à Pierre et à Olga, j'ai aperçu entre les boucles rousses qui retombaient sur son front la tache couleur lie de vin. Olga le suivait, avec cet air triste qui lui colle à la peau depuis la disparition de Katia. Natacha fermait la marche, nimbée d'une grâce froide. Ils ont écarquillé les yeux en découvrant à quel point Joseph était le portrait du portrait de son père.

— Tu es le garçon d'Amérique, a lancé Marcel d'un ton sec. Qui t'a laissé entrer ? Mon père va être furieux.

— J'allais le prier de partir, a dit madame Hordon. Joseph, tu n'es pas le bienvenu, ta place n'est pas ici.

Mon filleul a frémi, souffleté par l'affront. Il a tourné les talons et quitté la pièce. Je lui ai emboîté le pas avec Olga.

— Pierre sera fou de rage, m'a-t-elle reproché dans le vestibule.

— Joseph est chez lui dans cet hôtel, c'est un Hordon ! Et son compositeur préféré est Antonin Dvorak…

— Enfin, Eugène, aurais-tu oublié de quoi Pierre est capable ?…

— Il te maltraite ?

Elle a secoué la tête.

— Il n'a jamais levé la main sur moi, il m'aime à sa façon et je suis la mère de son fils, Marcel est sacré pour lui. Je t'en supplie, restez à distance, Joseph et toi. Tu n'imagines p…

Elle s'est interrompue en voyant que le majordome approchait et nous a poussés dehors.

Angèle nous a rattrapés dans la rue. Elle a sorti de sous son tablier un objet enveloppé dans un tissu, l'a tendu prestement à Joseph.

— Cela vous revient, je l'ai fait disparaître après votre naissance, je la gardais pour vous depuis dix-neuf ans.

Joseph l'a étreinte dans un élan. Angèle, ébahie, a rougi comme une rosière avant de s'enfuir vers ses cuisines.

Au coucher du soleil, dans la véranda de Pékin, mon filleul a déballé le cadeau. Protégée dans une pochette noire portant les initiales P. H., la timbale portait l'initiale P. et la date de naissance de Paul, 2 avril 1838, elle avait dû tomber souvent, elle était toute bosselée.

8 février

J'ai emmené Joseph chez le notaire. Le fait qu'il change de nom va remettre en question la rente que lui verse Pierre Hordon mais sa détermination n'a pas faibli pour autant. Il se sent redevable envers son beau-père, il est adulte, je dois respecter sa décision. L'aisance financière que j'ai acquise par mon travail me permet de subvenir aux besoins de ma famille et de prendre mon filleul sous mon aile.

10 février

Matthieu s'est pendu chez lui ce matin. Je n'ai pas eu l'hypocrisie de le regretter. Ce n'est pas moi qui l'ai tué, je me suis contenté de le bourreler de remords. Sans son témoignage, c'eût été la parole de Pierre contre celle de Paul et tout aurait été différent. Mon filleul ignore heureusement le rôle inconscient qu'il a joué dans ce suicide.

11 février

Pierre Hordon, rentré de Paris, est venu à mon bureau, cramoisi. Je suis sorti lui parler sans témoins.

— Tu n'aurais jamais dû amener le fils de mon frère chez nous, je t'avais prévenu ! a-t-il grondé, hors de lui.

Il tremblait de fureur, son col l'engonçait, la sueur perlait à son front.

— Il était chez lui, Pierre, il est le petit-fils de Fernand Hordon.

Je n'ai pas dit « de ton père » à dessein, il fallait que les choses soient claires.

— Il voulait connaître sa grand-mère. Elle l'a fort mal reçu.

— Encore heureux !

— Nous savons tous les deux que Paul a été accusé à tort. La mort de Matthieu m'a donné à réfléchir. Si c'était lui le criminel, pourquoi l'as-tu protégé ? Pour te débarrasser de ton frère ?

— Paul était dans le bureau cette nuit-là, a répondu Pierre, hargneux.

— Il m'a juré que non. Est-ce que votre mère était impliquée ?

— Paul était dans le bureau, s'est obstiné Pierre. Son fils ne passera plus jamais le seuil de notre hôtel, c'est compris ?

— Sinon ?

— Sinon il lui en cuira.

J'ai pris sa menace au sérieux. Il n'y avait qu'un seul moyen de protéger mon filleul.

— Je te conseille de ne pas t'attaquer à lui. Je tiens un Journal depuis mon adolescence, tout y est consigné, y compris mon voyage au pays de Lorient et ce que j'y ai découvert au sujet de tes origines.

Pierre écumait, congestionné.

— Tu m'avais promis…

— … de me taire et je tiendrai parole. Mais tout est noté dans mon Journal. C'est mon assurance décès et celle de ton neveu.

Le mot l'a fait bondir.

— Ce n'est pas mon neveu mais un étranger.

— C'est ton neveu et le cousin de Marcel, que tu le veuilles ou non. Ne t'avise pas de lui nuire.

Acculé, impuissant, il soufflait des naseaux.

— Qu'il ne revienne jamais !

— Ne touche pas un cheveu de sa tête !

Je ne suis pas retourné travailler tout de suite après son départ, ce qui n'est guère dans ma nature et a fort surpris Paul Jobert et mes employés. Je suis allé marcher pour me calmer.

15 février

J'ai montré à Joseph de quelle manière fonctionne la maison Mercier. Il s'est étonné de me voir remettre personnellement son salaire à chacun de mes employés et de mes ouvriers, pourtant cela me paraît normal, c'est une marque de respect, ma réussite ne me donne pas des droits mais des devoirs. Je faisais tout moi-même à mes débuts rue de la Côte-Legris, j'ai été à la fois chef de caves, chef de bureau, comptable avec l'aide de ma mère, caissier, représentant, j'ai appris le tirage, le travail du vin en caves, j'ai même habillé et emballé moi-même des bouteilles. Tout passe encore entre mes mains, non seulement la paie du personnel mais aussi les factures des fournisseurs et des clients. Je m'efforce de rester bienveillant et disponible, l'arrogance d'un Pierre Hordon me révulse. J'ai la réputation d'être un négociateur intraitable mais quand j'ai dit, j'ai dit, ma parole vaut signature, une tape dans la main vaut écriture. Je n'ai aucun mérite à travailler autant, je préfère cela à tout le reste, hormis ma famille.

J'ai présenté Joseph à mon bras droit Paul Jobert. Je lui ai montré les caves, les celliers, les ateliers, le bureau de correspondances où les lettres sont d'abord écrites sur du papier à en-tête puis recopiées dans un registre pansu afin d'en avoir copie. Mon filleul a admiré les médailles que la maison a conquises lors de manifestations commerciales, Philadelphie en 1876, Nancy en 1877, Paris en 1878 et 1879, Bruxelles en 1880, Alger en 1881, Amsterdam, Caracas et Boston en 1883, Nice et Épernay en 1884, Barcelone en 1888. Il a lu dans le journal : « Monsieur E. Mercier est le fournisseur de l'Empereur du Brésil et celui de Leurs Majestés la Reine d'Espagne et le Roi des Belges. Ses vins sont classés par ordre de mérite, Splendide Champagne, Carte d'Or, Carte Blanche, Carte Noire, dont les prix varient de 3,50 à 8 francs la bouteille. Plus de deux millions de bouteilles par an sortent de ses immenses souterrains qui renferment la fortune d'une principauté. Trente-deux médailles d'or et douze grands diplômes d'honneur l'ont déjà récompensé. » Il a vu mon nouveau papier à lettres sur lequel figurent ces distinctions ainsi que l'adresse de notre dépôt à Paris au 20 du boulevard Poissonnière et à Londres au 3 New London Street.

— Vous pouvez être fier, mon cher parrain !

— Fier, non, mais satisfait et impatient de progresser. J'ai réalisé mon rêve, je vais te mettre le pied à l'étrier pour le tien. Je vais t'organiser une rencontre avec l'aéronaute Louis Vernanchet.

Tu aurais vu ses yeux, ils brillaient comme deux étoiles.

— J'ai rencontré récemment Édouard Surcouf, le président de l'école d'aéronautique. Il travaille avec Eugène Godard qui avait construit les ballons-poste et qui a emmené un jour dans son ballon ton cher Jules Verne. Je dois aller à Paris sous peu, je te le présenterai.

Ce n'étaient plus deux étoiles mais toute une constellation.

10 mars

Joseph m'a reparlé des francs-maçons qui ont été proches de lui dans son enfance. Je l'ai présenté à un grand négociant d'Épernay, maçon notoire et à ce que j'ai compris vénérable de sa loge, en lui expliquant que Paul était un de ses frères. Comme je l'escomptais, Joseph qui a été chassé de l'hôtel familial a été reçu à bras ouverts par cet inconnu. J'ignore ce qu'ils se sont dit mais lorsqu'il est rentré il semblait apaisé. Le soir, il a pris mes mains dans les siennes et les a portées à ses lèvres pour me remercier. Ce geste si peu champenois aurait pu me gêner, il m'a ému.

Il est retourné au cimetière voir Thomas, c'est un homme de parole. Il est plus détendu avec les autres qu'avec moi, je crois que je l'impressionne.

28 mars

Joseph m'a accompagné à Paris où je l'ai laissé pendant deux semaines. Comme convenu je l'ai introduit dans les milieux de l'aérostation. Il s'est entendu à merveille avec Édouard Surcouf qui l'a emmené souper chez l'industriel Gabriel Yon. Il s'est aussi lié d'amitié avec Maurice, le fils aîné de Louis Vernanchet, ainsi qu'avec Eugène Godard II, le fils du constructeur. Tous l'appellent Joe.

Paris, 31 mars

La tour de Gustave Eiffel a été inaugurée aujourd'hui après vingt-six mois de travail, ses ascenseurs hydrauliques ne fonctionnent pas encore et les premiers visiteurs ont dû y monter à pied. Ses détracteurs s'en étaient donné à cœur joie dans les journaux, prédisant qu'à peine finie, la tour s'écroulerait et tuerait des milliers de Parisiens, qu'arrivés au sommet les visiteurs seraient asphyxiés, qu'elle s'enfoncerait sous terre, créant un véritable cataclysme. Elle est pourtant diantrement solide et l'ingénieur mérite son triomphe. C'est censé être une construction provisoire destinée à être démontée mais Eiffel se bat afin d'en obtenir la concession pour vingt ans. Je le comprends, je ne supporterais pas qu'on démolisse mes caves ou mon foudre.

1er avril

J'ai cinquante et un ans. Nous devions fêter mon anniversaire ce soir en famille. Joseph devait voler demain avec les Vernanchet et demeurer en France jusqu'à la mi-mai pour assister au voyage du foudre depuis Épernay jusqu'à Paris et visiter l'Exposition. Mais il a appris aujourd'hui que son grand-oncle Raymond a fait une grave chute de cheval. Son état est préoccupant, il l'a demandé à son chevet.

— Je l'ai déjà déçu en ne prenant pas sa succession, je ne peux me soustraire à son vœu qui est peut-être le dernier, a-t-il dit courageusement.

Il avait les yeux rouges en montant dans le train. Je lui ai dit de ne pas attendre dix-neuf ans avant de revenir, je ne suis plus tout jeune. Je ne reverrai plus jamais Joseph Eugène Antonin Hordon, j'ai l'impression qu'une main puissante me chiffonne et me froisse le cœur. Je reverrai mon filleul, bien sûr, mais il se nommera Joe Robinson.

Mary, Épernay, 15 avril 1970

Je passe la nuit à m'interroger sur mon mystérieux interlocuteur, mes sentiments pour Cornélius, les siens à mon égard. Il ne se manifeste pas de la matinée, ce qui me laisse penser que nous avons échangé ce baiser au goût millésimé sous le coup de l'émotion. C'est un homme de cœur, il a souffert, il veut sincèrement m'aider, il est le petit-fils d'Eugène, il a permis à mon père de partir en musique. Il se reproche sans doute de s'être dévoilé. Je l'ai remis en selle, nous sommes quittes. Il a dû me trouver coincée et compliquée hier soir quand je suis partie. Ou à l'inverse l'idée de faire l'amour avec moi ne l'a même pas effleuré. J'ai envie de lui parler du coup de fil anonyme mais je ne veux pas prendre l'initiative de l'appeler. Mon père disait que piloter un ballon revenait à diriger un engin non dirigeable, je ne sais pas diriger mon existence, le temps est venu de me conduire en adulte. J'appelle la gendarmerie pour parler au brigadier Couperet mais il n'est pas encore arrivé. Je ne donnerai pas au capitaine Pérona une nouvelle occasion de se moquer de moi.

À 11 heures, je suis au pavillon Mercier. Je laisse passer deux groupes de touristes. La dernière visite guidée de la matinée ne va pas tarder à partir, ensuite les caves fermeront pour la pause déjeuner. L'hôtesse de l'accueil a faim, elle dévore des yeux un visiteur qui mange un sandwich au jambon. Je regarde des objets publicitaires exposés dans une vitrine : la bouteille couchée à l'horizontale emblème de la marque, une mallette, un billard, un jeu de jacquet, des cartes postales où un bébé dort dans un panier de champagne, des partitions de musique et des livrets de chansons populaires, une cravate parsemée de montgolfières.

La visite débute. Nous passons devant un gigantesque tonneau de bois dont la façade est sculptée de deux grandes femmes en toge qui surplombent une minuscule porte d'où on s'attend à voir sortir l'Alice du pays des merveilles. Les touristes se bousculent tels des gosses de maternelle pour occuper les premiers wagons du train tandis que je me dirige vers l'arrière. La petite locomotive électrique s'ébranle. « Vise un peu les caves à Gégène, c'est pas du champagne de Mickey ! » lance, admiratif, un retraité en maillot de corps.

— Ces caves sont parmi les plus grandes du monde, annonce la guide. En août 1950, les usines Renault y ont organisé un rallye automobile pour le lancement de la 4 CV, il y avait quinze voitures et aucune bouteille n'a été cassée. Vous avez sûrement déjà vu la bouteille couchée Mercier au bord des routes ou, si vous aimez le sport, sur le Tour de France avec sa fameuse Citroën C4 équipée de haut-parleurs ?

Je retrouve l'odeur particulière, la lumière orange, les tunnels qui se croisent, les pupitres, les murs de bouteilles. Les coups de pioche et les cicatrices de l'Histoire côtoient les tags des amoureux modernes, nous sommes dans un musée intemporel.

— À l'époque du fondateur on visitait les caves à pied, continue la guide. Le premier train électrique date de 1952 avec le slogan « 18 kilomètres en 18 minutes ».

J'ai l'impression étrange que ma place est là, qu'un fil invisible me rattache à ce lieu, qu'il m'est familier par toutes les fibres de mon être.

— Vous n'allez pas tarder à voir sur votre droite l'entrée du caveau Bacchus, un ancien cellier de dégorgement qui a une voûte haute de quinze mètres. On y organise maintenant des soirées de gala aux chandelles, sa grande porte s'ouvre au son des cors de chasse, c'est féerique. Il contient deux hauts-reliefs de neuf mètres de haut sculptés par Navlet, l'enfance de Bacchus et la Champagne offrant une grappe de raisin à l'Angleterre. Une plaque y recense tous les millésimes vinifiés par Mercier depuis 1858. L'an dernier, la cuvée 1969 a été le trente-cinquième millésime de la maison. On parlait autrefois de vin de Champagne, la protection du mot « champagne » date de 1889 et c'est devenu une AOC, appellation d'origine contrôlée, en 1935.

Le train ne va pas vite. Je me décale sur le côté, le souffle court, mon cœur ébranle mes côtes comme s'il voulait s'échapper de ma cage thoracique.

— Le foudre géant devant lequel vous êtes passés contenait deux cent mille bouteilles, mais celles du XIXe siècle étaient fabriquées artisanalement et contenaient entre soixante-dix et quatre-vingt-quinze centilitres. Nos bouteilles modernes font toutes soixante-quinze centilitres. Alors, s'il y a des puristes parmi vous, le tonneau géant contient exactement deux cent treize mille trois cent trente-trois bouteilles d'aujourd'hui !

On s'esclaffe, personne ne regarde en arrière, j'en profite pour descendre du train. Je recule dans l'ombre, nul ne fait attention à moi. J'avance vers la porte en forme de tonneau du caveau Bacchus. Il n'y a ni chandelles ni cors de chasse. J'attends dans l'obscurité, persuadée que mon inconnu de la nuit ne va pas tarder. J'imagine qu'il travaille là ou qu'il y a travaillé dans le passé. J'espère qu'il a connu mon père.

Le train disparaît au loin. Trois cavistes me dépassent sans me voir. Un homme se dirige vers moi, je me prépare à sortir de ma cachette mais il tourne dans une galerie adjacente. Le silence règne. Il est 12 h 30. Mon interlocuteur attend sans doute que la voie soit libre. Je demeure sur mes gardes. 13 heures. J'ai froid. 13 h 30. J'ai la tête qui tourne et l'estomac dans les talons. L'inconnu s'est fichu de moi. Ou il n'a pas réussi à vaincre sa peur. Ou on l'a empêché de venir. Les visites reprendront à 14 heures. Autant mettre ce temps à profit. Je sors de ma poche le croquis de Cornélius et je me repère. Je suis déjà dans la galerie de Pékin. Je progresse en examinant scrupuleusement les murs. Et enfin, je la trouve. Je me penche, fascinée. C'est elle, ma petite coupe d'où s'échappent des bulles. J'ai brûlé mon « Bon pour… » mais je pourrais la reproduire les yeux fermés. Est-ce Eugène qui l'a gravée dans la craie ? Ou est-ce mon père ?

Hypnotisée par le dessin, j'en oublie de me méfier. Au moment où je sens l'air bouger derrière moi il est déjà trop tard. Un homme cagoulé vêtu de noir met ses mains gantées autour de mon cou et me comprime la trachée. Je panique, je me débats, épouvantée. Je tente désespérément de lui échapper mais il serre encore plus fort. Terrorisée, j'essaie de me souvenir de mes cours de *self defense* mais je ne peux atteindre ni son bas-ventre, ni ses yeux, ni son cou. Je n'arrive presque plus à respirer. Alberte avait raison, je vais crever dans cette cave comme une idiote, y passer trente ans avant qu'on retrouve mon squelette.

— Tu rentres chez toi. C'est compris ? rugit mon agresseur en contrefaisant sa voix.

Du fond de mon affolement, ma pensée s'échappe vers mon dentiste qui se met toujours à me questionner en me fraisant les dents, quand je ne peux pas répondre.

— Compris ? répète l'homme en écrasant ma bouche contre mes incisives si fort qu'il me blesse la lèvre.

Des taches de couleur dansent devant mes prunelles. Mes genoux ploient. Mes poumons sont en feu. Les veines de mon cou se tendent comme des cordes. Mon cœur supplie. C'est donc cela, mourir ? Cesser de se débattre, accepter l'inacceptable, se résigner à perdre.

Tout d'un coup je tombe à quatre pattes sur le sol. Mon agresseur m'a lâchée brusquement, je l'entends partir en courant. J'aspire l'air avec difficulté. Ma trachée brûle. Ma respiration est douloureuse. Ma lèvre saigne, je crache une salive rouge. Je me redresse sur mes genoux, terrifiée. J'ai la lèvre coupée, le cou meurtri, mais je ne suis pas morte. Je pourrai encore entendre Alberte chanter, aider Alexander, rassurer Charly, boire du champagne, faire l'amour. J'ai cru que c'était fini pour moi.

Je me relève en m'appuyant au mur, chaque inspiration m'est pénible. La galerie de Pékin est vide. Je vais tout laisser tomber pour foncer à la gare. Ce journal est de l'histoire ancienne, mon père aurait cent ans, il est mort depuis belle lurette et j'ai failli le rejoindre.

La petite coupe se trouve à égale distance entre deux hauts-reliefs, l'un représente Épernay, l'autre Reims. Je m'accorde une minute montre en main. La famille d'Eugène était de Reims comme les biscuits roses et le capitaine Pérona. Lui-même était né à Épernay. Je me remémore sa lettre à mon père et je souris. *Je l'ai dissimulé dans une sculpture de la galerie de Pékin dans Épernay.* Ce n'était pas une tournure ancienne comme je l'ai cru, mais une précision. Il n'a pas écrit « sous » ni « à » Épernay, mais « dans » Épernay : à l'intérieur du blason de sa ville natale.

Je tâtonne la sculpture en toussant. Mes doigts tremblants déclenchent un mécanisme. Le blason pivote, une porte s'ouvre dans la craie, démasquant une cachette. J'avance la main, j'attrape une boîte en fer-blanc étamé, je la glisse dans mon sac besace et je me précipite vers les escaliers en serrant mon trésor contre mon cœur.

Je déboule sur le parking, essoufflée, déboussolée. L'accueil est encore fermé, des touristes qui attendent sous le soleil champenois me dévisagent avec inquiétude. Je respire à longues goulées. Je sens l'air remplir mes poumons comme il remplissait hier le ballon de Cornélius.

Journal d'Eugène

17 avril 1889

Mes ouvriers se sont attaqués ce matin aux murs de l'immense cellier où reposait mon foudre haut de deux étages et ils l'ont démoli pour le faire sortir sur le chariot que Jean Hahn a construit sur mesure. Les douze paires de bœufs ont commencé à le tirer. L'énorme tonneau a traversé la ville en passant par la rue de Châlons et la rue Porte-Lucas, puis il a pris le faubourg Saint-Laurent et la route de Mardeuil. Une foule considérable l'accompagnait. Il a parfaitement monté la côte de Saint-Laurent et descendu celle de Ramponneau et de Meudon. Le sol était détrempé par les pluies, et les énormes roues, d'une largeur insuffisante, donnaient trop de tirage à l'attelage en s'enfonçant dans le sol sous le poids des vingt tonnes qu'elles supportaient. J'ai foncé vers les chantiers des chemins de fer de l'Est. Le directeur a accepté de me faire fabriquer quatre nouvelles roues plus robustes et d'une largeur double des premières dans des longerons de machines modèle 189 et 222. Je bouillais sur place. Nous n'allons pas être arrêtés si près du but, après seize ans, à cause de simples roues ?

20 avril

Le cortège s'est à nouveau ébranlé avec en tête les vingt-quatre bœufs et leurs douze conducteurs. Derrière venaient dix-huit chevaux de renfort pour la montée des côtes les plus dures. Le petit Ménard, premier vélocipédiste de la région d'Ay, précédait l'incroyable procession et nous servait d'éclaireur en agitant un drapeau. Je me tenais avec Émile à l'avant du convoi, attentif à tout.

Une foule immense s'était massée des deux côtés de la route, les instituteurs avaient donné congé pour une heure à leurs élèves, le travail s'était arrêté dans les bureaux et les usines aux cris de « Le tonneau Mercier va passer ! ». Les femmes se signaient, les enfants l'accompagnaient en courant le long du chemin, les paysans partaient à sa rencontre. Les branches des arbres cassées à son passage jonchaient le sol. Des gendarmes à cheval patrouillaient. Des ingénieurs des Ponts et Chaussées surveillaient et calculaient, ils ont fait consolider trois ponts sur le chemin. En plusieurs points du parcours il restait à peine quelques centimètres entre les maisons en bordure de chaussée et le tonneau. Certains becs de gaz n'y ont pas résisté.

Mon ami Le Journal, c'était le treizième travail d'Hercule, vraiment. Il a fallu contourner des villes et des villages faute de place. Pour aller de Château-Thierry à Meaux on a dû se détourner par Montmirail parce que les Ponts et Chaussées nous ont défendu d'emprunter le pont de Cornillon. Si des arbres ou des murs nous bloquaient, nous n'avions pas d'autre choix que de les abattre. À Viels-Maisons, le timon a manqué, on en a ajusté un autre tandis que les villageois allumaient des feux de Bengale pour mieux admirer le tonneau.

Toute la presse a rendu compte de l'événement, je ne résiste pas à la joie de te confier ces extraits d'articles.

La Vérité : « L'aspect de cet immense fût aurait tenté le crayon de Gustave Doré si puissant à prendre le merveilleux : la fourmilière d'hommes, de femmes et d'enfants qui se pressaient autour de la maison Mercier ressemblait aux habitants de Lilliput, de minuscule mémoire, assistant à un spectacle inconnu. Les bœufs prêtaient à l'illusion car auprès du foudre géant ils figurent des animaux nains. »

Le Vigneron champenois : « Quand on considère que le foudre de monsieur Mercier peut contenir 200 000 bouteilles, on peut se faire une idée de l'enthousiasme avec lequel il sera accueilli par les Parisiens qui ne connaissent du vin que l'extrait de bois de campêche qu'on leur sert sous une trompeuse qualification. L'aspect imposant des douze paires de bœufs traînant pacifiquement, nous allions dire philosophiquement, ce fût de pantagruélique aspect, fera voir aux populations que l'agriculture et la viticulture, l'une traînant l'autre, ne sont pas mortes en France. »

L'Éclaireur de L'Est : « D'un village à l'autre, une foule nombreuse lui faisait cortège et le remettait aux mains de la population de la commune voisine. »

L'Indépendant de la Marne et de la Moselle : « C'est une véritable marche triomphale que fait en se rendant à Paris cette Reine des Futailles comme monsieur Fernand Xau appelle le foudre gigantesque. »

Trois mille personnes nous attendaient à Meaux, où il fallut malheureusement éborgner, autrement dit raboter, des maisons médiévales bordant des venelles trop étroites. Le tonneau occupait toute la largeur de la route nationale et faisait une trouée à travers les platanes dont les boules se répandaient en pluies de graines sur les curieux. Dans les côtes on a ajouté dix autres chevaux à la caravane. J'ai convié la presse à un banquet qui a eu lieu à Vincennes au salon des familles. Le poète Émile Goudeau y a improvisé des vers : *Ce tonneau, grande Bastille, contient les trésors ambrés des grands champagnes poudrés par la mousse qui pétille ; donnons-leur la Liberté, qu'ils s'évadent dans le verre, que l'Égalité, sévère, boive à la Fraternité ; comme dans une Bastille le bon champagne enfermé dans son flacon parfumé d'impatience pétille.*

30 avril

Notre foudre s'est présenté aux portes de la capitale. Après avoir franchi l'octroi et effectué la visite réglementaire dans des conditions inaccoutumées, et avec l'aval des autorités militaires, on a enlevé les barrières des fortifications et interdit pendant quatre heures toute circulation des chevaux entre la porte de Pantin et le Champ-de-Mars. Porte de Pantin, cinq immeubles gênaient notre progression. J'ai été obligé de les acheter à prix d'or et de les raboter pour passer !

Nous avons parcouru la rue d'Allemagne, la rue Lafayette, l'avenue de l'Opéra et les berges de la Seine jusqu'au quai d'Orsay. Un officier de paix a posté une douzaine d'agents aux extrémités de la chaussée avenue de la Bourdonnais et quai de l'Alma avec la consigne de n'y laisser pénétrer personne. Le chariot s'est engagé sur la pente assez rapide de la rue Lafayette, mais il n'a pas tardé à glisser jusqu'au bord du trottoir, où il menaçait de renverser tous les réverbères. Devant la maison portant le numéro 53, il a dû interrompre sa route. Il nous a fallu dételer, et ce n'est qu'après une demi-heure d'efforts qu'on a pu le remettre au centre de la chaussée. Au Pont-Royal, pour descendre la rampe portant sur la rive gauche, on a mis des bœufs à l'arrière afin de le retenir.

Un problème imprévu a alors surgi au dernier moment. Pour faire pénétrer le tonneau fabriqué en Hongrie dans l'enceinte de l'Exposition, il a fallu élargir les entrées, déraciner deux chênes, et démolir une partie d'un restaurant, justement hongrois, qui venait d'être achevé. Le propriétaire s'y est opposé, nous avons parlementé, la police est intervenue. J'ai distribué des paniers de champagne pour calmer les esprits échauffés et je me suis engagé à faire reconstruire le restaurant sur mes deniers et séance tenante.

Voyage du foudre Mercier d'Épernay à Paris.

6 mai

L'Exposition universelle a été inaugurée aujourd'hui. Le *Wild West Show* de Buffalo Bill où se produit la tireuse Annie Oakley plaît autant que le chemin de fer Decauville qui circule entre le Champ-de-Mars et les Invalides. Deux ballons captifs à hydrogène pur emmènent les touristes admirer l'Exposition du ciel : celui de Godard et Yon, avenue Kléber, de cinq milme trente-cinq mètres cubes, et celui de Lachambre, boulevard de Grenelle, de deux mille six cents mètres cubes. Leur rappel au sol est assuré par des treuils à vapeur.

J'ai savouré ma victoire. Le foudre Mercier, présenté juché sur sept pyramides de bouteilles, a été juste après la tour Eiffel le clou de la manifestation.

La presse du monde entier s'en est fait l'écho, les journaux ont titré : « Eugène Mercier a tenu son pari, il a construit une véritable cathédrale de champagne et il l'a fait circuler sur les routes de France. » La tour Eiffel a été la reine de l'exposition mais notre foudre y a été fêté comme un prince qui, galant, lui a laissé le premier prix. Arriver en second derrière cette tour magnifique revenait tout de même à tutoyer les étoiles.

Eiffel a fait graver en lettres d'or de soixante centimètres sur la grande frise qui entoure le premier étage de sa tour les noms de soixante-douze hommes qui ont honoré la France depuis la révolution de 1789 jusqu'à aujourd'hui, Henri Giffard figure parmi eux. Il n'y a que deux noms gravés à l'intérieur des douves de mon foudre géant, ceux de Jolibois et de Walter, ses deux héros.

2 juin

Raymond Hordon, protecteur de Paul et grand-oncle de Joseph, est mort. Mon filleul était à son chevet, il a eu fort raison de partir sans tergiverser. Ils ont pu se parler, s'expliquer, se réconcilier. Le vieillard a eu un enterrement selon les rites maçonniques au cours duquel Joseph a revu d'anciens amis de son père. Raymond Hordon n'est plus et Joseph Hordon l'a suivi de peu, place à Joe Robinson. Marian ne s'appelait plus Hordon depuis son remariage, et ce patronyme que mon filleul était seul à porter, qui venait d'un mort, lui semblait un joug. Il s'en est débarrassé pour exprimer sa gratitude et rejoindre le clan des vivants.

19 juillet

Émile, qui a vingt et un ans, vient d'assister à Paris au premier Congrès international des sourds-muets qui s'est tenu à l'occasion du centenaire de la mort de l'abbé de L'Épée. J'ai bien écrit « des sourds-muets » car ils en étaient les organisateurs. Assis au milieu de sourds de toutes les nationalités, il a étudié avec attention les discours, pris des notes, et il s'est exprimé en langue des signes. Il n'y avait hélas aucun représentant, ni du ministère de l'Intérieur qui gère en France les écoles de sourds, ni du ministère de l'Instruction publique qui gère les autres écoles. Ce congrès a conclu que le langage des signes était l'instrument le plus approprié pour développer l'intellect des sourds et leur permettre de s'émanciper. Mais il n'a rien d'officiel, et ne peut malheureusement pas remettre en question le Congrès de Milan et ses révoltantes et absurdes conséquences.

26 novembre

Ce matin, comme chaque fois que je me rends à Paris pour affaires, j'ai attendu que le train arrivant de Châlons soit passé devant mes caves pour sauter dans mon cabriolet tiré par un cheval rapide conduit par Gustave Remiot. Un de mes employés a téléphoné au chef de gare d'Épernay pour qu'il attende mon arrivée avant de faire repartir le train. Mon amitié avec Albert Mérendet me vaut le privilège de cette entorse au règlement.

Depuis qu'il a fini ses études, Émile organise avec Henri, chaque automne et en le payant de ses deniers, un banquet qui réunit les sourds de Champagne pour célébrer l'anniversaire de la naissance de l'abbé de L'Épée né le 24 novembre 1712. C'est leur unique réunion de l'année, elle est aussi bruyante que joyeuse même si les convives communiquent par gestes et mimiques. Je sais, et ce n'est certes pas lui qui me l'a dit, qu'il procure discrètement des tenues adéquates à ceux que le fait de ne pas posséder d'habits du dimanche aurait empêchés de venir au banquet.

7 décembre

L'Exposition universelle a fermé ses portes après six mois et vingt-cinq millions de visiteurs. Mes ouvriers se sont mis à l'œuvre ce matin à 7 heures et, à l'aide de pinces, de crics et de palans, ils ont amené le foudre sur la voie publique où dix paires de bœufs et quatre chevaux étaient tous prêts à être attelés. Mais les négociants de Champagne proposent et la police dispose. Ordre a été donné de surseoir au départ du gigantesque fût jusqu'à 2 heures du matin, moment où la circulation est moins intense dans Paris.

20 décembre

La neige et le verglas ont forcé le tonneau à demeurer plusieurs jours à Noisiel. Les ouvriers de l'usine Menier ont été heureux de pouvoir le contempler. Mon vieil ami Le Journal, te souviens-tu quand, jadis, j'admirais la réussite d'Antoine Menier ? Ce sont à présent les enfants de son fils Émile qui mènent la chocolaterie. J'espère que mes descendants mèneront le champagne Mercier à aussi bon port que j'ai mené le tonneau de Jolibois et de Walter.

Il est resté deux autres fois en détresse par la faute des intempéries. Puis il a quitté la Ferté-sous-Jouarre et il est revenu par la route de Montmort. Dans la traversée de Pierry, à un certain endroit, il n'y avait qu'un centimètre d'excédent de largeur entre les maisons qui bordent la chaussée et le foudre.

28 décembre

Le tonneau est enfin arrivé à Épernay par le faubourg de Grandpierre. Il a fait une entrée triomphale en ville où tout le monde l'attendait malgré le froid intense.

Le percement de mes caves luxembourgeoises n'est pas terminé mais la fabrique d'Hollerich fonctionne déjà. J'y emploie quarante-deux hommes à l'année pour la manutention des vins et leur emballage, trente vanniers dont le gain varie suivant leur habileté, six femmes qui coiffent puis étiquettent les bouteilles. Vingt-cinq ouvriers supplémentaires sont occupés pendant la mise en bouteilles qui dure deux mois, août et septembre, sans compter les tireurs qui emplissent les bouteilles, les boucheurs, les agrafeurs, les metteurs en tas. Trente-cinq femmes lavent les bouteilles. Dix femmes entourent les caisses et paniers de foin et de toile en hiver pour empêcher que le vin soit congelé par le froid. Ces vins que je vends au Luxembourg sont d'authentiques vins de Champagne mais le mot ne figure pas sur l'étiquette, il y a seulement mon nom que l'on commence à connaître et qui me permet de concurrencer le mousseux *Sekt* allemand.

4 février 1890

Nous sommes en deuil. Philippe Bourlon, qui a été comme un père pour moi, s'est éteint à Pékin. Il avait soixante-quatorze ans. J'ai recueilli son dernier souffle avec ma chère Marguerite. Je l'ai soutenue aujourd'hui au cours de la messe à Cramant puis jusqu'au cimetière où son père a rejoint sa mère. Février est vraiment un mois qui nous broie le cœur.

6 février

Je suis allé rendre ma visite rituelle à Antonin, Thomas m'a trouvé bouleversé. La préface d'un livre paru récemment sur les sourds m'a chamboulé. Un éminent praticien spécialiste de la question y écrit : « Le sourd-muet est d'un naturel inconstant et changeant, il est imprévoyant, susceptible de paresse, d'ivrognerie, de débauche, subit facilement les mauvais conseils et se laisse volontiers entraîner dans les mauvaises voies. »

La colère m'a submergé en lisant ces lignes atterrantes. Comment ce médecin, certainement intelligent et cultivé, peut-il écrire de telles bêtises, insultantes, fausses, dangereuses ? Si un spécialiste reconnu propage de pareilles balivernes, comment s'étonner que l'on persiste à cacher les enfants sourds dans les arrière-cuisines et à détourner d'eux le regard des femmes enceintes ? Je suis furieux, blessé et accablé.

12 avril

Je me suis associé avec Albert Mérendet et Fernand Schwab, ingénieur civil à Nancy, pour fonder la société

Schwab & Cie et gérer une brasserie. Nous avons acheté l'usine qui a succédé à l'ancienne verrerie de l'île Belon. Nous allons y construire notre brasserie et ses extensions, bureaux, cité ouvrière, maison, magasins, remise et écurie.

25 juin

Les guides touristiques recommandent désormais la visite de mes caves aux visiteurs qui font halte à Épernay. Les affiches sont devenues à la mode, les gens les collectionnent, j'en ai fait imprimer une où on voit des angelots déboucher une bouteille et tremper une grappe de raisin dans une coupe de notre champagne.

Puisque le phylloxéra aimait le soleil et la chaleur nous avons cru qu'il ne nous concernait pas. On prétendait même qu'« il n'oserait pas s'attaquer à un vignoble si bien cultivé ». Nous nous sommes lourdement trompés, il arrive. J'ai eu beau lire aujourd'hui dans *Le Vigneron champenois* « plus de phylloxéra en plantant dans les vignes du lupin, de la luzerne et du sainfoin », je ne suis pas tranquille.

5 août

J'avais fort raison de m'inquiéter : le phylloxéra est au-dessus de Chassins, dans l'Aisne, à quelques centaines de mètres du département de la Marne.

15 octobre

Fernand Mérand, le fondé de pouvoir de la société de vins de Saumur d'Étienne Bouvet-Ladubay qui me loue des caves, m'a demandé d'en creuser pour leur maison de champagne de l'Union champenoise. J'ai accepté.

J'ai eu l'occasion de voir fonctionner le théâtrophone, une invention de Clément Ader. Victor Hugo l'a mieux décrit que je ne saurais le faire : « C'est très curieux. On se met aux oreilles deux couvre-oreilles qui correspondent avec le mur, et l'on entend la représentation de l'Opéra, on change de couvre-oreilles et l'on entend le Théâtre-Français. On change encore et l'on entend l'Opéra-Comique ».

Thomas sort de mon bureau, il est venu m'annoncer que ce même Ader affirme avoir fait décoller du sol une machine à moteur plus lourde que l'air. Il n'a pas tenté de reproduire le battement des ailes des oiseaux mais s'est inspiré de leurs ailes rigides. Son engin, *L'Éole, Avion 1*, ressemble à une chauve-souris et change de forme grâce à l'action de six manivelles. Les marques laissées par ses roues se seraient atténuées puis auraient disparu sur plus de vingt mètres, prouvant que l'engin a fait un bond et quitté le sol. J'ai écrit aussitôt cela à Joseph. Si c'est vrai, c'est une révolution.

26 décembre

Nous avons passé notre premier Noël sans personne de la génération précédente, ma belle-mère Francine a disparu la première, puis ma mère, puis Philippe, nous avons prié pour eux à la messe de minuit. Nous serons les suivants. Puisqu'ils nous manquaient, nous avons parlé d'eux et les enfants nous ont pressés de questions sur les anecdotes du passé. Élise, qui est employée de maison à Pékin, leur a raconté de jolis souvenirs sur ma mère. C'est la femme de Gustave Remiot, mon charretier favori, je viens d'engager leur fils Georges comme comptable. Mercier est une histoire de familles, la mienne et celles de ceux qui travaillent avec moi.

La Champagne a vendu vingt-six millions de bouteilles cette année.

15 mars 1891

L'heure de Paris vaut désormais dans tout le pays. Jusqu'à maintenant, chaque ville de France avait sa propre heure calculée par rapport à la position du soleil dans le ciel : s'il était au zénith, il était midi. Dans un même temps, selon les lieux, les heures étaient donc différentes. Entre le lever du soleil à Épernay et le lever du soleil à Lorient ou Antibes, on pouvait avoir une demi-heure d'écart, ce qui posait problème pour les trains et les administrations. Nos autorités viennent d'instaurer une heure légale uniforme sur le territoire.

FICHE DE RECENSEMENT 122 M 250, **25 JUILLET 1891**

Ville d'Épernay, France, 18 361 habitants
Pour Pékin, rue du Commerce prolongée, ménage 27 :
Eugène Mercier, négociant en vins, 53 ans
Marguerite Françoise Bourlon, épouse, 45 ans
Émile Mercier, négociant en vins, fils, 23 ans
Blanche Mercier, fille, 20 ans
Henri Mercier, fils, 18 ans
Marie Mercier, fille, 15 ans
Claire Mercier, fille, 8 ans
Julia Mercier, fille, 6 ans
Solange Laprun, domestique, 28 ans

19 septembre

C'est un grand jour pour la société Mercier & Cie. Le président de la République Sadi Carnot, en voyage officiel en Champagne, a visité mes caves aujourd'hui. Les concurrents qui me prenaient autrefois pour un insensé ont multiplié les courbettes. Je l'ai accueilli à 15 heures par un discours que j'avais peaufiné la veille avec Paul Jobert et répété le soir devant ma chère Marguerite : « Monsieur le Président, les caves de la Champagne ont déjà été visitées par d'illustres conquérants, mais il m'est plus doux de recevoir aujourd'hui le premier magistrat de la République, gouvernement dans lequel le commerce des vins de Champagne a connu sa plus grande prospérité. Monsieur le Président, je suis ici l'interprète des employés, tonneliers et vignerons de la maison, pour vous témoigner tous nos remerciements et vous assurer de notre profond respect et de notre dévouement au Gouvernement. Vive la République ! »

Il a parcouru ma merveilleuse ville souterraine dans une calèche tirée par quatre superbes chevaux blancs à la lueur des cent mille bougies que nous avions disposées tout le long des dix-huit kilomètres. Et je peux t'assurer qu'il a apprécié notre vin. J'ai ensuite organisé un banquet avec l'ensemble de mon personnel, la presse et quelques personnalités locales. La journée a été mémorable. J'ai demandé à Gustave Navlet de commémorer cet événement par un haut-relief.

Blanche est amoureuse et encore plus jolie. Elle se figure que nous l'ignorons. Le jeune homme, un garçon sympathique et sérieux, devient empoté et cramoisi en sa présence. Marguerite le trouve attendrissant.

30 décembre

Le journal *La Révolution champenoise* pousse les vignerons à se réunir en coopératives pour se passer des négociants. Ils veulent interdire l'entrée en Champagne à tous les vins d'ailleurs, y compris des départements limitrophes. Certains négociants achètent à moindre prix et vendent sous le nom de champagne des vins d'à côté mais aussi de Saumur ou même du Midi.

19 avril 1892

J'ai cinquante-quatre ans et j'ai marié aujourd'hui ma fille Blanche avec Georges Lemaître. Mon gendre, né à Ay et fils d'un viticulteur, va travailler avec nous, je m'en réjouis. Le jeune couple s'installe à Pékin, nous avons toute la place nécessaire. Blanche est mon aînée, elle est spécialement proche de mon cœur, elle a été encadrée par le silence complice de ses frères, elle s'est construite en intensité et en regards échangés. Georges la mérite et la rendra heureuse.

27 août

Au début du mois, le phylloxéra était signalé au Mesnil-sur-Oger. Il est arrivé à Mardeuil, puis à Chavot-Courcourt, à Moussy, à Mancy, et hier à Damery. Les superficies atteintes sont encore faibles, deux hectares au total, mais il progresse inexorablement.

Vendanges

Elles ont été d'une grande qualité cette année. Pour fêter cela, j'ai fait à la fois une bonne affaire et une bonne action. Le propriétaire de la coutellerie Sauzède, de Thiers, a dépêché son fils de seize ans à Épernay en lui donnant une liste de négociants à démarcher. Le jeune Sauzède, qui a le même âge que Marie, est descendu du train et a commencé par nous. Son père lui avait ordonné : « Tâche au moins de me rapporter une commande de cinq cents ou mille douzaines. » Je l'ai reçu personnellement et lui ai commandé trois mille douzaines de couteaux publicitaires. Médusé, il est aussitôt remonté dans le train pour rentrer chez lui.

Une délégation d'épiciers parisiens est venue visiter nos caves par un train spécial arrivé par mon embranchement privé, nous avons mangé, bu, discouru, ils sont repartis emballés par nos installations en m'assurant qu'ils compteraient désormais parmi nos plus fidèles supporters. Je ne me lasserai jamais de voir les regards s'éclairer en découvrant nos fabuleuses caves.

26 décembre

Notre vieux Bouchon se promenait hier sur la rue du Commerce, il n'entendait plus bien et y voyait à peine, il a été renversé par une de ces nouvelles Panhard et Levassor à traction arrière et moteur avant. Le conducteur avait beau être navré, le mal était fait. J'ai repensé au petit chien piétiné autrefois par le cheval dans la rue des Fusiliers. Nous avons enterré Bouchon près de Bulle d'Or. Personne n'avait le cœur à fêter Noël. Nous nous sommes rendus à la messe puis nous sommes tous allés nous coucher sans souper.

25 février 1893

J'avais vu juste, les dernières vendanges sont dignes d'une cuvée millésimée alors qu'il n'y en avait pas eu depuis douze ans. Le millésime 1892 sera le septième de notre maison.

26 mai

Émile va repartir à Chicago accompagner la délégation française au Congrès international des sourds-muets qui aura lieu là-bas en juillet. C'est un honneur et une belle preuve d'estime.

Henri, né en 1873, est de la classe 1893, il vient de recevoir son certificat de conscription. Son numéro de tirage au sort est le 214. Il mesure un mètre soixante-quatre. Il est exempté comme son frère parce qu'il est sourd et muet de naissance. On précise qu'il sait monter et conduire les chevaux, qu'il est apte à conduire les voitures et « sans profession ». Les militaires ont fait erreur : il a vingt ans et il nous rejoint. Le fidèle Paul Jobert m'épaule depuis onze ans, Émile est entré dans la maison il y a cinq ans, mon gendre Georges l'an dernier, Henri est le bienvenu. J'espère qu'il y aura toujours un Mercier chez Mercier.

10 juillet

Le percement de mes caves luxembourgeoises est terminé. À Épernay on avait creusé dans la craie tendre, à Hollerich il a fallu manier l'explosif pour faire sauter le roc et le granite. Nous exportons le vin en fûts, nous le tirons puis le vendons sur place. Il faut d'innombrables paniers pour expédier nos bouteilles sans casse, par paniers de douze, dix-huit, vingt, quarante, voire soixante bouteilles. J'ai acheté quarante et un hectares de champs à Kopstal, pour planter une oseraie qui nous fournira à la fois les paniers pour les expéditions et les mannequins d'osier pour les vendanges.

Notre Émile est bien arrivé à Chicago.

Mardi 15 août

C'est un jour sombre, le pauvre Gustave Remiot est mort aujourd'hui d'une congestion cérébrale alors qu'il conduisait son cheval. L'animal a continué son chemin et il est revenu tout seul chez Mercier dans ce triste équipage. Nous nous connaissions depuis le temps où j'étais installé rue Côte-Legris. C'était toujours lui qui me conduisait en voiture à cheval à la gare. Je ne monterai plus dans un train sans penser à lui.

2 décembre

Émile a joyeusement fêté à Reims avec Henri et leurs amis le cent quatre-vingt-unième anniversaire de la naissance de l'abbé de L'Épée au cours d'un banquet. Ils ont été heureux de se revoir et tristes de devoir se quitter pour les douze prochains mois. Le groupe chaleureux se reformait avec tant de bonheur, pourquoi attendre un an ? À la suite de ses voyages, Émile a mûri un projet dont il s'est ouvert ce soir-là. Son idée, que j'ai trouvée excellente, les a enthousiasmés.

L'hôpital Auban-Moët sera inauguré dans quelques jours, c'est une chance pour Épernay. Je ferai partie de sa commission administrative.

7 janvier 1894

Émile n'a pas été long à mettre son idée en pratique. La première réunion de l'Association amicale des sourds-muets des deux sexes de Champagne s'est tenue aujourd'hui au restaurant Le Chat Friand, 4, rue Nanteuil, à Reims. Ils étaient neuf, ils ont nommé un comité provisoire et adopté des statuts. Émile a été nommé président provisoire et Paul Devaux secrétaire provisoire. Ils ont informé officiellement le préfet de la création de leur société de secours mutuels pour les sourds. Elle a pour but de délibérer sur les intérêts des sourds-muets et améliorer leur sort, constituer le patronage des jeunes sociétaires par les anciens en établissant entre eux un centre de relations amicales, les éclairer sur leurs droits et leurs devoirs de citoyens et les guider dans les diverses affaires du quotidien, s'occuper du placement de ses membres sans travail, faire connaître et récompenser leurs travaux et actes méritoires, donner les soins du médecin et les médicaments aux sociétaires malades, leur payer une indemnité pendant leur maladie, pourvoir aux frais de leurs funérailles, et perpétuer la mémoire de l'abbé de L'Épée. On n'a jamais vu cela par ici !

Émile, qui a vingt-cinq ans, a banni les mêmes mots que moi. Se préoccuper de ceux qui n'entendent pas, leur permettre de se réunir au lieu de se dissimuler aux yeux des autres, les voir s'entraider et prendre en main le destin de leur communauté, c'est une révolution. Il existait déjà en France quelques associations de sourds mais une seule société de secours mutuels, l'Association fraternelle des sourds-muets de

Normandie, fondée il y a deux ans à Rouen. Émile va encore plus loin dans les innovations.

Les vendanges sont de grande qualité comme l'an dernier, la cuvée 1893 sera notre huitième millésime.

27 juin

Le président Sadi Carnot, qui avait galopé dans nos caves éclairées aux flambeaux, est mort hier soir après avoir été poignardé à Lyon par l'anarchiste italien Caserio. Notre nouveau président de la République est l'industriel Jean Casimir-Perier, il n'a que quarante-six ans. Cela me paraît très jeune mais c'est peut-être moi qui vieillis ?

4 juillet

Émile, qui a été nommé président de son Association, et Henri, qui est son trésorier, sont revenus d'une réunion de leur comité avec un cadeau pour moi : un petit insigne de métal que les membres de leur société porteront lors des événements importants. Ce cadeau, qui coûtera 3 francs à chaque sociétaire, m'a plus enchanté l'âme qu'un jéroboam en or massif.

Joseph m'écrit qu'Antonin Dvorak a composé aux États-Unis sa neuvième symphonie, dite « du Nouveau Monde », dont le succès est foudroyant. J'en parle à Marguerite.

— Tu veux m'emmener en Amérique et m'inviter au concert ou au Metropolitan, Eugène ?

— Pourquoi pas ?

Elle me sourit avec indulgence.

8 septembre

Huit mois après sa fondation, la société qu'Émile préside compte déjà trois cent quatre-vingt-douze membres. J'ai l'honneur de figurer dans la liste des membres bienfaiteurs, mais ne crois surtout pas que j'en profite pour protéger mes fils et me substituer à eux, cher Journal, au contraire, je me fais le plus discret possible et je me noie dans la masse. Ils cherchent un local pour leurs assemblées et pour recevoir les sourds-muets. Je ne m'en mêle pas ; de toute manière, ils refuseraient mon aide.

29 novembre

La célébration annuelle pour l'anniversaire de la naissance de l'abbé de L'Épée a commencé à Reims par une messe à l'église Saint-Jacques puis continué à midi par le banquet servi au restaurant Bernardin rue Buirette. Le maire Henry Henrot fait partie du Conseil supérieur de l'Assistance publique appelé à examiner la création de nouvelles écoles pour les sourds-muets, il en a profité pour solliciter leur avis. Pierre Hordon et l'éminent spécialiste qui avait écrit la préface qui m'a tant blessé seraient stupéfaits de voir un élu demander conseil à ceux qui s'expriment autrement que nous. La joie gonflait mon cœur.

26 décembre

Ce Noël à Pékin a été illuminé par la présence de mon petit-fils Emmanuel, premier-né de Blanche et de Georges. Il entend à merveille, mon ami Le Journal ! Il a pleuré pendant la messe et dormi pendant le souper. La deuxième génération est en marche. Quand il sera en âge, je lui parlerai de ma mère.

17 janvier 1895

Le jeune président Casimir-Perier a démissionné hier, il est remplacé par Félix Faure. Notre nouveau président de la République, négociant en cuir, est franc-maçon comme mon cher Paul.

5 juin

Dans le *Journal des sourds-muets*, un article porte sur la construction à Reims du Cercle de l'abbé de L'Épée, financé par Jules Pron, un ami d'Émile, qui le louera à l'association : « Un grand pas en avant ! Les sourds-muets de Champagne vont surpasser ceux de Paris et d'ailleurs en France. Sous peu, ils auront un local. Et quel local ! Une maison tout entière à eux, tout comme certains clubs de sourds-muets américains. » Un buste de l'abbé, œuvre du statuaire sourd muet Félix Plessis, ornera le fronton de la façade. Ce n'est pas de la charité, c'est de la solidarité, une façon de prendre la vie et leur destin à bras-le-corps. Je t'ai écrit un jour que nos fils avaient le droit d'être différents. Et celui d'être audacieux.

8 juillet

Puisque notre brasserie de l'île Belon se trouve juste de l'autre côté de la voie ferrée, je me poste chaque matin sur le grand balcon devant nos bureaux et je crie mes instructions au directeur par-dessus la ligne de chemin de fer Paris-Strasbourg et Épernay-Reims. J'ai acheté à Paris des brasseries, des restaurants et des débits de boissons où le champagne Mercier et les bières Mérendet-Mercier remplissent joyeusement les verres.

17 novembre

Pour le cent quatre-vingt-troisième anniversaire de l'abbé de L'Épée, il y a d'abord eu messe à 11 heures en la basilique Saint-Remi de Reims, puis banquet à 12 h 30 au restaurant Bernardin. L'assemblée générale a eu lieu à 16 heures, juste avant l'inauguration du Cercle, avant de clore cette journée mémorable par une soirée dansante mêlant sourds-muets et entendants tous aussi habiles à mener le cotillon. Sur le seuil du salon de réception, un tronc pour les sourds-muets indigents permettait de les aider discrètement. Le salon, tendu d'un tapis moelleux, meublé de canapés, chaises et fauteuils en tapisserie, semblait celui d'une bonne maison. Une estrade avait été installée dans la salle des réunions et conférences. Le vestibule comportait cent cinquante patères. Mes fils étaient là, heureux, entourés de leurs amis. On félicitait l'habile architecte Émile Dufay, on remerciait le propriétaire Jules Pron, on complimentait Émile, Henri et le comité. Les hommes étaient fringants, les femmes élégantes et jolies, les enfants réjouis, on échangeait en langage des signes, en paroles, en rires, en pure joie.

Marguerite m'a montré un article de journal qui l'a émue : « En un temps restreint, M. Émile Mercier est parvenu à communiquer à son œuvre une grande vitalité. Si cela est un peu dû à la célébrité de M. Mercier père, c'est aussi et surtout parce que Émile possède un cœur doux, bon et compatissant. » Ce journaliste a tout compris, je n'y suis pour rien, je n'ai fait que regarder mes fils grandir et les aimer.

28 décembre

Deux jeunes ingénieurs de Besançon, Auguste et Louis Lumière, inventeurs du cinématographe, ont projeté dix films aujourd'hui au Salon indien du Grand Café boulevard des Capucines devant un public de trente-trois Parisiens stupéfaits qui avaient payé un franc chacun. Leur appareil permet de recueillir, par des séries d'épreuves instantanées, les mouvements qui se succèdent devant leur objectif, puis de les reproduire en projetant leurs images sur un grand écran. C'est d'une ingéniosité effarante.

30 décembre

Alexandre Promio, agent du champagne Mercier à Lyon, connaît les frères Lumière. Sans quitter ses fonctions chez nous, il se passionne pour cette nouvelle aventure et veut devenir opérateur de vues. Il voyagera et parlera de notre champagne, ce sera un atout supplémentaire pour la marque.

14 janvier 1896

Ma petite-fille Magdeleine, fille de Blanche et de Georges, est née aujourd'hui à Pékin, son ouïe est excellente, sa grimace en suçant mon petit doigt mouillé de champagne était irrésistible.

6 février

Thomas m'a montré ses mains au cimetière, elles commencent à trembler, elles ont taillé tant de pierres avec une précision d'orfèvre. J'ai eu le réflexe de lui confier un ouvrage délicat pour lui manifester ma confiance en ses capacités. Je n'y avais pas songé avant, cela m'est venu sur le coup. Je lui ai demandé de creuser une des sculptures de Navlet, dans la galerie de Pékin, et d'y ménager une cachette. Pas une cache d'homme, juste un tiroir secret qui pourra m'être utile un jour. Thomas descendra par mon escalier privé la nuit quand les caves seront vides. Il a relevé la tête, revigoré.

Émile est amoureux, il varie les tenues, il sourit pour rien, il a parfois les yeux dans le vague. Pour l'instant, Henri s'intéresse plus à la pêche qu'aux femmes.

FICHE DE RECENSEMENT 122 M 272, **6 JUIN 1896**

Ville d'Épernay, France, population : 19377 habitants
Pour Pékin, rue du Commerce prolongée, ménage 32 :
Eugène Mercier, négociant en vins, 57 ans
Marguerite Françoise Bourlon, épouse, 49 ans
Émile Mercier, fils, 28 ans
Henri Mercier, fils, 22 ans
Marie Mercier, fille, 19 ans
Claire Mercier, fille, 13 ans
Julia Mercier, fille, 11 ans
Julia Cé, domestique, 20 ans

Blanche et Georges habitent Pékin avec leurs enfants mais ils sont recensés à part.

28 juillet

Thomas a merveilleusement travaillé malgré ses mains qu'il disait moins habiles. Il suffit d'appuyer sur la rainure du haut du blason d'Épernay et un mécanisme ingénieux le fait pivoter puis démasque une cachette. Il s'est inspiré d'un système moderne utilisé pour les cages des pigeons qu'il a détourné et adapté à cet usage. Il descendait dans les caves la nuit puis me rejoignait dans mon bureau au petit matin, je le soupçonne d'avoir exprès travaillé lentement pour faire durer le plaisir. Il a refusé que je le dédommage, j'ai contourné la difficulté en faisant un don à sa chère association de colombophiles.

20 novembre

Conforté par le succès de ma succursale du Luxembourg, j'ai répété l'opération pour contourner le système fiscal de l'Empire autrichien. Je suis si occupé que le jour où j'ai signé les actes d'achat de Langenzersdorf, j'ai demandé au notaire, aux hommes d'affaires, au vendeur et au futur directeur de m'attendre à la gare de Vienne. Et j'ai signé les documents au buffet de la gare avant de sauter dans le train pour repartir à Épernay.

26 décembre

Notre agent lyonnais Alexandre Promio, devenu opérateur des frères Lumière, a eu l'idée étonnante de placer sa caméra sur une gondole en mouvement pour le film *Panorama du Grand Canal vu d'un bateau* qu'ils viennent de tourner à Venise. On n'avait encore jamais vu cela.

14 janvier 1898

Les journaux d'aujourd'hui parlent tous de l'article intitulé « J'Accuse… ! » que Zola a fait paraître hier dans *L'Aurore* sous forme d'une Lettre ouverte au président Félix Faure à propos de l'affaire Dreyfus.

Je prends cette affaire très à cœur, elle me rappelle mon pauvre Paul, si injustement accusé à tort. Cet antisémitisme et cette injustice me révoltent.

Paris, 21 février

Cher Journal, Émile s'est marié aujourd'hui à l'église Saint-Ferdinand des Ternes, Félicie est ravissante et délicieuse, je savais bien que la particularité de mes fils ne les empêcherait pas d'être heureux et de mener leur barque, je te l'avais bien dit ! Les beaux-parents de mon fils, tous les deux sourds et muets, sont de belles et bonnes personnes. Félicie est entendante et bilingue, elle communique aussi bien en paroles qu'en signes. Le défilé à la sacristie a duré une bonne heure. Les bancs de l'église étaient remplis de sourds et d'entendants mêlés. Joseph, pris par des obligations professionnelles, n'a hélas pas pu venir d'Amérique. Ce n'étaient pas des noces comme les autres, il y avait une intensité et une harmonie inhabituelles. Un étranger pénétrant par hasard dans l'église se serait d'abord étonné des mimiques et des gestes de certains invités en habits de cérémonie. Puis il aurait senti jusque dans la moelle de ses os la fraternité et la vitalité de ces chevaliers du silence. J'aurais aimé que le médecin qui avait rédigé cette fameuse préface puisse voir cela.

Le champagne Mercier a coulé à flots au lunch à l'hôtel Continental. « De nombreuses notabilités du commerce champenois, parisien et londonien augmentaient l'éclat de l'assistance », a écrit un journaliste. Sans doute, mais quelle importance ? Émile aurait pu se contenter d'être mon fils, il était à l'abri du besoin, il avait l'excuse de sa différence. J'ai voulu révolutionner le monde du champagne, mon fils a révolutionné le monde des sourds. Le jeune couple partira en voyage de noces à Nice, puis à Naples, en Palestine et en Égypte. Je n'ai jamais pris le temps de faire découvrir le monde à Marguerite, j'espère qu'elle ne le regrette pas plus que ces concerts où je lui ai promis de l'emmener un jour…

1er avril

Soixante ans aujourd'hui, cela me semble presque incroyable. Et je viens de faire l'amour avec ma chère Marguerite. Mon pudique ami de papier, je ne t'ai jamais imposé ni confié nos étreintes, je devais cette galanterie et cette discrétion à ma femme bien-aimée. Pourquoi, après trente ans de mariage et la naissance de six enfants, est-ce que je déroge aujourd'hui à cette règle de gentleman ? Parce que je vieillis et que j'ai voulu jouer les gandins ? Je ne crois pas, non. Tu es fidèle et subtil mais chaste par la force des choses, tu ignores ce dont je parle, le feu et la glace, les embrasements. Tu ne sais pas ce que tu perds. Tu possèdes, en échange, l'éternité. Mais si on m'avait donné le choix, j'aurais tout de même préféré ma condition d'humain mortel. Lorsque j'étreins ma tendre épouse au corps remodelé par les années et les naissances, je retrouve les frémissements et le parfum de raisin sucré d'antan, l'excitation merveilleuse du désir, l'éblouissement. Lorsqu'elle me regarde, je ne suis plus le négociant corpulent chauve paternaliste et respectable mais Eugène, le jeune homme qui voulait faire couler des fleuves de champagne à travers Épernay et des larmes de joie sur les joues de la femme de ses rêves. La sensualité et l'abandon heureux n'ont pas d'âge, mon vieil ami Le Journal.

Je n'ai voulu ni te gêner, ni te troubler, juste partager avec toi un peu de la joie de nos corps. J'ai sans doute trop bu de notre vin de Champagne, nous avons fêté mon changement de décennie en famille. Pardonne-moi. Je ne le ferai plus. Mais tout de même, si tu savais…

3 avril

J'ai beau être un sexagénaire vénérable, j'ai encore envie de surprendre les foules pour la prochaine Exposition universelle de 1900. Enfant, le XXe siècle me semblait hors de portée, j'étais certain de ne jamais l'atteindre, et voilà que nous y serons dans deux ans. Le foudre géant a marqué les esprits. Les caves Mercier font l'admiration de leurs visiteurs. Nos vins sont frais, intenses, fruités, spontanés, populaires. Cela ne me suffit pas, je veux et je peux faire encore mieux.

J'ai eu la bonne fortune d'assister à une projection de films des frères Lumière. *La Sortie de l'usine Lumière à Lyon*, qui dure quarante-cinq secondes, m'a frappé. *L'Arrivée d'un train en gare de La Ciotat* m'a impressionné, j'ai cru comme mes voisins que le train arrivait sur moi, j'ai même vu un spectateur se lever, paniqué. Je suis ressorti de la salle avec l'envie de leur commander un film sur l'élaboration du champagne. Ce serait le premier film publicitaire au monde, une innovation de plus pour notre maison.

J'en ai parlé avec Alexandre Promio. Émile et Henri sont intéressés aussi par cette merveilleuse invention devant laquelle sourds et entendants sont égaux puisque le cinématographe est muet. C'est en pensant à la tombe d'Antonin et à nos cailloux rituels que l'idée a surgi dans mon esprit. Il faudrait montrer au spectateur l'élaboration d'une bouteille de champagne depuis la grappe de Paul jusqu'à ma coupe d'où s'échappent des bulles. Nous pourrions appeler le film *De la grappe à la coupe…*

Deux cents personnes travaillent maintenant dans notre succursale du Luxembourg, où il y a désormais une rue Mercier, une rue d'Épernay, une rue du Commerce et une rue de Reims. Les Luxembourgeois sont mélomanes, le personnel a fondé une harmonie de cent musiciens. J'ignore s'ils jouent du Dvorak.

Vendanges

Je croyais que le tournage des frères Lumière serait plus rapide. Il faudra deux ans pour obtenir quelques minutes de film. Nos ouvriers et ouvrières ont joué les figurants, on a filmé la cueillette dans les vignes, on a suivi les mannequins d'osier débordant de raisins jusqu'aux pressoirs. On ne pourra hélas pas tourner dans les caves et les celliers, il y fait trop sombre. On filmera toutes les scènes d'intérieur en extérieur, devant de grandes toiles peintes qui représenteront les galeries et les celliers. J'ai hâte de voir le résultat.

26 décembre

Nous avons eu un nouveau petit-enfant à Pékin pour Noël. André, le troisième enfant et le deuxième fils de Blanche et de Georges, entend aussi bien que son frère et sa sœur.

L'invasion du vignoble de la Marne a dépassé nos prévisions les plus alarmistes vingt-quatre hectares de nos vignes sont atteints par le phylloxéra.

24 mars 1899

Suzanne, le premier enfant d'Émile et de Félicie, a vu le jour aujourd'hui à Épernay. Son ouïe est parfaite, il n'y a aucun doute, nous l'avons vérifiée à maintes reprises. J'étais particulièrement inquiet pour elle puisque son père est sourd et également ses deux grands-parents maternels. La particularité d'Émile et d'Henri n'est donc pas forcément héréditaire. Elle les a rendus plus forts et meilleurs mais ils ont dû se battre et se dépasser plus que leurs sœurs. La vie de Suzanne sera plus facile.

À la demande d'Émile et de son comité, le conseil municipal de Reims a donné le nom de l'abbé de L'Épée à une nouvelle rue qui se trouve à deux cents mètres de leur Cercle. Tous les sociétaires ont applaudi en levant les bras selon leur habitude.

10 octobre

Le tournage du film des frères Lumière va toujours bon train. Les peintres ont magnifiquement reproduit les décors d'intérieurs. On a retenu comme titre officiel *L'Élaboration du champagne de la grappe à la coupe* en onze tableaux. On n'a pas lésiné sur les bouteilles de champagne et les panneaux Mercier-Épernay au premier plan. Ils sont même allés jusqu'au Luxembourg filmer le ramassage de l'osier des paniers. Ce sera non seulement le premier film publicitaire mais aussi le premier documentaire sur le vin. Je trouve ce cinématographe encore plus captivant que le théâtrophone.

J'ai eu une autre idée pour l'Exposition qui ouvrira ses portes le 15 avril prochain.

Dans le film des frères Lumière, Eugène au premier plan.

Mary, Reims, 15 avril 1970

Mon cou est contusionné, ma lèvre enflée, mon esprit en déroute. Je feuillette l'annuaire téléphonique pour chercher le numéro de l'Association des sourds fondée à Reims par le père de Cornélius. Je compte lui téléphoner de l'aéroport d'Orly pour lui annoncer que je jette l'éponge. Je monte dans un taxi, je m'apprête à dire au chauffeur de me conduire à la gare d'Épernay, et je m'entends avec stupéfaction lui donner une autre adresse.

Le taxi me dépose devant un bel hôtel particulier en haut duquel trône un buste entouré des lettres dorées « Cercle Abbé de L'Épée ». Sur la façade en dessous, un cartouche précise « Fondation Émile Mercier 1894 ». Je sonne. Personne ne vient. Je réitère. Un jeune homme traverse la rue et me rejoint.

— Bonjour, lui dis-je, je cherche Cornélius Mercier, il travaille…

Il tourne la poignée sans me répondre, s'aperçoit que je veux entrer derrière lui, me tient la porte obligeamment. Il n'a pas saisi ma question parce qu'il ne regardait pas mes lèvres. Je pénètre à sa suite dans un vestibule pavé d'où part une volée d'escaliers sous un lustre d'époque. J'entends un brouhaha derrière une double porte fermée. Je frappe, en vain. J'ouvre.

Je me trouve dans une vaste salle de réception au plafond haut et au parquet ancien où quarante personnes sont assises devant un téléviseur noir et blanc qui diffuse un reportage sur *Apollo 13*. Le poste, un Pathé Marconi la Voix de son Maître, est encastré dans un meuble. Cornélius semble au milieu de cette assemblée comme un poisson dans l'eau ou un aéronaute dans sa nacelle. Debout à côté du téléviseur, il traduit ce qu'il entend en langue des signes, son visage change constamment d'expression, son regard se modifie, ses mains et ses bras s'agitent, ses gestes sont rapides et saccadés. Sur l'écran, un journaliste en costume-cravate commente :

— Le module lunaire, prévu pour la survie de deux hommes sur deux jours, doit abriter trois hommes pendant quatre jours. Les filtres absorbeurs de CO2 sont carrés dans le module lunaire, il faut les adapter au logement rond du module de commande, donc réussir ce qui semble impossible, faire rentrer un carré dans un rond.

Tous ressentent une vive émotion en découvrant le drame que vivent mes trois compatriotes dans l'espace.

— Les équipes au sol ont réuni tout le matériel que les astronautes ont à leur disposition pour imaginer un système. Lovell, Haise et Swigert rejettent à chaque inspiration un gaz carbonique qui est en train de saturer les filtres. Ils ont déjà commencé à tousser, à respirer avec peine, à être confus. Si le taux ne redescend pas ils vont avoir des maux de tête, des vertiges, des troubles de conscience, puis plonger dans un coma irréversible.

Le journaliste fait une pause pour ménager ses effets. On dirait qu'il vient de perdre toute sa famille. Quelqu'un lui apporte une dépêche. Il la lit, fixe la caméra.

— Il semble qu'on ait réussi, en utilisant les couvertures des plans de vol, de la bande adhésive, des pochettes en plastique et des tuyaux, à bricoler un système de filtrage. Les Américains l'ont appelée *mailbox*, boîte aux lettres, à cause de son aspect. Nous ferons dès que possible un prochain point sur le drame qui se déroule au-dessus de nos têtes. À vous Cognacq-Jay !

À ma grande surprise, toutes les personnes présentes lèvent les bras en l'air et agitent les mains comme dans cette comptine enfantine « Ainsi font font font les petites marionnettes » que nous avait enseignée notre professeur de français. Une forêt de bras levés à la verticale me cache Cornélius. Un homme athlétique au regard vif remarque mon étonnement et s'approche en souriant.

— C'est notre façon d'applaudir ! Je m'appelle Dominique. Je peux vous aider ? demande-t-il.

— Je suis venue voir Cornélius Mercier, dis-je en regardant vers le petit-fils d'Eugène.

Parce que Dominique m'a parlé, j'ai cru à tort qu'il n'était pas sourd. Quand j'ai prononcé le nom de Cornélius j'ai instinctivement tourné la tête, il n'a pas pu lire sur mes lèvres. Je me prépare à répéter ma question mais Cornélius m'aperçoit, il remarque ma bouche blessée et mon air égaré, il cesse aussitôt de sourire et fend la foule dans ma direction.

Journal d'Eugène

10 janvier 1900

Ma deuxième fille, Marie, a épousé aujourd'hui Eugène Salmon. Mon nouveau gendre est, comme le mari de Blanche, fils d'un négociant viticulteur champenois. Il va travailler avec nous. Il ne s'occupera ni du commercial ni de l'administratif, il supervisera les caves et s'intéressera au vignoble.

23 février

Une partie des caves de la maison de champagne Pol-Roger s'est effondrée cette nuit, brisant un million cinq cent mille bouteilles et cinq cents pièces de vin, quel cauchemar !

1er avril

J'ai soixante-deux ans. Tous mes enfants étaient à Pékin aujourd'hui avec Emmanuel, Magdeleine et André, les trois enfants de Blanche et la petite Suzanne, la fille d'Émile et de Félicie. Marguerite a tendrement veillé au bonheur de chacun. Ce fut une merveilleuse journée, un moment de grâce volé au sablier du temps, une fabrique de souvenirs incomparable. Mon filleul m'a fait la surprise de nous rejoindre. Marguerite et les enfants étaient au courant, personne n'avait vendu la mèche. Je me suis étonné de voir un couvert supplémentaire dressé.

— Nous avons un invité d'honneur ! a précisé Marguerite.

C'est alors que Joseph est entré. Je l'ai étreint avec émotion. Il va rester en France jusqu'à l'automne. Il est aussi grand et mince que son père. Il a terminé ses études d'ingénieur, il vit à New York près de Central Park, il va régulièrement au Metropolitan Opera où on donne en ce moment *La Flûte enchantée* avec Emma Eames et Andreas Dippel. Il possède son propre ballon qu'il a baptisé Bird. Il a réalisé ses rêves et il affirme que c'est grâce à moi.

3 avril

J'ai emmené Émile et Joseph admirer le ballon de deux mille cinq cents mètres cubes d'hydrogène, l'un des plus grands de notre époque, qu'Édouard Surcouf et Eugène Godard ont construit à ma demande pour l'Exposition. Sa nacelle circulaire pourra emmener douze personnes. Les chanceux qui y grimperont verront Paris d'en haut, tout le monde verra notre nom d'en bas. Jamais encore un ballon n'a servi pour une opération publicitaire, j'ai fait peindre dessus les mots *Champagne Mercier* en lettres de trois mètres de haut, ce sera comme une bulle de champagne géante flottant dans le ciel de la capitale.

Joseph a su faire ses preuves dans le milieu fermé des aéronautes, de même qu'Émile a su s'imposer dans le monde des sourds. Mon fils aîné dirige maintenant la tonnellerie et recrute les ouvriers dans la communauté sourde, le bruit provoqué par la fabrication des barils ne les gêne pas, un vacarme fracassant et joyeux règne dans leur atelier. Henri n'est pas avec nous en ce moment ; dès l'ouverture de la pêche au saumon il passe plusieurs semaines à Coudes, dans l'Allier, d'où il ramène des prises invraisemblables et où on le considère comme un pêcheur magistral.

Paris, 15 avril

La nouvelle Exposition universelle s'étend sur deux cent seize hectares avec une annexe à Vincennes près du lac Daumesnil, les visiteurs paient chacun un franc et ils peuvent y pénétrer par cent trente-six entrées différentes. Un trottoir roulant de trois kilomètres baptisé rue de l'Avenir permet d'en faire le tour en une demi-heure. On a construit exprès le pont Alexandre-III, le Petit Palais et le Grand Palais. Fulgence Bienvenüe présente son métropolitain qui va de la porte de Vincennes à la porte Maillot. Il y a une grande roue avenue de Suffren. Notre pavillon Mercier, en face de l'École militaire, est un des passages obligés de la visite, il est fait de pierres agglomérées et de ciment armé, il a la forme d'un tonneau. Au rez-de-chaussée, un diorama offre une vue panoramique de nos caves et montre aux visiteurs plongés dans le noir les étapes de l'élaboration du champagne grâce à de grandes toiles peintes recto verso et des jeux de lumière. On traverse ensuite un palier au décor féerique constitué de bouteilles éclairées à l'électricité. Au premier étage on goûte nos champagnes. Au second étage, un cinématographe projette en boucle le film des frères Lumière

De la grappe à la coupe, les gens éberlués écarquillent des yeux stupéfaits. J'ai fait imprimer sous forme de livret un « guide de l'Exposition 1900 offert aux visiteurs du pavillon du champagne Mercier » avec en couverture la reproduction de notre ballon captif.

J'ai eu une déception, Miss Mercier a fait scandale. Les Parisiens, pourtant friands de fêtes où le champagne coule à flots en cette formidable Belle Époque, se sont offusqués de voir la statue de Louis Hottot laisser entrevoir le haut d'un sein et tenir une bouteille dans une main et une coupe dans l'autre. Je l'ai fait retirer, elle accueillera désormais les visiteurs dans nos caves.

Louis Vernanchet manœuvre le ballon captif Mercier près du château de Vincennes avec ses fils Maurice et Louis II. Joseph les aide à l'occasion. Il n'en coûte que 5 francs pour monter à trois cents mètres, la même hauteur que la tour Eiffel. Neuf personnes peuvent prendre place à bord en plus des pilotes. J'ai proposé à Thomas de l'emmener à Paris pour lui offrir l'ascension mais il a refusé.

— Je vole tous les jours par la pensée avec mes oiseaux, tu serais étonné des sensations qu'ils partagent avec moi, Eugène. Je préfère ne pas m'éloigner du cimetière, ma femme et mes enfants s'inquiéteraient de mon absence.

On a entreposé des bouteilles à l'intérieur de la nacelle du ballon. Les dames en jupe longue ou robe avec veste et chapeau, les hommes en costume et chapeau melon ou pantalon, veste et casquette se pressent pour vivre cette expérience inédite en dégustant une coupe de notre vin effervescent.

Paris, 26 juin

Les courses de ballons figurent au programme des Jeux olympiques d'été qui se déroulent en même temps que l'Exposition. Joseph m'a raconté que les curieux s'agglutinaient nombreux le long de l'avenue de Charenton près du nouveau vélodrome de Vincennes pour les voir décoller. Une tempête a un soir manqué être fatale à plusieurs aéronautes. Jacques Balsan et Eugène Godard II ont atteint l'altitude record de cinq mille cinq cent soixante mètres à bord du *Saint-Louis*.

Paris, 8 août

Le troisième Congrès international pour l'amélioration du sort des sourds-muets vient de se terminer. Il y avait d'un côté des sourds qui ont insisté sur l'échec vécu de la méthode orale pure, de l'autre côté des entendants qui n'ont pas dialogué avec eux. Les deux congrès juxtaposés se sont réunis au même moment sans se conclure par aucune synthèse finale commune. À quoi bon les organiser, alors ? La caution de Graham Bell, défenseur de la méthode orale et opposé à la langue des signes, a malheureusement pesé lourd dans la balance. Le président était le fameux médecin qui avait rédigé cette préface qui m'avait fait sortir de mes gonds. Il a mentionné dans son introduction les « déshérités de la vue et de l'ouïe », ce mot de déshérité m'a blessé et atterré. Certains entendants ont osé comparer les sourds, qui s'exprimaient par signes, à des chimpanzés !

Je suis en colère et découragé. J'ai le sentiment de me heurter à un mur d'incompréhension, de mauvaise foi, d'arrogance, de bêtise… et sans doute de peur.

4 octobre

Lors du concours d'altitude sans handicap, Jacques Balsan et Louis Godard ont atteint huit mille cinq cent cinquante-huit mètres d'altitude. Joseph est enthousiasmé par l'épopée d'Henry de la Vaulx qui, parti de Vincennes pour la course de distance, s'est posé une première fois près de Varsovie et une seconde fois près de Kiev, parcourant en deux jours mille neuf cent vingt-cinq kilomètres. Chaque fois qu'il vient me faire son rapport, je repense à Thomas me racontant il y a trente ans les ballons du siège de Paris.

Vendanges

Le raisin salue à sa façon le changement de siècle, les vendanges ont été d'une grande qualité.

Épernay a enfin sa propre usine électrique. Jusqu'ici, mes caves étaient éclairées grâce à ma machine à vapeur, à présent la ville entière est illuminée et ma turbine va pouvoir se reposer.

14 novembre

L'Exposition universelle vient de fermer ses portes après avoir accueilli cinquante millions de visiteurs. Plus de trois millions de personnes ont vu notre film. Notre ballon captif a transporté dix mille passagers, je voulais faire parler de notre marque, c'est réussi. Le mauvais temps de l'automne a limité le nombre d'ascensions, les chanceux qui ont eu ce privilège en sont d'autant plus heureux. Demain, Louis Vernanchet le détachera et emmènera sa famille faire une promenade, Joseph sera du voyage. J'ai trop de travail pour en être.

16 novembre

La joyeuse aventure a bien failli tourner au drame. Hier matin, à 11 heures, Louis Vernanchet a décollé de Vincennes. Il était le commandant de bord, Maurice le pilote aéronaute, Louis II le pilote adjoint. Il y avait aussi ses deux filles, son épouse, et quatre amis dont Joseph qui se contentait de jouer les passagers. Ils avaient fait provision de bouteilles, la bonne humeur régnait. Je te décris leur périple selon les propres termes de Louis :

« À peine avons-nous dépassé les arbres du bois de Vincennes qu'aussitôt nous entendons les habitants de Charenton et de Saint-Mandé crier : "Le *Mercier* qui s'en va ! Le *Mercier* part !" Il y a comme un regret dans la voix de toutes ces bonnes gens qui avaient pris l'habitude d'être dominés presque quotidiennement par le Champagne Mercier.

« Chacun s'installe de son mieux pour un déjeuner sommaire, car nous sommes à l'étroit. Nous franchissons La Ferté-sous-Jouarre à mille six cent cinquante mètres d'altitude et nous nous engageons au-dessus d'une splendide mer de nuages.

« À ce moment, une légère brise nous caresse en nous indiquant ainsi que nous changeons de milieu ambiant. Au-dessous, les rues ont l'air d'aller moins vite que nous et nous rattrapons notre cirque de nuages du début. La Marne est deux fois traversée. Une nouvelle couche de nuages s'est formée au-dessous de nous, les trouées sont au loin : toutefois on distingue encore assez la terre pour reconnaître Château-Thierry. Notre voyage continue par un temps splendide.

« Tout à coup, nous apercevons une ville, mes deux fils et notre aide Fourat consultent la carte. “C’est Épernay !” crie Maurice.

« J’aperçois le chemin de fer, les immenses caves du champagne Mercier. On nous a vus, on nous salue avec de larges gestes, et un grand branle-bas s’effectue dans les établissements et les bâtiments alentour.

« Partout, durant la traversée d’Épernay, d’Ay et jusqu’au camp de Châlons, ce ne sont que cris : “Un ballon ! C’est le Champagne Mercier ! Descendez, on vous en fera boire !” Cris mille fois répétés à tous les échos. Il est 15 heures, je parle de descendre de l’autre côté de la voie, mais on insiste pour que je continue encore une heure ou deux. J’ai la faiblesse de ne pas résister et nous traversons bientôt la forêt de Reims à trois cent quatre-vingts mètres d’altitude avant de remonter à deux mille quatre-vingt-dix mètres.

« À l’horizon, des montagnes de nuages, et ce soleil radieux quoique lointain et n’allant pas tarder à disparaître sous nos yeux toujours émerveillés. Nous approchons de terre, ou plutôt la terre semble se soulever rapidement en venant à notre rencontre. Je fais parer à tout par mes aides : Maurice se tient prêt à couper la cordelette retenant la corde de l’ancre, mon autre fils, Louis, veille à ce qu’aussitôt cette manœuvre effectuée, tout le monde prenne position pour le choc possible et probable.

« L'endroit est propice ; pour ne pas le dépasser, il faut vider du gaz ; je tire la corde de soupape servant à déterminer la déchirure de la calotte placée sous la soupape supérieure et donne presque au même instant l'ordre de couper la cordelette et de jeter l'ancre, ce qui est exécuté en un clin d'œil. Je sens une résistance. Je tire une seconde fois… Hélas ! La corde se rompt. Dès lors, nous n'avons plus aucun moyen de laisser échapper notre gaz. N'étant plus maître de la soupape, c'est la course forcée à la dérive qui commence. Nous ne pourrons atterrir qu'au moment et à l'endroit choisis par la destinée !

« Mes fils ont compris, car ils sont aéronautes depuis l'enfance. Le guiderope traîne et l'ancre se trouve à vingt mètres au-dessous de nous. Malgré la nuit noire et le froid, nous restons en équilibre tant l'enveloppe est étanche mais le ballon court toujours à la merci du vent furieux qui nous emporte vers l'inconnu. Le guiderope s'est effiloché et forme maintenant un terrible martinet qui décapite les arbres avec des craquements sinistres.

« Pendant trois heures et demie nous voyageons de la sorte, renversant tout sur notre passage, mais il faut le laisser traîner dans l'espoir d'un arrêt salutaire. Or, le ballon ne veut plus s'arrêter ! Plus loin ! Encore plus loin ! Enfin la silhouette d'un village s'estompe dans la brume ! Mais le guiderope se contente d'en décalotter toute une rangée de maisons qui se trouvent sur la ligne de marche de l'aérostat. Une pluie de tuiles en résulte sur le pays, dont les habitants surpris et croyant sans doute à un cataclysme subit, sortent en poussant des vociférations diverses.

« Le guiderope, dans une clairière, manque de renverser des braseros autour desquels se chauffent des bûcherons. Il est plus de 20 heures, ce que j'avais prévu enfin arrive : le terrain d'un monticule vient droit sur nous, alors que jusqu'ici nous avions contourné toutes les saillies du sol.

« L'ancre a happé une haie mais tient bon, tandis que le monstre de soie tire et se secoue furieusement au bout de la corde sous la violence du vent. Le temps passe et nous restons heureusement accrochés pendant que l'aérostat se livre à une sarabande désordonnée. Nous appelons. Enfin un homme accourt et relevant la tête voit que les appels proviennent du ballon en détresse. Il approche et trois autres suivent ; j'en prie un d'aller chercher du monde au village. »

Quelle histoire ! Joseph m'a raconté que les pauvres dames Vernanchet et un de leurs invités poussaient des « au secours » déchirants. Le ballon furieux tentait de se libérer de son attache, se couchait, se relevait. Les premiers paysans qui avaient entendu les appels ont cru à une bagarre d'ivrognes. Tout le village est finalement accouru et sous les directives du curé et de l'instituteur on a tiré sur la corde de l'ancre pour faire atterrir le Champagne Mercier. Le ballon s'est encore défendu furieusement, renversant les sauveteurs. Les passagers sont descendus en hâte tant bien que mal mais le ballon est brusquement reparti avec le jeune Maurice resté accroché dans les cordages. Heureusement, l'enveloppe avait été lacérée de quelques vigoureux coups de couteau et la bête n'est pas allée loin.

Le ballon Mercier à l'Exposition universelle de 1900.

Après bien des difficultés pour ramener à terre la nacelle et dégonfler le ballon, l'équipage a appris qu'il se trouvait juste de l'autre côté de la frontière belge. La douane locale venue inspecter le ballon y a trouvé six bouteilles de notre vin effervescent, et a infligé au pilote une amende de 20 couronnes pour introduction frauduleuse et sans déclaration de champagne. La presse s'est emparée de l'anecdote et a colporté le récit de l'odyssée du Champagne Mercier, embelli et dramatisé. La relation de cette aventure dans les journaux me revient à moins d'un huitième de centime la ligne. C'est, mon vieil ami Le Journal, la publicité la moins chère que j'aie jamais faite !

26 décembre

La Champagne a vendu vingt-huit millions de bouteilles cette année. Mais cinq cent soixante hectares de vignes sont désormais atteints par le phylloxéra.

La société de secours mutuels pour les sourds créée par Émile fait l'admiration par-delà nos frontières, son modèle s'est exporté en Italie et en Belgique. Depuis que le Congrès de Milan a interdit la langue des signes, des professeurs sont allés jusqu'à attacher les mains des élèves dans leur dos pour les empêcher de communiquer dans la seule langue qu'ils connaissent. Imagines-tu cela, cher Journal ? C'est comme si on m'empêchait de t'écrire en utilisant les lettres et les mots. Attacher les mains des enfants sourds pour les replonger dans leur déchirante solitude d'avant l'abbé de L'Épée, quelle torture ! Des sourds de tous âges fréquentent l'association d'Émile, les générations y sont solidaires. Les sociétaires le saluent chapeau bas par respect et par amitié. Le signe pour désigner mon fils est le suivant : avec les bouts de doigts, la paume vers le bas, on caresse le menton de haut vers le bas deux fois. Le geste ressemble à celui de merci parce que le nom de Mercier ressemble à merci, qu'il remerciait les membres bienfaiteurs, et qu'on le remerciait. Je devrais lui dire à quel point je suis fier de lui, la pudeur m'en empêche, je négocie et je vends mieux que je ne m'exprime en famille, je connais les mots de l'affection mais les prononcer est une autre paire de manches. Est-ce parce que je n'ai jamais entendu mon père les formuler ?

Mary, Reims, 15 avril 1970

— Qu'est-ce qui t'est arrivé ? s'écrie Cornélius en voyant mon visage tuméfié.

Je lui raconte ce qui s'est passé. Je m'attendais à de la compassion. J'en suis pour mes frais. Il est furibond.

— Moi qui te croyais intelligente ! C'est d'une stupidité effarante. Un type déguise sa voix, te donne rendez-vous dans les caves à l'heure où elles sont vides, et toi tu y cours ? Ce n'est pas de la naïveté, c'est de la connerie pure, Mary.

— Peut-être, dis-je, blessée.

— Tu aurais mérité qu'il te découpe en rondelles ! ajoute-t-il rageusement.

— Désolée qu'il ne l'ait pas fait.

— Tu réalises à quel point tu as été crétine ?

— Tu réalises à quel point tu es agressif ?

Je le déteste, la douceur d'hier se transforme en douleur.

— Tu réalises que ce salopard aurait pu te tuer ? crie-t-il.

Les membres du club qui sortent de la pièce nous dévisagent avec étonnement. Dominique intervient.

— Elle est vivante, dit-il.

Il nous désigne de l'index l'un après l'autre. Puis il fait se toucher l'extrémité des doigts de ses deux mains comme s'ils s'embrassaient et il effectue un petit mouvement circulaire.

— Tous les deux amour, traduit Cornélius à contrecœur.

— Vous venez d'avoir votre première querelle d'amoureux, précise Dominique.

— Quoi ?

Nous avons protesté en même temps.

— Vous avez eu peur et vous vous êtes précipitée ici parce que vous tenez à lui, me dit Dominique. Il a eu peur pour vous parce qu'il tient à vous. S'il s'en fichait il compatirait. Il est agressif parce qu'il ne supporte pas l'idée qu'il vous arrive malheur. Il n'était pas sorti de ses gonds depuis la mort d'Isabelle. Il s'est contenté de travailler, de voler seul en ballon, d'aimer son chien, d'autopsier les bulles dans son laboratoire et de venir ici deux jours par semaine comme un bon fils. Il faut aider les handicapés, on gagne son ciel.

— Parce que tu te considères comme un handicapé, toi, maintenant ? rétorque Cornélius avec humeur.

— Je ne parlais pas de moi mais de toi ! précise Dominique. Je gagne mon ciel en t'acceptant ici deux jours par semaine. Ce qui est arrivé à Isabelle est terrible mais tu n'y étais pour rien. Depuis tu es devenu un handicapé du cœur, un homme sans émotion. Mary t'a sorti de ton hibernation.

— C'est une sotte, une idiote, recommence Cornélius.

— Il est monté en boucle, me dit Dominique.

Je lui tends la main.

— Je suis la petite-fille de Paul Hordon, qui était le meilleur ami d'Eugène Mercier.

C'est la première fois de ma vie que je me présente ainsi.

— Je sais, Cornélius m'a raconté votre vol hier.

— Je suis désolé, j'ai mal réagi, avoue Cornélius, penaud. Mais ça m'a rendu dingue d'imaginer que tu as risqué ta peau. C'est tellement stupide.

— Tu ne vas pas remettre ça ? rigole Dominique. Prenez l'amour comme il vient, cessez de paniquer. Ce n'est pas dramatique d'aimer quelqu'un, ça arrive à des tas de gens bien, ce n'est pas déchoir. Il faut l'accepter, accepter d'avoir peur pour l'autre, accepter de le laisser libre. Bienvenue chez nous, Mary.

— C'est très beau ici, dis-je en admirant le plafond haut et le parquet patiné.

— C'est une maison historique, pas seulement à cause des traces de balles datant de la guerre sur sa façade ou parce qu'elle est une des rares à avoir échappé aux bombardements. Le Cercle de l'Abbé de L'Épée a été la première propriété des sourds en France en 1908 grâce à Émile Mercier. Il avait fondé notre association en 1894, son frère Henri en était le trésorier. Leur ami Jules Pron a fait construire cette maison et l'a louée à l'association pendant treize ans. Quand il a voulu la vendre en 1908, pour 20 000 francs, il n'y avait que la moitié de la somme dans les caisses. Émile a financé l'autre moitié par un don personnel. Notre musée lui rend hommage ainsi qu'à l'abbé de L'Épée, nous avons des livres anciens qui ont failli être brûlés en 1880 quand le Congrès de Milan a interdit la langue des signes, et des souvenirs d'Émile Mercier et de son frère Henri. Vous voulez les voir ?

À l'étage, la salle de réunion, occupée en son centre par une immense table entourée de chaises, contient une bibliothèque pleine de livres sur la culture sourde, de dossiers et d'archives. Une vitrine renferme des photos d'Émile, d'Henri, d'Eugène, des décorations, des menus de banquets, des textes de discours, des articles de journaux. Émile ne porte pas de nœud papillon mais un col dur avec une cravate piquée d'une épingle, il a la même moustache et le même front dégarni que son père dans le hall du Pavillon. Henri n'a pas de moustache et porte un nœud papillon à rayures. Cornélius ne ressemble ni à l'un ni à l'autre.

— Nous avons remplacé l'ancien billard par un baby-foot mais la langue des signes est encore interdite dans nos écoles ou parfois juste tolérée dans les cours de récréation. Le réveil sourd est pour bientôt, si Émile était encore là il y aurait joué un rôle essentiel, affirme Dominique avec feu.

Cornélius hoche la tête, fidèle à la mémoire de son père. Je vais contenter celle du mien. Imitant le geste du prestidigitateur qui sort un lapin d'un gibus, je sors la boîte en fer blanc étamé de ma besace. Elle contient dix cahiers soigneusement enveloppés dans un papier huilé qui ressemble à du kraft. Ils représentent cinquante ans de la vie d'un homme hors norme. J'ouvre celui du dessus à la première page. Il y est marqué *Journal d'Eugène* puis en dessous : *Octobre 1854. Paul est parti hier en Amérique. Antonin dort au cimetière. Il faut bien que je parle à quelqu'un, même si je fais tout seul les demandes et les réponses, sinon les mots m'étoufferont. Je n'ai jamais éprouvé le besoin de tenir un Journal intime avant d'avoir perdu mes deux meilleurs amis.*

Journal d'Eugène

FICHE DE RECENSEMENT 122 M 294, **29 AVRIL 1901**
Ville d'Épernay, France, 20478 habitants
Pour Pékin, rue du Commerce n° 77, ménage 93 :
Eugène Mercier, négociant en vins, 62 ans
Marguerite Bourlon, épouse, 55 ans
Henri Mercier, employé de commerce, fils, 28 ans
Claire Mercier, fille, 18 ans
Julia Mercier, fille, 16 ans
Émilie Heulle, cuisinière, 17 ans

La cuvée 1900 sera le neuvième millésime Mercier. François Dehu, qui travaille à plein temps avec moi depuis 1863, sera désormais chef de pressoir lors de chaque vendange.

12 décembre

Alors que les vignerons sont submergés par le phylloxéra, la Belle Époque bat son plein dans les salons et il n'y a plus de fête sans champagne. Le drame de la vigne coïncide avec l'âge d'or du vin effervescent.

La circulation des plants américains est désormais libre, les vignes greffées remplaceront les vignes franches de pied partout où le phylloxéra est installé. La vigne jadis plantée en foule sans alignement sera replantée en rangées entre lesquelles les animaux de trait pourront circuler. On passera de la vigne à bras à la vigne à chevaux. Le travail en sera peut-être moins pénible.

6 février 1902

Thomas n'était pas au cimetière quand j'y suis arrivé ce matin. C'était la première fois. J'ai su, tout de suite. J'ai marché sans hâte jusqu'à la maison aux murs en carreaux de terre où, cinquante et un ans plus tôt, le poids de la peine de la mère d'Antonin écrasait ses mots. Thomas était là, affaissé de la veille sur sa chaise devant le bol renversé de sa soupe du soir, coiffé de sa casquette, le visage aussi bleu que le ciel de ses oiseaux. Ses pigeons s'agitaient dans leurs cages à côté de lui. J'ai prévenu le médecin, les gendarmes, les voisins, l'association colombophile. Ce sont eux qui sont arrivés les premiers, on s'est occupé des oiseaux plus vite que de Thomas… Il aurait trouvé cela normal. J'ai pris en charge ses frais d'obsèques, il n'avait plus d'autre famille que ses volatiles.

Blanche, navrée de me voir triste, m'a apporté ce soir un petit chien à l'oreille cassée qu'on voulait supprimer et qu'elle a sauvé in extremis. Mon complice de papier, je n'ai pas résisté. C'est le chien le plus laid du monde, son poil est hirsute, son oreille repliée grotesque… nous l'avons aussitôt adopté. Marguerite l'a baptisé Millésime.

27 avril

Ma petite-fille Antoinette, premier enfant de ma fille Marie et de mon gendre Eugène Salmon, est née aujourd'hui, et comme ses tantes et ses cousins, elle entend parfaitement !

J'ai soixante-quatre ans. Ma tendre Marguerite est très fatiguée, sa beauté miraculeuse me bouleversait jadis, sa vulnérabilité m'émeut aujourd'hui. Les nombreuses bêtises de Millésime nous sont une distraction bienvenue.

18 octobre

L'inauguration du nouveau Théâtre d'Épernay a lieu ce soir, on y représente un opéra-comique. C'est un superbe théâtre à l'italienne de style Louis XV. J'avais promis à Marguerite de l'y emmener. Je quittais justement mon bureau pour aller me changer quand on est venu me prévenir qu'il y avait un problème dans les expéditions. Je suis allé trouver ma femme, navré.

— Je suis obligé de rester, Marguerite, je te demande pardon… Veux-tu y aller quand même ?

Elle a ri, même pas fâchée.

— Je n'ai pas imaginé une seconde que nous irions, Eugène. Je te connais… Nous aurons d'autres occasions !

20 décembre

On me prend pour un homme sûr de moi et d'un calme olympien, je suis fort loin de l'être, tu es bien placé pour le savoir, mon vieux complice. Je cours sans cesse, un rêve chasse l'autre, je n'en ai jamais assez. J'ai toujours pris Marguerite pour ce qu'elle est, un miracle, un mystère féminin, un éclat de joie. Pas un mirage, c'est une femme de chair et de feu, une mère de famille aimante et une grand-mère attentionnée, elle me bouscule, me gourmande, me donne son avis sans fard. Elle m'a suivi dans mes batailles, ne s'est jamais offusquée de mes innovations, ne m'a jamais reproché mes absences. J'ai travaillé plus et dormi moins que les autres hommes, notre lit conjugal était souvent vide, mais chaque fois que je l'y rejoignais nous y étions en harmonie et en connivence !

Elle a eu un malaise ce matin qui m'a beaucoup inquiété. Le médecin l'a trouvée très lasse. Il faut qu'elle se repose.

6 février 1903

Il pleuvait ce matin au cimetière lorsque j'ai marché jusqu'à la pierre tombale de la famille d'Antonin. J'ai ramassé des cailloux, je les ai disposés pour former la grappe et la coupe rituelles. Je suis allé me recueillir devant la tombe de ma mère. Puis je suis vite retourné à Pékin auprès de Marguerite.

1er avril

J'ai soixante-cinq ans. On sert et on apprécie le champagne Mercier dans les restaurants, les bars d'hôtels, les grands cafés, les ambassades, les maisons royales, les compagnies aériennes maritimes et ferroviaires, les casinos, les premiers grands magasins. J'ai eu l'idée, pour la prochaine Exposition universelle qui se déroulera en Belgique dans un an, de faire construire un arc de triomphe de quatorze mètres de haut, uniquement composé de quinze mille bouteilles de champagne représentant les expéditions journalières de notre maison. Les visiteurs liégeois et étrangers auront plaisir à passer sous son arche. Je dois aussi agrandir nos bâtiments devenus trop petits pour le volume d'affaires que nous brassons. Il me faut un immense cellier de fermentation surmonté de vastes magasins où seront entreposés d'un côté le matériel de publicité, panneaux, cartes postales, affiches, carnets, coupe-cigares, cendriers, boîtes à cigarettes, éventails, piluliers, canifs, tampons buvard, seaux à champagne. Et de l'autre côté tout ce qui concerne l'habillage des bouteilles.

10 novembre

Marguerite s'affaiblit de jour en jour, nos efforts sont inutiles. Je croyais que le bonheur n'était pas pour moi, que la distribution du départ ne m'avait pas plus favorisé que celle des prix à l'école des Frères. Et puis elle a choisi de cheminer à mon côté, elle qui avait reçu en partage la faculté d'être heureuse et le talent d'aimer. Plus rien ne m'a arrêté, j'ai enjambé les obstacles et provoqué le destin. Aujourd'hui, j'ai peur que la femme que j'aime pousse la petite porte du foudre de mon rêve et y disparaisse à jamais.

— Je suis si exténuée que même si tu me proposais de m'emmener enfin au concert ou à l'opéra, je refuserais, m'a-t-elle soufflé. Je crois que je vais revoir tes amis et ta mère avant toi, Eugène.

Je l'ai serrée contre moi en répétant d'une voix cassée : « Ne raconte donc pas de bêtises » mais nous savions elle et moi qu'elle disait vrai.

— Si tu veux que je leur transmette un message, c'est le moment ou jamais, a-t-elle ajouté avec effort.

J'ai continué à la bercer en murmurant des paroles apaisantes.

24 novembre

Mon vieil ami Le Journal, dans les lettres du prénom Marguerite, il y a GUÉRIR, et RAGE. J'ai espéré jusqu'au bout que ma tendre épouse se remettrait mais elle s'en est allée aujourd'hui et je suis si brisé que j'ai du mal à tenir ma plume. Plus jamais je ne connaîtrai la jouissance dans les bras d'une femme. Elle n'a pas été ma première femme, je lui ai promis qu'elle serait la dernière. Elle le sera.

Te souviens-tu du temps d'avant l'instauration de l'heure légale uniforme sur tout le territoire français ? J'ai réglé les aiguilles de mon cœur à l'heure de Marguerite, elles ne comptabilisent plus la marche de mon propre temps. Je bats la breloque, je ne suis plus que le reflet de moi-même, le silence de mes fils, l'ombre du ballon de Joseph quand il survole un lac. Marguerite m'a précédé et m'ouvre la route, cette fois c'est elle qui ose et qui innove. Sa présence au paradis est la plus efficace des campagnes de publicité, j'ai hâte de partir l'y rejoindre. Sans elle, la vie n'a plus aucun intérêt.

30 novembre

L'automate continue inlassablement à frapper à la devanture du 20, boulevard Poissonnière alors que Marguerite n'est plus. Une foule nombreuse est venue à l'église d'Épernay puis au cimetière accompagner mon épouse bien-aimée en sa dernière demeure. Ma chère mère reposait seule dans notre caveau, les deux femmes de ma vie y dorment désormais. Je les ai protégées tant que j'ai pu, elles ne risquent plus rien.

Olga est venue. Nous aurons jusqu'au bout partagé nos joies et nos peines. Elle a choisi la sécurité avec Pierre, j'ai pris le risque du bonheur avec Marguerite. Comme le jour de la mort de ma mère, j'ai serré un nombre infini de mains en murmurant des remerciements, puis j'ai brusquement relevé la tête et je l'ai vue, les cheveux à présent plus blancs que roux, le visage baigné de larmes.

— J'avais tort et tu avais raison, Eugène. Le champagne et l'amour sont un droit universel, m'a-t-elle murmuré, en guise de condoléances, de la même voix rauque qu'autrefois.

Sa présence m'a touché mais ne m'a été d'aucun secours, j'étais au-delà de la peine.

Nos enfants sont restés murés dans leur chagrin. Je me suis réfugié dans mon bureau avec Millésime. Henri n'a pas pu voir sa mère portée en terre, il est occupé à faire un tour du monde homérique en employant tous les moyens de locomotion qui existent à la façon d'un Phileas Fogg, nous n'avons pas réussi à le joindre. Nous pleurerons ensemble à son retour. Les mêmes personnes exactement seront un jour rassemblées pour me dire adieu. Nos enfants fleuriront notre tombe après mon départ. Qui ira sur celle d'Antonin ? Qui se souviendra de Paul ?

J'ai passé la moitié de la nuit à travailler puis je suis remonté dans notre chambre vide où le silence de l'absence était assourdissant. Il n'y a pas de mots pour le départ de Marguerite. C'est inconcevable, insupportable, impossible. Je cesse de bannir ce mot, je le supplie de venir à mon secours. Il est impossible que Marguerite n'existe plus. Elle ne peut pas avoir rejoint Antonin, Paul, ma mère, Philippe et Francine, Walter, Jolibois, Remiot et Thomas. J'ai toujours su, avec une intensité absolue et douloureuse, combien nous étions heureux, et j'ai travaillé sans cesse par goût et pour payer le prix de la félicité.

Est-ce que tout est inscrit dans le registre du temps, les années de millésimes, l'avancée du phylloxéra, les naissances et les deuils, l'amour et la tendresse, nos batailles, nos rémissions, nos démissions, nos exaltations, nos chagrins ? Marguerite est-elle avec le Dieu de frère Rémi ou avec le Grand Architecte de l'univers de Paul ? Quel immortel demeure si haut que les ballons ne peuvent plus y monter sans que leurs pilotes trépassent ? Je le saurai bientôt.

9 janvier 1904

Je reviens de chez maître Lardier où je suis allé signer l'acte de notoriété après le décès de ma femme bien aimée et renoncer à tout usufruit sur sa succession.

Joseph m'écrit régulièrement depuis que je suis seul, c'est un filleul attentionné. Il me raconte que les frères Wright ont réussi à faire voler leur premier avion, le Flyer, dans les dunes de Kitty Hawk en Caroline du Nord. Orville Wright a volé sur deux cent quatre-vingt-quatre mètres pendant cinquante-neuf secondes, c'est sidérant. Dans le futur, les avions voleront peut-être dix kilomètres, cent kilomètres ou même mille kilomètres, il n'y a pas de limites aux rêves des hommes. Il me parle aussi, sans penser à mal, du Metropolitan où il ira à la fin du mois voir *L'Élixir d'amour* de Donizetti chanté par Marcella Sembrich et le ténor italien Enrico Caruso.

Marguerite aurait tellement aimé l'entendre.

6 février

Le cimetière était lugubre et désolé. J'ai placé mes cailloux sur la pierre d'Antonin. Je n'ai pas annoncé à Thomas et à mon ami la mort de mon épouse, ils étaient forcément déjà au courant. Elle bat désormais sous ma poitrine, tout près de mon cœur. Je suis allé ensuite, à pas lents, devant le caveau où elle dort pour l'éternité près de ma mère. Je suis resté là, bras ballants, vide, creux, inutile, le cœur et le corps gelés.

Puis j'ai marché vers la sortie du cimetière, les yeux errant au hasard sur les tombes, et j'ai eu un choc en découvrant celle d'Angèle. Je me suis approché pour vérifier. C'était bien elle, morte peu de temps après ma femme, au moment où j'étais trop disloqué pour m'en apercevoir.

Henri est revenu de son tour du monde dans l'après-midi. Il connaissait déjà la terrible nouvelle, mais il s'est précipité à mon bureau, très ému. Je lui ai tout raconté, les derniers jours de sa mère, sa lucidité, sa douceur, son épuisement.

Il a signé avec angoisse : « Est-ce qu'elle a eu peur ? »

J'ai secoué la tête. Je ne sais pas où elle est, mais elle y est partie avec confiance, comme elle a vécu. Et j'espère qu'elle m'y attend.

1er mai

Antonin Dvorak est mort aujourd'hui à Prague à soixante-deux ans. Même la musique ne survit pas à l'absence de Marguerite… Je ne supporte plus d'entendre un piano ou un violon, j'ai envie de les briser en autant de morceaux que mon âme.

24 mai

Les élections municipales se sont déroulées sans heurts ce matin. J'étais conseiller sortant, on m'a reconduit en tête de liste, cette nouvelle aurait réjoui Marguerite. J'ai siégé au conseil municipal sans interruption depuis novembre 1874, je continuerai jusqu'à mon dernier souffle. Mon estomac me fait de plus en plus souffrir. Les médecins me mentent mais je n'ai pas peur. Paul Jobert épaulera mes gendres et mes fils, ils pourront compter sur lui. Le champagne Mercier se vend de mieux en mieux, la qualité triomphe toujours. J'ai racheté trente-cinq petites maisons et avec les deux que mon gendre Georges a apportées nous en sommes à trente-sept, sans compter les nombreuses marques d'acheteurs créées pour nos clients. On peut se procurer nos vins partout, dans les épiceries de campagne comme les nouveaux grands magasins, on n'a plus besoin de faire le voyage jusqu'à Épernay ni d'appartenir à un cercle de privilégiés. J'ai gagné pour mes contemporains le droit universel au champagne et pour moi celui de me reposer bientôt.

Je suis las et seul, si seul, malgré les attentions constantes de mes enfants et de mon personnel. Je ne sais toujours pas combien il y a de bulles dans une coupe de champagne, mais ça n'a plus d'importance.

Il y en a moins que je n'ai aimé la vie avec ma chère Marguerite.

8 juin

Les six mois officiels de grand deuil sont terminés. Ma petite Claire s'est mariée aujourd'hui à Pékin avec Lucien Durand, je l'ai menée à l'autel et remise à son mari, la fête a été belle, l'absence poignante de Marguerite me l'a rendue si triste. Un photographe a fixé le souvenir de cette émotion. La famille s'est rassemblée autour des mariés sur la pelouse devant la maison, une servante tenait trois de mes petits-enfants par la main, les hommes et les femmes étaient chapeautés et élégants. Je me suis écarté au dernier moment, il m'a semblé qu'en m'éloignant du groupe je me rapprochais de mon épouse. Le champagne Mercier a coulé à flots. Millésime jouait avec mes petits-enfants, je ne me suis guère occupé de lui dernièrement, Émile l'aime beaucoup, quand mon temps sera venu ils prendront soin l'un de l'autre.

Le temps était radieux, Pékin d'une beauté étourdissante, j'ai voulu faire un discours mais je me suis rendu compte que je n'avais plus de mots, seulement des larmes, et j'ai deviné que c'était la dernière fois qu'ils étaient tous réunis de mon vivant. Alors j'ai levé ma coupe et j'ai souri à ma fille avec toute la tendresse du monde.

Mariage de Claire Mercier à Pékin, 1904.
Eugène est seul sur la gauche.

28 juin

Mon fidèle ami Le Journal, j'ai du mal à écrire. Je n'ai plus d'appétit. Je respire difficilement, mes jambes ont gonflé, mon cœur est épuisé. Et ce que j'ai appris ce matin m'a coupé le souffle. J'étais allé dire adieu à madame Hordon. Je voulais connaître la vérité avant de mourir, elle me la devait ! Je n'en reviens pas de ne jamais y avoir pensé, c'était pourtant si évident…

Une jeune servante inconnue m'a ouvert la porte de l'hôtel particulier. Elle m'a dit que Pierre était absent. Il délègue beaucoup depuis peu, Marcel le représente aux événements locaux qui rassemblent les notables, il m'y évite et je ne recherche pas sa compagnie. Madame Hordon ne sort plus de sa chambre, on la lève, on l'habille, on l'assied près de sa fenêtre, elle vit à petit feu, elle n'a plus d'âge, toutes ses contemporaines ont déjà quitté ce monde, elle demeure là, punie, prisonnière d'une existence dont elle n'a plus envie ni besoin, remplie de larmes. Je me suis présenté comme un ami de la famille, mon âge a rassuré la jeune servante qui m'a conduit à l'étage. La mère de Paul a souri en me reconnaissant.

— Eugène ? Comme tu es devenu vieux, mon garçon ! m'a-t-elle dit avec surprise.

— Je vous ai dépassée, ai-je dit galamment. Je ne crains pas la faucheuse, on m'a précédé là-haut, je suis attendu.

— J'ai appris pour Marguerite, je ne t'ai pas écrit, à mon âge cela relève de l'impolitesse d'être encore là, rédiger une lettre de condoléances s'apparenterait à de la provocation. J'ai hâte de m'en aller. Le premier d'entre nous accueillera l'autre, veux-tu ?

J'ai acquiescé et abordé le sujet qui me brûlait les lèvres.

— Vous avez été si dure envers mon filleul Joseph. Qu'avait-il fait de mal ?

Elle m'a considéré avec un douloureux étonnement.

— Rien, grands dieux !

— Vous l'avez chassé, vous lui avez fermé votre porte. Pourquoi ?

— Pour le protéger, pardi. Tu n'as donc pas compris ?

— Le protéger ?

Elle s'est penchée vers moi :

— Tu es allé au pays de Lorient. Tu as appris, pour mon bien-aimé Guillaume…

Elle s'est interrompue. J'ai attendu qu'elle poursuive.

— J'ai tué Guillaume, il est mort par ma faute, il s'est noyé parce qu'il m'aimait. Et mon fils a tué Fernand en me défendant. Il m'a sauvé la vie mais il y a perdu son âme.

J'ai poussé un cri de surprise. Et instinctivement j'ai demandé d'une voix rauque :

— Quel fils ?

Elle m'a dévisagé avec stupeur.

— Il était ton ami !

La terre s'est ouverte sous mes pieds. Paul ? Paul avait tué l'Ogre ? Mon meilleur ami était parricide ? Je ne pouvais pas le croire. Pourtant, tout au fond de moi, une insupportable petite voix me soufflait que c'était concevable. J'ai repensé à son étrange crise de nerfs dans les caves le jour de l'enterrement. Je l'ai revu, pantelant, l'écume aux lèvres, comme un cheval fou, quand Matthieu le ceinturait. Le caviste n'avait donc pas menti, son témoignage était sincère. Pourquoi ne s'est-il pas défendu quand je l'ai accusé ? Pourquoi s'est-il pendu ensuite ?

J'ai baissé la tête, terrassé. Paul avait ensuite porté le poids de sa faute. La mort l'avait rattrapé au tournant. Je me suis remémoré l'étrange phrase de sa dernière lettre : « La porte est en dedans. » La porte du bureau où il avait tué son père ? La porte du cachot qui pouvait se refermer sur lui ? Paul était mon meilleur ami, pas un meurtrier. Même coupable, je lui accordais des circonstances atténuantes. Il voulait défendre sa mère, il avait saisi la bouteille et sûrement mal dosé son geste. Il avait vécu avec cela sur la conscience. Je le plaignais de tout mon cœur.

— Mon mari n'avait jamais levé la main sur moi avant cette nuit-là, c'était la première fois, a soupiré madame Hordon.

Elle a enfoui son visage dans ses mains puis les a abaissées et m'a fait face.

— Fernand était en affaires avec un Lorientais qu'il a roulé dans la farine. Ce Breton, fou de rage, s'est vengé en lui conseillant de mieux regarder son fils. Mon mari a mené son enquête, on lui a décrit Guillaume. La nuit de sa mort, il m'a réveillée et traînée dans son bureau. Il voulait me chasser avant que la maisonnée se réveille. Il a commencé à me frapper. J'ai tenté de me dégager mais c'était un colosse, il m'a forcée à me mettre à genoux, il éructait, il m'humiliait, puis il m'a jetée par terre, j'en suis restée étourdie. Il a attrapé sa canne, il l'a brandie. J'ai fermé les yeux, croyant ma dernière heure venue…

Elle haletait, revivant le drame.

— Notre fils nous avait entendus. Il est entré. La bouteille était posée sur le bureau. Le coup a défoncé la boîte crânienne de mon mari. Fernand est tombé comme un arbre abattu. Nous l'avons regardé happer l'air, ses yeux se sont voilés, c'était fini. Je ne pouvais pas dénoncer mon fils, il m'avait sauvé la vie !

Elle s'est redressée, hagarde. Un long silence a ponctué ces paroles incroyables. Jamais je n'avais imaginé une seconde que Paul était le coupable. J'aurais répondu de lui comme de moi-même.

— Paul a tué son père pour vous protéger, ai-je murmuré avec tristesse.

Elle a secoué furieusement la tête.

— Tu ne comprends décidément rien !

— Vous venez de me dire…

— Paul était ton ami, comment peux-tu douter de lui, Eugène ?

— Si ce n'est pas lui…

— C'était Pierre ! Seigneur, pardonnez-moi. Je ne l'ai avoué à personne, pas même à mon confesseur. Pierre n'avait que dix-sept ans. Il m'a prévenu que, si je le trahissais, il tuerait Paul. Il n'avait plus rien à perdre, Eugène, il l'aurait fait ! Le père du jeune Matthieu était gravement malade, son état nécessitait une opération coûteuse, Pierre a réglé les honoraires du chirurgien et en échange il a obligé Matthieu à accuser Paul.

Elle se tordait les mains.

— J'ai voulu éloigner Paul afin de le sauver mais Dieu me l'a repris pour me punir. La malédiction continuait. Il fallait que cette hécatombe s'arrête là. Son fils Joseph ne devait pas en pâtir. C'est pour cela que je me suis montrée si froide envers lui.

Pour le dissuader de revenir. Pierre avait tué, je savais de quoi il était capable. Je me suis privée de l'amour de mon petit-fils pour préserver sa sécurité. Je l'ai perdu mais c'était peu cher payer. Écris-lui avant de mourir, je t'en prie, Eugène, dis-lui que je l'ai aimé assez pour supporter sa haine ou, pire, son indifférence. Dis-lui que je l'ai aimé tellement que j'ai voulu son bonheur, quitte à me déchirer le cœur.

D'un hochement de tête, je lui ai promis de faire ce qu'elle souhaitait. Je me suis levé, j'avais les jambes faibles.

— Je dois rétablir la vérité pour la mémoire de Paul et pour Joseph, ai-je soufflé en respirant avec effort.

— Tu n'auras aucune preuve, Eugène. Matthieu n'est plus là et je ne témoignerai pas contre mon fils, mon sang se figerait dans mes veines. Pierre devient aveugle. Olga l'a accompagné chez un célèbre médecin à Paris mais ils disent tous que c'est irrémédiable. Joseph s'est construit loin de nous, il a surmonté le passé, il sillonne librement le ciel alors que Pierre plonge chaque jour un peu plus dans l'obscurité. Un homme courageux s'adapterait, lui n'en sera pas capable.

J'ai eu un sourire désabusé. Pierre Hordon qui me traitait de bâtard n'était pas le fils de son père. Pierre Hordon qui se moquait d'Antonin et de la surdité de mes fils s'enfonçait dans la nuit.

— Il faut au moins qu'il subsiste une trace de Paul dans votre chapelle familiale au cimetière, qu'on sache qu'il a existé.

— Je m'en suis occupée, Eugène, c'est prévu dans mon testament, nul ne pourra s'y opposer. Pierre m'a parlé de ton journal intime, a-t-elle ajouté. Cela l'inquiète infiniment. Mets-le à l'abri, il pourrait dépêcher quelqu'un pour te le dérober. Marcel lui voue un véritable culte.

J'ai baisé sa main. Nous avons échangé un dernier regard affectueux. Puis je suis sorti de sa chambre.

Olga, les cheveux uniformément blancs, m'attendait sur le palier. Elle nous avait écoutés. Elle m'a regardé avec affection, les yeux pleins de larmes.

— J'ai failli mourir plusieurs fois, Eugène. Et voilà que tu veux me précéder ? Sacha et Katia m'attendent là-haut mais je dois encore protéger mes enfants de Pierre. Je savais qu'il avait tué son père pour préserver sa mère. Il me l'a confié un soir où il avait énormément bu, il y a bien des années. J'ai tenté de te mettre en garde !

J'ai essayé de lui sourire mais je n'y suis pas parvenu.

— Olga, tu sais que Dvorak… ?

Elle a acquiescé. J'ai ajouté :

— Je ne supporte plus la musique. Elle parle d'éternité, et pourtant Marguerite est morte et je le serai bientôt.

— Au contraire, Eugène, elle nous parle de beauté et d'immortalité, elle est la joie et la tristesse du monde. Bien après que nous aurons disparu, on continuera à écouter Antonin Dvorak et à vibrer grâce à lui. Nos descendants seront bouleversés par sa musique. Chaque fois qu'elle s'élèvera quelque part sur la terre, elle parlera de toi, de Marguerite, de ton ami Paul, de ton filleul Joseph, de moi, des milliards d'hommes et de femmes qui l'ont écoutée et aimée. La musique a, comme le champagne, quelque chose d'impalpable, elle ménage un accès direct à l'âme, elle suspend le temps.

Olga n'a pas réussi à m'apaiser le jour de l'enterrement de Marguerite, mais aujourd'hui ses paroles m'aident.

— Tu veux dire que le champagne, comme la musique, nous rend immortels ?

— Exactement !

Je suis sorti de l'hôtel Hordon, épuisé et rasséréné. Marcel lisait son journal dans le jardin sous la fenêtre ouverte de la chambre de sa grand-mère. Il n'a pas levé les yeux. J'ignore s'il nous a entendus.

5 juillet 1904

Mon vieux complice de papier, je viens de rédiger puis de faire expédier en Amérique une longue lettre à Joseph qui navigue actuellement vers nos côtes. C'est la dernière fois que je vous écris à tous les deux. Je t'avais juré de te rester fidèle jusqu'à mon dernier souffle, j'ai tenu parole. Tu as été mon seul ami après la disparition de Paul, mon miroir, mon double, ma rambleur. Nous avons fait une longue route ensemble. Je fais confiance à Joseph ou à ses descendants, ils prendront soin de toi. J'espère que les prochaines vendanges donneront lieu à un millésime Mercier. Et qu'Émile prendra soin de mon chien.

Je vais rassembler mes dernières forces, prendre mon ascenseur et descendre te glisser dans la cachette secrète ménagée par Thomas à l'intérieur d'une boîte en fer-blanc étamé, tu y seras à l'abri. Puis je remonterai à mon bureau, je préfère que la mort me surprenne en plein travail plutôt que couché comme un chêne de Hongrie abattu. Mes enfants sont absents aujourd'hui, cela vaut mieux.

J'entends le rire de Marguerite, le piano de Paul, le pas claudicant d'Antoine, le bruissement doux de la robe de ma mère, les roucoulements de Thomas. J'entends Walter et Jolibois encourager leurs équipes. J'entends Remiot ordonner au cheval d'accélérer l'allure. J'entends le champagne couler dans les coupes. Dans les lettres du nom MERCIER il y a MERCI. Et REMERCI.

ADIEU

MON

AMI

LE

JOURN…

Mary, 15 avril 1970

Je referme le dernier cahier. Une larme glisse le long de ma joue. Dominique est ému, Cornélius infiniment chamboulé.

— Il y a eu un millésime Mercier en 1904, dit-il d'une voix rauque.

Nous venons de passer plus de trois heures à lire le journal d'Eugène. La fenêtre de la salle de réunion est ouverte et les moustiques de Reims se sont régalés de ma peau américaine, ils ont rameuté tous leurs camarades afin de goûter à cette nouvelle saveur exotique. Je m'étire, ankylosée. Dominique se lève et marche autour de la table pour se dégourdir les jambes. Cornélius détend son dos en roulant des épaules. Pierre Hordon, mon grand-oncle, le grand-père de la rousse Astrid, a tué son père pour défendre sa mère. Il a fait accuser son frère à tort. Mon cœur palpite de joie, j'étais sûre de son innocence. Je me souviens qu'Olga est morte après Pierre. C'est sûrement elle qui a fait poser la plaque au nom de mon grand-père Paul au cimetière.

— Pierre était le meurtrier mais ce n'est pas lui qui a tué ton père, dit Cornélius.

J'acquiesce. Pierre est mort en 1905, Joe en 1937.

— Une seule personne avait intérêt à empêcher papa de trouver ce journal et de découvrir la vérité.

— Marcel Hordon, renchérit Cornélius.

Marcel, forcément, pour l'empêcher de lire ces pages qui portaient atteinte à la mémoire de son père adoré.

— Il est encore vivant ? demande Dominique qui a suivi l'échange en lisant sur nos lèvres.

Nous secouons la tête. Il est mort en héros pour la France en 1944, il a échappé à la justice des hommes. Alors, qui m'a agressée aujourd'hui ? C'était un homme, pas ma cousine Astrid, je suis absolument formelle.

Je rentre en voiture à Épernay avec Cornélius. Je pense à mon grand-père Paul tandis que la Jeep longe les vignes bordées de rosiers. Je l'imagine à seize ans, accoudé au bastingage du bateau qui l'emmenait sans espoir de retour vers le Nouveau Monde, effaré, affolé, révolté, accusé à tort de parricide par son propre frère, banni par une mère qui n'avait trouvé que ce terrible moyen de le protéger. Je me représente le courage qu'il lui a fallu pour recommencer sa vie à zéro et prendre ses marques, la douleur qu'il a dû éprouver quand Victoria, la jeune fille qu'il aimait, lui a été refusée. Je comprends pourquoi il n'est pas revenu réclamer son héritage. Je m'insurge contre le destin qui s'est acharné sur lui au point de l'empêcher de connaître son fils Joseph.

— Tes neveux et tes amis me plaisent, dis-je à Cornélius.

— Dominique s'occupe avec sa femme et son beau-frère d'un festival européen pour les artistes sourds et d'un cinéclub. Je joue de la guitare avec lui deux soirs par mois.

— Vous avez monté un grou… ?

Je m'interromps, me rendant compte qu'il plaisante forcément.

— Très drôle !

— Non, très vrai. Les sourds adorent la batterie, les cymbales et la guitare basse, ils perçoivent les vibrations de la musique dans tout leur corps, et ce sont d'excellents danseurs. C'est pour ça qu'il y a du parquet au Cercle, ils ressentent mieux la musique grâce au bois. Dominique joue sur les notes graves de sa basse. Il ressent aussi le piano, pas les nouveaux synthétiseurs sans cordes comme le Moog sur lequel George Harrison a joué *Abbey Road* l'an dernier. Il aime Deep Purple et trouve Beethoven puissant. Beethoven n'était pas sourd de naissance, dans sa tête l'orchestre qu'il dirigeait jouait à la perfection. Dominique n'a jamais entendu la musique, il en a une perception qui n'a rien de commun avec la nôtre, je m'adapte à son rythme. Nous sommes de vieux amis.

Comme Eugène et Paul. Je relis mentalement la lettre d'Eugène que j'ai traduite à Alberte et à Charly il y a une semaine, il y a un siècle, il y a une éternité.

Nous marchons vers l'appartement de Cornélius en prenant soin de ne pas nous toucher, le moindre contact provoquerait des étincelles. CH3CH2OH nous accueille avec des transports de joie. Cornélius laisse la porte d'entrée ouverte et allume la radio. Le chien, habitué, sort faire son tour dans la rue. Nous en profitons pour nous embrasser. Ce baiser est un miracle, une perfection de baiser. Un baiser capable de changer le passé, faire débarquer papa du bateau à New York et atterrir l'avion d'Amelia sur l'île Howland, guérir la leucémie de maman, ressusciter la mère d'Alberte et les camarades de guerre d'Alexander et de Charly, empêcher l'explosion du réservoir d'oxygène d'*Apollo 13*.

Le chien revient. Cornélius se lève pour fermer la porte. Il me regarde. Nous tombons dans les bras l'un de l'autre et, enlacés, cinglons vers la chambre. Nos vêtements volent. Nos corps se rejoignent. Nous décollons ensemble, nous dépassons la cime des arbres, nous partons à la dérive. Cornélius est comme une maison au bord de l'eau où il serait merveilleux de s'endormir et de se réveiller à deux. Il est plus protecteur qu'Alexander, plus fou que Charly, plus déchirant qu'Alberte, plus fascinant que papa. J'oublie que je vais repartir, je repousse l'idée que ce n'est qu'une escale, je refuse de penser à ce qu'il adviendra de nous. Sa peau sent le biscuit de Reims, il est si appétissant qu'il m'affole. Nous jouissons, les yeux soudés, sur « Melancholy Man » des Moody Blues. En flottant dans l'espace hier, en nous étreignant aujourd'hui, nous laissons entrevoir un fragment de notre âme. On ne triche ni là-haut, ni dans un lit. Je suis entre deux univers, je plane. Les étreintes sont un mirage, on se noie dans un trou creusé au milieu de la glace et quelqu'un se penche pour vous en sortir, vous réchauffer contre son corps et vous sauver. Nous ne sommes plus jeunes, nous avons chacun aimé et connu d'autres partenaires, mais c'est notre première fois ensemble, notre baptême de l'air, notre émouvante, excitante et délicieuse première fois. Après l'amour, Cornélius a les traits tirés et les yeux encore plus immanquables.

Il quitte le lit, revient, toujours nu, avec deux flûtes remplies de champagne.

— L'amour donne soif, c'est une constante, dis-je avec gravité.

— Et une valeur absolue, renchérit-il.

Il me raconte que dans les années 1950, Albert Einstein est descendu à Chaumont à l'hôtel Terminus et a commandé du champagne. On lui a servi du Mercier. Il est reparti en Amérique avec tout le stock que l'hôtelier avait dans ses caves en disant : « Votre champagne est une des dernières valeurs absolues qu'il y ait encore au monde. »

— C'est encore mieux que $E = MC^2$, non ?

Il prend le muselet de la bouteille, composé d'une ceinture en fil d'acier galvanisé, d'une cage à quatre pattes, et d'une capsule. Il replie en deux vers le haut chaque patte de fer du bas de la cage de façon à former quatre pieds. Le petit anneau autour des quatre pieds repliés sert d'assise dans lequel la capsule se loge en guise de coussin. Puis il tire vers le haut la partie du fil de fer qu'il avait desserrée pour libérer le bouchon, et il l'utilise pour former un dossier. Le muselet est devenu un petit fauteuil que Cornélius dépose dans ma paume ouverte. Je fronce les sourcils, ça me rappelle quelque chose d'important mais je n'arrive plus à me souvenir exactement quoi. La photo d'Isabelle, qui avait disparu, est posée sur la bibliothèque. Cornélius suit mon regard.

— J'étais coincé au milieu de nulle part depuis treize ans, tu m'as donné envie d'atterrir.

— Hier soir tu l'avais enlevée. Aujourd'hui tu l'as changée de place. Pourquoi ?

— Parce que Isabelle s'est envolée ailleurs. Tu te souviens de ta question piège sur les ballons à air chaud et les ballons à gaz ? Les montgolfières à air chaud comme le *Bulle d'Or II* n'ont pas de lest, Mary, pourtant tu m'as fait lâcher le mien, les tonnes de sacs de sable de ma culpabilité. Je peux maintenant me souvenir d'Isabelle avec émotion sans éprouver cette douleur écrasante. Je l'ai laissée s'envoler comme tu as laissé s'envoler ton père. Je me sentais lacéré, tailladé, tu m'as fait une greffe de tendresse.

Il caresse ma lèvre abîmée puis effleure mon cou avec une insupportable lenteur.

— Ça te démange ?

— Les moustiques de Reims ne m'ont pas loupée, ils ont appelé tous leurs copains pour les agapes.

— Ils aiment la symétrie alors ! J'espère que tu n'es allergique ni à moi ni au champagne.

— Je me suis fait dévorer à l'association.

— Ça m'étonnerait. Va te regarder dans le miroir si tu ne me crois pas ?

Je me lève et je vais dans la salle de bains. Mon cou est couvert d'harmonieuses plaques rouges du plus bel effet. Les moustiques ne sont pas en cause, il a raison. J'ai un éblouissement. Je me retiens au lavabo en faisant tomber le verre à dents qui se brise sur le carrelage.

— Tout va bien ? vérifie Cornélius.

Je reviens dans la chambre, si blanche qu'il s'affole.

— Tu es épuisée après les émotions d'hier et ton agression ce matin, on n'aurait pas dû…

Je balbutie :

— J'ai cassé le verre à dents.

— Aucune importance, je vais ramasser les morceaux, ne bouge pas.

— Ce ne sont pas les moustiques.

— Je te l'ai dit !

— J'ai eu les mêmes plaques le jour de mon arrivée à Épernay.

— Tu n'es pas allergique au champagne mais à la Champagne ?

— Exactement les mêmes, en descendant de la 2 CV du brigadier Couperet remplie des poils de ses quatorze chats.

— Pourquoi me racontes-tu ça ?

Je le fixe, stupéfaite, j'ai de la peine à y croire.

— Je ne suis pas remontée dans sa 2 CV depuis. J'ai revu le brigadier mais je n'ai eu aucun contact physique avec lui.

— Tu m'en vois ravi !

— Je suis sérieuse, Cornélius, c'est grave. Ce matin, mon agresseur des caves a plaqué ses mains sur mon cou. D'habitude les chats me font seulement éternuer, j'ai eu une réaction plus forte dans la 2 CV parce que le brigadier a plus de chats que la moyenne des gens. Aussi forte qu'aujourd'hui après avoir été attaquée.

— Tu crois… ?

— Que le brigadier Couperet a joué au chat et à la souris avec moi.

J'ai du mal à imaginer le gentil et compatissant gendarme dans le rôle du méchant. Pourtant je suis bien obligée me rendre à l'évidence. D'ailleurs il n'a pas tenté de me tuer, il a juste employé la manière forte pour m'intimider et me pousser à repartir.

À qui profitait la mort de l'Ogre ? La réponse est évidente : à Pierre Hordon. Il a défendu sa mère, on l'aurait acquitté grâce à son témoignage mais il n'a pas supporté l'idée que tout Épernay connaisse sa condition de bâtard, il risquait de perdre l'héritage, il était jaloux de son frère que leur mère préférait. Ses motivations étaient claires. À qui profitait la mort de papa ? La réponse est logique, Marcel Hordon. C'est le coupable idéal, il risquait de perdre l'argent de l'héritage Hordon, donc le pouvoir qui va avec, et il a agi par amour filial pour ne pas qu'on sache que Pierre était l'assassin. Jusque-là notre raisonnement est imparable. Tout nous ramène à Pierre puis à son fils. Et mes plaques urticantes me relient au brigadier guillotine. En quoi puis-je gêner Aimé Couperet ? Quel est son lien avec les Hordon ?

— Il est l'amant d'Astrid ? suggère Cornélius.

J'imagine mal ma rigide cousine dans les bras d'un homme qui partage sa vie avec quatorze félins, mais on ne sait jamais.

Cornélius gare sa Jeep devant la gendarmerie d'Épernay puis se penche vers moi, sa bouche se pose sur ma lèvre meurtrie, on devrait toujours s'embrasser ainsi, comme si on allait mourir demain ou se séparer, ce qui est vrai dans notre cas puisque je suis sur le point de repartir pour l'Amérique.

Nous entrons sans frapper dans le bureau de Couperet. Il n'est plus le même homme, il s'est étoffé, épaissi, un étrange sourire flotte sur ses lèvres, on jurerait qu'il a fumé de la marijuana ou volé en montgolfière.

— Mon père est mort, me dit-il avec ravissement.

— Le mien aussi, en 1937. Et vous avez couvert son meurtrier. Pourquoi m'avez-vous agressée dans les caves ce matin ?

— Vous délirez, mademoi…

J'ouvre mon col d'un geste rageur.

— Je suis allergique aux poils de chat. Le jour de mon arrivée, je suis montée dans votre 2 CV et j'ai eu une réaction très forte. Mon assaillant m'a entouré le cou de ses mains aujourd'hui et j'ai exactement les mêmes plaques. C'était forcément vous !

Il hésite, puis se lève et rend les armes si facilement que j'en reste ébahie.

— Désolé pour votre lèvre. J'ai serré trop fort, je ne voulais pas vous blesser, juste vous décourager. C'était pour moi un devoir de mémoire.

Il enchaîne, le regard anormalement brillant :

— Je vis le plus beau jour de ma vie, mademoiselle Robinson. Mon père vient de crever, c'est pour ça que je suis arrivé en retard à notre rendez-vous souterrain. J'ai organisé son enterrement avec minutie, il en mourrait de rage s'il n'était pas déjà raide comme une planche. Je me suis adressé aux pompes funèbres de son plus féroce concurrent. J'ai balancé sa moumoute dans la poubelle. Je n'ai pas mis d'annonce dans les journaux, personne ne viendra. Moi non plus. Il sera seul comme un chien enragé. Il n'y aura pas un chat à son enterrement, il ne mérite pas leur présence !

Ses yeux lancent des éclairs.

— Les morts ne me gênaient pas, ils se taisaient, eux, au moins. Mais le jour où il m'a obligé à allonger ma mère dans le cercueil le moins cher, j'ai juré de me venger. Et lorsqu'il a tué mon chat quelque chose s'est brisé en moi. C'était mon seul ami… avec Marcel Hordon.

Sa voix devient d'une douceur inquiétante.

— Marcel était bénévole dans la même association de protection des animaux que moi. J'étais responsable de la section chats. Nous sommes devenus amis malgré la différence d'âge. À dix-sept ans, j'avais déjà embaumé plus de cent cadavres avec mon père. Quand Marcel m'a demandé de l'aider à faire disparaître le corps de son cousin ça ne m'a posé aucun problème.

J'étouffe une exclamation.

— C'était un accident, précise-t-il. Les hommes sont plus vulnérables que les chats qui ont sept vies. Leurs vertèbres sont fragiles. Vous n'avez jamais vu un fermier briser le cou d'un lapin ?

Cornélius pose sa main sur mon épaule. Je suis pétrifiée.

— Il n'y a pas eu crime, seulement une dispute qui a mal tourné et s'est terminée en drame. À l'automne 1937, Marcel a appris que son cousin faisait partie des invités d'honneur du meeting aérien de Reims et qu'un banquet était donné avenue de Champagne. Il y a assisté en le surveillant, il l'a vu s'éclipser, il l'a suivi jusqu'aux caves Mercier où il est descendu après lui. Ils se sont disputés sous terre. Ils en sont venus aux mains. Les caves Mercier sont de plain-pied sauf là où elles sont reliées aux caves Salmon par un escalier de pierre. Votre père est tombé en arrière et a roulé au bas des marches. Il est mort sur le coup, il n'a pas souffert.

Je remercie en pensée le Dieu de frère Rémi et le Grand Architecte de mon grand-père. Couperet poursuit :

— Marcel a craint d'être soupçonné ou que l'enquête fasse éclater la vérité et incrimine son père. Il a traîné le corps dans un caveau vide, il l'a caché sous une bâche puis il est retourné au banquet. L'entrée des caves est inviolable aujourd'hui, à l'époque c'était différent, il suffisait de connaître les lieux. Nous y sommes redescendus ensemble la nuit suivante avec des pelles et des pioches. Nous avons creusé le sol friable du caveau, nous avons enterré le mort enroulé dans sa bâche, nous avons édifié sur lui un mur de bouteilles, ça nous a pris la nuit entière. Je ne me suis pas rendu compte que la capsule d'argent à laquelle je tenais tant était tombée de ma poche. Je croyais l'avoir perdue dans la Marne. Quand le capitaine Pérona l'a retrouvée sur le squelette j'ai cru que j'allais avoir un infarctus ! Il me soupçonne depuis le début, n'est-ce pas, capitaine ?

Je me retourne. Il n'y a personne.

— Il a caché un micro dans mon bureau, dit Couperet.

Pérona entre dans le bureau avec un gendarme en uniforme.

— *Lupus in fabula*, quand on parle du loup, marmonne Couperet.

— Vous me volez mes répliques, maintenant, brigadier ? Je savais que vous étiez impliqué. Je vous ai vu pâlir en voyant cette capsule, ça m'a mis la puce à l'oreille, explique le géant à la voix fluette.

— J'ai paniqué. Il y avait mes empreintes dessus ?

— Non, je n'avais aucune preuve. J'ai essayé d'empêcher mademoiselle Robinson d'enquêter seule pour la protéger, puis j'ai vu qu'elle avait un acolyte.

Je me souviens brusquement ce qui m'avait troublée chez ma cousine.

— Astrid Hordon m'a pourtant dit qu'il n'existait que deux exemplaires de cette capsule, celui de sa mère et le sien ?

— Les femmes sont stupides, elles se croient uniques. Les chats sont plus subtils. Marcel en avait fait fabriquer une dizaine, il m'avait offert la mienne pour mon anniversaire, répond Couperet.

— Il y avait gravé *Pour Félix* dessus. Vous ne vous appelez pas Aimé ?

— Je détestais mon prénom autant que je détestais mon père. On me surnommait Félix à l'association à cause de la bande dessinée américaine *Félix le Chat* sortie en France dans les années 1930, j'en possédais tous les tomes. Ce chat noir, qui avait un sac magique, était le concurrent direct de Mickey.

— En Italie on dit que les chats noirs portent malheur, murmure Pérona.

L'empathique Couperet m'a bien menée en bateau. S'il n'avait pas aidé Marcel à cacher le corps de mon père, je serais devenue orpheline et j'aurais grandi en me croyant digne d'être aimée.

— J'aime les chats et je vous hais, brigadier ! Vous n'avez pas tué mon père mais vous me l'avez volé pendant trente ans en me faisant croire qu'il m'avait abandonnée. Vous ne méritez pas vos chats. Vous ne leur arrivez pas à la cheville !

— À la patte, corrige Aimé Couperet surnommé Félix.

Cornélius s'avance brusquement et lui décoche dans la figure un coup de poing magistral. Les deux hommes se plient en deux, Couperet parce qu'il a le nez cassé, Cornélius parce qu'il s'est fait mal à la main.

— Ça fait un mal de chien, pas de chat, mais je ne le regrette pas ! grogne-t-il en grimaçant de douleur et secouant ses doigts.

— Agression d'un gendarme dans l'exercice de ses fonctions, c'est la taule assurée ! gémit Couperet, le nez en sang.

— Je n'ai rien vu, dit Pérona en passant prestement les menottes à son subordonné. Brigadier, je vous arrête pour complicité de meurtre et entrave à la justice.

Les yeux d'Aimé Couperet lui sortent de la tête.

— Mais il y a prescription !

— La loi américaine varie selon les États, dans celui où résidait mon père la prescription n'existe pas en matière de crime, dis-je avec assurance.

Le capitaine fait un geste, un gendarme s'approche de Couperet et le pousse vers la porte.

— Qui donnera à manger à mes chats ? s'inquiète-t-il.

— Je m'occuperai de les faire placer et nourrir, promet Pérona.

Une fois la porte refermée, j'avoue :

— J'ai menti pour lui faire peur, je ne connais rien au droit américain, je me contente de regarder la série policière *Perry Mason*.

— J'ai menti aussi. Il y a prescription en ce qui concerne les crimes anciens et il n'a pas tué votre père. Mais il vous a agressée physiquement. Vous désirez porter plainte ?

— Plutôt deux fois qu'une.

— Il a fait partie des gendarmes appelés en renfort à Paris en mai 1968 et il a mal vécu les événements. Christian Fouchet, le ministre de l'Intérieur de l'époque, a choisi de ne pas faire couler le sang. Couperet, lui, voulait tirer dans le tas. Sa carrière dans la gendarmerie est finie.

Je souris. Il pourra toujours redevenir croque-mort.

Épernay, automne 1937

Joe Robinson s'est éclipsé du banquet sans même avoir goûté la nouvelle cuvée Mercier M 33, il n'avait pas le cœur à boire. Personne ne l'a vu partir au milieu de la parade des sommeliers en blouse bleue, tablier blanc, casquette noire, chargés de magnums. Il est passé devant Pékin avec un serrement de cœur. La rue du Commerce a changé de nom en 1925, elle s'appelle à présent avenue de Champagne. Il n'a plus correspondu avec les Mercier depuis la mort de son parrain. Quand il avait débarqué du bateau en juillet 1904, un pneumatique l'attendait au Havre pour lui annoncer la mort d'Eugène, il était si choqué qu'il avait rembarqué séance tenante. Au début, Émile, Blanche, Henri et Marie lui ont envoyé leurs vœux chaque année. Il ne leur a pas répondu, ils se sont lassés. Il a préféré couper les ponts, son chagrin était trop lourd, il était aéronaute, il avait besoin de légèreté pour s'élever.

Émile et Marie ont quitté ce monde depuis longtemps, comme sa grand-mère Hordon, son oncle Pierre, Olga et sa fille Natacha. Il connaît maintenant plus de morts que de vivants en Champagne. Il a juste le temps de descendre dans les caves récupérer Le Journal.

L'odeur, il a reconnu tout de suite l'odeur, ce mélange d'humidité, de salpêtre, de vin, de sueur, de terre, et du rêve des hommes. Il a retrouvé les coups de pioche du siècle passé et les anciens graffitis auxquels s'ajoutent les nouvelles inscriptions de la Grande Guerre.

Il s'est efforcé d'être bon époux et bon père, de tenir dignement sa place d'homme Il a tu à sa femme et à sa fille le cauchemar récurrent où il voit son père monter à l'échafaud. Cela a commencé juste après la mort de son parrain, comme si Eugène vivant avait protégé son sommeil. Il a décidé de gommer le passé et de ne jamais mentionner ses liens avec la France devant sa femme ou sa petite Lady Mary. Il a failli flancher un dimanche alors qu'ils se promenaient en famille au milieu d'une brocante. Il tenait la main de sa fille, elle avait admiré un seau à champagne en aluminium avec la lettre M sur chaque poignée et *Champagne Mercier* gravé sur ses flancs. Elle s'était mirée dedans, son reflet déformé l'avait mise en joie. Il avait eu un éblouissement, il s'était arrêté Sa femme, croyant qu'il appréciait l'objet, l'avait marchandé âprement. Il n'avait pas osé l'en empêcher. Il avait refoulé ses émotions.

Il est venu aujourd'hui récupérer Le Journal, il le doit à son père et à Eugène, l'invisible cohorte qui l'accompagne. Les rues, les immeubles, les vêtements, les automobiles, tout a changé depuis l'Exposition universelle de 1900. Il est repassé par Paris en 1906 et en 1913 pour la course aéronautique Gordon Bennet, mais il n'avait pas remis les pieds à Épernay.

En marchant dans la galerie de Pékin, il a pensé à sa fille, il l'emmènera voler pour Thanksgiving et son anniversaire, il lui a écrit à l'avance un « Bon pour… » afin qu'elle s'habille le cœur. La petite Lady Mary est une enfant étrange et attachante, discrète et secrète, toute son âme affleure dans son regard.

Il est arrivé au haut-relief qui représente le blason d'Épernay. Il a eu la prescience d'un danger imminent, comme ce jour où il a renoncé à voler au dernier moment et où son ballon s'est écrasé avec le pilote qui l'avait remplacé. Il a dépassé la sculpture, marché vers le petit escalier raide qui mène aux caves Salmon, il a gravi le demi-étage aussi prestement que le lui a permis sa cheville droite abîmée par un atterrissage trop brutal. Il s'est reculé dans une encoignure où un profil de femme était gravé dans la craie. Des pas se sont approchés. Une silhouette s'est profilée. Il a reconnu les boucles rousses striées de blanc. Il a coupé la route à l'homme.

— Tu m'as fait une de ces peurs ! s'est écrié son cousin Marcel.

— J'avais bien cru te reconnaître au banquet. Ça t'apprendra à ne pas suivre les gens.

— Pourquoi es-tu venu, Joseph ?

— Pour boire du champagne et assister à un meeting aérien, a répondu Joe sans mentir.

— Sornettes ! Tu veux récupérer Le Journal de ton parrain, c'est ça ? Je ne te permettrai pas d'attenter à la mémoire de mon père.

— Il ne s'est pas gêné pour salir la mémoire du mien ! a rétorqué Joe.

Les cousins se sont empoignés. Ensuite, tout s'est passé très vite. Marcel était plus gros, moins souple, il aurait dû logiquement avoir le dessous. Mais Joe se tenait devant les escaliers. Sa mauvaise cheville s'est posée en porte à faux sur une aspérité du sol. Sa jambe estropiée s'est dérobée sous lui au moment où Marcel se dégageait. Joe est parti en arrière, il a tenté de se rattraper mais son pied gauche n'a rencontré que le vide. Il a roulé au bas des marches de pierre.

Le décor est devenu flou. Un adolescent nimbé de lumière s'est penché sur lui. Il l'a reconnu. Paul avait le même visage que sur le portrait dans le vestibule de l'hôtel Hordon, c'était un adolescent, il n'avait pas vieilli, il s'était tapi là pendant toutes ces années, attendant le moment juste et parfait. Joe ne contrôlait plus son corps, il n'avait pas mal mais intensément froid. Un souvenir lui est revenu à la mémoire. C'était en mai 1932, quelques jours avant la traversée de l'Atlantique de son amie Amelia en solo. Il était sorti fumer une cigarette au petit matin. Un autre rougeoiement l'avait précédé dans l'ombre.

— D'après toi, à quoi ça sert la vie ? lui avait demandé Amelia.

— À être heureux ? À aimer ?

— Je crois que ça sert juste à... être.

Ils étaient si intensément jeunes et vivants cette nuit-là.

— Donc ça ne sert à rien mais ça permet tout, avait-il conclu en riant.

Il en a terriblement envie de cette cigarette, aujourd'hui, en 1937, au pied de l'escalier. Son cousin Marcel l'appelle d'une voix affolée :

— Joseph, tu m'entends ? Joseph, réponds-moi !

L'adrénaline parcourt ses veines à la vitesse d'un cheval au galop. Un piano invisible joue les *Danses slaves* à quatre mains, la *dumka*. Son père se tient à sa droite. Son parrain l'encadre à gauche. Lady Lindy ouvre la voie aux commandes de son Electra. Une femme au profil de médaille lui tend les bras, celle dont le visage est gravé dans la craie des caves Salmon. S'ils sont là, cela ne peut signifier qu'une chose.

Lady Mary passera son baptême de l'air sans lui. Il se tiendra près de sa femme et de sa fille tant qu'elles vivront, par le souvenir et l'amour, il sera leur navigateur. Il sait, désormais, à quoi rime tout ça.

Mary, Épernay, 16 avril 1970

Archives municipales

L'archiviste, un homme au regard bleu pétillant et aux cheveux coiffés en catogan, nous apporte des documents datant de juillet 1904. Nous regardons l'acte de décès. Un menuisier et un employé de bureau, agissant à défaut de parents ou de voisins, ont déclaré à l'adjoint au maire Amédée André qu'Eugène Mercier, négociant en vins de Champagne, veuf de Marguerite Bourlon, fils de Jeanne Mercier, était mort en son domicile du 75, de la rue du Commerce à 1 heure du soir, autrement dit 13 heures, le 5 juillet 1904. J'échange un regard avec Cornélius. Négociant, fils à part entière de Jeanne, inconsolable de Marguerite, il s'agit bien de l'auteur du Journal.

Nous nous penchons sur l'article qui relate ses obsèques trois jours plus tard. « Eugène Mercier, le fondateur de la Maison de champagne éponyme, conseiller municipal, membre de la commission de l'hôpital Auban-Moët, juge au tribunal de commerce d'Épernay, membre de la chambre de commerce de Reims, président d'honneur de l'Association des anciens élèves des Frères, a été enterré le 8 juillet en présence de plus de deux mille personnes. Une plaque a été déposée sur sa tombe gravée des mots : *Au meilleur des patrons son personnel reconnaissant.*

« À 10 h 30, la levée du corps a été faite par monsieur l'abbé Royer, curé-archiprêtre de Notre-Dame. Puis le cortège s'est mis en marche dans l'ordre suivant : les clairons et tambours des sapeurs-pompiers d'Épernay ; les vieillards de l'hospice et les orphelines de l'orphelinat ; une délégation des sociétés colombophiles dont il était le président d'honneur ; la société vigneronne de Saint-Vincent ; la société de Secours mutuel des Ateliers de l'Est, celle des ouvriers de la ville, celle de Saint-Vincent ; une délégation de la musique de la succursale Mercier du Luxembourg, des ouvriers et des membres du conseil municipal d'Hollerich ; la société de gymnastique La Vaillante de Magenta ; la Société nautique d'Épernay ; les anciens militaires décorés et médaillés ; les brancardiers de la Croix-Rouge ; une délégation de la société de trompettes L'Alliance sparnacienne ; la société d'horticulture d'Épernay ; une délégation de l'Association des sourds-muets dont il était le vice-président d'honneur, son fils Émile le président effectif, son fils Henri le trésorier ; les enfants des Écoles chrétiennes des Frères ; des membres de l'Association des anciens élèves des Frères dont il était le président d'honneur ; la compagnie des sapeurs-pompiers de la ville formant une haie ; deux superbes couronnes, l'une offerte par la ville d'Épernay, l'autre par la commission administrative de l'hôpital-hospice Auban-Moët ; le clergé ; et enfin le char funèbre.

« Les cordons du poêle, reliés au drap funéraire, étaient tenus par le maire M. Fleuricourt, par Albert

Mérendet ami et associé du défunt pour la Brasserie de la Champagne, par Franz Goerg courtier à Reims, par Émile Fortin président de l'Association des anciens élèves des Frères, par Paul Jobert fondé de pouvoir de la Maison Mercier, par Edgar Cossé directeur de la succursale du Luxembourg.

Le deuil était conduit par Émile et Henri Mercier, fils du défunt, ses gendres, et leurs familles. »

D'après les dernières clauses de son testament, Eugène a fait les dons suivants : 100 000 francs à la ville d'Épernay, à charge pour elle de verser tous les ans au bureau de bienfaisance une somme de 1 000 francs destinée à un père de famille habitant Épernay depuis au moins dix ans et travaillant dans n'importe quelle maison de champagne comme caviste ou tonnelier ; 40 000 francs à l'hôpital-hospice Auban-Moët ; 1 500 francs au bureau de bienfaisance, dont 300 francs pour l'orphelinat de la Borde ; 1 500 francs pour l'Église monumentale ; 1 500 francs aux Écoles libres des Frères ; 500 francs à l'Association des sourds-muets de Reims ; 500 francs à la Caisse des écoles ; 300 francs à la caisse des sapeurs-pompiers ; 100 francs à la Confrérie de Saint-Vincent-de-Paul ; 100 francs à la société colombophile Le Pigeon Messager.

Il a également fait don à la ville d'Épernay du terrain et du bâtiment servant à la Société nautique et à la Société du tennis, à charge par la ville de laisser ces deux sociétés disposer gratuitement de ces terrains et du garage de la Nautique pendant la durée de leur existence. En cas de dissolution, la ville en disposera comme bon lui semblera.

Il a prescrit de payer un demi-mois d'appointement supplémentaire à tous les ouvriers, ouvrières et employés de la Maison d'Épernay et de la succursale du Luxembourg, quels que soient l'emploi ou la fonction ; et de verser aux vignerons une somme proportionnelle à la superficie cultivée par chacun d'eux pour le compte de la Maison Mercier.

D'autres dons, importants mais personnels, n'ont pas été divulgués.

« Le conseil municipal d'Épernay a délibéré en session extraordinaire le vendredi 22 juillet 1904, sous la présidence du maire monsieur Fleuricourt. Après avoir entendu l'exposé du maire et vu toutes les pièces du dossier, il a accepté les libéralités de 100 000 francs faites à la ville par le défunt qui a été sans interruption conseiller municipal depuis 1874 et que les suffrages des concitoyens ont encore récemment placé au premier rang. Il a été décidé qu'une somme de 1 000 francs sera versée chaque année à un ou deux pères de famille, tonneliers ou vanniers emballeurs, sous la dénomination de Fondation Eugène Mercier. Et qu'à la demande des tonneliers d'Épernay, pour perpétuer la mémoire du généreux donateur, et l'honorer, son nom sera donné à une rue de la ville.

« Le 10 mars 1905, la rue des Fusiliers est officiellement devenue la rue Eugène-Mercier. »

Cornélius et moi nous regardons avec stupéfaction. Le conseil municipal de l'époque n'avait aucun moyen de savoir que dans cette même rue, un soir de février 1851, un fragile chiot roux et blanc avait perdu la vie alors qu'un petit garçon sans père y avait eu la prémonition de la sienne.

Nous retournons rue Eugène-Mercier nous asseoir devant le téléviseur orange Brionvega. *Apollo 13* va tenter de rentrer au bercail.

Fred Mattingly, l'astronaute qui a été remplacé au dernier moment et n'a pas déclaré la rougeole, vient de passer des heures dans le simulateur de Houston en situation, dans le noir et le froid, pour répéter les manœuvres de rentrée avec le peu d'énergie dont ils disposeront là-haut. L'équipage est gelé et épuisé, le module lunaire est devenu une glacière, Fred Haise a une infection urinaire et une fièvre de cheval. Ils doivent maintenant réactiver le module de commande après quatre jours de sommeil pour retourner sur terre dedans. Les murs de la cabine sont couverts de condensation, il y en a derrière les panneaux, au milieu des fils électriques. La moindre étincelle, le moindre court-circuit et tout sera fini. En plus, il y a un préavis d'ouragan en bordure de la zone de récupération.

Les New-Yorkais lisent les communiqués qui se succèdent sur les panneaux lumineux de Times Square. Le pape Paul VI prie à Rome. Les Israéliens prient devant le mur des Lamentations. La terre entière retient son souffle. Alberte, Charly, Alexander et les pilotes sont vissés devant leur poste. Je pose ma main sur le genou de Cornélius.

Dans l'espace, Swigert réussit à réveiller le module de commande Odyssée sans déclencher d'incendie. Lovell et Haise ferment l'Aquarius et le rejoignent. Ils larguent en premier le module de service et le regardent s'éloigner en prenant des photos pour la future enquête. Ils ont un choc. Un côté du vaisseau manque, le panneau a été soufflé de la base au moteur. La chaleur autour du module de commande où ils se trouvent à présent va monter jusqu'à plus de 1 500 degrés lors de la rentrée dans l'atmosphère. Si l'explosion a fissuré le bouclier thermique, ce sera la catastrophe. Ils larguent ensuite le module lunaire Aquarius. Ils filent vers la Terre à bord de l'Odyssée. On ne peut plus rien faire d'autre qu'attendre en croisant les doigts.

Nous grignotons sur le pouce du pain, du fromage et des fruits. Aquarius, abandonné à lui-même au milieu des étoiles, a sauvé les astronautes. Nous parlons du film de Stanley Kubrick *2001, l'Odyssée de l'espace*, que nous avons tous les deux adoré. Puis de la comédie musicale rock *Hair* avec sa chanson « Aquarius ».

— Je l'ai vue en janvier au Théâtre de la porte Saint-Martin, le jour où l'Armée du Salut a manifesté contre les scènes dénudées, se souvient Cornélius. Ils étaient en uniforme et brandissaient des pancartes « Sauvez la jeunesse », « Non à la décadence ». Les jeunes, en face, scandaient : « Nous sommes tous des obsédés. »

— Tu étais de quel bord ?

— La pièce m'a touché. Je ne suis pas un obsédé, je suis obnubilé par toi. Je crois que tu m'as envoûté.

Je voudrais lui répondre qu'il a comblé le trou à l'intérieur de mon cœur, celui où soufflait le vide et le froid, celui que les chansons d'Alberte tapissaient de nostalgie. Je n'ose pas.

À 11 h 52, donc 17 h 52 heure française, le module de commande Odyssée percute brutalement l'atmosphère à plus de 40 000 km/h. Et le contact radio est coupé.

En se basant sur les missions précédentes, on estime que le black-out durera entre trois et quatre minutes maximum. Houston, les familles des trois hommes, leurs compatriotes, le monde entier attend, stupéfié, paralysé, tordu d'angoisse et d'espoir. Les aiguilles de l'horloge trottent, implacables. Trois minutes. « Odyssée, ici Houston, vous me recevez ? » Quatre minutes. « Odyssée, ici Houston, vous me recevez ? » Quatre minutes et demie. Toujours le silence entrecoupé de crachotements. Cinq minutes. L'angoisse est à son comble. Cinq minutes et demie. Je me serre contre Cornélius, les larmes aux yeux, ce n'est pas possible, on ne peut pas les avoir perdus ? J'ai sept ans et c'est Thanksgiving. J'ai trente-neuf ans et le capitaine Pérona vient de m'apprendre que mon père est mort. Est-ce que les trois astronautes ont brûlé ? Est-ce qu'ils ont été asphyxiés ? Est-ce que le module de commande s'est désintégré ?

— Mary, murmure Cornélius avec une douceur infinie.

Soudain, par-dessus les parasites et les grésillements, on entend la voix de Jim Lovell. Ils sont revenus, ils sont vivants !

Le monde, soulagé, respire. J'ai les yeux pleins de larmes, Cornélius sourit largement. Les trois corolles blanc et rouge des parachutes se déploient et ralentissent la chute de la capsule. Dans la salle de contrôle de Houston, on applaudit et on sort les cigares. Dominique et ses amis sourds lèvent sûrement les bras en l'air à Reims.

À 12 h 07 précises, donc 18 h 07 pour nous, l'Odyssée se pose en douceur sur l'océan Pacifique à quelques kilomètres du porte-avion *Iwo Jima*, il n'y aura pas de quarantaine puisqu'ils ne sont pas allés sur la Lune. Le président Nixon monte dans son Boeing pour aller les féliciter à Hawaï.

Je me tourne vers Cornélius.

— J'ai besoin d'un tournevis, tu as ça ?

Je n'ai pas le choix, il faut que je le fasse.

— C'est une déprédation de bien public, un vol qualifié de mobilier urbain, nous risquons la prison, prévient Cornélius en me tendant l'outil.

— Ils ne peuvent pas me guillotiner, j'ai un passeport américain, dis-je.

Nous sommes au coin de la rue. J'insère le tournevis sous la plaque émaillée. Je fais levier. Une des vis, rouillées, se tord. L'autre résiste puis se déloge à son tour. Une voiture passe. Je retiens ma respiration. Elle tourne le coin.

— Si nous sommes pris sur le fait, ce sera en première page de *L'Union*, ajoute Cornélius. Un descendant d'Eugène qui à vingt ans vole une plaque de rue au nom de son grand-père, c'est amusant, il faut que jeunesse se passe. Mais à cinquante ans, on m'accusera de sénilité précoce. Tu viendras m'apporter des oranges à l'asile ? Tu donneras à manger à CH3CH2OH ?

Je m'attaque à la troisième vis. Un gyrophare se profile au loin. Je lâche l'outil, le cœur battant la chamade. Quelqu'un a déjà prévenu la police.

— Tu te tais et j'assume toute la responsabilité, décide Cornélius.

— Tu me prends pour une lâcheuse ?

Le gyrophare se rapproche. Nous l'attendons avec dignité. C'est une ambulance qui nous dépasse avec indifférence. Je récupère mon arme, je mets en joue la quatrième vis, elle capitule.

— Avec tout mon respect pour l'ancienne rue des Fusiliers, dis-je.

J'attrape la plaque et je la glisse sous ma veste.

Nous longeons la haie de cyprès du cimetière nord. La tombe de la famille Lucas, abandonnée, est recouverte de mauvaises herbes. Nous les arrachons par poignées, nous grattons la mousse pour dégager les lettres sur la pierre. Les noms surgissent, celui d'Antonin, de sa sœur, de sa mère, de Thomas. Une plaque en marbre de l'Association des colombophiles rend hommage à son fondateur. Nous ramassons une poignée de cailloux blancs dans l'allée, Cornélius forme une coupe d'où s'échappent des bulles, je me charge du raisin mais ça ne ressemble à rien, je n'ai jamais été douée en dessin.

Nous réitérons devant les colonnes tarabiscotées et les fleurs en céramique de la chapelle Hordon. J'essaie de desceller la plaque en marbre au nom de Pierre pour l'échanger avec celle de Paul mais elle résiste. Quelle importance, au fond ? Ils sont tous à égalité maintenant. Le champagne Hordon est en faillite, alors que le Mercier continue à pétiller sur les tables.

Nous rejoignons le caveau familial d'Eugène. Cornélius porte un étui isotherme et deux verres. Je pose la plaque de la rue Eugène-Mercier contre le mur du fond, ce trophée revient de droit au petit garçon du XIXe siècle qui rêvait de faire goûter le champagne à tous les hommes de son époque. Nous nous asseyons sur les marches tandis que Cornélius débouche la bouteille de cuvée Eugène. Il n'y a plus écrit « Champagne

E. Mercier & Cie » sur l'étiquette mais « Champagne Mercier », et le goulot est entouré d'une feuille dorée avec en médaillon le portrait d'Eugène, de face, en costume sombre, chemise blanche et nœud papillon.

— Je bois à nos deux grands-pères, annonce Cornélius.

Nos verres entrechoqués émettent un bruit joyeux.

— Tu sais que la grosseur des bulles ne dépend pas du champagne mais du verre dans lequel on le déguste, Mary ? Il ne faut pas en boire dans un gobelet de plastique parce que le polyéthylène, hydrophobe, les grossit, elles seront bien plus fines dans du verre ou du cristal. Si une flûte ou une coupe est rangée à l'envers sur une étagère en bois, le verre peut être contaminé par des matières organiques et devenir lui aussi hydrophobe. Et plus le verre est artisanal et comporte des imperfections, plus les bulles sont nombreuses, le contenant influe sur le contenu.

Je repense à la question d'Eugène à sa mère.

— Toi qui es docteur en physique, tu as une idée du nombre de bulles qu'il y a par flûte ?

— On l'a calculé : il y en a environ deux millions. Elles sont formées du gaz carbonique produit par les levures à la prise de mousse.

Le même gaz carbonique qui a failli tuer les astronautes d'*Apollo 13* donne naissance aux bulles du champagne qu'ils ont savouré pour fêter leur retour.

— Madame de Pompadour disait que c'est le seul vin qui laisse la femme belle après boire et qui lui permet d'être au mieux d'elle-même après une nuit tumultueuse. Je suis sûr que tu restes la même après une cuite au gros rouge ou au whisky, dit Cornélius avec galanterie. Quand tu voudras apprendre à piloter un ballon, je serai là.

Il n'a pas dit « si tu veux apprendre » ni « tu devrais apprendre » mais « quand tu voudras ». Il n'a pas dit « je t'aiderai » mais « je serai là ». Cet homme est là, ici et maintenant, tourmenté mais aussi vivant que Lovell, Haise et Swigert. C'est un humain qui prend son appel vers les étoiles en gardant les pieds sur terre. Quelque chose s'était rompu en lui, pas un anévrisme mais une corde de sa soupape intérieure, une corde de l'âme. Moi je m'étais perdue à l'intérieur de moi-même et je me suis retrouvée. Pourtant nous allons nous séparer parce que c'est la vie.

Je prends le muselet et, copiant les gestes de Cornélius, je replie en deux vers le haut les quatre pattes de la cage pour former quatre pieds. La capsule entourée de l'anneau figure le coussin. Je tire vers le haut la dernière partie du fil de fer pour confectionner le dossier. Je pose le petit fauteuil sur une marche de la chapelle. Son assise représente un petit garçon du XIXe siècle devenu un sérieux monsieur moustachu.

Je bois une gorgée, rien à voir avec du *bubbly* en effet. J'espère que les vendanges cet automne seront bonnes et qu'il y aura un millésime 1970. Je vais faire envoyer des caisses de cuvée du fondateur à l'aéroclub, elles mettront moins longtemps à arriver là-bas que les paniers d'osier à l'époque d'Eugène. Aujourd'hui on n'a plus besoin de malle-poste, de ballon-poste ni de pigeon voyageur pour communiquer ou passer commande.

Je ne crois pas que tout soit écrit d'avance, ni ce qui nous transfigure, l'intensité et la douceur, ni ce qui nous déchire, la mort de mes parents, celle de la mère d'Alberte et des camarades de guerre d'Alexander et de Charly, celle des parents de

Cornélius ou celle d'Isabelle. Je crois que la « porte en dedans » du cœur a une poignée de chaque côté pour qu'on ne risque pas de s'enfermer. Et que Cornélius et moi sommes aussi bosselés que la timbale en argent de mon grand-père.

— Qu'allons-nous faire du Journal ? dis-je.

— Il t'appartient, c'est toi qui l'as retrouvé.

— Mais c'est ton grand-père qui l'a rédigé !

— C'est juste. Gardons-le un an chacun à tour de rôle ? suggère-t-il.

— Un an aux États-Unis et un an en France. D'accord.

— Il n'y a pas de barman, remarque Cornélius.

Je hausse les sourcils, déroutée.

— Ni de brûleur, reprend-t-il. Ni de soupape. Personne ne va me couper la parole, Mary Robinson.

La chanson du film de Mike Nichols *The Graduate*, « Le Lauréat », s'impose dans ma tête, plus harcelante qu'un barman. *Coo coo cachoo, Mrs Robinson, Jesus loves you more than you will know, wo wo wo*.

— Mary Robinson, répète Cornélius au moment exact où le dernier rayon du soleil qui caresse les vignes se reflète dans le ciel et éclaire d'argent les tombes. Tu ne veux pas rester tant qu'il y aura des bulles dans le champagne ?

Je tressaille douloureusement.

— Je dois repartir. Nous vivons sur deux continents différents. Nous ne nous connaissons que depuis une semaine.

— Le temps de décrocher la lune.

— Le temps d'une mission spatiale, c'est vrai.

Nous ne sommes pas des perdreaux de l'année. Nous avons quatre-vingt-dix ans à nous deux et des kilomètres au compteur. Il faut regarder la vérité en face, être objectif.

— C'est impossible, dis-je à regret.

— C'est déraisonnable, admet-il. Donc encore plus tentant. Nous admirons les astronautes qui bravent le danger et mettent leur vie en balance à la télévision, mais nous restons prudemment vautrés dans nos canapés devant l'écran sans bouger un cil. Eugène a tout essayé, tout entrepris, tout risqué. Nous pourrions oser ensemble.

Je regarde le petit fauteuil fabriqué à partir du muselet et de la capsule, on dirait un accessoire de maison de poupée. Une maison cachée au bord de l'eau où j'adorerais m'endormir et me réveiller avec lui. Les héros du Journal d'Eugène sont morts, bons et méchants, sourds et entendants, Mercier et Hordon. Cornélius et moi sommes vivants, comme ses neveux, comme Alberte, Charly et Alexander, CH3CH2OH et Uncle Sam. Si c'était notre moment, notre chance, notre temps imparti ? Si je restais ? Si je franchissais le pas ? Je serre les dents, je secoue la tête, je résiste à la tentation, si je m'emballe ce sera encore plus déchirant.

— La France n'est pas mon pays, même si mon grand-père venait de cette terre. Tu as une famille nombreuse et aimante, alors que je suis entourée de trois bras cassés aussi perdus que moi dans la jungle de l'existence. Tu as été blessé à mort par le crash d'Isabelle et je suis marquée à vie par l'envol de mon père. Ce ne serait pas sérieux, pas adulte, pas responsable.

Si je ne pars pas maintenant, je n'en aurai plus la force. Je me lève. Le champagne ne saoule pas, il grise avec délicatesse, il rend le monde un peu flou, jamais inélégant ni laid.

— Il y a un train pour Paris ce soir ?

— Oui.

— Tu veux bien me raccompagner pour récupérer mon sac de voyage puis me déposer à la gare ?

— Si c'est ce que tu désires.

Son regard bleu immanquable à la fois volontaire et mélancolique me cloue sur place. Je lui en veux de ne pas me secouer jusqu'à ce que je change d'avis.

— Je te confie Le Journal d'Eugène, dis-je. Dans un an, jour pour jour, nous nous reverrons ici ou en Amérique et je le garderai pour les douze mois suivants.

— J'ai toujours eu envie de monter en haut de l'Empire State Building. Il y a un barman là-haut ?

— Je ne sais pas.

Je m'extrais de la Jeep devant la gare d'Épernay, remplie de poils de chien, mon sac de voyage à la main.

— Mary, tu veux… ?

Je lève la main pour refuser sans savoir ce qu'il me propose. J'ai envie de me jeter dans ses bras, pas de boire un verre ni d'acheter des journaux, je veux qu'il m'enserre pour m'empêcher de partir. Mais ce serait encore plus insensé, plus extravagant, plus fou que creuser dix-huit kilomètres de caves, ouvrir une voie de seize kilomètres à travers la forêt, faire circuler une cathédrale de champagne, payer un jour de vacances chômé, ou fonder une société de secours mutuels pour les sourds du XIXe siècle.

Cornélius démarre. J'entends Alberte chanter dans ma tête les paroles de Barbara : *Je reprendrai la route, le monde m'émerveille, j'irai me réchauffer à un autre soleil, je ne suis pas de celles qui meurent de chagrin, je n'ai pas la vertu des femmes de marins...*

Je ne connais aucun marin, seulement des pilotes. Mon train part dans une heure. J'achète mon billet. Les yeux dans le vague, j'écoute s'égrener les minutes. Le train arrive. Je monte dedans. Je m'assieds. Dès mon arrivée à Paris je prendrai un taxi pour l'aéroport d'Orly. Dès mon arrivée en Amérique je récupérerai ma vie et j'oublierai Épernay, la Champagne, la France, l'Europe, Eugène, Paul, Cornélius et CH3CH2OH.

Avant de poser mon sac de voyage dans le filet à bagages, je l'ouvre pour prendre le *Jonathan Livingston* d'Alberte. Et je tombe sur le cadeau d'adieu de Cornélius. Pendant que je ne regardais pas, il a glissé au milieu de mes vêtements le vieux livre en cuir vert qui appartenait à son père.

Le sifflet du chef de gare annonce notre départ imminent. Mon reflet dans la vitre appartient à une étrangère. Je pense au fauteuil fabriqué avec le muselet. Je pense aux téléspectateurs enfoncés dans leurs canapés. Je pense aux astronautes dans leur module glacial. Je pense à Eugène qui s'est hissé au sommet en prenant tous les risques. Je pense à l'aéroclub et à Alberte qui m'a aidée à prendre mon élan pour décoller. J'espère que je lui ai permis au moins de lâcher un peu de lest. Sa voix rauque conclut dans le chaos de ma cervelle : *Dis, quand reviendras-tu, dis, au moins le sais-tu, que tout le temps qui passe, ne se rattrape guère, que tout le temps perdu, ne se rattrape plus...*

Papa ne savait pas qu'il se volatiliserait en France. Lady Lindy, Paul et Isabelle ne pouvaient pas deviner qu'ils disparaîtraient si jeunes. Pourquoi Alexander et Charly sont-ils revenus mais pas leurs camarades ? Pourquoi Alberte a-t-elle cette voix qui répare nos fêlures et nous décabosse ? Nous ignorons la durée de vie et d'amour qui nous est dévolue à chacun. Nous reste-t-il le temps d'une gorgée, une flûte, une coupe ? D'un quart de champagne, d'une demi-bouteille, d'une bouteille, d'un magnum, d'un jéroboam, d'un mathusalem, d'un salmanazar, d'un balthazar, d'un nabuchodonosor ? Ou celui de boire les deux cent mille bouteilles qui remplissaient le foudre géant ?

Il n'y a pas de cirrhose du bonheur, il faut le déguster sans modération quand il passe. La vie est comme une cave, certaines années sont millésimées, d'autres bouchonnées, il y a des jours pétillants et des nuits éventées, des gueules de bois, des gueules de loup, et des gueules d'ange.

Alors soudain j'attrape mon sac, je cours dans le couloir du train à contresens en bousculant des voyageurs qui protestent, je saute sur le quai au moment où le train s'ébranle. Les wagons défilent. Je souris, essoufflée, les jambes flageolantes. On n'a jamais vu ça. Je suis folle. Chimérique. Utopique. Illogique. C'est impossible. Irréalisable. Déraisonnable.

Je marche vers le début du quai. J'ai toujours apprécié les gares, les aéroports, les embarcadères. J'aime les enfants qui courent vers leurs parents ou leurs grands-parents, les amoureux qui se serrent à s'étouffer, les animaux qui bondissent de joie sur leurs maîtres, les chauffeurs de taxi ou les agents de voyage qui brandissent des pancartes où il n'y a jamais mon nom. Je m'amuse souvent à leur sourire et à marcher droit sur eux avant de passer mon chemin au dernier moment. J'arrive au bout du quai. Et voilà qu'ils sont là, tous les deux, l'homme et le chien. À m'attendre, moi. L'homme fait se toucher les bouts de ses doigts comme s'ils s'embrassaient puis il effectue un petit mouvement circulaire. Le chien ne bouge pas.

Eugène et Paul avaient une vie d'amitié devant eux mais un grain de sable, en l'occurrence un coup de bouteille, a grippé le mécanisme et transformé l'évidence en absence. L'homme au chien et moi avions des trajectoires différentes mais un grain de sable, le demi-étage qui sépare les caves Salmon des caves Mercier, a tout changé. Je m'arrête devant eux.

— Tant qu'il y aura des bulles dans le champagne, dis-je.

2010-2012

en souvenir d'Alberte,
partie plus loin que les Amériques

Pour la petite histoire…

Aujourd'hui, on cueille encore le raisin à la main pendant les vendanges mais on remue désormais les bouteilles avant dégorgement grâce aux gyropalettes. Le foudre et les fûts de chêne ont été remplacés par des cuves en acier inoxydable. En 1989, le foudre géant a traversé l'avenue de Champagne grâce à une grue de quatre-vingt-seize tonnes, escorté par des motards de la gendarmerie, pour trôner à l'entrée des caves qui se visitent à présent en train laser avec un audioguide.

Il y a eu un millésime Mercier en 1970. Il y a maintenant une cuvée spéciale pour chaque vendange. Les maisons Mercier et Moët & Chandon ont fusionné en juillet 1970. Les groupes Moët Hennessy et Louis Vuitton ont fusionné en 1987 pour former le groupe LVMH.

On ne met plus de casque pour voler en montgolfière, il y a des cannes qui évitent de prendre le brûleur ou l'enveloppe sur la tête à l'atterrissage, et les pilotes se repèrent en l'air grâce à un GPS et à un ordinateur.

L'Association des sourds existe toujours à Reims.

Il y a eu une cuvée Bulle d'Or et des étiquettes à tirage limité réservées aux baptêmes de l'air en montgolfière dans les années 1980. En 1986, après dix mois de préparation, un parachutiste a sauté de la nacelle de la montgolfière *Bulle d'Or II* pour la réintégrer huit minutes plus tard et deux mille quatre cents mètres plus bas, façon James Bond. En 1987, *Bulle d'Or II* a traversé la Méditerranée de la Corse vers le continent avec un ravitaillement en vol en pleine mer. En 1988, *Bulle d'Or II* a fait de la spéléologie en descendant au fond du gouffre de la Cocalière dans les gorges du Verdon avant d'en redécoller. En 1990, après huit mois de préparation, *Bulle d'Or II* a été immergée sous la mer au large de Marseille près de l'île Planier par vingt-deux mètres de profondeur, et gonflée d'eau avec son pilote à l'intérieur en combinaison de plongée et bouteilles dans le dos, puis on a remplacé progressivement l'eau par de l'air pour la faire émerger des flots et s'envoler depuis le fond de la Méditerranée. En 1993, le pilote britannique Ashpole a fait le funambule au milieu du ciel en marchant sur un fil d'acier de la montgolfière Citroën à la montgolfière *Bulle d'Or IV*. Le ballon Mercier était chaque fois piloté par Jean-Marie Huttois.

Au XXIe siècle, pour parler à quelqu'un à l'autre bout du monde, il suffit de décrocher son téléphone, de sortir son portable, de pianoter sur un clavier, de regarder son écran d'ordinateur.

La musique, le champagne, l'amour et les livres ne se démoderont jamais, ils sont immortels.

Il y a toujours un Mercier chez Mercier.

Remerciements

à mes cousins Emmanuel et Anne Mercier, qui m'ont guidée au pays des bulles
à mon cousin Étienne Mercier, qui m'a pilotée dans sa montgolfière
à mon cousin Jacques Suzor, qui a fouillé les archives et creusé l'histoire d'Eugène
à mon cousin Guy Barbier de la Serre, à ma cousine Laurence Mercier-Bardin
à ma mère
et aux deux cents descendants directs d'Eugène

à Francis Leroy, directeur des Archives d'Épernay
à Véronique Foureur et Magali Lapié, du Fonds histoire et documentation Moët & Chandon-Mercier
à Christophe Bonnefond, chef de cave Mercier
à Dominique Soucarre, président de l'ASRCA, et Isabelle Soucarre
à François Remiot
à Florence Rambaud pour le titre, à Evguenia Syssoeva

à Françoise Delivet, Bernard Barrault, Delphine de La Panneterie, Sylvie Bardeau, Élisabeth Villeneuve, Juliette Duchemin à Catherine Ritchie, Christine Soler, Yveline Kuhlmey, Sylvie Overnoy, Vincent Rouberol, Anne de Jenlis, Renata Parisi, Catherine Hamelle, Famozoizo, Didier Bourgeois, Catherine Ferracci, Danielle Bartoli Poulain, Dominique Tabone Weil, Aurore Beghini, Hervé Lamy, Danielle Lucca, Elizabeth Hamilton, Didier Piquot

à Uriel
à toutes les coupes et flûtes de champagne que j'ai eu la joyeuse excuse de boire pour écrire ce livre

au site du champagne Mercier, au site du CIVC, au site de l'Union des Maisons de Champagne,
aux colombophiles, aérostiers, aéronautes, philatélistes et historiens du Web
à CinéSourds, au Websourd, à Capcom Espace et Ciel et Espace

Bibliographie

Je dois beaucoup aux captivants Mémoires de Marcel Remiot *Avant qu'il soit trop tard* ainsi qu'à deux passionnants livres de référence :

La Naissance d'une grande Maison de Champagne. Eugène Mercier ou l'audace d'un titan de Frédérique Crestin-Billet, Calmann-Lévy

Champagne ! de Jacques Bosser, Éditions Hermé

J'ai aussi lu avec un grand intérêt :

Les Lieux de Toujours Mercier, guide Gallimard

Effervescence, la science du champagne de Gérard Liger-Belair, Odile Jacob

Ballons de Claude-Henry Laval et Philippe Maille, Taillandier

Une histoire des caves Moët & Chandon et Mercier de Jessica Robert

FILMOGRAPHIE

Élaboration du champagne, de la grappe à la coupe des frères Lumière, 1899

Apollo 13 de Ron Howard, 1995

Amelia de Mira Nair, 2009

CRÉDITS PHOTO

MUSIQUES

Dans ce roman :
La Farfalletta Audace de Vivaldi RV 749.11 tiré de *Amor Profano* chanté par Simone Kermes, l'*Alleluia* de la cantate WV 15 de Buxtehude, les *Danses slaves* d'Antonin Dvorak opus 72 n° 2, « Opium », « La Boudeuse », « Dis, quand reviendras-tu ? » de Barbara, « Fly Me to the Moon » de Bart Howard, « Stormy Weather » de Harold Arlen et Ted Koehler, « Blue Moon » de Richard Rodgers et Lorenz Hart, « Melancholy Man » des Moody Blues, « Suicide is Painless » de Johnny Mandel et Mike Altman du film *MASH*

Écoutées en écrivant :
« Fly » de Neil Diamond du film *Jonathan Livingston, le goéland*, « Papa Can You Hear Me » de Michel Legrand par Barbra Streisand pour le film *Yentl*, « Duetto d'amore » par Italo et Laura Gioscia, « Ton héritage » de Benjamin Biolay

Ouvrage composé par
PCA 44400 Rezé

Imprimé en France par

MAURY IMPRIMEUR
à Malesherbes (Loiret)
en juin 2022

POCKET - 92 avenue de France, 750 RIS

N° d'impression : 2636
S32731/01